Heidi Hohner
Zipfelklatscher

Zu diesem Buch

Dass permanente Idylle nicht automatisch besseres Männermaterial bedeutet, davon weiß die junge Fraueninselfischerin Kati Lochbichler ein Lied zu singen. Weil die unkonventionelle Kati aber trotz Tradition und Familienbetrieb ihren Spaß haben will, geht sie gerne mal im besten Hotel der Fraueninsel auf fremden Hochzeiten tanzen (wobei die Party meistens im Hotelbett endet). Bis ihr der ehrgeizige neue Hotelmanager die Tour versaut – und ihr Jugendfreund sich als perfekter Schwiegersohn anbiedert. Aber Kati muss aufpassen – wo Zipfelklatscher draufsteht, ist nicht immer Zipfelklatscher drin …

Heidi Hohner wurde weder als Landfrau noch als Autorin geboren – in ihrem früheren Leben war sie nämlich ein City-Girl und die Chefredakteurin von MTV in Berlin. Nach sieben Jahren musste sie allerdings feststellen, dass Stars, Glamour und 70-Stunden-Wochen auf Dauer auch nicht glücklich machen. Also ließ sie den Traumjob Traumjob sein, kehrte in die Heimat zurück und wohnt seitdem mit Mann und drei kleinen Jungs auf der Fraueninsel. Und lebt vom Schreiben. Und von der Liebe. Und von der tollen Aussicht. Endlich. Nach »Zipfelklatscher« erschien zuletzt mit »Betthupferl« ihr zweiter Fraueninsel-Roman.
Besuchen Sie die Autorin auf Facebook: Heidi Hohner – die Autorinnenseite

Heidi Hohner

Zipfelklatscher

Roman

PIPER
München Berlin Zürich

Mehr über unsere Autoren und Bücher:
www.piper.de

Von Heidi Hohner liegen im Piper Verlag vor:
Einer links, einer rechts, einen fallen lassen
Erst der Sex, dann das Vergnügen
Zipfelklatscher
Betthupferl

Originalausgabe
1. Auflage März 2013
7. Auflage Dezember 2015
© Piper Verlag GmbH, München/Berlin 2013
Umschlaggestaltung: semper smile, München
Umschlagmotiv: Westend61/Corbis (Bett), bürosüd° (Rest)
Satz: Kösel, Krugzell
Gesetzt aus der Minion
Druck und Bindung: CPI books GmbH, Leck
Printed in Germany   ISBN 978-3-492-30026-1

Während sich meine neue Männerbekanntschaft mit dem Verschluss meines trägerlosen Büstenhalters abmüht, geht weit im Osten über dem Watzmann die Sonne auf, und von den zehn Gläsern Schampus in meinem Blut ist nicht mehr besonders viel zu spüren. Am liebsten würde ich jetzt mit den Fingern ungeduldig auf die Matratze trommeln. Denn eigentlich fängt gerade mein Arbeitstag an, hier auf der Fraueninsel, oder genauer: darum herum, auf dem Chiemsee. Der See ist unter einem Hauch von Frühnebel verborgen, und soweit ich das von Nils' Hotelbett aus beurteilen kann, verspricht der Tag traumhaft zu werden.

Wahrscheinlich bekommt Nils den BH nicht auf, weil er so stramm sitzt. Die Dessous für heute Nacht habe ich mir nämlich aus dem alten Kleiderschrank meiner Zwillingsschwester geklaut, und Fränzi hatte schon immer ein etwas handlicheres Format als ich.

»Geht's?«

Ich lächle Nils ermutigend zu.

»Schkommschonklar.«

»Ich mein ja nur. Das ist nämlich kein Keuschheitsgürtel!«

Langsam muss hier mal was vorwärtsgehen, und ich drehe Nils meinen Rücken zu, damit er besser sieht, was er tut. Er heißt mit vollem Namen Nils von Böckel, ist plastischer Chirurg aus Hannover und eine ziemliche Partykanone. Seit etwa einer Stunde ist er außerdem nackt. Eine unerwartet ergiebige Nacht also, nur dass ich es saumäßig eilig habe und Nils leider Probleme hat, sich zu konzentrieren.

Mein Plan hat bis jetzt einwandfrei funktioniert: Die piekfeine Hochzeitsgesellschaft im »Hotel zum See« hatte sich um Mitternacht bereits einen kollektiven Tunnelblick angesoffen, und von den zwei Chefs, Geschäftsführer Rudi und Hotelbesitzer Hans, war nichts mehr zu sehen. Der Champagner und der Obstler standen zur freien Verfügung einfach so auf der Bar und alle waren blau. Niemandem fiel auf, dass ich eigentlich gar nicht eingeladen war, und der Böckel umkreiste mich quasi sofort mit wehendem Frack und leicht schlingerndem Hüftschwung.

Zu *It's Raining Men*. Dem Klassiker auf jeder Hochzeit.

Bei *Xanadu* pfefferte ich meine Pumps, bei *Staying Alive* er die zum Frack passenden Lackschuhe in die Ecke des Partysaals. Und nach drei Stunden pausenlosem Discofox hatte der nicht gerade zart gebaute Nils mich so an die Wand getanzt, dass ich bei *Marmor, Stein und Eisen bricht* mit Blasen an den Fußsohlen und den Worten »Aber ich! Ich breche jetzt, und zwar zusammen!« in seine Arme gesunken bin. Tja, und dann sind wir in der Zirbelsuite gelandet, und jetzt komme ich aus der Nummer nicht mehr raus. Obwohl gerade irgendwie die Luft raus ist. Denn im Besoffen-den-BH-Auffummeln stellt sich mein One-Morning-Stand ausgesprochen blöd an, erst recht für jemanden, der sein Geld mit Feinmotorik verdient. Jetzt lässt er auch noch die gepflegten Chirurgenhände sinken und schnuppert skeptisch. Er muss sich dabei mit der Hand am Bettrand abstützen, schließlich ist er voll wie ein Haus. Ich bin später eingestiegen und höchstens voll wie ein Vogelhäuschen. Na ja, sagen wir mal: wie eine mittelgroße Hundehütte.

»Da heißt es, dieses Hotel ist das beste Haus am Platz, und trotzdem riecht es überall nach Fisch!«

Das ist mir jetzt außerordentlich peinlich, denn ich finde den Nils durchaus okay und mir ist leider völlig klar, was er da riecht.

Nämlich mich. Weil ich gestern die geräucherten Renken mal wieder ohne Handschuhe filetiert habe. Dabei habe ich gestern Abend extra lang gebadet und mich von oben bis unten mit Ringelblumenbalsam eingecremt. Aber Fischfinger habe ich immer noch, obwohl die Calendula-Creme duftet wie alle Wohlgerüche Arabiens auf einmal. (Den parfümierten Drei-Liter-Tiegel hat die Schwester Sebastiana meinem Vater gegen seinen eingewachsenen Zehnagel aufgeschwatzt, damit er in ihrem Klosterladen auch mal was anderes kauft als immer nur Nopi[1]. Seitdem haben wir in unserem Zwei-Personen-Haushalt Ribluba für die nächsten zwanzig Jahre.) Ich habe nicht besonders viel Erfahrung darin, mich inkognito auf eine Party zu schleichen und dabei auch noch jemanden abzuschleppen, denn schließlich ist das gerade mein erster Versuch in diese Richtung, und ich kann mich nicht mehr so richtig erinnern, was ich mir eigentlich dabei gedacht habe, außer dass mir gestern plötzlich die Decke meines Zimmers auf den Kopf gefallen ist. Manchmal kann ich es einfach nicht glauben, dass ich wieder hierher zurückgekehrt bin, obwohl alles so gut lief mit der Uni und mit meinen Plänen, nach München zu gehen wie meine Schwester. Aber dann starb unsere Mama, und mit ihr fünfzig Prozent des Familienbetriebs. Und als mein Vater mich vor fünf Jahren auf ihrer Beerdigung gefragt hat, ob ich die neue Sonnfischerin werden will, weil er es allein nicht schafft, da habe ich ja gesagt.

Ich beschließe, in die Offensive zu gehen, um Nils und mich auf andere Gedanken zu bringen.

»Fisch? Also ich rieche nichts! Das bildest du dir ein!«

Ich ziehe den BH kurzerhand über den Kopf, packe meine Männerbekanntschaft an den Schultern und drücke den Herrn von Böckel ohne viel Anstrengung zurück auf die rot-weiß-karierte Bettwäsche. Und weil das so einfach geht, lässt meine Nervosität ein wenig nach. Als Nils mir jetzt unverhohlen auf

---

1 Nopi: Nonnenpisse. Sagen die Eingeborenen zu dem auf der Fraueninsel gebrannten Klosterlikör.

den frei schwebenden Busen guckt, sage ich nur: »Alles echt«, für den Fall, dass er aus beruflichem Interesse schaut.

»Du bist ja noch stärker, als du aussiehst!«

Darauf kann ich jetzt nicht viel erwidern, denn Betrunkene und Kinder sagen die Wahrheit, und leider ist nicht nur meine Oberweite echt, sondern auch mein Kreuz und meine Oberarme. Ich murmle etwas von »unsere Firma kriegt Prozente im Fitnessstudio«, aber das ist glatt gelogen. Ich habe noch nie ein »Dschimm« von innen gesehen. Ich bin einfach nur hauptberuflich Fischerin, und zwar keine Happy-go-deppy-Teichwirtschaftlerin, die in einem Becken voller Zuchtforellen herumstochert, sondern eine richtige: Netze, Angeln, Motorboot, Schlachtraum, Räucherkammer, das volle Programm. Nicht unbedingt der klassische Mädchenberuf, aber leider geil.

Und genau wegen diesem Beruf haftet der Räucherfischgeruch hartnäckig an meinen Händen, die nach dem langen Winter noch rauer sind als sonst. Ob meine Kollegen auch dieses Problem haben? Eher nein, die anderen Fischer tragen nämlich bei der Arbeit Handschuhe, die auf ihre Männerpratzen zugeschnitten sind. Im Fischerei-Großhandel gibt es nur Handschuhe, in denen meine Finger aussehen wie ein Wienerwürstl in einem XXL-Pariser. Und selbst wenn ihre Hände nach Fisch stinken, ist ihnen das wahrscheinlich egal, denn Männern geht erstens so was meistens am Eimer vorbei, und zweitens sind meine Fischerkollegen alle brav verheiratet. Und lassen sich nicht von besoffenen Hotelgästen mit aufs Zimmer nehmen. Wenigstens nicht, soweit mir das bekannt ist, und bekannt ist leicht was auf dieser Zweihundertfünfzig-Seelen-Insel.

Dieser Nils von Böckel ist nicht gerade ein schlankes Modell, eher ein richtiges Trumm Mannsbild[2], und nackt wirkt er noch wuchtiger als in Frack und Kummerbund. Also genau mein Beuteraster, denn Männer, denen meine Jeans zu groß sind, die

---

2 Trumm Mannsbild: Bajuwarischer Gentleman in XXL

sind für mich einfach keine Männer. Ich schaffe es, ihn mit einer raschen Bewegung aus der Schulter einmal um die eigene Achse zu drehen. Er stöhnt noch einmal überrascht, aber dann erholt er sich und schaut mich ziemlich beglückt von unten an.

»Das magst du doch?«, frage ich, allerdings mehr rhetorisch, und lege mich ins Zeug.

»Du gehst aber ran«, ächzt Nils, und dann sagt er nichts mehr, weil er zu sehr damit beschäftigt ist, sich am gedrechselten Bettpfosten festzuhalten. In meinem Kopf saust es wieder, diesmal vor Erstaunen über mich selbst, aber ich bin froh, dass ich meine Hemmungen über Bord geworfen habe und jetzt oben sitze. Weil ich dann das Tempo bestimmen kann. Und weil dann meine Perücke nicht so leicht ins Rutschen kommt. Ich habe die glatte schwarze Ponyfrisur nämlich nur für ein paar Stunden Disco, aber nicht für sexuelles Headbanging festgesteckt.

Aber Nils hat nicht nur auf der Tanzfläche eine ziemliche Ausdauer, trotz der Unmengen Obstler, die er in sich hineingeschüttet hat. In Gedanken korrigiere ich mein Rating, nach dem mich sicher die Fränzi fragen wird, wenn ich ihr mein Abenteuer beichte, von einer Fünf (wegen seiner Wampe und der schlecht rasierten Brusthaare) nach oben auf eine Sieben. Allerdings stellt mich das vor neue Probleme. Wir sind im Zimmer mit der besten Aussicht, und ich kann durch die Balkontür bereits die Silhouetten der Chiemgauer Hausberge erkennen, die sich vor dem immer heller werdenden Himmel abzeichnen. Ich gebe noch mehr Gas.

»Du musst doch später sicher auch nach München zum Flughafen, oder?«, fragt mich Nils vier Minuten später mit schweißverklebten Haaren. Ich schaue unauffällig auf die Uhr und schwindle: »Nein, ich fliege von Salzburg aus!«

»Oh. Schade. Wohin musst du noch mal genau?«

Ich muss kurz überlegen. Eine Stadt in Mittelösterreich erscheint mir spontan als der kleinste gemeinsame Nenner für jemanden aus Mitteldeutschland.

»Nach Wien!«

»Du bist aus Wien? Das hört man dir gar nicht an!«

»Nun, ich spreche keinen Dialekt mehr, weil ich mal BWL in Passau studiert habe – und das Neandertaler-Bayerisch dort fand ich total unsexy. Ich habe mir dann als Trotzreaktion ein Eins-A-Hochdeutsch zugelegt.«

Trotzreaktion ist gut. Es war eher so, dass Passau eine pittoreske niederbayerische Stadt ist, deren Uni Schnösel-Sprösslinge anzieht wie Kuhmist die Fliegen. Nach meiner ersten Wortmeldung reichte ein Hörsaal voll kichernder Kommilitonen mit norddeutschem Migrationshintergrund, dass ich mir die Sache mit der Mundart noch einmal überlegt habe, und zwar nicht nur für die folgenden Semester, sondern für immer. Nur dass ich mir nicht den Wiener Schmäh, sondern das rumpelige Chiemgauerisch abgewöhnt habe. Aber Nils ist mit der Antwort zufrieden, und macht munter Pläne. Viel zu munter.

»Nach Wien wollte ich schon immer, da komme ich dich mal besuchen! Was machst du gleich noch mal beruflich?«

Da muss ich kurz überlegen. »Ich bin die einzige Frau unter den ganzen Chiemseefischern«, entspräche zwar der Wahrheit, aber ich habe keine Lust, mein Inkognito aufzugeben. Mein Pseudonym, klar, das weiß ich noch, den Namen habe ich mir extra zurechtgelegt: Wenke Fischer. Wenke reimt sich auf Renke[3], und Fischer, naja, dazu muss ich nichts mehr sagen, oder? Aber welchen Beruf habe ich dem Böckel gestern Abend zwischen *Lady Madonna* und *Highway to Hell* ins Ohr geschrien? Kellnerin im Seniorenheim, Bibliothekarin einer Philatelistenvereinigung, Abfallwirtschaftsangestellte? Keine Ahnung. Ich mache einen neuen Versuch, der in Anbetracht der gehobenen Gesellschaft gestern Abend einigermaßen plausibel klingt:

»Ich bin Vorstandssekretärin.«

Das ist gut. Vorstandssekretärin klingt für erfolgreiche Männer total normal und für die weniger erfolgreichen total be-

---

3 Renke: Lieblingsfisch der Chiemseefischerei. Am Bodensee *Felche*, in Norddeutschland *Maräne* genannt.

drohlich, da kommen sicher keine weiteren Fragen mehr. Ich spreche außerdem sehr leise und gähne vorsichtshalber, damit Nils sich darauf einstellen kann, dass ich keine Energie mehr habe für eine weitere After-Sex-Konversation. Aber der Böckel hat anscheinend ziemlich Feuer gefangen und verfällt in eine Art verliebte Babysprache.

»Menschdaschjatotalinteressantsüße«, nuschelt er selig. »Bei wem denn?«

Ausgerechnet jetzt fällt mir in meinem immer langsamer arbeitenden Kopf nur der Lehrplan aus dem letzten Jahr Fischerei- und Landwirtschaftsinternat ein.

»Bei, äh, einem Melkmaschinenhersteller!«

Das ist jetzt nicht unbedingt der kleinste gemeinsame Nenner für jemanden, der die Busen von Galeristengattinnen pimpt. Wer weiß, welche Gerätschaften der in seiner Praxis hat!

Nils richtet sich tatsächlich interessiert auf einem Ellbogen auf.

»Ich bin wirklich sehr müde. Lass uns ein bisschen schlafen, ja?«, flüstere ich matt und kuschle mich an seine piksende Brust, um ihn wieder zum Hinlegen zu bewegen.

Als Nils trotzdem anfängt, mir zärtlich am Kopf herumzufummeln, drehe ich mich vorsichtig weg. Zutraulichkeiten kann ich jetzt überhaupt nicht brauchen. Schon gar nicht, wenn der Böckel nicht merken soll, dass er seine Schönheitschirurgenfinger nicht durch echte Haare gleiten lässt. Also stelle ich mich schlafend und merke zu meiner Beruhigung, dass Nils' Atem sich ebenfalls verlangsamt.

Ich warte. Warte, und zähle seine Atemzüge.

50, 51, 52, 53, …

Auch wenn ich diesen Mann wahrscheinlich nie wiedersehen werde: Der Arm quer über meiner Seite und der Männerbauch von hinten an der Wirbelsäule fühlen sich warm und schwer an. Nicht dass ich mir vorstellen kann, mein Bett auf Dauer mit jemandem zu teilen, aber für einen kurzen Moment lässt sich das ganz gut an.

60, 61, 62, 63, …

Ich strecke ein wenig widerstrebend die Hand nach meinem Kleid aus, das Nils achtlos auf die Nachttischlampe geworfen hat, bevor BH-Verschluss und Fischgeruch unseren Rausch der Leidenschaft ein wenig gebremst haben. Das Kleid ist schon ganz heiß von der Hitze der Glühbirne: 60 Watt sind definitiv zu viel für Polyester, auch wenn er daherkommt wie Seidenchiffon. So eine Fahrlässigkeit darf mir nicht noch mal passieren. Wenn ich mir in diese pfirsichfarbenen Rüschen ein Loch hineinbrenne, schaue ich dumm aus der Wäsche, sollte ich so einen Unsinn wie heute Nacht noch einmal wiederholen wollen. Denn Fränzis kitschiges Abiballkleid passt erstens perfekt zu überkandidelten Hochzeiten und zweitens mir noch an den Schultern, weil es nämlich keine hat.

Als ich wieder aufwache, hängt mein nackter Arm immer noch quer über das Bett, und meine Hand hält brav den Saum des Petticoats fest. Der Stoff des restlichen Kleides allerdings hat sich über der Nachttischlampe in eine Art bräunliche Lava verwandelt, die über dem Lampenschirm Blasen wirft und an der Glühbirne zu einer schwarzen Kruste festgebacken ist.

»Sacklzement!«

Ich fluche auf Bayerisch, obwohl ich inkognito unterwegs bin. Aber wenn ich stocksauer bin, kommt es manchmal einfach durch.

»Scheiße, verdammte!«

Fluchen auf Hochdeutsch kann ich mindestens genauso gut, aber das nützt mir jetzt auch nichts. Ich reiße das Kleid von der Lampe weg, es stinkt gewaltig nach verschmortem Plastik. Und es kann eigentlich nicht sein, dass Nils davon nichts mitbekommt. Aber der Melkmaschinenprofi schnarcht, als müsste er bis zum Mittagessen noch drei Ster Buche klein sägen. Die Rauchschwaden ziehen direkt nach oben an die holzvertäfelte Decke, wo das stecknadelgroße rote Lämpchen des Rauchmelders eifrig vor sich hinblinkt. Ihm gilt mein zweiter besorgter

Blick. Ich weiß von Janni, dem ehrenamtlichen Feuerwehrhauptmann der Fraueninsel, dass es der Hotelchef Hans Leutheuser (eigentlich der Zumsler Hans genannt, aber das erkläre ich später) mit dem Alarmsystem nicht so genau nimmt und der Rauchmelder eher theoretisch blinkt, aber nicht praktisch. Eine Drohgebärde sozusagen, wie beim Chiemseekrebs, der fuchtelt auch immer mit seinen Zangen herum wie ein ganz Großer. Aber zwicken kann man das wirklich nicht nennen, was der mit seinen putzigen Scheren macht.

Mich zwickt trotzdem etwas, nämlich das flüssige Plastik, das gerade an meinen Fingern fest wird. Das tut weh, aber ich gebe trotzdem alles, um so schnell wie möglich aus diesem unglückseligen Zimmer zu verschwinden. Mit dem verhunzten Kleid ist das gar nicht so einfach, weil ich plötzlich mit einem Bein in dem riesigen Brandloch stehe und alles noch einmal nach unten fummeln muss, um den richtigen Eingang zu finden. Der Campanile des Klosters schlägt zur Dreiviertelstunde, und gleich darauf bimmelt ein helles Glöckchen die Klosterschwestern zum Morgengebet. Viertel vor sechs also. Ich kann von Glück sagen, wenn mein Vater mit seiner senilen Bettflucht nicht bereits die Insel nach mir absucht. Außerdem ist das Konzert noch nicht zu Ende: Während der letzte helle Ton der Gebetsglocke noch in der Luft schwingt, jault plötzlich eine Sirene los, ohrenbetäubend. Hat der Rauchmelder also doch gemerkt, dass der Polyesterqualm meines Kleides die Rauchmenge einer Zigarette überschreitet und den Feueralarm ausgelöst! Gut gemacht, Fräulein Lochbichler. In ein paar Minuten werden sich alle auf der Insel lebenden Männer in ihre Uniformen der freiwilligen Feuerwehr[4] geworfen haben und zum Brandherd und zum Spritzenhaus rennen. Na sauber. Der

---

4 »Freiwillige« Feuerwehr ist leider irreführend. Sobald sich ein Inselburschi selbst die Schuhe zubinden kann, ist er zwangsläufig Mitglied, basta. Frauen sind raus aus der Nummer, das wär ja noch schöner. Reicht ja schon, dass einige unbedingt Fischerin werden wollen.

Brandherd, das bin ich, und das Spritzenhaus liegt genau auf meinem Heimweg.

Der erste Sirenenton fällt in sich zusammen, und während der zweite anschwillt, schaffe ich es endlich, den von der Hitze verformten Reißverschluss an der Seite nach oben zu zerren. Ich vergewissere mich, dass Nils die Augen weiter fest geschlossen hat, ziehe die Tür möglichst sanft hinter mir zu, und starte durch wie ein Kännchen-Kaffee-Tourist, der das Abfahrtstuten seines Chiemsee-Dampfers hört. Obwohl das kopfgroße Brandloch auf der Höhe meines Hinterns dafür sorgt, dass mein Kleid angenehm luftig ist, bricht mir der Schweiß aus, als ich mit meinen Schuhen in der Hand die Treppe hinunterjage. In der kurzen Stille zwischen dem zweiten und dritten Sirenenton springe ich in einem wenig eleganten Ausfallschritt über die letzte Stufe des obersten Absatzes. Ich weiß noch von vorher, wie laut sie knarzt, und ich bin alles andere als ein leichtes Mädchen.

Die Tür des Personaleingangs auf der Rückseite des Hotels fällt ein paar Sekunden später hinter mir ins Schloss, ihr bleiverglastes Sprossenfensterchen klirrt leise, und ich spähe vorsichtig um die Ecke. Nur vier Feuerwehrmänner. Das hätte schlimmer kommen können. Ich warte kurz, bis sich die Helden in Uniform an der Wegkreuzung vor der alten Linde zusammengefunden und organisiert haben. Organisiert haben heißt: Feuerwehrhauptmann Janni Kraillinger, den ich als Einzigen erkenne, weil er seinen Helm noch nicht auf dem Kopf hat, fuchtelt herum, dann schreit er: »Hey ho, let's go!«, und setzt mit einer ausholenden Feldherrengebärde ebenfalls den gelben Helm auf, Visier runter, zack. Zwei Feuerwehrmänner rennen daraufhin im Schweinsgalopp nach links zum Feuerwehrhaus, zwei nach rechts zum Haupteingang des Hotels. Ich spurte los. Und knalle leider direkt gegen den Aschenbecher, der unter dem Fenster der Hotelküche steht. Das hüfthohe Blechding fällt mit einem Scheppern um, das Tote auferwecken könnte.

Ich halte die Luft an und schaue nach oben, denn über der Küche schläft eigentlich der Hotelgeschäftsführer Rudi Ganghofer. Aber wenn das stimmt, was mir die Schöngruber Emerenz erzählt hat, nämlich dass den Rudi seine Geschäfte hauptsächlich in den Weinkeller führen, dann ist der wahrscheinlich nicht einmal vom Feueralarm aufgewacht. Ich habe aber keine Lust, es darauf ankommen zu lassen, und renne los, Richtung See.

Die Welt sieht um diese Tageszeit aus wie ein Schwarz-Weiß-Film, aber mein Kopf denkt sich die vertrauten Farben dazu. Draußen ist inzwischen komplett das Morgenlicht angeknipst. Die kirchturmhohen Linden und die melancholischen Weiden mit ihren ockerfarbenen Zweigen haben die ersten Frühlingsblätter, und die Magnolien haben dicke weißrosa Knospen.

Den Weg nach Hause würde ich im Schlaf finden, einmal rechts am Spielplatz vorbei, und nach dem Fußballplatz links runter zum See. Beim Lechner Sepp sehe ich im Schlafzimmer einen Schatten herumwandern. Der ist also nicht mit beim Einsatz. Wahrscheinlich bekommt er seine Feuerwehruniform nicht zu, oder seine Frau hat sie auf eBay gegen einen feschen Fummel eingetauscht.

Ich zucke zusammen, als ich den Uferweg erreiche und beinahe mit einem Schatten zusammenstoße, der auf nackten Sohlen schneller unterwegs ist, als ich reagieren kann. Barfuß im Morgengrauen, das kann nur der Sedlmayer Gorvinder sein, der im Kloster die Yoga- und Meditationskurse anbietet. Ich werfe mich zu spät in die gelbe Blütenwolke einer Forsythie, Gorvinder erschrickt genauso wie ich und zischt wenig meditativ: »Angmalte Gurkn!« Leider hält der Schreck nicht lang an, er

15

erkennt an mir blitzschnell einige Schlüsselreize und kommt näher.

»Guten Morgen, schöne Frau!«

So eine plumpe Anmache um sechs Uhr morgens? Der traut sich was. Nicht umsonst ist der Gorvinder dafür bekannt, alles mit Titten zu erleuchten, was nicht bis drei auf dem Baum ist. Trotz des kühlen Morgens ist sein sehniger Oberkörper nackt, über der braunen Haut baumelt eine lange Kette aus roten und orangefarbenen Perlen. Der muss jetzt wirklich nicht merken, dass die Sonnfischerin Kati Lochbichler morgens um sechs mit Perücke und verschmortem Cocktailkleid auf der Insel herumgeistert, und das dann sofort meinem Vater und der ganzen Insel weitertratschen.

»Gutön Morgön, Herr ...«, flöte ich mit verstellter Stimme.

»Gorvinder! Ich heiße Gorvinder, und bin ein Diener des Lichts!«

So ein Heuchler. Dass er mit Nachnamen Sedlmayer heißt, sagt er natürlich nicht dazu, dann würde nämlich auch die letzte Erleuchtungs-Touristin merken, dass er in Wirklichkeit aus Breitbrunn kommt. Jeden Morgen um fünf Uhr dreißig rudert er die zwei Kilometer vom Festland hierher, um barfuß um die Insel zu joggen, und ich sehe ihn höchstens vom See aus, wo ich eigentlich auch längst hingehöre.

»Sie sind auch barfuß? Wir sind Seelenverwandte!«, flötet unser Pseudo-Inder jetzt mit seiner gewinnendsten Mantrastimme und reißt begeistert die Augen so weit auf, dass sich die Haut auf seinem fleischlosen Schädel in tiefe horizontale Falten legt.

Statt einer Antwort schwinge ich Fränzis Tanzstundenpumps vor dieser plissierten Yoga-Glatze hin und her, um zu verdeutlichen, dass ich nur barfuß bin, weil mich die Schuhe drücken. Aber Gorvinder ist auf einem ganz anderen Pfad der Erkenntnis unterwegs und folgt mit dem Kopf enthusiastisch der Pendelbewegung meiner Schuhe.

»Genauuuuu, wegen der einmaligen Schwiiiiiiingungen

hier!«, summt er und grinst noch breiter. Gähn. Das sagen viele, dass die Schwingungen hier so eine ungemein beruhigende und friedliche Wirkung haben.

Auf alle, nur nicht auf mich.

Ich weiß nur, dass ich hier auf dieser Insel zu Hause bin und einen Beruf habe, bei dem man um diese Zeit eigentlich schon längst auf dem See sein sollte, anstatt mit kalten Füßen Verstecken zu spielen.

»Ich sehe an Ihrer Haltung, dass auch Sie Yoga praktizieren. Dieser geöffnete Brustkorb, damit der Atem fließen kann, wunderbar, ooooooommmmm!«

Ich habe die Schulterblätter nur so eng zusammengepresst und den Po dabei in die Forsythie gedrückt, um das Brandloch an meinem hinteren Orient zu verbergen, aber ich omme einfach mal für einen Atemzug mit, und wedle dann versuchsweise noch einmal mit meinen Schuhen.

»Ich muss!«

Und bevor sich der Gorvinder zu sehr seinen asketischen Kopf zerbricht, was eine Frau mit Abendkleid und verschmiertem Make-up um diese Tageszeit auf dem Uferweg zu suchen hat, füge ich noch mit spitzem Mund hinzu:

»Mein Mann wartöt am Fröhstöcksbüffö darauf, dass öch von meinem Morgönspaziergang ins Hotel zöröckkehre.«

Gorvinder entknittert abrupt seine Glatze, kramt aber in seiner ausgewaschenen roten Stoffhose und drückt mir eine Visitenkarte, vorne Elefantengott, hinten Telefonnummer, in die Hand.

»Wenn der Pfad des Lebens Sie wieder einmal auf unser erleuchtetes Eiland führen sollte – kommen Sie in meinen Kurs, dann können wir unsere spirituelle Reise gemeinsam fortsetzen!«

Ganz sicher.

Ich halte die Visitenkarte vor mich hin und stehe stocksteif da, bis es sogar dem Gorvinder zu unbehaglich wird und er auf leisen Sohlen weiterläuft. Geschafft. Oder auch nicht. Er hat

17

mich zwar nicht erkannt, das ganze Intermezzo hat mich aber wertvolle Minuten gekostet. Wenigstens bin ich nur noch ein paar Schritte von zu Hause entfernt. Ich zerquetsche etwas Schleimiges zwischen meinen Zehen und schüttle mich angewidert. Nacktschnecken sind so ziemlich das Einzige, was mich nervt, wenn es endlich Frühling wird.

Plötzlich höre ich Schreie und bleibe kurz erschrocken stehen. Von Weitem höre ich Jannis überkippende Stimme, der seine Männer anfeuert wie in einem Agententhriller.

»Go go go go go go!«

Ich lobe mich für meine Geistesgegenwart, vor meiner Flucht das Corpus Delicti in Form der verschmorten Nachttischlampe weit unter das Bett befördert und Nils eine brennende Zigarette in den Aschenbecher geklemmt zu haben, und schleiche mich leise an der Hortensienhecke unseres Biergartens vorbei.

Die grünen Fensterläden vor dem Doppelfenster rechts hinten sind zugeklappt. Mein Vater schläft demnach noch, und das ist gut so. Aber er muss nachts einmal aufgestanden sein, das schmiedeeiserne Kastenschloss unserer Haustür ist von innen abgesperrt, obwohl ich schwören könnte, dass ich die Tür nur hinter mir zugezogen habe. Ich wühle in Fränzis ausgedientem Handtäschchen herum, finde Blasenpflaster und einen »Hofbräuhaus Traunstein«-Bierdeckel mit der Telefonnummer von Nils. Kein Schlüssel. Gott sei Dank befindet sich im Schlachtraum alles, was ich jetzt brauche. Nur kein Kaffee, leider. Meine Hände zittern, als ich den Schalter für das Neonlicht suche, feuchte, kalte Luft und der ewige Fischgeruch schlagen mir entgegen, und als ich die Augen schließe und den Kopf kurz an die kalte Stahltür zum Kühlraum lehne, ist mir ziemlich schwindlig. Ein Kater, Müdigkeit und der Adrenalinschub nach meiner kleinen Brandstiftung liefern sich ein Kopf-an-Kopf-Rennen, bis mein Pflichtbewusstsein mit Mühe die Oberhand gewinnt.

Als Erstes versenke ich den Bierdeckel mit Nils' Telefonnummer in der blauen Tonne mit den stinkigen Fischabfällen. Ein ausgeleierter, rotfleckiger Fleecepulli kommt direkt über den trägerlosen BH. Den Fischen wird es garantiert egal sein, was ich drunter trage, also ziehe ich meine khakigrüne Gummi-Latzhose der Einfachheit halber ebenfalls über die Dessous von heute Nacht. Die Stiefel sind an den Hosenbeinen gleich mit dran. Satinpumps, Täschchen und das ruinierte Kleid kommen in den alten Metallspind, fertig. Im Spind steht auch eine griffbereite Box mit Abschminktüchern, die ich dort gestern Abend weitsichtig platziert habe.

»Brennt's?«

Ich knalle die blecherne Tür zu, dass der hohe schmale Spind wackelt, und fahre herum, ein braunrosa verfärbtes Abschminktuch in der Hand.

»Nicht dass ich wüsste.«

In der schiefen Holztür lehnt mein Vater, umrahmt von Knöterichzweigen und Frühmorgenlicht. Sein weißer Haarschopf steht wild und von hinten beleuchtet vom Kopf ab.

»Das war bestimmt nur eine Übung.«

Mein Vater hat doppelt so viele Stirnfalten wie der Inselyogi Gorvinder, und zwar nicht nur in der Horizontalen, sondern auch in der Vertikalen.

»Geh weida. Als tät da einer aufstehen um die Zeit, für eine Feuerwehrübung!«

»Sind auch nur vier Männer gekommen.«

Mein Vater legt seine Stirn in Karos.

»Ja, woher weißt jetzt des?«

»So halt. Weiß ich nicht, denk ich mir nur.«

»Des frag ich nachher den Janni. Schad, dass mich nicht mehr haben wollen bei der Feuerwehr.«

»Papa, du hast die Übungen gehasst. Und du wirst nächstes Jahr vierundsiebzig.«

»Jaja, aber nett wars schon – und der Schweinsbraten danach, der war immer umsonst!«

Aber der Schmerz über seinen Feuerwehr-Ruhestand sitzt

anscheinend nicht allzu tief. Mein Vater rückt ganz entgegen seiner Art ziemlich schnell mit seinen eigentlichen Sorgen raus.

»Meinst ned, dass wir heut den Biergarten noch zu lassen sollten?«

»Kommt nicht in Frage! Wozu haben wir uns denn letzte Woche zusammengesetzt und die Umsatzziele für diese Saison besprochen?«

Ich drücke mit den Schulterblättern die Spindtür zu, die wieder aufschwingen will, und schiebe meinem kleinen Geheimnis den Riegel vor.

»Der Wetterbericht sagt für heute vierundzwanzig Grad an! Und das im April! Wir machen auf!«

»Mei, aber ich würd gern noch mal zu die Fischerl.«

»Ich weiß, Papa, aber es kommen noch viele schöne Tage, an denen du zum Becken rudern kannst.«

Die Fischereigenossenschaft hat meinem Vater zum Ruhestand die Patenschaft für ein Anzuchtbecken im Hafen unserer Marktstadt Prien übergeben. Meine Idee war das gewesen, damit ihm die Betriebsübergabe leichter fallen sollte. Das Ganze war eigentlich mehr so pro forma gemeint, eine Placebo-Patenschaft, weil sich ja in Prien ein ganzer Betrieb um die Anzucht kümmert und mein Vater da nur im Weg rumsteht. Aber anscheinend fühlt er sich jetzt tatsächlich verantwortlich für viele Tausend Babyrenken, und manchmal kommt es mir sogar vor, als würde mein Vater vor lauter Patenschaft den Blick fürs Wesentliche verlieren.

»Du weißt, Papa, unsere einzige Chance für einen vernünftigen Jahresschnitt bedeutet: Bei den Sonnfischers ist ab Mitte April geöffnet, Montag ist Ruhetag, aber sonst gibt es keine Ausnahmen. Die Gäste müssen sich darauf verlassen können, dass sie frisch geräucherten Fisch bekommen, wenn sie bei uns vor der Tür stehen. Der Fang heute, der geht zur Hälfte frisch an die Wirte, und den Rest häng ich in die Selch[5]. Und du hast

---

5 Selch: Räucherkammer

heute richtig viel zu tun: Tische und Bänke aufstellen, Tischdecken drauf, Kies aufharken! Und um elf kommt die Aushilfe und kann dir mit dem Rest helfen.«

»Helfen, helfen – mir ham noch immer alles allein gschafft! Ich mach lieber zu, als dass ich jemand Fremden unser Sach machen lass!«

»Papa. Die Arbeit wird nicht weniger, und ich weiß manchmal nicht, wo ich zuerst anfangen soll! Aber: Bei uns bekommt man ehrlichen Räucherfisch, in der Semmel oder mit Kartoffelsalat, Dienstag bis Sonntag von elf bis acht. Da wird nicht einfach so zugemacht! Das ist schließlich unser Alleinstellungsmerkmal!«

Mir ist klar, dass ich gerade klinge wie die Schöngruber Emerenz nach einem BWL-Crashkurs. Die Emerenz ist unsere Nachbarin landeinwärts und ihres Zeichens ein furchtbares Klaghaferl.[6] Aber ich kann dem Sonnfischer senior ja schlecht ins Gesicht sagen, dass er mir letzte Saison auch noch eine wesentlich größere Hilfe war.

»Alleinstellungs-ha? Jetzt redst schon daher wie deine siebengescheite Schwester! Die müsste eigentlich heut auch hier sein, wenn die Saison losgeht, und nicht in München! Ich denk, wir sind ein Familienbetrieb?«

Das ist das alte Lied von der abtrünnigen Zwillingsschwester, in das ich allerdings nicht einstimmen werde. Im Gegenteil, ich kann die Fränzi nur bewundern, wie sie als junge Mama, als sehr junge alleinerziehende Mama, ihren Weg gemacht und die Mode- und Journalistenschule abgeschlossen hat.

»Schau, die Fränzi, die schreibt halt einfach lieber. Die hat bei der *Mimi* einen super Job, ist total glücklich bei ihrer Frauenzeitschrift, und im Verlag ist sogar ein Hort für den Xaver mit allem drum und dran. Wenn sie hier mitarbeiten würde, dann müsste der Betrieb vier Leute ernähren statt nur uns beide.«

---

6 Klaghaferl: Jammerläppin

Dass ich in Wahrheit sehr froh bin, dass ich eine Zwillingsschwester in München habe, zu der ich flüchten kann, sollte mir der Himmel über dem Chiemsee auf den Kopf fallen, sage ich jetzt lieber nicht. Und außerdem: die Fränzi und ich in einem Betrieb? Wer weiß, ob das gut gehen würde.

»Diese Saison wird uns jedenfalls eine Hauswirtschafterin aushelfen, die hat mir die Schwester Sebastiana empfohlen«, versuche ich das Thema »Wieviele Mitglieder braucht ein Familienbetrieb?« zum Abschluss zu bringen. Aber Kloster ist für meinen Vater ebenfalls ein Reizwort.

»So ein Klostertrutscherl, das bloß rumsteht und schaut wie ein Schwaiberl, wenn's blitzt? Das braucht's ned! Die hab ich fei heimgschickt das letzte Mal!«

»Ja, leider. Schau Papa, lass dir doch helfen. Oder tu's für mich!«

»Aber Kati – wann haben wir den letzten Zander verkauft? Und die Renken werden auch immer weniger! Des kann doch der Deifi nicht derzahlen, wie soll des denn gehen?«

»Papa, um diese Jahreszeit ist der Fang immer so mau! Wenn die Renken noch dünn sind vom Winter, dann stehen sie lieber am Grund herum, anstatt Kalorien zu verbrennen und in die Netze zu schwimmen. Das musst du selbst doch am besten wissen!«

Ich sage meinem Vater nicht, dass die Hauswirtschafterin Ursula heißt, aus Rumänien kommt und ich ihr längst für die komplette Saison zugesagt habe. Stattdessen schmiere ich mir Ribluba auf die Finger, um sie vor dem kalten Wasser und den Nylonschnüren der Netze zu schützen.

»Mach dir keine Sorgen. Das Geschäft wird schon anlaufen. Basta.«

»Basta, basta, ich geb dir gleich a basta!«, ärgert sich mein Vater. »Wia redst'n du mit mir?«

»Entschuldigung, ich bin nur ein wenig unter Zeitdruck, Papa. Was ich noch sagen wollte: Der Lechner Sepp macht seinen Betrieb auch heute auf.«

»Da Lechner Sepp, da Lechner Sepp, als sollt man sich nach dem richten«, brummelt mein Vater und legt weiter den Kopf schief, »ich hab nie auf die Konkurrenz gschaut, und trotzdem seids es ned verhungert.«

»Nein, verhungert nicht. Noch nicht jedenfalls, denn du zum Beispiel hast keinen Pfennig Altersvorsorge. Ich jedenfalls will Gewinn machen, und zwar für uns beide, und nicht einfach immer nur unterm Strich eine Null haben. Der Sepp hat gesagt, er hat im Winter drei Monate nicht arbeiten müssen, so gut war sein Jahr!«

Das will mein Vater überhaupt nicht hören und unterbricht mich:

»Der Sepp hat dir das verzählt? Oh mei!«

Ich seufze. Ich mag den Lechner Sepp. Tut immer brummig, ist aber in Wirklichkeit lieb wie ein Teddybär. Zu allen, nur manchmal nicht zu seiner Frau, aber das ist nicht mein Problem.

»Der Sepp ist auf unserer Seite, der will dir nichts Böses. Der hat genug eigene Sorgen.«

»Na gut. Wirst es schon wissen.«

Na gut? Ich wundere mich, dass mein Vater nicht wie sonst ins Lamentieren gerät, und über die Konkurrenz unter Chiemseefischern wettert. Er steht nur da in seinem blau-rot gestreiften Flanellpyjama, der ihm in den letzten Jahren viel zu groß geworden ist, weil ihm als Witwer der Kugelbauch weggeschrumpft ist wie Wachs in der Sonne. Er wippt ein bisschen auf seinen braun karierten Filzschlappen und legt den Kopf schief wie ein Dackel, der um ein Radl Wurst bettelt.

»Papa, hallo! Ich muss jetzt dringend raus auf den See, ich habe heut verschlafen. Oder willst du mit?«

Mein Vater reagiert nicht auf meine Frage, sondern stiert mich weiter mit schiefem Kopf und karierter Stirn an. Ich gucke zurück und sehe, dass er seine Pantoffeln verkehrt herum trägt, linker Pantoffel am rechten Fuß und umgekehrt.

»Ist noch was?«

Mein Vater starrt weiter und druckst endlich heraus: »Du Kati, warst du beim Frisör?«

Die Perücke! Ich habe die Perücke von heute Nacht noch an!

Ich reiße Fränzis alte Faschingsverkleidung mit einer Handbewegung herunter und denke mir sofort danach, dass das ein Fehler war. Aber wie hätte ich meinem Vater erklären sollen, dass sich meine Haare über Nacht von rotblonden Finger-in-der-Steckdose-Locken in einen pechschwarzen Josephine-Baker-Bob verwandelt haben?

»Ach die«, sage ich leichthin und stehe saudumm da mit der Perücke, die in meiner Hand hängt wie ein Staubwedel, »die hat mir die Fränzi geliehen, ich soll mal was Neues ausprobieren. Aber ich glaube, ich setze doch lieber wieder meine alte Mütze auf.«

Ich merke an meinen Haarwurzeln, dass sich meine störrischen Haare in der Feuchtigkeit aufrichten wie eine selbstaufblasende Luftmatratze und stülpe schnell die Pudelmütze aus meiner Hosentasche drüber. In ein paar Minuten werde ich trotzdem aussehen wie Rusty der Clown. Aber mein Paps ist offensichtlich mit seinen Gedanken schon wieder woanders, er sieht gar nicht, wie ich die Perücke lieblos in den Kahn werfe, sondern schaut mit verträumtem Blick über den See, der in der Tat absolut märchenhaft aussieht vor der Bergkulisse und mit den leise schaukelnden Booten. Auf dem See liegt ein milchiger Hauch, gerade mal einen halben Meter hoch.

»Scho schee, wenn er so dampft, der See«, sagt er dann leise und holt ein kleines Fläschchen aus der Brusttasche seines Schlafanzugs.

In eben dieser Brusttasche hatte immer klebriger Weingummi auf uns gewartet, wenn wir Mädels, die Sonnfischerzwillinge Franziska und Katharina, am Montagmorgen zu unseren Eltern ins Bett gekrochen waren, weil montags schon damals Ruhetag war, und mein Vater ausschlafen konnte. Meine Mutter liebte diesen pappigen Süßkram, körperwarme Geleebrocken, an denen Tabak- und Flanellfussel klebten.

»Nopi? Heut hat's an saubern Ostwind!«

Mein Vater genehmigt sich erst mal selber einen, bevor er den blassgelben Magenbitter an mich weiterreicht. Im Nachhinein waren die Weingummis gar nicht so schlecht gewesen. Wenn man sie vorher unter fließendes Wasser gehalten hatte.

Wahrscheinlich denkt mein Vater gerade das Gleiche, weil ihm die Augen leicht feucht werden und er nicht protestiert, als ich das kleine Bügelfläschchen einstecke, ohne daraus zu trinken. Das mit dem Ostwind ist nämlich nur ein Alibi. Nopi geht immer beim Bonifaz Lochbichler, auch wenn der Wind die Chiemseeoberfläche nur kräuselt wie eine leichte Gänsehaut.

Die Idylle wird kurz gestört, als die Sirene noch einmal aufheult. Die Entwarnung! Ob die Feuerwehr dem armen Nils von Böckel gerade einen Eimer Wasser über das Gesicht geschüttet hat? Meine Gummilatzhose quietscht leicht, als ich meiner Zweitfrisur hinterhersteige und mich auf das Holzbrett setze, das als Fahrersitz vor dem Außenborder liegt.

»Willst nicht lieber wieder ins Haus gehen? Du hast noch deine Pantoffel an!«

»Meine Hausschuh? Hobigarnedgmerkt«, murmelt mein Vater. »Mit meinem Zehnagel komm ich eh in keine andern Schuh mehr.«

»Aber du warst doch bei der Fußpflegerin letzten Monat?«

»Die hat mir den Hax noch mehr verhunzt!«

»Und die Ärztin, diese Brüderle, die dir der Schmied empfohlen hat? Bei der warst du doch auch!«

»Die? Zu der geh ich ned nochamal, die ist mir z'jung!«

Das kommt so resolut, dass ich mir ein unsicheres Hascherl vorstelle, frisch aus dem Hörsaal.

»Und wenn du zu einem anderen Arzt gehst?«

»Ich will ned zum Doktor und wegen meinem Zehnagel scho glei gar ned.«

Er bückt sich mit knackenden Kniegelenken, um den Knoten der vorderen Bootsleine zu lösen, wirft mir das schmutzig weiße Seil ins Boot und schlurft zurück Richtung Haus, dreht

sich aber noch einmal um und schreit gegen den Lärm des los-
knatternden Motors an.

»Weißt, wie meine neue Plattn vom Grönemeyer heißt?
Schiffsverkehr! Passt doch zu uns wie der Arsch auf an Eimer!
Magst die nachher mal anhören?«

»Aber ja, Papa. Natürlich!«

Ich nicke so erfreut, als wäre Herbert Grönemeyer nicht nur
für meinen Paps, sondern auch für mich der Allergrößte, und
rufe ihm noch hinterher: »Und mach nicht wieder so eine
Sauerei in der Küche!«

Er hört mich aber nicht, sondern geht leicht hinkend zum
Haus zurück. Ich seufze und drehe endlich am Gasgriff.

Die Viertelstunde bis zu den zwei weißen Bojen, die draußen
auf dem Weitsee den Liegeplatz meiner Renkennetze markieren, gebe ich richtig Gas, das Gesicht in den Wind gestreckt.
Hinter meinem Boot zieht sich das große V der Kielwellen rau-
schend auseinander, der Bug hebt sich aus dem Wasser und
schlägt alle paar Sekunden auf der Wasseroberfläche auf. Nach
einer Weile habe ich trotzdem Mühe, die Augen offen zu halten. Diese Durchmacherei ist mir eindeutig zu anstrengend,
Sex hin oder her.

Aber dann lasse ich das Boot auslaufen und drehe mich um,
schiebe die Hand zwischen meine Augen und die Morgensonne. Der Frühnebel ist verschwunden und die Wasseroberfläche glatt wie Öl, von sauberem Ostwind keine Spur. Die
Fraueninsel ist jetzt so weit entfernt, dass ich sie hinter meiner
Hand verschwinden lassen kann.

Die Insel.

Meine Insel.

Absolute Stille, noch nicht einmal ein Plätschern.

Der Chiemsee, 360 Grad um mich herum. Weit, aber nicht
zu weit, das Ufer immer sichtbar. Am Wasser verteilt kleine
Ortschaften als rot-weiße Würfelchen mit Kirchsturmspitzen
drin, dahinter weiche Hügel, dunkel und neblig, weil die Sonne

sie noch nicht erreicht hat. Und dann als letzte Dimension die Felsmassive der Chiemgauer Berge, von denen ich gar nicht weiß, wie sie alle heißen.

Ich höre auf, die Backenzähne aufeinanderzubeißen und entspanne mich. Fischerhose, Fleecejacke und Spitzenwäsche bilden einen kleinen Berg in der Mitte des Bootes, als ich vom Bootsrand aus mit einem lauten Schrei nackt in den See springe. Das eiskalte Wasser pikst wie tausend Nadelstiche und wirkt besser als zehn Tassen Kaffee. Als ich mich abgeschreckt wie ein Frühstücksei wieder ins Boot ziehe, muss ich über mich selbst lachen. Es geht mir bestens. Alles ist gut. Ich weiß wieder, warum ich hier lebe, auf dieser Insel, auf diesem See. Weil mein Papa mich braucht. Und ich diesen See. Deshalb.

Als ich eine Stunde später wieder in unseren kleinen Hafen hineingleite, sehe ich, dass ein Stück weiter Richtung Gstadt der Lechner Sepp seine Gummihosen bereits zum Trocknen aufgehängt hat. Ich bin wirklich verdammt spät dran heute Morgen, aber inzwischen ist mir das scheißegal.

»Mia ham mal wieder die Nacht zum Tag gemacht...«

Mein Paps und Herbert Grönemeyer beschallen gemeinsam und mit einem erstaunlichen Gespür für meine körperliche Verfassung die Küche. Und obwohl ich beim Eintreten laut »Na, wie läuft's?« frage, fährt Papa zusammen, als ich ihm die Hand auf die Schulter lege. Die dampfende Kartoffel, die er auf einer Gabel vor sich hinschwenkt, fällt ihm halb geschält in den Schoss.

»Zefix!«

Während mein Vater in die Höhe hüpft und an seinen Oberschenkeln herumklopft, drehe ich den Ghettoblaster mit dem

Ruhrpottbarden ein wenig leiser und sehe mir die Bescherung in der Küche an. Die Wandverkleidung aus Edelstahl sieht aus, als wäre auf ihr ein Eimer Fassadenfarbe detoniert. Auf dem alten Tisch mit der verbeulten Zinkplatte türmen sich Plastikschüsseln, ein sahneverschmiertes Rührgerät und die Einzelteile eines zweistöckigen Henkelmanns. Irgendwie haut das gerade nicht hin mit der Arbeitsteilung, so wie wir sie mal ausgemacht haben: Mein Vater kümmert sich um die Küche und ich mich um die Fischerei. Und inzwischen auch ums Aufräumen. Denn mein Vater richtet jeden Morgen die Küche so zu, dass es ausschaut wie in einer Kreuzberger Männer-WG. Jedenfalls so, wie ich mir eine Kreuzberger Männer-WG vorstelle, weil ich nämlich noch nie in Berlin war und wahrscheinlich auch nicht so schnell hinkomme.

Es riecht nach Fisch, eh klar, aber auch nach etwas Süßem, Fruchtigem. Das ist insofern verwunderlich, weil ich eigentlich ein obstfreies Leben führe. Ich würde nie in einen Apfel beißen, wenn ich auch ein Leberwurstbrot haben kann. Das habe ich von der Mama geerbt, die davon überzeugt war, dass Gummibärchen mindestens genauso viele Vitamine haben wie frisches Obst. Was meine Schwester und mich zu Pausenköniginnen machte: Die anderen Schüler standen da mit ihren Mandarinen und Äpfeln, und für uns gab es Fischsemmeln und Süßigkeiten. Umso mehr wundert es mich, dass mein Vater gerade mindestens zwei Pfund Erdbeeren halbiert hat. Und das genügt leider, um das seelische Gleichgewicht, in das mich der See geschaukelt hat, ins Wanken zu bringen.

»Erdbeeren? Wer soll denn jetzt Erdbeerkuchen backen? Fisch! Fisch! Fisch! Fisch ist unser Geschäft!«

Mein Vater sieht mich an, als wäre ich nicht ganz zurechnungsfähig, und wischt mit dem Ärmel meine Spucketröpfchen vom Tisch.

»Was für einen Kuchen?«

»Ja, Kuchen – oder willst du die Erdbeeren etwa selbst essen? Weißt du überhaupt, was die um die Jahreszeit kosten? Und wo hast du die überhaupt her? Warst du so …« – ich zeige auf seinen Schlafanzug – »… im Inselladen?«

»Na ja. Ja mei.«

Mein Vater sieht inzwischen immerhin etwas betreten aus, sodass ich mich etwas beruhige.

»Aber immerhin hast du an den Kartoffelsalat gedacht.«

»Kartoffelsalat?«

Mein Vater guckt in den ziemlich kleinen Topf. Ich auch. Noch drei Kartoffeln sind darin, ungefähr fünf sind schon geschält. Viel zu wenig, um daraus sechzig Portionen Salat zu machen.

»Die sind doch für den Kartoffelsalat, oder?«

»Also wennst mich so direkt fragst …«

Ich entdecke im bereitgestellten Henkelmann einen dicken Batzen Sauerrahm.

»Wie? Die sind auch für dich? Erdbeeren, aber nicht für einen Kuchen. Kartoffeln und Schmand, aber nicht für unseren Salat. Was hattest du denn vor?«

»Ich wollte noch mal zu die Fischerl schauen!«

»Und dazu brauchst du ein solches Picknick?«

Ich raufe mir die Haare (obwohl das überhaupt nicht nötig wäre – die sind quasi naturgerauft), setze mich dann aber vorsichtig neben meinen Vater und lege meine Hand auf seine. Ist ja gut, dass er ein neues Hobby hat.

»Ich liefere jetzt die Fische aus – und du kochst einfach noch einmal Kartoffeln und backst dreißig Semmeln auf. Ja? Wir werden sonst nicht rechtzeitig fertig! Verstanden? Kartoffeln. Semmeln. Bitte!«

Als ich eine Dreiviertelstunde später den Leiterwagen mit zwei blauen Styroporboxen und hundert ausgenommenen Renken Richtung »Wirtshaus am See« ziehe, wünsche ich mir dringend, dass mir der Zoran, der dortige Wirt, sofort ein Haferl Kaffee hinstellt. Und dann trotz der frühen Tageszeit seinen legendären Krustenschweinebraten mit Kartoffelknödel und Dunkelbiersauce. Denn ich bin nicht nur am Einschlafen, mein

Kater und die getane Arbeit verlangen nach etwas Handfestem, und hinter den gekippten Milchglasscheiben des Küchentraktes zischt und duftet es.

Direkt am See sitzen zwei Feuerwehrmänner unter einem Kastanienbaum, haben die Helme vor sich auf den Tisch gelegt, damit jeder sieht, dass sie im Auftrag des Herrn unterwegs waren, und lassen sich die leicht zerdatschten Vokuhilas von der Frühlingssonne wärmen. Jeder hat ein frisches Weißbier vor sich stehen, und einer von beiden winkt mir mit einer halb leer gesaugten Weißwursthaut zu. Der Michi. Und sein bester Freund, der Feuerwehrhauptmann Janni Kraillinger. Wenn die wüssten, dass wir uns heute Morgen schon fast einmal begegnet wären!

Ich lasse den Leiterwagen stehen, gehe zum Tisch, küsse den Michi rechts und links auf die Backe und frage total locker in die Runde: »Was war denn vorher los? Eine Übung?«

»Ah wo, Übung! Ein richtiger Einsatz!«, winkt der Janni lässig-wichtig ab und zuzelt kurz, aber geräuschvoll an dem Wurstlappen zwischen seinen Fingern. »So ein Großkopferter hat im Hotelzimmer sei Tschick[7] brennen lassen. Passiert is nix, aber Einsatz ist Einsatz. Dafür muss er blechen, der Gast. Der Zumsler Hans meint, er hat gar nicht gewusst, dass seine Rauchmelder so sensibel sind.«

»Und du, Baby?«, grinst mich jetzt der Michi an, »wo gehst du hin?«

Das Baby zeigt auf sein fischbeladenes Inseltaxi.

»Zum Amsler und dann zum Zumsler!«

»Wie – zu beiden?«

»Na klar, Lieferung ist Lieferung! Mir doch egal, ob sich die Wirte hier verstehen oder nicht! Ich mach mein Business, basta.«

Michi und Janni greifen beide reflexhaft zum Weißbier, schauen mich mit einer Mischung aus Respekt und Mitleid an und sagen unisono: »Du traust dich was!«

Ich zucke mit den Achseln.

---

7 Tschick: bayerischer Glimmstengel

»Geht mich nichts an, wenn sich die Wirte hier die Köpfe einhauen, sowohl der Hans als auch der Zoran bekommen heute von mir Renken, fangfrisch, basta.«

Das »Wirtshaus *am* See« und das »Hotel *zum* See« sind nämlich die zwei größten Gaststätten auf der Insel. Der Lechner Sepp und ich, wir haben zwar auch unsere Fischereien, aber wir verkaufen nur Räucherfisch und Brotzeit, und über die Wintermonate sind unsere kleinen Biergärten zu. Das »Wirtshaus am See« wird hingegen 365 Tage im Jahr geführt vom Zoran, der den allerfeinsten Schweinsbraten weit und breit drauf hat, und das als Kroate. Sein Wirtshaus liegt direkt am See, wie der Name schon sagt, hat aber keine Gästezimmer. Die hat dafür das »Hotel zum See« vom Leutheuser Hans, auf der kleinen Anhöhe in der Inselmitte. Aber weil das Hotel vom Hans nicht am Ufer liegt, darf es sich nur »*zum* See« und nicht »*am* See« nennen. Beide Unternehmer, Hans und Zoran, sind eigentlich Seewirte, aber zur Unterscheidung heißt der Zoran bei uns der »am-See-ler Wirt« und der Hans der »zum-See-ler Wirt«. Kurz: der Amsler Wirt und der Zumsler Wirt. So ist das hier, die im Landesinneren sind die Zumsler, und die mit den Seegrundstücken sind die Amsler. Und weil der Zumsler Wirt, also der Hans Leutheuser, auch gern ein »am See« in seinem Namen hätte, zoffen sich die zwei in jeder Gemeinderatssitzung. Was ich nicht verstehen kann, denn ich bin der Meinung, dass er das einfach machen sollte, das mit dem Namen. Die Leute ärgern sich immer maßlos darüber, was die anderen sich so trauen, anstatt einfach ihr Ding zu machen und aus. Ich jedenfalls liefere einfach an beide, Hotel und Wirtshaus, obwohl ich weiß, dass »des ned gern gseng werd, wenn ma bei am jeden gseng werd[8]«, und häng das einfach mal nicht an die große Glocke.

---

8 O-Ton Emerenz, weil ich mit den Sternsingern einmal rechts um die Insel und einmal linksherum mitgelaufen war, um mehr Süßigkeiten abzugreifen. Der Trick, mich als meine Zwillingsschwester auszugeben, hatte schon damals leider nie funktioniert.

Feuerwehrhauptmann Janni nimmt einen extratiefen Weißbierschluck und fragt mich: »Wissen die Wirte das denn voneinander?«

»Dass ich an beide liefere? Also, ich hab es ihnen nicht erzählt.«

»Mei, dann wissen sie's wahrscheinlich nicht, denn reden tun die zwei ja schon lang nicht mehr miteinander.«

Der Michi verbessert ihn: »Also eigentlich ist es ja der Hans, der nicht mit dem Zoran redet, wegen dem Namen. Dem Zoran, dem ist doch außer Schweinsbraten und Heimatverein alles wurscht. Dem ist doch nur wichtig, dass er seinen Nachtscherm[9] von einer Tochter endlich unter die Haube kriegt.«

»Nachtscherm? Also das ist jetzt schon ein bisserl stark! Weil – so schiach ist sie jetzt auch nicht, die Molly. Ein bisserl stark gebaut vielleicht, aber da gibt's Schlimmeres!«

»Das sagst du, weil dir der Busen schon immer wichtiger war als das Gesicht! Warum meinst du, dass der Zoran die Molly Frisös lernen lässt? Weil sie zwar einen gescheiten Bedienungsbusen hat, aber ein Gesicht dazu – da ist ein sauers Lüngerl appetitanregender!«

So ist das. Kaum stehe ich in Latzhose und Stiefeln neben ein paar Jungs, reden die miteinander, als wäre ich ein Maurerlehrling und nicht eine alleinstehende Geschäftsfrau in den allerbesten Jahren.

»Der Zoran hat jetzt sogar einen Schmuser[10] losgeschickt«, sagt jetzt der Janni, »der schaut im kompletten Chiemgau die Höfe durch nach einem ledigen Bauern, da wird schon einer dabei sein für seine Molly. Die passt eh besser auf einen Traktor als auf ein Schiff, der kriegt nämlich keine Schlagseite.«

Ich funkle jetzt den Janni finster an, denn es wird Zeit, dass

---

9 Nachtscherben: Vorläufer des Dixie-Klos, für unters Bett

10 Schmuser: Bayerischer Heiratsvermittler der alten Schule. Parship weiß-blau, sozusagen

sich dieser Stenz daran erinnert, dass er nicht nur die Sonnfischerin vor sich stehen hat, sondern auch die Tante seines unehelichen Sohnes.

»Und du bist sicher, dass es an der Molly liegt, wenn der Schmuser auf der Insel nicht fündig wird? Oder nicht doch vielleicht am Männermaterial hier?«

Immerhin senkt der Janni jetzt beschämt die Nase tief ins Weißbierglas, als würde auf dem dickem Glasboden etwas sagenhaft Interessantes stehen. Der stoppelige Scheitel seines Vokuhilas ist aus dieser Perspektive auch nicht mehr so dicht wie früher. Jedenfalls nicht mehr so dicht wie damals, als meine Zwillingsschwester im verhängnisvollen Sommer nach dem Abi meinte, im Muster von Jannis Hawaiihemden die große weite Welt entdeckt zu haben. Dem Michi dämmert es jetzt auch, dass er mit seiner Lästerei über die arme Molly mit beiden Beinen mit in Jannis Fettnapf steht, und er erinnert sich zur Rettung der allgemeinen Stimmung an das vorherige Gesprächsthema.

»Beim Zumsler Hans würde ich trotzdem aufpassen, dem ist das sicher nicht recht, dass du an ihn und an den Amsler Wirt lieferst. Stell dir vor, der Rudi hat dich gerade gesehen und tratscht es ihm weiter!« Er weist mit der Kinnspitze zur übernächsten Kastanie.

Tatsächlich, da, hinter dem dicken Stamm sieht man halb verdeckt ein weißes Hemd und eine Männerhand, die gerade ein Stamperl Schnaps in ein Glas Helles hineinkippt. Ich muss lachen, und Jannis Nase taucht aus dem Glas auf, einen weißen Klecks Weißbierschaum an der Spitze.

»Meinst du wirklich, dass der Ganghofer Rudi seinem Chef erzählt, dass er mich hier gesehen hat? Und sich vom Hans dann fragen lassen muss, was er denn beim Amsler Wirt zu suchen hatte?«

»Wahrscheinlich schmeckt's ihm nicht im eigenen Lokal«, lästert jetzt der Janni, schielt kurz nach innen und wischt den Weißbierschaum auf seiner Nase ab. Mit seiner Zunge.

»Wundern tät's einen nicht! Hochzeiten ausrichten, das kann er vielleicht, aber die Küch vom Hans, die ist ja sowas von pfuideifi.«

Ich wende mich schaudernd ab, aber nicht wegen der in der Tat äußerst mittelmäßigen Hotelküche vom Hans, sondern wegen Jannis Zungenakrobatik. Das ist zwar nichts Neues, weil der Janni früher mit seiner Kiss-Cover-Band »Zefix« auf allen Feuerwehrfesten von Rosenheim bis Wasserburg bewiesen hat, dass die Zunge von Gene Simmons im Vergleich zu seiner ein kleiner Stummel ist. Aber ich will einfach nicht daran erinnert werden, dass er mit solchen Kunststücken einmal meine sonst so kluge Schwester beeindruckt hat.

»Ich glaub, der Rudi isst eh am liebsten flüssig. Und zwar vegetarisch: erst an Kirsch, dann an Korn!«, meint jetzt der Michi weiter und ich pflichte ihm bei: »Der will hier sein hochprozentiges Frühstück, und gut ist es! Aber ich halt mich da raus. Ich hab zu Hause genug zu tun.«

Wie wahr. Als hätte ich es geahnt, sägt gerade das Geräusch eines Außenborders durch die klare Morgenluft.

NJÄÄÄÄÄÄÄÄÄÄÄÄÄÄ!

Und bevor ich noch reagieren kann, bemerken Michi und Janni wieder unisono:

»Das bist doch du!«

Ja, das bin ich. Nur mein Schiff klingt wie eine wild gewordene Hornisse. Aber ich sitze nicht drin. Sondern mein Vater, nicht mehr im Schlafanzug, sondern in seiner dunkelbraunen Trachtenjacke und einer roten Kühltasche neben sich, die ich noch nie gesehen habe. Und schlauerweise mit dem Rücken zum Festland. Ich spurte ans Ufer und schreie:

»HAST DU AN DIE KARTOFFELN GEDACHT?«

Nichts. Nur: NJÄÄÄÄÄÄÄäääääääääääää...

Und weg ist er, einmal um die Insel Richtung Süden.

»Der hat dich jetzt aber nicht gehört«, stellt Janni oberschlau fest, als ich an den Tisch zurückkehre.

Ich verzichte auf eine Antwort, nicke stattdessen nur ein

schnelles »Prost« zum Rudi und frage im Gehen noch kurz den Michi: »Bist du heute gar nicht im Dienst?«

Michi ist nämlich Fahrkartenkontrolleur und erster Stegwart bei der Chiemseeschifffahrt.

»Nein, ich hab heut frei. Wichtige Termine!«

Mehr sagt er nicht, sondern wirft sich in die Brust und klemmt die Daumen hinter die Hosenträger seiner dunkelblauen Feuerwehrhose. Sein rundliches Riesenbaby-Gesicht wird rot vor Wichtigkeit, aber obwohl ich sehe, dass er darauf wartet, tu ich ihm nicht den Gefallen und frage nach, sondern sehe zu, dass ich in die Wirtshausküche komme, um beim Zoran Fische gegen Bargeld und einen Espresso zu tauschen. Vorher klau ich mir aber noch eine Breze, ofenfrisch mit leuchtend weißem Salz drauf, und tunke sie kurz in den süßen Senf auf Michis Teller. Der Schweinsbraten muss warten.

An dem Engpass zwischen dem Kiosk am Hauptsteg und dem Klostergarten versperrt mir ein Mann den Weg, dunkle Sonnenbrille, Smartphone am Ohr. Über seinem linken Arm hängt ein schwerer Kleidersack.

»Tschuldigung, darf ich mal durch? Hallo?«

Der Mann klebt so sehr an seinem Gerät, dass er meine Bitte erst beim zweiten Mal hört. Dann schreit er noch einmal: »Genau, wie oft soll ich das noch sagen: Zwölfhundert Euro wegen einer brennenden Zigarette! Das war mal ne richtig teure Party!«, und dreht sich auf seinen hellbraunen Lederschuhen um. Das ist Nils von Böckel! Aber obwohl ich keinen halben Meter von ihm entfernt vorbeigehe, nickt er nur mürrisch und weicht meinem Leiterwagen zwei Schritte nach rechts aus. Unsere Blicke treffen sich kurz, ich bekomme einen Schreck, als er meinen abgetragenen Fleecepulli mustert, oder das, was sich darunter verbirgt. Aber wie soll er darauf kommen, dass sich darunter der trägerlose BH seiner Partybekanntschaft von heute Nacht versteckt?

»Renken?«, fragt er dann tatsächlich und deutet auf meinen

Leiterwagen, und ich zucke nur mit den Schultern und kaue an meiner Breze. Soll der Böckel meinetwegen denken, dass ich eine maulfaule Insulanerin bin. Und tatsächlich, er gibt sich damit zufrieden, und nickt mir noch einmal zu. Er hat dicke Augenringe, und in seinen Augen ist nicht das leiseste Zeichen des Wiedererkennens.

»Endlich, die Kati ist da! Heut bist aber spät dran! Hast du den Rudi gesehen?«

Hans Leutheuser, Zumsler Wirt vom »Hotel zum See«, hat die Hände in die Bauchseiten gestemmt und wartet neben der Tür, aus der ich heute Morgen die Flucht ergriffen habe. Auch ihm sind die Anstrengungen dieses Morgens in das schweißbeperlte Gesicht geschrieben. Der arme Kerl hat nämlich ein solches Übergewicht, dass es ein 24-Stunden-Workout sein muss, diesen massigen Leib durch die Gegend zu wuchten.

»Der Rudi ist schon vor einer Stunde los nach Rosenheim in die Metro, aber ich kann ihn nicht erreichen. Dabei brauch ich dringend noch einen neuen Luftentfeuchter. Die Saubuam von der Feuerwehr haben mir das Fünfzehner komplett unter Wasser gesetzt! Mein bestes Zimmer!«

Zu dem entstandenen Schaden will ich lieber nichts sagen, und auch nicht, dass ich gesehen habe, dass sein feiner Geschäftsführer nicht im Großmarkt ist, sondern beim Amsler seinem feuchten Hobby frönt. Ich murmle nur unverbindlich »keine Ahnung« und »oh mei, so schlimm gleich« und trage die Fische am Hans vorbei zur Kühlung.

Jetzt plingt die Glocke an der Rezeption und der Hans dreht sich einmal um hundertachtzig Grad, um die paar Stufen zum Hotelbereich hinaufzuschnaufen.

»Dein Geld liegt auf dem Kastl vor der Kühlung.«

»Danke«, rufe ich ihm nach, »heute gibt's übrigens einen Spezialpreis!«

Schlüsselklimpern statt einer Antwort. Ich lege die Hebel der Kühlung nach oben und öffne die schwere Tür, um dem Hans die Fische schon einmal hineinzustellen. Ich brauche kurz, um mich im Kältenebel zwischen Mayonnaisekübeln und Fertigtorten zurechtzufinden. Was hat eigentlich Dosenmais in einer Kühlung verloren? Wahrscheinlich damit ihn kein Gast zu Gesicht bekommt, bevor er beim Hans nicht eine saftige Anzahlung für ein Hochzeitsmenü »mit frischen Zutaten aus der Region« geleistet hat. Ich stelle meine Styroporbox auf drei übereinandergestapelte Zehn-Liter-Eimer Kartoffelsalat, von dem ich zuverlässig weiß, dass er aus der Metro ist und nicht mehr als sieben neunundneunzig pro Eimer kostet. Der Hans klatscht einen Batzen davon auf den Teller vom gebackenen Renkenfilet und verlangt dann zwölf achtzig dafür. Tut mir einerseits leid, dass er damit den guten Fisch versaut, den ich jeden Morgen aus dem See ziehe, aber andererseits ist damit die Küche beim Zumsler fischmäßig keine ernstzunehmende Konkurrenz, und das kann mir nur recht sein.

»Spezialpreis? Wieso, ist der Fisch nicht frisch?«

Der Hans kommt wieder zurückgedampft und ich bereue es sofort, einen Skonto vorgeschlagen zu haben, weil ich ihm ja schlecht sagen kann, dass ich nur mein schlechtes Gewissen beruhigen will wegen dem Wasserschaden auf der Fünfzehn. »Aber nein, der Fisch ist gerade mal zwei Stunden alt. Ein *special* zum Saisonstart!« Ich dränge mich an dem schwitzenden Zumsler Wirt vorbei, der mir misstrauisch nachschaut, als hätte ich nicht alle Tassen im Schrank. Habe ich auch nicht, mein Geld so zu verschenken. Ich kalkuliere sowieso schon knapp, und der Zumsler Wirt kriegt bereits einen Insulanerrabatt von mir. Der Hans kommt mir nach, so schnell er kann, und keucht:

»Wenn du den Rudi siehst, sagst ihm, das ist das letzte Mal! Nie erreich ich ihn, wenn ich ihn brauch! Und diese Saupreißn, immer müssens rauchen auf die Zimmer! Grad jetzt, wo ich alles tiptop haben wollt für den neuen Berater!«

»Berater?«, frage ich und bleibe stehen. Ich glaube, das Wort »Berater« habe ich seit meinem letzten Semester nicht mehr gehört.

»Ja, ein Unternehmensberater fürs gehobene Foodsegment, der kommt und schaut, was man optimieren kann. Damit mehr hängen bleibt, gell, Kati?«

Ich weiß nicht, ob am dicken Hans noch mehr hängenbleiben sollte, aber der zwinkert mir verschwörerisch zu, wahrscheinlich weil er sich denkt, dass wir finanziell im selben Boot sitzen. Aber ich will nicht mit dem Hans in einem Boot sitzen, erstens weil das untergehen würde mit uns beiden, und zweitens, weil ich will, dass der Sonnfischer-Fisch weiterhin der am dollsten optimierte ist. Und »gehobenes Foodsegment«? Das hat bisher mit Hansis Küche so viel zu tun wie ein Steckerlfisch mit dem weißen Hai, denn seit Hansis Frau vor zehn Jahren zurück nach Russland abgehauen ist, ist im Hotel einfach nicht mehr sonderlich viel passiert, und auch sie hatte in Küche und Hotel einen eher, nun, einzigartigen Geschmack bewiesen. Irgendetwas zwischen Jodelstil und Plastikramsch, Hauptsache billig.

»Ist der Koch dieser Berater?«

»Ah na, der optimiert nur, aber dafür alles«, erzählt der Hans, »wir haben für dieses Jahr schon sechzig Hochzeitsanmeldungen, und der Rudi sagt, mindestens dreißig davon müssen wir absagen, weil sich das nicht ausgeht kapazitätsmäßig, aber das seh ich nicht ein. Lieber hol ich mir einen, der dafür sorgt, dass alles läuft wie geschmiert!«

»Hm.«

Ich bin weiter beunruhigt.

»Und, ist der auch von hier? Aus Berchtesgaden, wie der Rudi?«

»Nein, der kommt von ganz woanders her. Aus Zürich!«

»Aus der Schweiz? Komisch. Da wollen doch alle hin zum Arbeiten. Warum kommt der dann zu uns?«

Hans zuckt mit den Schultern, und ich kann nicht genau sagen warum, aber ich bin augenblicklich beruhigt. Von einem Toblerone und Rösti essenden Fondueexperten kann keine ernsthafte Gefahr für meinen Fischereibetrieb ausgehen, das ist bestimmt ein ganz Gemütlicher.

»Ich muss los, wir machen heute den Biergarten auf!«, rufe ich noch zum Abschied über meine Schulter, schnappe mir den leeren Leiterwagen und gehe den gleichen Weg zurück wie heute Morgen schon einmal, nur in wesentlich langsamerem Tempo.

Zu Hause beißt mich ein intensiver Geruch in der Nase, ein Küchenwecker piepst ungehört. Mein Vater hat zwar brav die Zeitschaltuhr gestellt, aber leider die am Herd, und nicht die am neuen Aufbackofen. Und der hat ganze Arbeit geleistet: Was knusprig goldgelbe Semmeln hätten werden sollen, sieht jetzt aus wie Grillkohle. Ich reiße Fenster und Ofentür auf, damit der Rauch abzieht, und rette mich nach draußen, um wenigstens die Renken rechtzeitig aus der Räucherkammer zu holen. Da hängen sie, auf fünf Etagen zusammengeschweißter Metallhaken verteilt: hundert golden schimmernde Renken, eine so groß wie die andere und immer fast genau zweihundert Gramm schwer, die Köpfe mit den geöffneten Mäulern und den erstaunt guckenden Augen nach oben, die ausgefransten Schwanzflossen nach unten. Ich packe die fertigen Fische vorsichtig einen nach dem anderen in einen Alucontainer, wasche mir die Hände mit der Lotusblütenseife vom Edeka und schnappe mir meine zweite Arbeitsuniform, die für den Verkauf: Jeans und T-Shirt. Und meine anderen Gummistiefel – die roten, die nicht schon an die Hose drangebaut sind.

»Uijeggerl, is dir was obrennt?«

Aus dem Nichts taucht die Schöngruber Emerenz vor unserem Schuppen auf, wie immer in dem grauen Kittel mit den fliederfarbenen Streublümchen drin, und mit einem braunen Paket unter dem Arm. Ich halte mir schnell das zusammenge-

39

nudelte T-Shirt vor die Brust, damit unsere Nachbarin landeinwärts nichts von meiner Unterwäsche sieht, die garantiert nicht nach Berufskleidung aussieht, jedenfalls nicht für das Fischereigewerbe.

»Ach, nur ein paar Semmeln.«

»Ja, weil du auch nicht backen kannst, gell? Das hast von deiner Mama, Gott hab sie selig, denn die hat auch den Zucker nicht vom Salz unterscheiden können! Armes Kind! Nie hat's bei euch was Gscheits zum Essen gegeben! Der arme Wiggerl[11] übrigens auch, gell, ganz karge Kost hat er gekriegt, auch als Thronfolger, das muss man sich mal vorstellen, so streng war dem sein Bappa, der Maximilian. Und wenn ihm sein Kindermädel, die Liesl, nicht immer was zugesteckt hätte, dann wär er noch mehr ...«

Dieser Monolog zum armen König Ludwig könnte stundenlang so weitergehen, weil die Emerenz nämlich im Gegensatz zu mir nie unter Zeitdruck steht. Ich unterbreche sie deshalb einfach.

»Kannst dich mal bitte umdrehen?«

Die Emerenz denkt gar nicht daran, sondern hält mir das Paket unter die Nase. Dabei wird der »König-Ludwig-Gedenkjahr«-Button sichtbar, der auf Busenhöhe auf ihrem Kittel prangt. Das Gedenkjahr ist zwar lange vorbei, aber die Emerenz wird den Anstecker mit dem Konterfeit ihres geliebten Märchenkönigs wahrscheinlich so lange tragen wie unsereins ein Dalai-Lama-Bändchen.

»Hat der Postbot bei mir lassen vorher. Von deiner Schwester! Aber euer Geburtstag ist doch erst, gell? Seid's jetzt auch keine Zwanzge mehr, ihr Sonnfischerdirnein[12], gell?«

Statt einer Antwort bedeute ich der neugierigen Königstreuen nochmals mit einer Kopfbewegung, sich umzudrehen. Vergeblich.

---

11 Wiggerl: Duzi-Duzi-Version von Ludwig

12 Dirnei: chiemgauerisch für Mädel, mit ohne Mann

»Was bist du denn heut so gschamig? Wir sind doch hier nicht bei die Wittelsbacher! Und ich hab schon auf dich aufpasst, da hast du noch gar nicht reden können!«

Ich weiß. Ein einziges Mal. Trotzdem tut die Emerenz ganz gerne, als wäre sie meine Leihoma gewesen. Dabei hatte die Mama nur einmal keinen anderen Ausweg mehr gesehen, als sich unter Krämpfen zur kinderlosen Emerenz zu schleppen, um ihr für einen Nachmittag lang eine quietschfidele Kati zu überlassen. Ob ein besonders fieser Magen-Darm-Virus oder Mamas berühmt-berüchtigte Kuttelsuppe hinter der plötzlichen Bettlägrigkeit meiner Familie gesteckt hatte, konnte nie ganz geklärt werden. Nur ich hatte schon als Baby einen solchen Saumagen, dass man mich notgedrungen zur Nachbarin gegeben hatte, während sich meine Eltern und meine Zwillingsschwester die Bäuche hielten.

»Da batzlt's dir die Augen raus, gell?«

Mich kann die Emerenz damit nicht meinen, denn ich habe gerade den Kopf im T-Shirt. Gar nicht so einfach, meinen cremefarbenen Spitzenstring dabei vor ihren neugierigen Blicken zu verbergen. Aber meine Nachbarin fixiert etwas hinter mir, und als ich ihrem Blick folge, bewegt sich etwas über der Hortensienhecke, etwas Gelbes. Ein Feuerwehrhelm.

»Michi! Wie lange stehst du da schon?«

Während ich mich der Emerenz gegenüber vornerum so schön bedeckt gehalten habe, hatte der Michi die ganze Zeit wahrscheinlich eine Spitzenaussicht auf meine Dessousgeschmückte Kehrseite.

»Geh her da, du Spanner!«

Man kann über die Emerenz sagen, was man will, aber manchmal bringt sie die Sache richtig gut auf den Punkt. Der Michi kommt deshalb auch recht schnell aus der Hecke heraus und meint eilig und in wichtigem Feuerwehr-Hochdeutsch: »Ich habe nur einen verdächtigen Brandgeruch bemerkt, und weil ich ja praktisch immer noch im Einsatz bin, wollte ich einmal nach dem Rechten geschaut haben!«

Er schaut tatsächlich, und zwar mich mit einem Blick an, mit dem er mich in den vielen Jahren gemeinsamen Insellebens noch nie bedacht hat, und ich muss irgendwie verschämt die Augen senken. Das ärgert mich, schließlich haben wir als Kinder schon zusammen nackt im See gebadet. Als mein Blick schon quasi am Boden klebt, fällt mir etwas auf: Der Michi hat seine Feuerwehrstiefel gegen bequemeres Freizeitschuhwerk eingetauscht, und deshalb steht er jetzt in Adiletten da. Das allein ist kein Beinbruch, denn die Insel ist kein Catwalk und wird auch nie einer sein. Aber was sich da unter dem blau-weißen Plastikriemen am vorderen Schuhrand festkrallt, damit würde es der Michi wahrscheinlich ins Haus der Natur in Salzburg schaffen. Denn offensichtlich haben sich seine Zehen in den letzten Jahren zu selbstständigen Lebewesen entwickelt: lang wie Finger, dünn am Ansatz, an den Nägeln dick und knubbelig wie Froschfinger. Eigentlich sieht diese Barbapapa-Familie noch ganz lustig aus. Wenn da nicht diese gelblichen Nägel wären, so lang, dass man sie wahrscheinlich nur noch mit dem Seitenschneider kürzen kann. Seit Michis pensionierte Eltern zum Geldzählen nach Marquartstein gezogen sind, ist bei ihm offensichtlich der Hygienenotstand ausgebrochen. Ich schaue schnell woanders hin. Schade, dass der Michi sich zu so einem dicklichen kleinen Angeber entwickelt hat. Er ist Zumsler und der Sohn vom Baunternehmer Katzlberger, Aus- und Umbau, und ich Amslerin und Sonnfischertochter, was im Inseluniversum eigentlich das Leben auf zwei verschiedenen Kontinenten bedeutet. Aber wir wurden trotzdem Freunde: In der 3b versteckten wir der Lehrerin nämlich gemeinsam einen Fisch unter dem Pult, weil sie uns über die Weihnachtsferien mit einem Aufsatz zum Thema »Reif für die Insel« quälen wollte. Wir konnten das glitschige Tier natürlich nicht festkleben, also tackerten wir es sorgfältig unten an der Tischplatte fest, von mir kam der Fisch und die Idee, und vom Michi der Tacker und die nötige kriminelle Energie. Und im neuen Jahr stank der Fisch natürlich zum Himmel, weil damals Energiesparen noch nicht so ein Riesending war und die Heizung im Klassenzimmer über die Feiertage einfach volles Rohr weitergelaufen war. Als der Rektor mich als Fischerstochter als Erstes verdächtigte, nahm der Michi am nächsten Tag netterweise alle Schuld auf sich, obwohl er zu einem Vormittag Eckerlstehen verdonnert wurde. Das war schon ziemlich ritterlich, fand ich. Zum Dank lud ich ihn nach der Schule in unser Sonnfischerhaus ein und er durfte den Essiggurken-Hackfleisch-Auflauf von der Mama probieren, und auch diese schwere Prüfung bestand er nonchalant. Eigentlich verbindet uns seitdem so etwas wie Freundschaft. Obwohl, was uns verbindet, seit ich von meinem Ausflug an die Uni wieder zurück bin, weiß ich nicht so genau. Die Emerenz offensichtlich umso besser.

»Noch ist die Kati nicht dein Gspusi[13], oder?«, faucht sie den Michi an. Und als der sie nur erschrocken anstarrt, sagt sie triumphierend: »Na also. Wenn, dann wüsst ich das nämlich.«

Dessen bin ich mir ganz sicher.

»Unsere Katharina, die ist nämlich eine Anständige!«, hebt die Emerenz weiter zu einer feurigen Rede an. »Die ist nämlich nicht so ein Flitscherl[14] wie ihre, ihre ...«

Jetzt ist sie die, die erschrocken schaut, weil sie spannt, dass sie sich beinahe mächtig vergaloppiert hätte.

»Wie meine Schwester? Sag's nur, Emerenz, die Fränzi ist nicht da, und wenn, dann würde es ihr nichts ausmachen. Die lässt sich vom Inseltratsch schon lange nicht mehr aus der Ruhe bringen.«

»Ich wollt ja nur sagen, dass du eine Grundanständige bist, eine, die bei ihrem alten Bappa geblieben ist! Eine Fleißige halt, gell? Früh ins Bett, früh auf, gell? Da is nix mit Umeinanderpoussieren! Unsere Kati, die ist halt kein Discohaserl, beim Wiggerl sein Bart!«, rudert die Emerenz jetzt herum.

---

13 mit einem »Gspusi« hat man ein längeres Verhältnis
14 ein »Flitscherl« hingegen hat viele kürzere Verhältnisse

Ich nicke zu dieser ungewohnten Bauchpinselei von der Emerenz so grundanständig wie möglich.

»Da hast du jetzt recht, Emerenz. Für so einen Schmarrn hab ich wirklich keine Zeit. Zu viel Arbeit.«

Nils von Böckel ist längst abgereist, und heute Nacht ist schon so lange her, dass ich noch nicht einmal das Gefühl habe, die Unwahrheit zu sagen. Und »zu viel Arbeit« stimmt immer.

»Ist dein Vater wieder da? Soll ich dir was helfen?«, fragt der Michi jetzt, um sich in ein besseres Licht zu rücken, und wendet sich etwas zu spät taktvoll ab.

»Geht schon.« Ich will Michis Angebot erst ausschlagen, überlege es mir aber anders. Bis die Aushilfe kommt, vergeht noch mindestens eine Stunde.

»Nun, wenn du wirklich willst, dann kannst du mir ein paar geräucherte Renken für die Fischsemmeln filetieren!«

»Fisch filetieren? Muss ich den dann anfassen? Ich hab heut noch wichtige Termine!«

Der Michi ist echt entsetzt, und mir wird klar, dass das mit der Hilfe wohl nur eine Floskel war. Die Emerenz steht immer noch da mit dem Paket von der Fränzi unter dem Arm und schaut neugierig von mir zum Michi und vom Michi zu mir. Ist doch totale Zeitverschwendung mit den beiden! Ich binde mir noch meine Arbeitsschürze um, packe das Paket und lasse die beiden einfach stehen.

»War des heut früh eine Übung, der Feueralarm?«, höre ich noch die Emerenz den Michi fragen, dann knalle ich die Küchentür hinter mir zu, entsorge die verkohlten Semmeln und schiebe seufzend neue in den Ofen.

Zwischendurch will ich dringend in das Paket von der Fränzi schauen, komme aber nicht weit, weil die Emerenz mir tatsächlich hinterhergeschlichen ist in ihren lautlosen Gesundheitslatschen. Aber sie hegt offensichtlich gute Absichten:

»Ich helf dir, Kind. Hast ein Messer?«

»Ja, da«, sage ich misstrauisch, aber sie setzt sich tatsächlich neben mich, zieht das Chiemgauer Tagblatt von gestern als

Unterlage zu sich und ritzt den ersten goldgelb geräucherten Fisch quer über die Seite auf.

»Danke«, sage ich verdutzt und schaue ihr zu, wie sie in einem Affenzahn den Fisch filetiert.

»Wo ist denn dein Bappa, der Bonifaz?«, fragt sie mich nebenbei, »ausliefern?«

»Nein, das habe ich schon gemacht.«

»Ah so.«

Nächster Fisch.

»Und war schon was los beim Amsler Wirt?«

»Nein, beim Zoran waren nur die Feuerwehrler beim Frühschoppen.«

»Ah. Und der Zumsler, war der recht nervös wegen dem Zimmerbrand?«

»Nun, du kennst ja den Hans, der war wie immer kurz vor dem Nervenzusammenbruch. Irgendwas mit dem Rudi.«

Die Emerenz ist wirklich schnell. Sie ist schon beim dritten Fisch, und ich merke jetzt erst, dass ich mich verplappert habe und sie jetzt weiß, dass ich heute schon bei beiden Wirten war. Sie geht aber sowieso nicht darauf ein, sondern teilt mir stolz mit:

»Jaja, der Rudi. Den hat er sowieso grad entlassen.«

»Wie bitte? Wer hat wen entlassen?«

»Gell, da schaust!« Die Emerenz wirkt hochzufrieden, wie immer, wenn ihre Nachrichten so heiß sind wie frisch gebackene Brezen. »Der Hans hat den Rudi rausgschmissen! Jetzt muss er schauen, wo er so schnell einen neuen Geschäftsführer herkriegt!«

»Und wie ist das passiert?«, frage ich, obwohl ich der alten Ratschkatl[15] gar kein Öl ins Feuer gießen will. Die Emerenz lässt sich nicht zweimal bitten.

»Der Hans ist zum Hauptsteg, um einen von der Schifffahrt zu fragen, ob der Rudi auch tatsächlich aufs Festland in den

---

15 Ratschkatl: weibliche Klatschkanone

Großmarkt gefahren ist. Und da hat er den Rudi beim Amsler Wirt im Biergarten vor einer Maß sitzen sehen. So blau wie die Augen vom Wiggerl soll er gewesen sein, der Herr Geschäftsführer. Und weißt, was er gesagt hat, zu seiner Verteidigung?«

»Lieber einen wackligen Wirtshaustisch als einen festen Arbeitsplatz?«

»Ah geh, Schmarrn. ›Ein jeder redet drüber, wieviel ich sauf, aber über meinen Durscht redet keiner!‹ Das hat der Rudi gsagt, das muss man sich mal vorstellen! Und damit war's das dann gewesen mit dem Geschäftsführer, der Janni hat ihn im Auftrag vom Hans sofort an Land gebracht, mit seinem ganzen Hab und Gut.«

Der Rudi, fristlos gekündigt? Da tut er mir jetzt schon irgendwie leid. Er mag ein beschissener Geschäftsführer gewesen sein, aber dafür ist ihm gestern Nacht nicht aufgefallen, dass ich als blinder Passagier mitgefeiert habe. Ich tue so, als würde es meine volle Aufmerksamkeit erfordern, zwei Gläser Meerrettich mit Sahne zu verfeinern, damit mir die Emerenz meinen Ärger nicht ansieht. Aber die hat sowieso nicht vergessen, dass bei ihr noch eine kleine Wissenslücke klafft, was den Verbleib meines Vaters angeht.

»Und der Bonifaz, wo ist der dann, wenn er nicht liefert? Machts ihr nicht den Biergarten auf heut?«

Ich stelle ihr einen weiteren Teller für die nächsten Fischfilets hin und drehe ihr wieder den Rücken zu, um das schmutzige Geschirr von heute Morgen in der Spüle zu versenken.

»Ja, aber er betreut ja dieses Laichbecken und wollte da nach dem Rechten sehen.«

»Ah so? In Prien am Hafen, gell? Da fährt er oft nüber, gell?«

»Aber ja, wieso? Ist das verboten?«

Ich klappere mit dem Geschirr und halte dann einen Moment inne, denn die Emerenz antwortet nicht, und fragt auch nichts Neues. Beunruhigt drehe ich mich um und sehe doch tatsächlich, wie sie mit ihren Räucherfischfingern in dem Seidenpapier des halb ausgepackten Pakets herumzupft.

»De… Do.. Dolze und Gabana! Ja, da schau her!«

Ich fahre dazwischen, kann die Emerenz aber nicht mehr daran hindern, den Schuhkarton ganz zu öffnen.

»Gibst du her!«, rufe ich empört.

Gegen die Neugierde von der Emerenz ist der Schnappreflex vom Chiemseehecht ein Daumenlutschen. Und sie schaut mich von unten an mit ihren zusammengekniffenen Schweinsäuglein, eine Sensation witternd.

»Sind die für dich? Da werns aber schaun, die Leut, wennst du in solchene Stöckelschuh an Fisch verkaufst, gell?«

»Das geht dich gar nichts an! Das ist mein Geschenk. Und das sind genügend Fischfilets für heute. Danke!«

Ich bugsiere die Emerenz energisch Richtung Küchentür, auch wenn sie die Fischfinger abspreizt wie eine Ente die Schwimmhäute, und haue die Tür hinter ihr zu. Noch eine halbe Stunde bis die Aushilfe kommt, und keine Spur von meinem Vater. Ich nehme mir trotzdem kurz die Zeit, die neuen Schuhe vor mich hinzuhalten und gebe der Emerenz total recht. Sandalen mit breiten goldenen Lederriemen, sauhoch, und mit knallroter Sohle. Total überflüssiges Schuhwerk.

»Die Sandalen sind von der letzten Fotoproduktion – so große Füße wie du hat sonst niemand. Damit mal ein bisschen Farbe in deine Garderobe kommt! Ich drück Dich. Fränzi.«

Netter Versuch. Manchmal frage ich mich, ob das Hochglanz-Getue in Fränzis Verlag sie total vergessen lässt, wo sie eigentlich herkommt – sie müsste doch wissen, dass ich mich hier mit solchen Schuhen komplett zum Wolperdinger mache. Und dass sie als mein Zwilling genauso große Füße hat wie ich. Ich verstecke das Paket im unteren Teil des großen Küchenbuffets, schüttle den Kopf und greife mir die nächste Renke.

Die erste Räucherfischsemmel des Tages geht wie immer zur Hälfte an mich, zur Hälfte an den Blasi, unseren schwarzen Kater mit der weißen Nase und den weißen Pfoten, der ungefähr die gleiche Figur hat wie Ottfried Fischer in *Irgendwie und*

Sowieso, ein Sir Quickly der Katzenwelt sozusagen. Der zarte Fisch ist noch handwarm, die Semmel auch, und die Meerrettichsahne bitzelt in der Nase: Das schmeckt auch im größten Stress einfach saumäßig gut. Ich wische mir die Brösel meines Katerfrühstücks aus dem Mundwinkel, schaue dem gespinnerten Blasi zu, wie er an der Semmel schleckt, als wäre Meerrettich für eine Katze das Allerfeinste überhaupt und bedaure zum ersten Mal, dass ich nicht weiß, wo mein Papa seine Nopi-Vorräte aufbewahrt. Nach dem Streit mit der Emerenz würde ich zu gerne meinen Rausch von heute Nacht ein wenig aufwärmen, wenn ich schon nicht die Zeit habe, um mich endlich ins Bett zu legen. Und dafür reicht die Dosis, die ich meinem Vater heute Morgen abgenommen habe, garantiert nicht. Aber ich kann jetzt unmöglich zu Schwester Sebastiana, um mir einen Klosterlikör zu besorgen. Ja, unmöglich. Zu peinlich, und zeitlich auch gar nicht drin. Außer natürlich, ich geh jetzt sofort.

Schwester Sebastiana sortiert vor dem Laden Ansichtskarten in die Ständer ein, die Ärmel ihrer schwarzen Tracht bis zum Ellbogen zurückgeschlagen. Wie angenehm, dass manche Menschen noch da sind, wo man sie erwartet, und nicht auf dem See herumgurken, hinter Hecken auftauchen und einem unter Vortäuschung von Hilfsbereitschaft in den eigenen vier Wänden nachspionieren. Obwohl sie jeden Tag ab halb fünf auf den Beinen ist, sieht die Benediktinerin im Gegensatz zu mir total ausgeruht aus. Schnapsproduktion und Klosterleben scheinen ein echter Jungbrunnen zu sein. Sebastianas Gesicht leuchtet, als würde davor ein warmes Teelicht brennen, und es ist mir total vertraut, weil Schwester Sebastiana im Gegensatz zur Emerenz ziemlich oft auf uns Zwillingsmädels aufgepasst hat.

»Setz dich, mein Engelchen! Möchtest du ein Druidenwasser?«

Schwester Sebastiana deutet auf die weiß lackierte Bank neben den Kirchenmusik-CDs und bringt mir ein Teeglas mit einer klaren Flüssigkeit, in der ein paar Blätter schwimmen.

»Mit Misteln. Wirkt Wunder!«

Schon immer insgeheim davon überzeugt, dass diese Frau Miraculix in Gestalt einer Benediktinerschwester ist, probiere ich gehorsam einen Schluck von dem heißen Zeug, setze mich aber nicht.

»Eigentlich wollte ich nur einen No...«

Moment mal. Nonnenpisse ist hier nicht der richtige Ausdruck. Noch mal von vorne.

»Eigentlich wollte ich nur einen Klosterlikör holen.«

Schwester Sebastiana stellt zwei bauchige Halbliterflaschen mit unterschiedlich dunklen Flüssigkeiten vor mich hin.

»Für den Ausschank oder für deinen Vater? Der nimmt nämlich immer den Halbbitteren. Oder soll der etwa für dich sein?«

Sie mustert mich. Ich weiß, dass mein T-Shirt aussieht, als hätte ich mir damit die Gummistiefel poliert, schließlich habe ich es geschafft, in zehn Minuten dreißig Räucherfischsemmeln zusammenzubauen. Aber darum geht es ihr nicht. Sie hat so einen »Du weißt schon, was aus dem Rudi geworden ist, seitdem er schon in der Früh mit dem Trinken anfängt?«-Blick, und mein total berechtigtes Bedürfnis, den helllichten Vormittag mit einem kleinen Nopi noch heller zu machen, verdunstet wie ein Tropfen Wasser auf dem heißen Bootsdach.

»Du siehst ein wenig angegriffen aus, mein Kind. Wie geht's denn überhaupt?«

»Ach, ich habe heute nur schlecht geschlafen. Der Vollmond, weißt du!«

Ich reiße die müden Augen weit auf und versichere: »Aber das Geschäft wird heute sicher gut anlaufen, und ich rechne fest damit, dass wir diesen Sommer die erste positive Bilanz ziehen können.«

Schwester Sebastiana hat immer noch den gleichen Blick drauf, als sie mich unterbricht.

»Das musst du mir nicht erzählen, mein Kind, ich bin nicht der Herr Wedehopf von der Sparkasse in Breitbrunn. Ich weiß, mit wieviel Schulden du den Betrieb übernommen hast, ich mache schließlich deine Steuer. Wärst du bereit, mir zu erzählen, wie es dir wirklich geht?«

»Gut. Heute vielleicht ein bisschen müde, aber mir geht's gut.«

»Das ist schön, denn du hast auch einen wunderbaren und einzigartigen Beruf. Aber was macht die Liebe, mein Kind?«

»Keine Zeit. Paps und der Betrieb, das reicht!«

»Und was ist dann das hier? Das können nicht die Spuren der Zeit sein, mein Kind, nicht in deinem jungen Gesicht!«

Die Klosterfrau tippt mit ihrer nach RiBluBa duftenden Hand an meinen Mundwinkeln herum, gerade als ich den nächsten Schluck Druidenwasser nehmen will.

»Das sind neue Sorgen! Warum ist dein Vater denn heute Morgen auf den See gefahren, wo doch heute so viel zu tun ist?«

Wieso bekommt hier eigentlich jeder alles mit?

»Ehrlich gesagt, ich weiß es nicht. Papa war heute auch schon im Pyjama im Insellladen. Und ich hatte eigentlich gedacht, dass er sich nach Mamas Tod allmählich wieder gefangen hat. Aber wenn ich mir ihn so anschaue die letzten Tage ...«

»Nun, das ist ja auch der Grund, warum du jetzt die Chefin bist. Als die Liesl so plötzlich von uns gegangen ist, das war für euch alle gleichermaßen schwer. Aber ihr Mädels seid jung, und Zwillinge haben immer eine besondere Bindung.«

Ich denke an Fränzis Paket von heute Morgen und die bescheuerten Schuhe in unserem Küchenschrank, und nicke einigermaßen überzeugt.

»Aber deinen Vater kostet es immer noch viel Kraft, den Verlust zu verarbeiten. Andere Leute gehen in die Kirche, er kümmert sich um seine Fischlein und um seine Musik, jeder hat da seine Art, sich in sich selbst zurückzuziehen. Zumal Grönemeyer ja auch ein ganz besonderer Musiker ist, der ebenfalls seine geliebte Frau verloren hat.«

Ich bin erstaunt, wie gut Sebastiana über Grönemeyer Bescheid weiß, aber bevor ich ihr das sagen kann, erscheinen im schmalen Fenster unter der Gewölbedecke ein Paar weiße Kniestrümpfe und der Saum eines taubenblauen Kittels.

»Das ist Ursula, die will zu uns. Ich muss los!«

Schwester Sebastiana begleitet mich die vier ausgetretenen Stufen hoch ans Tageslicht und wir sehen beide noch, wie sich der Bug des Elf-Uhr-Dampfers majestätisch in die Kurve legt, um am Hauptsteg anzulegen. Zufrieden sehe ich zu, wie viel potenzielle Fischsemmelkonsumenten sich von den Decks zum Ausgang drängeln. Neben diesem Gewusel nimmt sich der einzelne Mann, der auf dem Haupsteg steht, klein und einsam aus. Es ist der Michi, der als einziger die Insel verlassen will.

»Der hat heute einen wichtigen Termin«, erzähle ich Schwester Sebastiana und kneife die Augen zusammen, um mich zu vergewissern, dass er seine Feuerwehruniform tatsächlich gegen einen türkis und grasgrün leuchtenden Jogginganzug getauscht hat.

Schwester Sebastiana nickt.

»Wichtige Termine. Soso.«

Und im Hinuntergehen ruft sie mir dann noch zu: »Da wünschen wir ihm doch viel Glück, nicht wahr, mein Kind? Aber der Michi, der braucht dringend jemand, der ihm sagt: Grün und Blau trägt nur dem Kasperl seine Frau!«

Weil ich nicht weiß, ob sie jetzt mich damit gemeint hat, bin ich ganz froh, dass jetzt der Gorvinder beim Amsler Wirt um die Ecke biegt und sich hinter mir vorbeischlängelt. Er ist immer noch barfuß, trägt aber inzwischen eine weiße Wollmütze und eine flatternd orange Tunika.

»Namaste, Schwester!«

»Grüß Gott, Gorvinder, komm rein, mir sind ganz wunderbaren Ideen gekommen für unser gemeinsames Sonnengruß-&-

Rosenkranz-Seminar!«, begrüßt ihn die Klosterschwester und hält ihm die Ladentür auf.

Und zu mir sagt sie noch: »Bevor du mir das nächste Mal von deinen Schlafstörungen erzählst: Vollmond ist erst übermorgen, das weiß ich, dann schneiden wir nämlich den Lavendel. Und gegen den nächsten Kater machst du einfach ein paar Sonnengebete, das gibt dir mehr Energie als die beste Nonnenpisse. Nicht wahr, Gorvinder?«

Und bevor ich noch etwas sagen kann, habe ich schon wieder eine Elefantengottvisitenkarte in der Hand und die beiden sind in den Katakomben verschwunden. Was ich jetzt machen werde, ist ganz klar: Maximal vitalisierender Sekundenschlaf ist gefragt. Sonnengebete mach ich jetzt höchstens im Kopf und auf dem Kanapee.

Zwei Wochen lang reißen uns die Gäste den Fisch aus den Händen, und als die Osterferien vorbei sind, haben wir keine Semmeln, keinen Meerrettich und kein Salz mehr, und unser Boot muss zur Inspektion. Und Papa nehme ich am besten mit, dann muss ich nämlich nicht den halben Tag die Küche putzen, wenn ich zurückkomme.

»Am Montag mit zum Großmarkt? Da kann ich nicht.«

Ich kann mir zwar Entspannenderes vorstellen, als von einem dreiundsiebzigjährigen Sturschädel begleitet zu werden, aber ich will doch wissen, was mein Papa so Tolles vorhat, dass er mich nicht zu unserem monatlichen Einkauf begleiten kann.

»Da hab ich einen Termin bei der Frau Doktor Brüderle. Im Krankenhaus. Wegen meinem Zehnagel.«

»Ich dachte, du wolltest nicht noch einmal zu der, weil die zu jung ist? Und jetzt gleich zu ihr in die Klinik?«

»Mei. Der Kopf ist rund, damit das Denken die Richtung ändern kann.«

Ich starre meinen Vater an, der mit einer Heckenschere in der einen und einer roten Grabkerze in der anderen Hand auf der Bank vor der Hauswand sitzt.

»Gut. Dann geh ich eben allein. Wir müssen an dem Tag übrigens Dampfer fahren, weil unser Boot dann beim Service ist. Wozu hast du eigentlich die Heckenschere in der Hand?«

»Weiß ich nimmer«, lächelt mein Vater durch mich hindurch und macht irgendwie einen entrückten Eindruck.

»Wolltest du zum Grab?«

»Ja, das war's! Reden wollt ich mit der Liesl, und ihr die Rosen zuschneiden«, nickt er langsam, streckt aber tatenlos die pantoffelten Füße in der Frühlingssonne aus. Ich gehe ganz nah an ihm vorbei ins Haus, kann aber keine Nopi-Fahne feststellen. Irgendwas stimmt trotzdem nicht mit ihm, und ich nehme mir vor, im Internet mal ein bisschen zu gucken, ob ich mir Sorgen um den Papa machen muss oder nicht.

Das kleine niedrige Sprossenfenster meines Zimmers geht nach vorne raus, das hölzerne Fensterbrett ist fast einen halben Meter tief, denn die Mauern unseres einstöckigen Häuschens würden eher zu einer Ritterburg passen, so dick sind sie. Das ist wahrscheinlich auch der einzige Grund, warum die Sonnfischerhütte noch steht und nicht längst von Fäulnis und Sturm dahingerafft oder durch eine alpenländische Geschmacksverirrung ersetzt worden ist, wie die meisten alten Fischerhäuser auf unserer Insel. Aber da, wo hinter meinem Schreibtisch Computer-, Drucker- und Telefonkabel baumeln, hat der Putz hochkriechende braune Ränder. Sehr, sehr langsam hochkriechende feuchte Ränder, aber sie kriechen, und das nicht erst seit gestern. Kein Wunder bei einem alten Haus ohne Fundament, das keine zwanzig Meter vom Ufer entfernt liegt. Es kommt mir manchmal so vor, als wollte der See bei uns einziehen, als würde er etwas davon haben wollen, dass wir von ihm leben: Kriegst du Fische, nehm ich mir Haus.

Gut, dass die Pinnwand den Rest der Wand abdeckt, mit einer meterlangen Tabellenkalkulation, die ich mir über den Schreibtisch gepinnt habe. Und gut, dass wir einen Biergarten betreiben, dem machen feuchte Wände nichts.

Mit einem dicken Kissen könnte ich mich ohne Weiteres auf das Fensterbrett setzen, mit Blick auf den See und den Biergarten. Könnte. Aber heute, zwei Wochen nach Saisonstart, lege ich garantiert nicht einfach die Füße hoch. Es wird höchste Zeit für meine PR-Offensive, mit der ich den Umsatz auch außerhalb der Ferien nach oben jagen will. Doch schon die erste E-Mail, die ich lese, bremst mich erst einmal aus.

Von: anzeigen@chiemgaupresse.by
Betreff: Angebot Nr. 3267
Sehr geehrte Frau Lochbichler,
wir freuen uns über Ihre Anfrage zu Mediadaten und Anzeigenbuchung.
Eine halbseitige Anzeige, die in unseren Zeitungen Chiemgau Heute und Rosenheimer Merkur erscheint, berechnen wir Ihnen mit € 8500. Wir freuen uns, Ihnen dafür einen Neukundenrabatt von 0,25 % einräumen zu können!
Mit herzlichen Grüßen
Karl-Heinz Schweinstätter

8500 Euro minus ein Viertel Prozent? Dafür bekomme ich ja fast ein neues Boot!

Ich muss diesen Herrn Schweinstätter sofort fragen, wie sich seine Zeitung in Zeiten des Online-Vollalarms weiter finanzieren soll, wenn sie jemanden, der noch eine ehrliche Anzeige schalten will, dermaßen schröpfen.

»Chiemgaupresse, Schweinstätter.«

Als ich nach einem Grund frage, weshalb ich bei den Preisen nicht zu einer überregionalen Zeitung gehen soll, wird er gleich überheblich.

»Weil die *Chiemgaupresse* die qualitativ besten Leser Oberbayerns hat! Wir sind stolz auf unsere Topentscheider-Zielgruppe!«

Topentscheider-Zielgruppe? Das ist ja interessant. Vielleicht sollten die ihr Geheimnis mal der *Süddeutschen* oder der *Financial Times* verkaufen! Ich fixiere meine Umsatzkurve, die in einem schönen Vierzig-Grad-Winkel nach oben zeigt, jedenfalls in meinem 15-Jahresplan, und hole tief Luft.

»Ich bin ein regionaler Familienbetrieb, und ich finde, Sie sollten genau solche Betriebe unterstützen, und hier in meinem Betrieb und auf der Fraueninsel bin ich ebenfalls Topentscheider!«

Schweinstätter kaut an irgendetwas und fragt dann: »Und da hat Ihr Mann nichts dagegen?«

Weil ich immer noch denke, dass wir vielleicht ins Geschäft kommen könnten, bin ich mir nicht zu schade, ihm zu erklären:

»Ich habe keinen Mann. Nur meinen Vater, aber Chefin bin ich.«

»Hm.«

Schweinstätter überlegt anscheinend und sagt dann:

»Frau Lochbichler, ich mache Ihnen folgendes Angebot: Sie bekommen von uns einen Neukundenrabatt von 0,28 statt 0,25 Prozent, und Ihre Anzeige erscheint zusätzlich in unserer *Am Ufer*-Regionalausgabe, die außerdem das On-board-Magazin der Aschauer Hubschrauberrundflüge ist! Aber bevor Sie einschlagen, gell, da tät ich dann vorher gern noch einmal mit dem Herrn Papa sprechen. Nur zur Sicherheit, nix für ungut!«

Leider muss ich daraufhin dem Schweinstätter sagen, dass das nix wird mit uns beiden, weil es den Bock nicht fett macht, wenn ein paar luftkranke Berliner beim Überfliegen der Kampenwand auf unsere »Sonne und Fische – am liebsten beim Sonnfischer!«-Anzeige reihern, und ob er außerdem die sofortige Kündigung meines Zeitungsabos entgegennehmen kann, weil ich nämlich die Zeitung ganz allein abonniert habe und weder dafür noch für meine sonstigen Entscheidungen einen Mann brauche. Er tut total zuckersüß so, als würde er mich mit dem Aboservice verbinden wollen und schmeißt mich aus der Leitung. Das heißt, ich schmeiße mich selbst aus der Warteschleife, weil ich mir nicht länger als eine Minute die bayerische Nationalhymne anhören will. Und dann rufe ich meine Schwester an, denn die kennt sich als ehrgeizige Modejournalistin hoffentlich besser aus in der Medienbranche.

»Eine ganze Seite schalten, in so einem Käsblatt?«

Meine Schwester lässt sowieso kein gutes Haar an meinem Plan zur Umsatzsteigerung.

»Facebook! Und studiVZ! Lokalisten! Hast du vergessen, dass sie euch ein fettes Glasfaserkabel auf die Insel gelegt haben, damit ihr schneller surfen könnt als die Leute auf dem Festland?«

Nein, das habe ich nicht vergessen, weil das Glasfaserkabel eine Initiative von Schwester Sebastiana war und ich als Topentscheiderin damals natürlich mit unterschrieben habe. Aber ich finde trotzdem, dass Fränzi von meiner Zielgruppe keine Ahnung hat.

»Unsere Gäste haben kein Facebook! Der Fraueninseldurchschnittstourist, der ist weniger vernetzt als der Chiemsee zur Schonzeit! Wir sind ein traditioneller Betrieb, und das soll auch so bleiben! Das hat Papa aufgebaut, und ich werde das fortführen, aber nicht umkrempeln!«

Ich habe mich inzwischen doch vom Schreibtisch weg in die niedrige Fensterwölbung gesetzt, und kratze mit dem Fingernagel am lockeren Fensterkitt.

»Der macht mir übrigens in der letzten Zeit Sorgen – den einen Tag geht er im Pyjama sündteure Erdbeeren kaufen, und dann macht er plötzlich alleine Arzttermine aus. Weißt du, ob Papa jemals zuvor freiwillig zum Arzt gegangen ist?«

»Nö! Dafür weiß ich noch, wie er sich mit der Kombizange selbst den Backenzahn gezogen hat!«

»Weil Hochsaison war, und da hat man keine Zeit für eine Wurzelbehandlung!«

»Und von der Rückzahlung der Krankenkasse sind Mama und er immer mit dem Bus nach Südtirol gefahren!«

Wir verstummen beide, denn genau aus dem Grund hatte die Mama damals viel zu lange mit der Mammographie gewartet, und dann war der Tumor bereits inoperabel, und die tollste Rückzahlung konnte der Mama nicht mehr das Leben retten.

»Vielleicht hat er ja was daraus gelernt …«, sagt meine Schwester nachdenklich. »Und wieso soll er nicht allein zum Arzt? Der Papa ist doch kein kleines Kind!«

»Doch! Nein! Aber er wird jeden Tag wieder mehr zu einem!«

Ich ärgere mich, dass Fränzi schon wieder nicht auf meiner Seite ist.

»Lass ihn doch, das macht wirklich nichts, Kati! Sei doch froh, wenn er das selbst in die Hand nimmt! Du beklagst dich oft genug, dass er sich nicht mal selbst die Schuhe zubindet!«

»Die Pantoffeln anzieht! Richtige Schuhe zieht er schon lange nicht mehr an, wegen seinem Zehnagel!«

»Dann sei doch froh, wenn er was dagegen unternimmt. Fahr allein in den Großmarkt, setz dich danach in ein Café, geh shoppen, dann hast du wenigstens ein bisserl *quality time* für dich.«

Da muss ich jetzt leider schon ein bisserl verächtlich schnauben.

»Was die Leute in der Stadt immer haben mit ihrer *quality time*! Wenn's mal keine Fische mehr gibt im Chiemsee, dann verpacke ich die Inselluft hier in Einweckgläser und schreib *Original Chiemseer Quality Time* drauf, in verschiedenen *limited editions* natürlich: Morgenstund, Feierabend, Föhn, Überfahrt, und so weiter, und so weiter, und Schwester Sebastiana verkauft das dann im Klosterladen für prima Bargeld! Ich hab keine Zeit, mich in ein Café zu setzen!«

»Jetzt komm schon! Für One-Night-Stands im Zimmer Fünfzehn hast du ja auch Zeit!«

Ich wusste, dass es ein Fehler war, meiner Schwester davon zu erzählen, die kriegt sich nämlich schon seit zwei Wochen gar nicht mehr ein.

»Die Vorstellung von dir mit Perücke ist auch zu geil! Pass bloß auf, dass dich oben im Hotel keiner erkennt! Das gibt zehnmal mehr Gerede, als wenn du dir einfach einen Typen aus dem Ruderboot mitnimmst!«

Die Ratschläge meiner Schwester werden immer besser.

»Im Ruderboot einen aufreißen, so wie du damals den Janni, oder? Seitdem giltst du nicht nur bei der Emerenz als Discoflitscherl und hast einen Ruf weg, den du nie wieder loswirst. Das kann dir wurscht sein, denn du hockst in deinem Glockenbachviertel mit deinem Kind und deinem Superjob, aber ich brauch bessere PR, weil alles eh schon schwer genug ist. Und außerdem werde ich nicht erwischt, weil das natürlich eine einmalige Aktion war!«

Das klingt weniger überzeugend als geplant, denn ich sehe mich gerade noch einmal vor mir, wie ich auf dem Böckel sitze und den Kopf in den Nacken werfe.

»Natürlich, nie wieder, logisch!«, sagt deshalb auch die Fränzi in so einem gewissen Tonfall. Aber ich ignoriere das und mache mich auf den Weg in den Verkauf, weil ich heute noch total topentscheidermäßig eine Menge Fisch an den Mann und an die Frau bringen muss.

Am nächsten Montag suche ich unser Ruhetagsschild, während mein Vater es kaum erwarten kann, von der Insel wegzukommen.

»Kati, jetzt geh weida!«, höre ich ihn vom Uferweg rufen,

obwohl wir noch über zwanzig Minuten Zeit haben, und es zum Hauptsteg[16] nicht länger als sechsunddreißig Sekunden sind, mit eingewachsenem Zehnagel vielleicht fünfundvierzig.

»Ich komm ja schon, ich suche meine Turnschuhe! Und weißt du, wo unser Ruhetagsschild ist?«, schreie ich zurück und ducke mich zu spät, als zwischen weiß baumelnden Feinripp-Unterhosenbeinen graubraune Löckchen auftauchen, weil die Emerenz sich ihren Weg quer durch die Wäscheleine zu uns bahnt. Rückwärts, weil sie wieder ein Paket dabei hat, das aber heute so groß und so schwer ist wie ein voller Umzugskarton.

»Hängt scho!«, schreit mein Vater zurück.

»Ruhetag? Da schau her. Und der Boni steht da, gschneizt und kampelt?[17]«

Die Emerenz richtet sich schnaufend auf, die Hände im Kreuz, und tritt mit ihrem Bad Wörishofener Gesundheitsschuh ungerührt die Schleifspur wieder fest, die sie in unserem frisch gemähten Rasen hinterlassen hat.

»Habt's ihr zu viel Geld?«

»Nein, aber montags haben wir immer zu, weißt du doch. Was kann ich für dich tun?«

»Ja also, die Nähmaschin von der Liesl hast du doch bestimmt noch, oder? Kannst überhaupt nähen? Netze flicken kannst du doch auch! Bei der Königin Marie ist nämlich der Saum unten und beim Wiggerl ist die Hosen z'lang, um zehn Zentimeter.«

Sie zieht die Pappdeckel auseinander, zwischen denen es sofort quietschbunt herausquillt wie früher beim Mosi im Schaufenster.

---

16 Es gibt außerdem noch den Nordsteg. Zwei Dampferstege sind bei einer Insel, die so groß ist wie vier Fußballfelder, ungefähr so, als hätte Schwabing eine Startbahn Ost und West.

17 Urbane Entsprechung: Einem Top-Stylisten gerade dreihundert Euro hingeblättert.

»Das sind die Kostüme vom König-Ludwig-Freundeskreis in Bad Endorf, da bin ich die zweite Vize-Vorsitzende, ned wahr, und weil wir die Kostüme herrichten müssen für ein Theaterstückel, hab ich mich gefragt, ob du, ich mein, weil doch deine Mama, die Liesl, die hat doch so gut nähen können. Backen allerdings, oh mei…«

Der Emerenz fällt gerade noch rechtzeitig ein, dass sie was von mir will.

»… wirklich gut hats nähen können, die Liesl, damals die Fahne für den König-Ludwig-Umzug, also das war wirklich …«

»Ist ja schon gut, gib her.«

Ich ziehe die ganze Angelegenheit in den Schuppen, damit ich so schnell wie möglich von der Emerenz wegkomme, und laufe meinem Vater zum Hauptsteg hinterher.

In den letzten Tagen hat die Natur einen Satz gemacht, als wolle sie den vergangenen Wintermonaten die Zunge herausstrecken, und vom Campanile ist nur noch die bauchige Zwiebelspitze oberhalb der Uhr zu sehen, weil die Linden sich zartes Frühlingsgrün übergeworfen haben. Irgendwie passt das zu der ungeheuer tannengrün duftenden Rasierwasserwolke, die meinen Vater heute umgibt.

Gemeinsam sehen wir zu, wie der Michi in seiner Eigenschaft als Stegwart der ankommenden Menschenmenge auf der MS Berta eine Eisenbrücke vor die Füße schiebt.

»Wenns dir a so pressiert, bist selber schuld«, sagt er zu einem besonders nervösen Touristen, als dessen Hand zurückzuckt, weil sie beinahe zwischen Brückengeländer und Schiffswand eingeklemmt wird, »da fahrst am besten gleich wieder zurück.«

Von ein paar hektischen Besuchern lässt man sich hier nämlich nicht aus der Ruhe bringen. Total entspannt hängt der Michi also das Tau der Absperrung aus, und die Leute strömen an uns vorbei. Erst schnell runter vom Boot und dann unschlüssig, wohin zuerst, die Stimmen ein klein wenig zu laut und aufgeregt. Das machen die Besucher der Fraueninsel oft: erst einmal rumplärren und uns Insulaner dabei von der Seite anschauen, weil sie nicht wissen, ob sie sich den Eingeborenen gegenüber unsicher oder überlegen fühlen sollen.

»Morgen, Michi.«

Michi grinst mich an, als ich über das Eisengitter auf den Dampfer gehe. »Servus, Kati. Servus, Boni.«

Irgendwie sieht er heute anders aus, mein alter Schulfreund.

»Heute keine wichtigen Termine?«

»Pschscht!«, legt der Michi erschrocken den Finger auf die Lippen, und sieht schnell zum Kapitän hoch, der ihm aus dem Steuerhaus bei seiner Schwerstarbeit zusieht. »*Top secret!*«, flüstert er noch, dann dreht er mir ganz emsig den Rücken zu, als würden noch hundert Leute darauf warten, ihm beim Einsteigen ihre Fahrkarten hinzuhalten. Und jetzt sehe ich die große Neuigkeit: Die hinteren Fransen seines Vokuhilas sind weg. Seit ich den Michi kenne, hat er frisurentechnisch so viel Mut zur Veränderung gehabt wie eine Sumpfschildkröte. Wie weit die Veränderung in seinem Styling geht, kann ich aber wegen seiner Chiemseeschifffahrtsuniformmütze nicht erkennen, und bevor ich ihn bitten kann, sie abzunehmen, verschwindet er in seinem hölzernen Steghäuschen, um aus einem knackenden Lautsprecher die Ansage »Passagiere zur großen Rundfahrt bitte rechts anstellen! Mittelgang bitte freihalten!« zu machen.

»Oben, vorn?«, zieht mich mein Vater jetzt vom Eingang weg und grüßt kurz in alle Richtungen, weil er natürlich alle kennt, die hier arbeiten, und ich folge ihm aufs Oberdeck zu seinem Lieblingsplatz, erste Reihe, erste Bank.

»Hast mei Joppn?«

»Natürlich hab ich deine Jacke. Übrigens auch deine Versichertenkarte und eine Brotzeit, und was zum Lesen, wenn du warten musst.«

61

Mein Vater nimmt das zur Kenntnis, ohne sich zu bedanken. Weil mich das ärgert, hänge ich noch an: »Ich bin mir vorgekommen wie eine Mama, die ihrem Sohn die Sporttasche packt!«

Mein Vater ist weiter ungerührt. »Also, ich hab mich ned drum g'rissen, dass du mitfährst. Zum Doktor gehst aber ned mit eini, oder?«

»Warum denn nicht?«

»Weil ich nicht will, dass du mich nackert siehst!«

»Jaja, ist schon gut, ich fahr dann gleich weiter nach Rosenheim.«

Damit ist das Gespräch für eine Weile beendet, auch wenn ich mich insgeheim frage, wieso man sich für einen eingewachsenen Zehnagel die Hose ausziehen muss.

Ich spüre die Vibration des rückwärts rollenden Schiffsmotors, die dicke MS Berta beschreibt einen Kreis, und nimmt Kurs an der Südseite der Insel vorbei. In den letzten Tagen sind um unseren Biergarten herum Blumenkissen aufgeblüht, die gelben und weißen Wolken leuchten weithin sichtbar. Tourigrüppchen spazieren daran entlang, Hunde an der Leine, Buggys vor sich herschiebend, bleiben davor stehen, fotografieren.

Auch mein Vater sieht wirklich Eins-A aus heute, Lederhosen, weißes Leinenhemd, und vor allem: Haferlschuhe statt Pantoffeln. Wie das mit seinem Zehnagel zusammengeht, weiß ich nicht, aber als wir uns in Prien verabschieden, wirkt er aufrecht und rüstig, ohne das leiseste Hinken.

Im Großmarkt in Rosenheim läuft alles einwandfrei. Die restliche Zeit sitze ich dann tatsächlich in einem Café, aber es fällt mir schwer, in Ruhe mein Frauengedeck zu genießen.[18] Ich schlage sogar versuchsweise eine Zeitschrift auf, der Assauer Rudi ist auf dem Titelblatt, aber die Story versaut mir irgendwie die Stimmung. Ich bestelle mir lieber eine Portion

---

18 Frauengedeck: Kapo und a Tschick, also Cappuccino und Zigarette

Schweinsbratwürschtl und versuche zu vergessen, dass mich die Coverstory fatal an die Schussligkeit meines Vaters erinnert.

Zurück in Prien stelle ich fest, dass ich mit zu viel Kaffee im Hirn zu lange stillgesessen habe, und Ungeduld saust mir im Blut herum. Eigentlich die falsche Gemütsverfassung, um sich um einen Bonifaz Lochbichler zu kümmern, der wahrscheinlich schon mit einem verbundenen Zeh am Dampfersteg auf mich wartet. Oder um den Michi, der plötzlich da neben dem Parkplatz steht und mir mit einem Stecken winkt. Besser gesagt mit einer Rose.

»Woher weißt du denn, dass ich jetzt ankomme?«, frage ich statt Begrüßung, und der Michi zeigt nur hinter mich auf meinen Papa. Der winkt mir aus dem Beifahrerfenster eines brandneuen Mercedes-Sprinter zu und grinst, als der Michi mit dem Blumeneinwickelpapier herumkämpft.

»Was soll das denn?«, frage ich argwöhnisch. Der Michi schaut kurz beleidigt, aber dann beugt er sich zu mir hinunter, und küsst mich auf beide Wangen. Er sieht eindeutig anders aus als sonst.

»Schau, die Rose musst unten anfassen, da wo sie keine Dornen hat!«

Er reicht mir die Blume fachmännisch mit dem Stiel nach vorne.

»Was schaust jetzt, als hätt ich einen grünen Binkel auf der Nase?«

Eine grüne Warze würde mir nicht halb so unwirklich vorkommen wie die Rose in meiner Hand. Und wie Michis neue Frisur.

»Steig ein!«, ratscht er jetzt die Schiebetür von dem Mercedes-Bus auf. »Ihr müsst nicht Dampfer fahren mit den Einkäufen, ich nehm euch mit zum Insulanerhafen, mein Schiff[19] steht in Gstadt.«

Ich lege die Rose vorsichtig neben mich, als ich mich hinter dem Michi anschnalle. Der lädt wirklich hilfsbereit alles um, parkt rückwärts aus, und lässt dann seinen Kopf nach hinten gewandt.

»Und, was sagst?«, fragt er und weist mit dem Kinn auf die Rose.

»Ja mei, schön«, antworte ich und kann die Augen nicht von Michis Kopf wenden. Denn sein Haupthaar ist bis auf ein paar Millimeter abrasiert, bis auf einen stachligen Streifen, der camparirot gefärbt ist wie der Kamm eines Gockels. »So schön rot!«

Aber der Michi meint gar nicht die Blume, und auch nicht seine neue Haarpracht, sondern was sich hinter mir im Auto türmt.

»Was ist das?«, frage ich und schau mir die Wolke bunten seidigen Stoffes an.

»Ein Gleitschirm!«, antwortet der Michi stolz.

»Was machst du in einem neuen Mercedes-Bus mit einem Gleitschirm? Und was sagen die bei der Schifffahrt zu deinem Iro?«

Der Michi schaut zwar jetzt wieder nach vorne, weil er schon am Kreisverkehr Richtung Gstadt ist, aber ich sehe von hinten, wie sich seine Schultern straffen.

»Ich bin nicht mehr bei der Schifffahrt. Heute früh war meine letzte Schicht.«

Er guckt kurz zu meinem Vater.

»Morgen fang ich eine neue Arbeit an. Im Outdoorcenter Schneizlreuth.«

Michi, der schon immer Dampferkapitän werden wollte, arbeitet ab morgen in einem Outdoorcenter? Ich verdränge das Bild eines bierbäuchigen Gockels, der über der Hirschauer

---

19 Selbstverständlich nennt jeder Insulaner sein Boot »Schiff«, auch wenn der Kahn nicht größer ist als eine Biergartenbank.

Bucht seine Kreise zieht und bin tatsächlich ein wenig beeindruckt, auch wenn der Michi »Zenter« statt Center sagt.

»Wow. Und deine Kapitänslaufbahn?«

»Du, die von der Schifffahrt, die haben sich doch nie festgelegt. Immer nur blabla, und dann doch wieder nur Stegwart. Und jetzt bettelns natürlich recht, aber ned mit mir.«

»Verstehe.« Ich bin mir allerdings auch nicht sicher, ob sie ihn mit der Frisur überhaupt zurücknehmen würden. »Und jetzt wirst du Gleitschirmlehrer?«

»Gleitschirmlehrer? Ah wo!«

Pause, denn Michi schert für ein ziemlich riskantes Überholmänover mit quietschenden Reifen nach rechts aus, auf der viel zu schmalen Straße.

»Ich werd natürlich auch jederzeit gliden, aber hauptsächlich werd ich stellvertretender Geschäftsführer.«

Der Sprinter wackelt leicht, als der Michi sich knapp vor einem entgegenkommenden Traktor wieder auf die rechte Spur schlängelt. Die Schafwaschener Bucht ist eine verträumte Ecke, ein Seebusen sozusagen, und in der letzten Abendsonne glänzt der Schilfgürtel am Ufer wie ein goldener Pinselstrich. Ich schau aus dem Fenster, die Rose quer über meine Knie gelegt.

»Gestern noch Stegwart, ab morgen Vize-Geschäftsführer. Glückwunsch! Ich könnte nicht von heute auf morgen den Beruf wechseln.«

»Gehst mit mir feiern? Wir bringen deinen Vater rüber, und wir zwei gehen gleich ins Ruderboot, auf einen Neger[20]!«

Diese unerwartete Frage löst in mir eine so heftige Abwehrreaktion aus, dass ich die Rose packe und mich dabei saumäßig steche. Der Michi ist und bleibt einfach ein ziemlicher Merci[21],

---

20 Ist leider bei uns in der Gegend noch nicht angekommen, dass man dazu besser Cola-Weizen sagt.

21 Merci: Dorfprolet. Ist ohne Mofa und billige Rauschmittel undenkbar und begegnet guten und schlechten Lebenslagen mit einem »Ey merci, ey!«. Die Betonung liegt natürlich auf der ersten Silbe: der Mérci. Wir sind ja hier nicht bei den Sarkozys.

aber anscheinend sind das genau die Führungsqualitäten, die in einem Outdoorcenter gefordert sind.

»Michi, das geht nicht«, sage ich mit Bestimmtheit, »dafür ist es mir heute schon ein bisserl zu spät, ich muss ja morgen um vier raus.«

»Um vier, echt? So früh? Und am Freitag?«

»Am Freitag genauso wie am Wochenende. Jetzt ist doch Saison!«

Mein Vater dreht sich nach mir um.

»Also ich bin mit deiner Mama an einem jeden Wochenend zum Oberwirt nach Chieming auffi, wurscht was war am nächsten Tag.«

»Ja, und? Wie geht es eigentlich deinem Zeh? Tut's sehr weh?«, verbitte ich mir die Einmischung in mein Privatleben, und mein Vater dreht sich wieder nach vorn, und sagt nichts zu seinem Zehnagel, sondern nickt nur dem Michi zu: »Werd scho!«

Der Michi ist immer noch geschockt, auch wenn er doch eigentlich wissen müsste, wann die Fischer mit ihren Motorbooten rausfahren.

»Wirklich, um vier? Jeden Tag?«

Ich weiß nicht, warum er das jetzt so schlimm findet. Schließlich will er ja nicht Fischer werden, sondern Schneizlreuther Beinahe-Chef, und sollte sich erstmal über seinen neuen Job freuen, und zwar mit jemand anderem als mir, denn ich habe keine Zeit für so was. Und vor allem nicht mit dem Michi, und wenn mein Vater das gut findet, dann schon gleich nicht. Die restlichen fünf Minuten Fahrt verbringen wir in einem unbehaglichen Schweigen, und ich verpasse sogar den Moment, über den ich mich sonst immer freue, wenn man nämlich auf dem kleinen Hügel vor Gstadt die Fraueninsel von der Straße aus das erste Mal sieht.

»Ich geh dann halt gleich mit dem Janni ins Ruderboot, ich bring dir die Sachen vom Großmarkt später mit. Bist mir nicht bös, oder?«, fragt der Michi, als er uns an der Anlegestelle der

66

Motorboote rauslässt. »Der Hansi nimmt euch bestimmt mit zur Insel.«

Stimmt, der rot lackierte Pfeil, der gerade mit hoch erhobenem Bug auf den Anlegesteg der Insulaner zurauscht, ist das übermotorisierte Schiff vom Zumsler Hans. Zweihundert PS, damit das Boot trotz der Leibesfülle des Kapitäns überhaupt ins Gleiten kommt. Noch bevor es an der Hafenmauer ganz zum Stehen gekommen ist, streckt der Hans sich, so gut er kann, um die Paletten, die anscheinend eine Lieferung für ihn sind, aufs Schiff zu ziehen. Ich reiche ihm zwei gelbe Kanister mit der vielversprechenden Aufschrift »Flüssigei« und frage pro forma: »Nimmst uns mit?«

»Freili! Ich muss nur noch auf wen warten!«

Ich will jetzt den Michi auch nicht einfach so gehen lassen, immerhin hat er uns abgeholt. Und mir eine Rose mitgebracht. Also frage ich noch höflichkeitshalber: »Wer hat dir eigentlich die Haare geschnitten?«

»Die Molly«, sagt er stolz und lässt den Ellenbogen meines Vaters wieder los, weil der sich beim Einsteigen ins Boot nicht helfen lassen will. »Die hat mich als Model für die Berufsschule gebucht!«

Für die Wirtstochter Molly scheint die Jagd nach Frisurenmodels ähnlich unglücklich zu laufen zu wie die Jagd nach einem Ehemann. Ich steige meinem Vater hinterher und habe plötzlich Michis Füße unfreiwillig auf Augenhöhe.

»Schade, dass die Molly nicht Fußpflegerin lernt.«

Der Michi trägt heute nämlich ziemlich scheußliche Trekkingsandalen mit Klettriemen, und auch wenn ein Mode-Profi wie meine Schwester dabei aufschreien würde: Jemand mit Michis Zehen sollte unbedingt Socken zu seinen Sandalen tragen. Inzwischen haut der Hansi meinem mageren Vater die Hand auf die Schulter zur Begrüßung.

»Griasdi Boni, hat's dich bei der Frisur vom Michi aus die Schuh ghaut?«

Mein Vater hat nämlich ebenfalls ein Problem mit seinen

Füßen: Er steht inzwischen auf dem geriffelten Bodenblech des Motorboots. Und zwar in Wadlstrümpfen.

Ich schau Michi an. »Warum hat der Papa keine Schuhe an? Sind die noch bei dir im Auto?«

Der Michi zuckt mit den Schultern und sieht meinen Vater an. »Ich hab denkt, das gehört so ...«

Der Papa haut sich mit der Hand an die Stirn.

»Jessas, meine Schuh! Die hab ich im Krankenhaus vergessen!«

Und dann dreht er sich zum Hansi um und wirft sich ihm an die Brust.

»Aber des macht nix, der Michi hat mich schließlich abgeholt in seinem neuen Mercedes! Der ist jetzt fei Geschäftsführer in Schneizlreuth!«, gibt er an, als wäre Michi sein neuer Lieblingsschwiegersohn. Wann bin ich eigentlich das letzte Mal von meinem Vater gelobt worden? Ich verdrehe die Augen und setze mich schon mal in die Kabine. Soll doch der Michi die restlichen zwei Paletten einladen helfen.

»Na sauber, Outdoorcenter, soso«, gratuliert der Amsler Wirt. »Mir ham jetzt auch einen neuen Geschäftsführer.«

»Ah geh«, sagt mein Vater interessiert, »wieder so einen Bierdimpfl wie den Rudi?«

»Na, den hat uns der Gottschaller Erwin geheadhuntet, der ist von der Bed&Food-Academy in Zürich, der kann was«, ächzt der Hansi, und legt eine gummibeschichtete Decke über die Lebensmittel-Kanister, als wäre der Fertigscheiß feinstes französisches Frischgemüse, und das Boot neigt sich zur Seite, als er sich wieder hinters Steuer klemmt. Ich wundere mich kurz, weil mir der Hans doch letztens noch was von einem Berater erzählt hat.

»Ach, der Schweizer Berater wird jetzt gleich Geschäftsführer?«

»Nutzt ja nix, ich brauch jemand als Ersatz für den Rudi, und zwar schnell. Und da hab ich mir gedacht, bei den Referenzen kann der auch gleich noch dem Rudi sein Job machen. Des schau ich mir jetzt einen Sommer lang an, und dann mach ich ihm ein Angebot, und außerdem ist des mei Sach!«, grantelt der Hans und schaut mich missbilligend an. »Aber das kannst ihn jetzt gleich alles selber fragen. Da vorn kommt grade das Taxi vom Horstl, da sitzt er drin. Pünktlich ist er.«

Aha. Ein headgehunteter, pünktlicher Schweizer frisch von der Academy. Ob sich der auch mit Renkensemmelumsatzkurven auskennt? Ich werde ihn aber sicher nicht danach fragen. Denn der wie aus dem Ei gepellte Typ mit dunkelblauem Sakko und umgehängtem Laptop, der den Horstl gerade eine riesige Tasche aus gelber LKW-Plane ins Boot wuchten lässt, den kann ich sofort einordnen, solche waren an der Uni immer ganz vorne mit dabei. Das ist ein Powerpointer. Was will der denn auf unserer Insel? Ich grinse vor lauter Vorfreude, als ich sehe, dass der Hans die hintere Leine vom Motorboot schon losgemacht hat, ich weiß nämlich, was jetzt passieren wird. »Preißntaufe« nennen wir es, wenn einer mit einem Fuß noch auf dem Festland steht, den anderen Fuß aufs Boot setzt, das Schiff dabei von sich wegdrückt und zwangsläufig in den immer breiter werdenden Spalt zwischen Boot und Mole plumpst. Ich weiß allerdings nicht, ob so ein Schweizer auch unter »Preiß« fungiert, geografisch geht das ja schlecht. Und charakterlich? Das wird sich wahrscheinlich zeigen.

»Vielen Dank!«, sagt der Powerpointer und springt mit einem Satz seinem Gepäck hinterher. Von Taufe leider keine Spur. Ich beschließe, dass er einfach ziemliches Glück gehabt hat und drücke mich gegen meinen Vater, als er den Kopf einzieht und zu uns in die Bootskabine steigt.

»Grüezi«, grüßt er kurz in die Runde, lässt aber die Sonnenbrille auf, sodass ich gar nicht weiß, ob er mich überhaupt angesehen hat. Er haut mir seine Laptoptasche ins Gesicht, als er sich an mir vorbeiquetscht, um sich nach vorne neben den lederbezogenen Sitz vom Hansi zu setzen.

»Herr Leutheuser? Krug, David Krug!«

»Griaseahna, Herr Krug! Sie san ja pünktlich wiara Schweizer Uhr!«

Der Hansi lacht, bis sein Leib und das Boot gleichermaßen wackeln, seufzt dann zufrieden und legt den Rückwärtsgang ein.

»Pack ma's!«

»Also, pfiadi, Kati!«, schreit mir Michi noch hinterher und winkt. Er sieht total lächerlich aus mit seiner neuen Frisur, den blöden Sandalen und den viel zu engen Outdoorklamotten, und ich drehe mich einfach um und ärgere mich, dass ich immer noch diese kitschige Rose in der Hand halte.

Vom Gesicht des Neuankömmlings ist außer akkurat geschnittenen dunklen Haaren und Sonnenbrille nicht viel zu sehen, er starrt total ungerührt nach vorne auf die größer werdende Insel und lässt sich prima von der Seite betrachten. Der Typ ist jedenfalls ziemlich flach, sehr viel flacher wahrscheinlich als die Gegend, aus der er kommt. Also, es steht ihm schon eine Nase aus dem Gesicht, und die ist noch nicht einmal ziemlich klein, und Kinn und Stirn sind auch ziemlich präsent, aber sein Körper ist irgendwie sehr platt. Bei den Männern, mit denen ich sonst zu tun habe, sind oft genauso viele Rundungen involviert wie bei mir. Ab dreißig aufwärts, bei den früh Verheirateten auch eher, setzt sich bei den Jungs hier sowieso eine Hauptrundung durch, die noch jeden ereilt hat, genannt Bierkugel, Knödlfriedhof, Weißwurschtsarg, von ihren Trägern mit Gleichmut oder Stolz vor sich hergeschoben. Aber der Neue ist 3-D-mäßig quasi rundungsfrei. Seine Schultern allerdings müssen ziemlich breit sein, denn da haben wir leichten Körperkontakt, am Hintern jedoch nicht, obwohl meiner eindeutig ein ganzes Stück seines Sitzpolsters vereinnahmt.

Mein Vater beobachtet fröhlich das Geschehen, und dann beugt er sich vor und haut dem Schweizer aufs Knie.

»Schee, ha?«, sagt er und weist nach vorne, auf die rasant größer werdende Insel, denn die Strecke Festland-Insel schafft das Boot vom Hans in noch nicht einmal zwei Minuten. Der Schweizer blickt weiter ungerührt nach vorne.

»Sicher«, sagt er dann.

»Und der See!« Mein Vater lässt nicht locker. »Der Chiemsee, das bayerische Meer! Schee, gellns?«

Langsam dreht der Schweizer den Kopf zur Seite, schaut links aus dem Fenster, schaut rechts aus dem Fenster und antwortet bedächtig: »Sicher. Aber recht klein.«

Dann schaut er wieder nach vorne.

Mein Vater zieht daraufhin den nächsten Trumpf aus dem Ärmel.

»Schaungs, da, die Kampenwand! Wie finden'S jetzt die?«

»Schön. Aber es gibt höhere Berge.«

Das klingt gelinde gesagt nicht danach, als würde er die Kampenwand als einen richtigen Berg durchgehen lassen, und mein Vater ist ein bisschen perplex. Ich auch, weil wir es nicht gewohnt sind, dass einer hier ankommt, dem der See zu klein und die Berge zu niedrig sind, und ich freue mich schon, weil mein Vater mit verletztem Insulanerstolz diesem Schlechtmacher sicher gleich den hochmütigen Kopf zurechtrücken wird. Denn auf die grüne Insel zuzufahren, mit erhobenem Bug, und zu wissen, da wird man jetzt gleich aussteigen und herumlaufen, das macht sogar mich noch glücklich, obwohl ich hier aufgewachsen bin.

Aber mein Vater lächelt freundlich und hat offensichtlich so gute Laune, dass er gar nicht aufhören kann, unsere Insel und die Leute hier anzupreisen. Er mustert den Schweizer nur ein wenig verwundert. Bei dem sitzt alles tadellos, da kann man nichts sagen. Mein Vater beugt sich noch ein Stück weiter vor.

»Scheene Schuah!«, sagt er dann anerkennend. »Handarbeit, des siegi glei!«

Ich muss ihn nachher unbedingt fragen, ob sie ihm im Krankenhaus bewusstseinsverändernde Schmerztabletten zugesteckt haben, oder warum ist der alte Boni heute so unerschütterlich guter Stimmung?

Jetzt kommt ein wenig Leben in den Neuen, er streckt einen Fuß mit dem festen, aber nicht klobigen Schuh aus, knöchelhoch, braunes Leder, Profilsohle. Dass die Rahmennaht dieses Schuhs nicht geklebt, sondern genäht ist, das sehe sogar ich. Die müssen eine gute Stange Geld gekostet haben, viele Schweizer Fränklis, und zwar vor nicht allzu langer Zeit, so brandneu, wie diese Boots aussehen. Klar, denke ich mit Genugtuung, der will halt doch einen guten Eindruck machen, das ist ein Streber!

»Vielen Dank. Dieser Stiefel ist von meinem Großvater.« *Großvattr*, besser gesagt, denn wenn man genau hinhört, bemerkt man ein leichtes Chhh und RRR in seinen Endungen.

»Auch mein Vater hat den schon getragen«, erklärt der Schweizer weiter und stellt seinen Fuß wieder hin. Vom Großvater? Und dann sieht dieser Schuh aus, als wäre er frisch aus dem Karton? Jetzt fällt meinem Vater doch ein bisschen der Mundwinkel nach unten, und unsere Fersen stoßen aneinander, weil wir beide reflexhaft unsere Füße unter der Bank verstecken – mein Vater seine Strumpfsocken, und ich meine ausgelatschten Turnschuhe. Keiner sagt mehr etwas, nur der Hans pfeift »Resi, i hol di mit'm Traktor ab« vor sich hin.

Der Neue bricht als Erster das Schweigen. »Und, die Menschen auf der Fraueninsel, das sind sicher rechte Eigenbrötler, oderrr?«, fragt er in meine Richtung. Ich fühle mich sofort angegriffen, aber in meinem Kopf knipst jemand das Licht aus, und mir fällt partout keine Antwort ein. Ich kann mich nicht erinnern, wann bei mir jemals so dermaßen der Strom ausgefallen ist. Gottseidank antwortet mein Vater für mich: »Ein Schmarrn! Wir Insulaner mögen einen jeden. Vorausgesetzt, er gefällt uns!«

»Ah, sehr einleuchtend.« Der Schweizer nickt, und hat offensichtlich eine Mücke ins Gesicht bekommen, weil sein Mundwinkel so zuckt, als hätte ihn etwas gestochen.

»Und wann gefällt Ihnen jemand?«

»Na, wenn wir ihn mögen!«

Beim Anlegen schaukelt es ziemlich, weil der Hans im Boot herumturnt, und ich merke, dass mir ein wenig schlecht wird, wahrscheinlich wegen meines schon wieder viel zu leeren Magens, und ich steige schnell aus, um beim Anlegen zu helfen. Komisch, diese Mischung aus Aggressivität und Unsicherheit, die mich auf einmal gepackt hat. Ich frage gar nicht, ob ich noch beim Ausladen helfen soll, sondern laufe nach Hause, um meinem Vater Schuhe zu holen. Wieso fühle ich mich eigentlich so urlaubsreif? Und das am Anfang der Saison? Bestimmt hat es etwas damit zu tun, dass ich mich nach ein paar Stunden auf dem Festland immer ein bisschen fühle wie in einer Jeans, die zwickt. Und ich werde das Gefühl nicht los, dass die nächsten Monate ein paar Überraschungen für mich bereithalten werden, und zwar nicht nur positive. Ich kann nur hoffen, dass dieser neue Strebertyp nicht allzu viel damit zu tun haben wird.

Dem nächsten Morgen merkt man den Frühling schon richtig an. In den Bergen liegt kein Schnee mehr und der See führt so viel Wasser, dass das Ein- und Ausladen aus dem Boot ganz kommod geht, weil der Wasserspiegel so hoch ist. Ich fahre in die Dunkelheit hinein und genieße die Einsamkeit. Ich liebe diese frühen Stunden auf dem See, weil mir dann einfach alles andere total egal ist. Ich habe gestern Abend Bodennetze an der Ostseite des Sees gesetzt, und ich sehe gleich, was der heutige Tag bringen wird: einen Spitzenfang. Und so stehe ich mit hochgekrempelten Ärmeln im Boot und bringe achthundert Renken ums Eck: Fisch aus dem Netz, mit dem Kopf an die Bootkante, Fisch tot, Fisch in den Bottich. Nächster Fisch aus dem Netz. Zack an die Bootkante. In den Bottich. Nächster Fisch aus dem Netz, Kante, zack, tot, Bottich, Netz, zack, tot, Bottich, Netz, zack, tot, Bottich, – zwei Stunden lang, bis der See orange-pink glänzt vom Morgenrot und die Nacht nur noch ein kleines dunkles Wattewölkchen über dem Feldwieser Ufer ist.

An so einem Tag denkt man nicht mehr an Urlaub, da denkt man nur noch, wie schön es daheim ist, und deshalb liefert die staatlich geprüfte Fischwirtin Katharina Lochbichler die Hälfte ihrer prima Chiemseerenken äußerst gut gelaunt an den Amsler Wirt.

Zoran steckt wie immer von oben bis unten in Tracht und klemmt die kroatischen Pratzen hinter seine bestickten Hosenträger.

»Ich hab gehört, du warst in Rosenheim? Und hast mir keinen Mann mitgebracht für meine Molly?«

»Wie kommst du darauf, dass ich einen Mann für deine Tochter wüsste? Und wer weiß denn eigentlich, ob die Molly überhaupt so dringend verheiratet werden möchte?«

In den Augen des besorgten Schweinsbratenkönigs ist kein Funke Humor zu entdecken, die Angelegenheit ist ihm zu ernst.

»Molly ist bald fünfundzwanzig! Wie schaut das aus beim nächsten Inselfest[22], wenn meine Tochter als Einzige allein ist?«

»Na und? Was sagt denn die Mama von der Molly dazu?«

»Die hat da nichts zu sagen! Und es kann nicht sein, dass ihr Insulaner uns da nicht mehr unterstützt! Und du, du bist auch so ein Fall, rennst immer noch unverheiratet herum, ich verstehe nicht, wie dein Vater da einfach nur zuschaut!«

Das Angenehme an dem Verhältnis zwischen meinem Vater und mir ist in der Tat, dass mein Vater eigentlich nie was zu meinen privaten Angelegenheiten sagt. Wie auch. Wenn ich so darüber nachdenke, hab ich eh keine privaten Angelegenheiten, außer meinen kleinen anonymen Abstecher ins Zimmer Nummer Fünfzehn vielleicht. Als mir die Abwesenheit eines Privatlebens bewusst wird, bekomme ich leider sofort ein biss-

---

22 Inselfest: sommerliches Massenbesäufnis, das vom Zoran extra traditionell ausgerichtet wird. Außer wenn einer mit der E-Gitarre daherkommt wie damals der Janni, weil der Zoran nicht wusste, dass sich hinter »Zefix« eine Kiss-Coverband und keine Landler-Combo verbirgt.

chen schlechte Laune, auch wenn das nichts Neues ist. Und außerdem finde ich es total peinlich, wie der Amsler Wirt die eigene Tochter zu verschachern versucht. Besser, ich komme schnell auf den eigentlichen Grund meines Besuchs zurück.

»Wann brauchst du wieviel Renken? Ich muss die Hochsaison jetzt planen, damit ich dir genug zurücklege.«

Der Amsler Wirt wechselt im Nullkommanix vom kuppelnden Vater zum knallharten Geschäftsmann. Wir stehen in dem Durchgang zwischen Küche und Biergarten, und ein paar Frühschoppler drehen sich neugierig zu uns um, als er mich völlig unerwartet anschnauzt: »Damit auch noch genug Fische für den Hansi da sind? Das mit dem Fisch, Kati, das lassen wir in Zukunft. Dürfte für dich ja kein großes Problem sei, hast ja noch genug andere Kunden, gell? Servus!«

Dann verschwindet er in die Küche und ich stehe fassungslos da mit meinen zwei Kisten voller Renken und versuche zu begreifen, was er gerade gesagt hat. Das lassen wir mal lieber? Der Amsler Wirt will mich sogar auf der heutigen Lieferung sitzen lassen? Das soll es gewesen sein mit dem Wirtshaus am See? Ich dachte, der Zoran wäre derjenige, der noch am ehesten damit klarkommen würde, dass ich an beide Wirte liefere, und der Hansi wäre der Anstrengendere im Amsler/Zumsler-Konflikt. Außerdem: Der Hotelier und der Wirt, die reden schon lang nicht mehr miteinander – also, wer hat mich da verpetzt?

»Können wir da nicht noch einmal darüber sprechen?«, rufe ich in die Küche hinein. Aber Reden ist nicht die gängige Art, hier auf der Insel Konflikte zu lösen. Lieber wird ein Streit so lange weitervererbt, bis eine der Konfliktfamilien ausgestorben oder weggezogen ist. Das kann sich schon mal ein Jahrhundert lang hinziehen. »Ausg'redt is«, höre ich entsprechend den Amsler Wirt aus der Küche schreien, und als ich die Fischboxen wieder auf meinen Leiterwagen stelle, um kopfschüttelnd nach Hause zu gehen, kommen sie mir auf einmal doppelt so schwer vor.

75

Die Emerenz hat mir jetzt gerade noch gefehlt, aber es nützt nichts, sie kommt in ihrer Vormittagsuniform den Uferweg entlang: Streublumenkittel, Einkaufskorb, Gesundheitsschuhe, Stützstrümpfe.

»Griasdi, Kati. Host heid eps Gscheits gfangt?«

»Jaja. Schönes Wetter, gell?«

In einer Konversation mit der Emerenz etwas anderes als Allgemeinplätze von mir zu geben, wäre im Moment der komplette Wahnsinn.

»Ja, scho. Aber ist's vor dem heiligen Markus warm, friert man nachher bis in den Darm!«, bauernregelt die Emerenz herum und stützt sich dann stöhnend auf meinen Oberarm.

»Ich kanns bald nimmer derhatschen[23]!«

»Warum gehst du dann außen herum zum Ladl, wenn dir die Füße so wehtun?«

Wahrscheinlich ist ihr der direkte Weg am Klostergarten vorbei zu ereignisarm, da können die Spalieräpfel noch so schön blühen und der Lavendel noch so gut riechen.

»Ja mei, ich hab so viel Wasser in die Füß, da geh ich lieber außenrum, weil ich dann ned unser Bergerl nauf muß. Lieber weida rum, als kürzer nauf. Bloß gut, dass ich heut ned nach Prien muss zum Friseur. Die Molly macht mir heut daheim die Haar, weils ein Modell braucht.«

Man sieht der Emerenz an, dass sie sich bewusst ist, dass nur die Allerschönsten in den Genuss dieser Ehre kommen.

»Tatsächlich?«

»Ja. Dem Michi hats auch die Haar gemacht, erst gestern.«

»Da bin ich mir sicher, dass sie für dich auch etwas Typgerechtes findet.«

Während dem ganzen Geplänkel geht mir im Kopf herum, warum gerade der Amsler Wirt meine Fische nicht wollte, und es fällt mir eigentlich keine andere Erklärung dafür ein, als dass die Emerenz mich verpetzt hat. Aber wenn sie es nicht war

---

23 hatschen: Walking auf Bayerisch

und ich spreche sie hier und jetzt darauf an, dann erfährt das jeder, und der Hans auch, und dann ist mein letzter Großkunde auch noch beleidigt. Ich beschließe, mich erst mal in der Familie vom Zumsler umzuhorchen.

»Die Nummer von der Molly hast du nicht zufällig?«

»Ja scho«, sagt die Emerenz, und betet in der Tat sofort eine Handynummer herunter. »Was willst denn von ihr? Ich weiß fei nicht, ob sie noch Modelle braucht!«

»Ach, das ist wirklich schade. Aber ich wollte sie nur zum Kaffee einladen. Ich sehe sie ja nicht mehr, seit sie in der Berufsschule ist.«

»Ja, dann sag ich ihr doch einfach, dass sie nachher zu dir rüberkommt, gell? Dann komm ich gleich mit und hol meine Kostüme ab.«

Oh mei. Das auch noch. Die Kostüme sind mir nämlich erledigungsmäßig ein bisserl durchgerutscht.

»Weißt du zufällig, ob die Klosterküche Renken brauchen kann?«

Schwester Sebastiana ist umringt von einer Horde Italienern, die sie, anscheinend mit himmlischer Rückendeckung, mit Nopi aus Probierstamperln abfüllt, bis die Touristen mit ihren Einkäufen beseelt Richtung Hauptsteg ziehen.

»Wer hat diese armen Kreaturen getötet?« Gorvinder sitzt sehr aufrecht auf der kleinen hölzernen Bank neben dem Eingang und deutet auf meinen Leiterwagen.

»Ich natürlich, wer sonst?«, frage ich leicht verwundert. »Das ist mein Beruf!«

Gorvinder sitzt so aufrecht, als würde ihn ein unsichtbarer Faden am höchsten Punkt seines Scheitels nach oben ziehen, und seine Stirnfalten sind vor lauter Empörung glatt wie ein Babypo.

»Wie viele Fische tötest du jeden Tag?«

Mir schwant, welche Wendung das Gespräch nehmen wird, und so untertreibe ich mal lieber.

»Fünfzig. Höchstens.«

»Die Katharina macht das für ihren Vater«, mischt sich jetzt Schwester Sebastiana ein, »die hat ihre Karriere an den Nagel gehängt und ist nach der Uni noch einmal in die Lehre gegangen, damit sie den Betrieb übernehmen kann. Sie ist eine Gute!«

Gorvinder sieht mich trotzdem an, als würde er eine Wiedergeburt als Wimperntierchen für eine noch zu hohe Existenzform für mich halten, und ich gebe die Idee auf, in seiner Gegenwart tote Tiere an den Mann oder an die Klosterfrau zu bringen.

»Was hast du gesagt, als du deinen ersten Fisch ermordet hast?«, fragt er streng.

»Zu dem Fisch? Pfiadi, servus und goodbye«, erzähle ich wahrheitsgemäß. »Aber es ist mir nicht leicht gefallen.«

Das hat doch bis jetzt immer der Papa gemacht, ich kann das nicht, habe ich in der Tat gedacht, als ich als einzige Frau im Ausbildungsabschnitt »Schlachten und Zerlegen« meine erste Forelle und meinen ersten Hecht in die ewigen Jagdgründe befördern sollte. Aber die Schulungsforelle machte netterweise keinen Mucks und verschied wie gewünscht schnell und hoffentlich schmerzlos. Und der Hecht, der mir mit seiner entenschnabeligen Gangstervisage sowieso total unsympathisch war, flappte ein bisschen herum und gab dann Ruhe. Und am Ende des Tages war ich die Einzige, deren Metzgergummistiefel noch weiß waren, so sauber hatte ich gearbeitet, und der Ausbilder lobte mich ein Naturtalent.

»Ist hier geöffnet?«, höre ich jetzt eine männliche Stimme. Um mein demoliertes Karma ein wenig zu polieren, rufe ich hilfsbereit die Gewölbestufen nach oben »Ja, jeden Tag bis vier«, und schicke mich an zu Gehen, um Schwester Sebastiana Raum für ihre neue Kundschaft zu lassen. Allerdings kann ich meinen Leiterwagen nicht weiterschieben, denn der wird gerade blockiert. Besser gesagt – es wird gerade etwas daran angekettet. »Entschuldigung, das ist mein Wagen«, sage ich zu dem Touri-Rücken, der in einer dieser teuren Softshelljacken mit verschweißten Nähten steckt, und rucke an meiner Deichsel. »Auf der Fraueninsel müssen Sie außerdem Ihr Fahrrad nicht absperren.«

Und eigentlich auch nicht benützen, denn warum sollte man auf einer Insel, die man zu Fuß in elfeinhalb Minuten umrunden kann, eine Radltour machen? Das ist doch total lächerlich!

»Dieses Velo muss man überall absperren«, kommt es zurück. Das ist kein Touri. Das ist der neue Geschäftsführer vom Zumsler Hans, und Fahrrad ist eine zu ordinäre Bezeichnung für das heuschreckenartige High-Tech-Gerät, das jetzt wieder abgekettet wird. Das also war in der großen gelben Tasche. Und als der Academy-Schweizer sich aufrichtet, merke ich, dass ich immer noch beleidigt bin, weil er gestern im Boot die Schönheit meiner Heimat nicht gebührend bewundert hat. Ich sollte die Gelegenheit nutzen und ihm zeigen, wo der Hammer hängt und dass ich hier die älteren Rechte habe. Weil er nämlich sicher keine Ahnung davon hat, wie es hier so läuft.

»Ist denn der Hansi später da? Ich wollte nämlich die Liefermengen für den Sommer mit ihm abstimmen.« Und ihn dazu überreden, mir in Zukunft die doppelte Menge abzunehmen, ergänze ich in Gedanken, schließlich muss ich den Wegfall vom Amsler Wirt irgendwie kompensieren. Der neue Hotelberater mustert mich von Kopf bis Fuß, und ich tappe ein bisschen mit dem Gummistiefel auf dem Boden, bis er endlich wieder was sagt.

»Der Herr Leutheuser ist heute im Haus, aber es wäre besser, wenn Sie sich vorher einen Termin geben lassen, die Köche und er sind heute in einer Schulung. Und wenn Sie einer unserer Zulieferer sind, dann …«, wieder dieser Blick, den ich nicht einschätzen kann, »… dann werde ich demnächst bei Ihnen vorbeischauen, denn wir werden im Hotel ein Qualitätsmanagement implementieren, und da sind natürlich auch unsere Lieferanten mit eingeschlossen. Oderrr?«

Implementieren? Auf der Fraueninsel etwas implementieren? In Hansis Hotel? Ich hatte total recht: Der Typ ist hundertprozentig ein Powerpointer, und ein Streber obendrein, der tut mir jetzt schon leid. Fachidioten kommen hier nicht weit. Vor allem nicht, wenn sie zu allen Leuten so unverschämt sind wie zu mir. Ich mir einen Termin beim Hansi geben lassen! Aber in Anbetracht der Tatsache, dass der Morgen für mich bisher nicht so sonnenscheinmäßig gelaufen ist, nicke ich gönnerhaft.

»Aber sicher. Und übrigens ist das Fahrradfahren auf der Insel verboten.«

Danach will ich sofort abschieben, damit ich auf jeden Fall das letzte Wort habe. Als ich mich, kurz, wirklich nur ganz kurz, noch einmal umdrehe, sehe ich, wie Schwester Sebastiana in der Ladentür steht und mit einem gar nicht engelsgleichen Lächeln zwischen dem Schweizer und mir hin und her guckt. Der kniet immer noch vor seinem Rad, das Schloss in der Hand, sein Gesichtsausdruck so unergründlich wie der Chiemsee im Novembernebel. Wer weiß, was der noch alles im Schilde führt? Angesäuert drehe ich mich wieder nach vorne, schiebe meinen Karren nach Hause und nehme mir vor, meine Schwester anzurufen, um nach dem morgendlichen Panoptikum an Inselbewohnern mal wieder mit jemand Normalem zu reden.

»Mode und Kültür, Redaktion *Mimi*, mein Name ist Über, was kann isch für Sie tun?«

»Oh«, sage ich verdattert, »hier ist die Ka…, hier ist die Frau Lochbichler, ich wollte eigentlich meine Schwester …«

»Die Frau Lochbischlär ist im Meeting, kann sie Sie … Moment!«

Geraschel am Telefon, dann: »Isch stelle Sie dursch!«

»Lochbichler?«

»Hast du einen neuen Kollegen aus Frankreich?«, frage ich Fränzi verwundert.

»Nein, das ist nur mein neuer Assistent, der Jürgen Huber, der war vorher bei der Vogue und da müssen alle anscheinend so tun, als wären sie aus Paris.«

Für meine Schwester ist das wohl nichts Besonderes, der Vogue einen Sekretär abgeworben zu haben. Jedenfalls bin ich immer noch so sauer, dass ich finde, dass jetzt erst einmal ich an der Reihe bin mit Neuigkeiten.

»Ich habe heute Morgen einen meiner Kunden verloren, nämlich das ›Wirtshaus am See‹! Der Zoran kommt nicht damit klar, dass ich ihn nicht exklusiv beliefert habe, und deshalb hat er mich rausgeschmissen! Dann labert mich die Emerenz voll, dieser Gorvinder gibt mir das Gefühl, dass ich maximal als Schwebeteilchen wiedergeboren werde, und dann kommt auch noch dieser arrogante Kerl mit seinen Schweizer Managementmanieren an und versaut mir den Tag endgültig. Stell dir vor, der bleibt jetzt hier, im Hotel oben, mindestens einen Sommer lang!«

»Na und, was kann er dir denn? Außerdem dachte ich, dieser Berater ist ein entspannter Bergmensch?«

»Null! Entspannt sieht der schon mal nicht aus. Klamotten teuer und alles picobello, und dann aber handgenähte Schuhe vom Großvater. Bei dem passt sowieso nichts zusammen, der ganze Kerl ist total komisch.«

»Wie, komisch?«

»Die Augen sind knallblau, aber dann hat der total buschige Augenbrauen und dunkle Haare. Und dann diese Figur: voll lang und flach!«

»Muss bei dir denn jeder gleich 'ne Fettschürze vor sich herschieben?«

»Nein! Aber er ist trotzdem komisch. Kantiges Gesicht, dunkle Haare und dann diese blauen Augen!«

»Klingt wie Jude Law als Hochgebirgsmodell.«

»Höchstens wie Jude Law mit sehr viel mehr Haaren. Dichte dunkle Haare.«

»Dichte dunkle Haare? George Clooney vielleicht?«

»Naja, vielleicht auch ein bisschen wie George Clooney. Aber viel jünger!«, rege ich mich auf. »Eine Promenadenmischung!«

»Wie George Clooney, aber jünger. Wie Jude Law, aber mit mehr Haaren. Hmmmm«, wiederholt meine Schwester so langsam, als würde sie gerade einen Schokotrüffel auf der Zunge zergehen lassen. Es knackst kurz in der Leitung, und Lady Gaga singt mir was. Bevor ich mich aber noch darüber aufregen kann, dass meine Schwester mich in die Warteschleife gelegt hat, ist sie schon wieder dran.

»Jürgen findet das übrigens auch eine sehr interessante Mischung. Er sagt, der muss ja sensationell gut aussehen!«

»Nicht mein Typ. Ich finde George Clooney nämlich total spießig. Und Jude Law saumäßig arrogant.«

Darauf sagt sie erst einmal nichts mehr. Ich schweige auch, während ich mit zwischen Ohr und Schulter geklemmtem Handy die Styroporkisten zurück in den Fischputzraum schleppe und an die unbehagliche Atmosphäre gestern auf Hansis Boot denke.

»Und Papa ist ohne Schuhe herumgelaufen!«, fällt mir noch ein.

»Wirklich? Das ist jetzt das wievielte Mal?«

»Nun, das erste Mal, dass er sie gar nicht anhatte, aber davor hatten wir das Links-Rechts- und das Pantoffel-Problem.«

»Und was macht der eingewachsene Zehnagel?«

»Den hat er anscheinend total vergessen. Wenn ich ihn danach frage, zuckt er nur mit den Schultern.«

»Komisch.«

Meine Schwester klingt jetzt auch besorgt, hat aber sofort einen Plan.

»Der Bruder meines Chefs ist Professor im Harlachinger Krankenhaus, vielleicht kann ich mal mit dem reden. Und du machst dir keinen Kopf wegen dem Amsler Wirt, dann verkaufst du heute eben ein paar Räucherfischsemmeln mehr. Und kannst du nicht heute Abend mal was für dich machen? Geh doch mal zum Gorvinder ins Yoga, das tut dir sicher gut.«

»Yoga für Schwebeteilchen? Da brauch ich wahrscheinlich noch nicht einmal eine Matte.«

Meine Vorstellung von einem lustigen Abend sieht anders aus, aber ich bin trotzdem nach dem Gespräch mit meiner patenten Schwester wieder besser gelaunt.

»Fleißig, fleißig«, ruft mein Vater mir zu, ohne sich darüber zu wundern, dass sich heute die doppelte Menge Fischsemmeln in der Auslage stapelt. »Ich fahr zur Zuchtstation.«

»Fahr du nur«, zische ich möglichst sarkastisch, während ich versuche, die blaue Tonne mit den Fischabfällen auf den Leiterwagen zu hieven, ohne dass sie umkippt, »dann fahr ich die Tonne eben selbst rüber. Mach ich einfach neben dem Verkauf und dem Haushalt. Ist ja alles kein Problem!«

Mein Vater winkt, und weg ist er, ohne sich darum zu scheren, dass das eben ironisch gemeint war. Er geht nicht in die Richtung, in der die Wirtshäuser liegen, sondern zum Uferweg, aber ich habe jetzt auch keine Zeit, herauszufinden, wo zum Teufel er eigentlich hingeht. Mit unserem Schiff jedenfalls ist er nicht unterwegs, denn das schaukelt am Steg. Als ich die Leinen löse, um die blaue Tonne ans Festland zu fahren, spuckt der Dreizehn-Uhr-Dampfer gerade einen Pulk Menschen aus. Kaum einer dieser Touris wird an der Sonnfischerei vorbeigehen können, ohne eine Fischsemmel zu kaufen, und ich betrachte damit das Problem des Renkenüberschusses praktisch als erledigt. Die Tonne vom Boot auf die Betonrampe für die Müllabfuhr zu wuchten, ist jedes Mal eine kreuzbrechende Plackerei, und ich schiebe mit dem Fuß genervt die aufgestapelten Eimer und Kanister mit weggeworfenen Lebensmitteln weg, die mir im Hafen den Weg versperren. Kartoffelsalat. Flüssigei. Vorgerührter Pfannkuchenteig. Reiberdatschimischung. Da hat mal einer richtig ausgemistet, und was ich von meinen Besuchen in Hansis Kühlung weiß, können diese Lebensmittel eigentlich nur vom »Hotel zum See« stammen. Obwohl noch nichts davon abgelaufen ist und es mich wundert, dass der Leuheuser sich freiwillig von seinem Fertigpamp trennt.

Ich freue mich während des Heimwegs schon darauf, dass

mir Ursula mit ihrem rumänischen Akzent zuschreit: »Semmeln aus – machst du neu! Schnell!«

Aber unser Biergarten ist verwaist, nur drei Leute stehen unsicher davor herum. Kein Wunder, es ist niemand da, um sie zu begrüßen, denn die Verkaufstheke ist nicht besetzt. »Ursula?«, schreie ich, und höre ganz entfernt im Haus ihre Stimme antworten. Ich finde sie im Zimmer meines Vaters und werde sofort stinksauer.

»Was schnüffelst du da herum? Auf der Insel suchen gerade fünfhundert Leute nach einem günstigen Mittagessen, und bei uns ist der Verkauf nicht besetzt!«

»Ich schnüffel nix«, sagt Ursula leicht beleidigt, »Senior Chef hat mir gesagt, dass ich soll machen das, sonst bin ich gefeuert!«

Sie zeigt auf das Bügelbrett, an dem bereits zwei frisch gebügelte Hemden hängen.

»Mein Vater lässt sich seine alten Hemden von dir aufbügeln? Wozu? Die passen ihm doch gar nicht mehr!«

»Nein«, sagt Ursula, »ist neues Hemd, noch muss Nadeln herausmachen und schön bügeln mit nix Falten.«

Ich nehme mir eines der Hemden und sehe es mir genau an. Stimmt, so ein schickes hellgraues Hemd hat mein Vater tatsächlich vorher nie besessen, »Daniel Hechter« steht im Etikett, und die leere Tüte auf dem alten Doppelbett meiner Eltern hat den Aufdruck »Herrenausstatter Rosenmüller, Bad Endorf«.

»So eine Sauerei! Bügeln für jemanden, der keine gebügelten Hemden braucht, und im Verkauf bleibt der Fisch liegen! Dafür brauch ich dich nicht, du kannst für heute nach Hause gehen!«

Das ist ungerecht, weil sich mein Wutanfall eigentlich gegen meinen Vater richtet. Ursula schaut mich entsprechend mit einem Blick an, der besagt, dass bei den Sonnfischers allesamt das Oberstübchen entrümpelt gehört, und ist schneller weg, als ich mich bei ihr entschuldigen kann.

Am Abend sind fast achtzig Renken übrig. Während ich einigermaßen frustriert die Scheiben der leergeräumten Verkaufstheke mit Glasreiniger besprühe, kommt die Molly um die Ecke, mit einer Art Werkzeugkoffer, in dem wahrscheinlich ihr Schneidewerkzeug drin ist, aber erstaunlicherweise ohne ihr Model Emerenz.

»Molly, griasdi! Was ist denn mit der Nachbarin, wollte die gar nicht mitkommen?«

»Nein, die fühlt sich nicht wohl«, sagt Molly (eigentlich sagt sie »fich« statt »sich«), und plumpst auf eine Bierbank, ohne mir ihre Hilfe anzubieten. Sie hat einen interessanten neuen Look, nämlich rechts und links zwei lila Strähnen bis zum Kinn, ansonsten schwarz gefärbt und am Hinterkopf ein hochrasiertes kurzes Gewuschel. Als hätten zwei Eichhörnchen darin gevögelt. »Die Arme. Ich schau nachher mal nach ihr.« Ich schenke uns zwei Weinschorlen ein und versuche Molly nicht zu auffällig auf die Vorderzähne zu gucken. »Und, bist du mit der Lehre fertig?«

Die Molly hat nämlich eine eher unordentliche Gebissstruktur. Obwohl sie ein ziemlich breites Gesicht hat, ist ihr Kiefer irgendwie zu klein, und so schieben sich die Front- und Eckzähne übereinander, als wollten sie alle einen Platz in der ersten Reihe haben. Es ist ganz schwer, die Augen davon abzuwenden. Vor allem weil Molly ziemlich lispelt und einen dadurch ständig daran erinnert. So gesehen ist ihre neue Frisur durchaus typgerecht, weil sie immerhin von ihrem Zahnsalat ablenkt.

Noch bevor ich mir eine Strategie überlegen kann, wie ich Molly am besten nach den neuesten geschäftlichen Entscheidungen ihres Vaters ausfrage, legt sie etwas auf den Tisch und faltet es auseinander. Es ist die Radwander- und Freizeitkarte

Chiemgau, die es in der Touristeninformation am Festland umsonst gibt.

»Willst du eine Radltour machen?«

Ich muss an das aufgetunte Angeberbike vom Geißen-Clooney denken und pimpe meine Weinschorle mit einem weiteren Schuss Veltliner.

»Nein.« Sie holt etwas aus ihrem Koffer, eine kleine Box mit Stecknadeln. »Der Janni und der Michi kommen auch noch zu dir, weil ich ihnen Bescheid gesagt habe, und dann helft's ihr mir einen Mann finden.«

»Mit dem Radl?«, frage ich.

»Wenn's sein muss«, sagt Molly ungerührt.

»Apropos, hat das eigentlich sein müssen, dass dein Vater keinen Fisch mehr bei mir kauft?«, senke ich die Stimme. »Weißt du, warum?«

Die Molly sieht mich an wie ein Pferd. Ein bayerisch-kroatisches Kaltblut mit crazy Frisur. Und sagt nix.

»Dein Vater hat ja eh nur zwei Fischgerichte auf der Karte, Renke gebraten und Hechtspieß. Schon immer bekommt er den Fisch dafür von uns. Und jetzt will er ihn nicht mehr und sagt mir nicht warum.«

»Mei, der Bappa wird schon wissen, was er macht!«, antwortet die Molly aufmüpfig, und ich merke, dass sie keine Ahnung hat vom Geschäftlichen. Als ich sie bitte, ob sie noch mal mit ihm reden kann, nickt sie halb, halb zuckt sie mit den Schultern und schaut mir zu, wie ich ein paar blühende Rosentriebe abschneide und zusammenbinde.

»Ich muss noch schnell ans Grab«, entschuldige ich mich, und lasse sie kurz mit ihrer Landkarte und der Weinschorle allein. Denn wenn ich mich nicht ein bisschen einkriege, beiße ich der Molly und dann am besten noch dem Michi und dem Janni den Kopf ab, weil ich so geladen bin. Und das wäre in Zeiten wie diesen keine gute Publicity. Gibt es eigentlich noch Existenzformen unter dem Schwebeteilchen?

Auf dem Weg zum Friedhof muss ich am Hotel vorbei,

obernobel sieht die Gesellschaft aus, die sich da gerade im Garten versammelt. Heute Abend wird also wieder gefeiert, und zwar vom Feinsten. Egal, interessiert mich nicht. Mit dem neuen Geschäftsführer? Vergiss es.

»Ein wunderbarer Ort der Besinnung, nicht wahr?«, spricht mich die Klosterschwester mit dem großen Schlüsselbund an, während ich die sperrigen Rosenstiele ziemlich ungeduldig in die zu kleine Grabvase pfropfe.

»Aber ja«, antworte ich schuldbewusst und hole tief Luft.

»Sie sind ein gutes Kind. Schwester Sebastiana spricht viel von Ihnen, Sie sind ein Vorbild für all die vielen jungen Frauen, die noch ihr Ziel im Leben suchen. Sie haben Ihres schon gefunden, Ihr Vater kann stolz auf Sie sein.«

Dann macht sie noch ein Kreuz auf meiner Stirn und schwebt von dannen, als wäre sie nur eine Erscheinung gewesen. Nachdenklich sehe ich der wehenden schwarzen Kutte nach. Ja, ich bin wer, das stimmt schon. Auch wenn ich manchmal finde, dass es ganz angenehm wäre, nicht angekommen zu sein und noch andere Ziele im Leben zu haben. Oder zumindest einfach ein bisschen mehr Spaß und weniger Arbeit.

Auf dem Rückweg gehe ich ziemlich schnell an der Hotelterrasse vorbei und bin fast wieder hinter der Hortensienhecke verschwunden, als etwas aufblitzt und mich kurz stehen bleiben lässt. Ein Mikrofonständer und ein Schlagzeug. Offensichtlich eine Band, die gerade ihre Instrumente auspackt. Und die sicher unsäglich peinliche Musik macht. Gut, dass ich mir vorgenommen habe, dass mein kleines Inkognito-Abenteuer mit Nils von Böckel das einzige seiner Art bleiben wird, und mich diese Hochzeitsparty also einen feuchten Dreck angeht.

In unserem Biergarten haben sich der Kraillinger Janni und der Katzlberger Michi schon zur Molly an den Stammtisch gesetzt, jeder ein Weißbier vor sich. Das ist den Weg von der Kühlung zur Kehle sicher nicht allein gelaufen.

»Ihr seid am fleißigsten, wenn es darum geht, euch was zum Saufen zu besorgen!«, motze ich, aber die zwei ignorieren mich so, wie früher wahrscheinlich die Erziehungsversuche ihrer Mütter.

»Dann kenn ich noch einen in Traunstein«, sagt der Janni gerade und pikst eine Stecknadel in die Karte, »der hat bei uns im Yachtclub ein Segelboot liegen.«

»Wie alt?«, fragt Molly.

»Schönes Holzboot, sagen wir mal, aus den Siebzigern.«

Ich liege halb unter der Bank vor Lachen, aber die Molly hat ungefähr so viel Sinn für Humor wie ihr Vater und hakt nach, ohne die Miene zu verziehen: »Nicht das Boot. Wie alt dein Spezi ist!«

»Zweiunddreißig.«

»Und was arbeitet der?«

»Nix.«

»Wie nix?«

»Mei, Lebenskünstler halt, Hartz vier und ein bisserl schwarz Handys umeinanderschieben.«

»Das geht ned«, sagt Molly entschieden und lässt sich von mir gerne eine Weinschorle nachschenken, »der Papa will einen mit Traditionsberuf. Oder wenigstens mit Festanstellung.«

»Vielleicht noch den Basti, den Schmied?«

»Ah geh, der beißt doch alle Weiber weg, der ist doch immer bloß in der Werkstatt oder irgendwo an einem Altar rumschrauben. Den kannst auch keinem anbieten, so einen Sonderling«, habe ich einzuwenden.

»Busunternehmer?«, fragt jetzt der Michi, Stecknadel im Anschlag. »Ich kenn einen Busunternehmer, fünfunddreißig.«

»Unternehmer, fünfunddreißig, nicht verheiratet?«, frage ich. »Was stimmt denn mit dem nicht?«

»Mei, geschieden ist er halt«, gibt der Michi zu. »Aber unschuldig.«

»Unschuldig geschieden? Wieso?«

»Ja, wegen häuslicher Gewalt. Aber nachdem seine Alte ihn beschissen hat. Also unschuldig.«

»Hm«, beschließe ich, »der ist trotzdem nix.«

Von oben vom Hotel kommt etwas, was wie ein Soundcheck klingt. Ich überlege kurz, ob denn ein zweiunddreißigjähriger Taugenichts und ein gewalttätiger Busunternehmer für mich in Frage kämen. Ergebnis: negativ.

»Das bringt doch nix, die Männer hier in der Gegend sind doch alles Zipfelklatscher[24]!«

Der Michi und der Janni fahren ein bisschen zusammen und schauen mich verletzt an. »Andere wird der Schmuser auch nicht finden!«

»Und du?«, fragt die Molly jetzt mich hoffnungsvoll, »wen kennst du?«

»Wen ich kenne? Tut mir leid, Molly. Ich kenn keine Männer. Außer meinen Vater. Und den Janni und den Michi. Wären die denn nix für dich? Na klar! Warum in die Ferne schweifen, sieh, das Gute liegt so nah!«

Die Molly blickt mit offenem Mund und allerfeinstem Zahnsalat vom Janni zum Michi und wieder zurück wie ein Kind, das die Eistruhe an der Kasse vom Obi entdeckt hat. Ich gehe lieber mal die nächste Flasche Veltliner holen.

»You are beautiful!«, summe ich mit, während ich die Flaschen mit der Hand prüfe, um die kälteste zu finden. Man kann gegen Coverbands sagen was man will, aber die da oben haben auf jeden Fall einen mit gutem Sänger am Start. Der säuselt, das könnte James Blunt nicht besser.

»Sag mal, Kati, hat das jetzt sein müssen?«

Der Michi ist mir zum Getränkekühlschrank gefolgt, und hält meine Hand von hinten fest, als ich erschrocken den Griff loslassen will. Täusche ich mich oder steckt er da grade von hinten seine Nase in meine Locken?

---

24 Zipfelklatscher, auch Zipfiklatscher: Trottel, Depp, Aufschneider

»Was soll ich denn mit der Molly?«

»Mei«, versuche ich mich loszumachen, »frisurentechnisch würdet ihr schon mal super zusammenpassen!«

»Ah geh, die Molly, die hat doch gar keinen Esprit. Und außerdem: Ich tät gern was unternehmen, und zwar mit dir allein!«

»Ja, gern«, drehe ich mich um und schaue dem Michi in sein aufleuchtendes Gesicht, »und zwar zum Beispiel nächste Woche die Tonne mit den Fischabfällen rüberfahren! Das hat auf jeden Fall eine ganze Menge Esprit!«

Janni, dem es draußen allein mit Molly wohl zu schwül geworden ist, kommt jetzt rein und nimmt Michi die zwei Weißbierflaschen aus der Hand, die der sich ungefragt aus dem Kühlschrank genommen hat, und will sie wieder zurücklegen.

»Michi, gemma gemma[25]!«

»Genau, ihr geht jetzt heim. Ich muss um vier in der Früh raus.«

Aber der Michi sperrt sich.

»Erst wenn du sagst, wannst mit mir zum Griechen gehst! Oder ins Ruderboot!«

»Und dann? Du saufst ein Weißbier nach dem anderen und außer dir sind nur noch ein paar Seglerspezln da, die hauptberuflich von nix leben oder schon in Rente sind. Nein, das brauch ich nicht, das ist Zeitverschwendung!«

»Jetzt komm halt!«

»Komm im November wieder, wenn du mit mir ausgehen willst.«

Janni hat die Weißbierflaschen inzwischen wieder in den Kühlschrank gestellt, überlegt es sich jetzt aber anders und nimmt sie wieder heraus.

»Michi, du siehst doch, dass die Kati keine Zeit hat. Jetzt kommst mit zu mir in die Werkstatt, ich hab noch einen Film mit dem Stallone.«

---

25 Gemma gemma: gehen wir, gehen wir. Und zwar zacka zacka, yalla yalla, avanti avanti!

Janni sagt »Schdallone« statt »Stallone«, aber dafür, dass er mir Michi vom Hals schafft, kann er die zwei Bier gern mitnehmen. Im Gehen dreht Michi sich aber noch einmal nach mir um und macht das Victory-Zeichen: »Ich bleib dran!«

Und weg sind sie. Auch Molly. Ich setze mich auf die Bank, stelle meinen Wein auf die Karte, und starre auf die roten Stecknadelköpfe. Diese Männersucherei hat mich überhaupt nicht nervös gemacht. Höchstens ein ganz klein wenig. Denn leider ist es durchaus so, dass ich neunundzwanzig bin, und die einzigen ledigen Männer in meinem Bekanntenkreis zwei Inselgurken sind, von denen der eine meiner Schwester ein Kind angehängt, und der andere die hässlichsten Zehen des Universums hat. Und wenn dann mal ein Neuer kommt und länger bleibt, dann ist es gleich so ein hanswurstiger Managertyp wie der Schweizer Lackaffe vom Leutheuser Hans.

What a wonderful world!

Der Band da oben im Hotel sind meine Sorgen wurst. Und ich summe automatisch mit, während ich die Karte vorsichtig zusammenfalte und in die Krimskramsschublade im Küchenbuffet stecke. Passt aber nicht wegen der Stecknadeln. Die ziehe ich aber besser nicht raus, wer weiß, ob nicht Molly morgen wieder vor der Tür steht, und suche für die Karte lieber einen Platz im großen Schrank. Fränzis Karton mit den Dolce & Gabbana-Schuhen liegt ganz unten, unter dem Geschenkpapier, den Glühbirnen und der zusammengerollten König-Ludwig-Fahne, die mir die Emerenz einmal aufs Auge gedrückt hat. Die hohen Schuhe, die ich noch nie anprobiert habe! Auf einen Schlag bin ich so groß, dass mir auffällt, dass ich auf der Wandleuchte über der Spüle dringend mal staubwischen sollte.

Nothing else matters!

Die spielen da oben Metallica?

Ich versuche einen Tanzschritt, der nicht so wackelig ausfällt wie erwartet.

»Bist gut drauf?«

Mein Vater grinst mich an. Ich frage ihn nicht, wo er so spät herkommt, sondern steige schnell einen gefühlten halben Meter tiefer aus diesen Schuhen, bevor er sie sieht, und nuschle nur: »Ich wollt grade ins Bett gehen. Muss nur noch zusperren. Gut Nacht.«

Vom Schuppen aus sehe ich, wie das Licht im Zimmer meines Vater angeht. Ich warte noch ein paar Atemzüge, dann finde ich den großen braunen Karton vom König-Ludwig-Freundeskreis da, wo die Emerenz ihn mir hingestellt hat. Gut, dass ich noch nicht dazu gekommen bin, mich darum zu kümmern! Während ich den Pappdeckel auseinanderfalte, geht das Licht im Haus wieder aus. Gut so. Gute Nacht, Papa. Denn jetzt muss ich es einfach probieren, was soll ich denn auch machen, wenn die Band da oben klingt, als könnte sie was? Mich erst darüber aufregen, dass es hier kein gescheites Männermaterial gibt, und mich dann freudlos meinem Schicksal ergeben und früh ins Bett gehen? Kommt nicht in Frage! Ich pfeif auf meine Vorsätze, nicht wieder auf eine fremde Hochzeit zu schleichen! Ich muss nur wieder absolut sicher sein, dass mich niemand erkennen kann, Mottenkugelmief schlägt mir entgegen, ich warte, bis er verflogen ist und fange an zu wühlen. Langsam werde ich richtig aufgeregt: Diese Kostümkiste ist ergiebiger, als ich zu hoffen gewagt habe! Die König-Ludwig-Perücke passt wie angegossen, die schwarzen welligen Haare stehen mir sogar ganz ausgezeichnet, wie ich finde. Die Theaterschminke deckt meine Sommersprossen tadellos ab, und die königliche Hose, Weste und die Samtjacke werden mit den Schuhen von der Fränzi zum feinen Hosenanzug. Ich schrubbe meine Hände extra lang, und stakse zum Hotel hoch, ohne jemandem zu begegnen. Perfekt. Die Hochzeitsgesellschaft schiebt sich im Ballsaal herum wie in einem übervollen Bierzelt, niemand achtet auf mich, und der neue Geschäftsführer ist ebenfalls nirgendwo zu sehen. Und die Band spielt tatsächlich *White Wedding*! Ich werfe mich auf die ziemlich volle Tanzfläche, direkt vor die Musiker. Der Typ mit der mächtigen Schmalzlocke, der da ins Mikro röhrt, ist klein und dick und schaut aus wie Elvis für Landfrauen. Und wenn mich nicht alles täuscht, sieht er mir auch gleich beim Tanzen zu. Ich pfeife drauf, wie er aussieht und singe mit – Billy Idol fand ich schon immer total geil.

Beim nächsten Song allerdings schlingen sich rechts und links von mir Arme um Hälse und Popos, weil man zu *Angel* einfach nicht alleine tanzt. Direkt neben mir knutschen die Hochzeiter in Weiß und im Frack, und weil ich sie erstens nicht auf mich aufmerksam machen will und zweitens keine Schnulzen mag, gehe ich an die Bar. Dort hat eine ordnende Hand den Wildwuchs aus Plastikefeu, Hopfen und Glitzerherzen gejätet, der sich letzte Woche noch darum herum gerankt hat. Man sieht jetzt, dass der Tresen eigentlich eine sehr schöne Platte aus massiver Eiche hat, dicke weiße Kerzen flackern in hohen Gläsern und das Barmädel trägt ein enges graues Hemd, eine schwarze Schürze und eine dunkelrote Krawatte statt des üblichen Dirndlmieders.

»Ein Helles bitte!«

Der Sänger mit der Tolle steht unvermittelt neben mir. Durchgeschwitztes weißes Hemd, schwarze dünne Krawatte, Cowboystiefel. Er ist wirklich nicht besonders groß. Noch eine Nummer kleiner, und man könnte ihn als Wackel-Elvis aufs Armaturenbrett kleben.

»So alleine, schöne Frau?«

Ich bin geschmeichelt, denn auch als Sänger einer Coverband ist er so etwas wie ein Star, selbst wenn er nur in einer Hochzeitskapelle spielt.

»Warum hab ich dich denn beim Bankett nicht gesehen?«

»Ach«, antworte ich ausweichend, »ich bin eine alte Schulfreundin« – von wem, da lege ich mich lieber nicht fest –, »und ich bin erst jetzt gekommen, weil mein Zug Verspätung hatte.«

Die Deutsche Bahn zieht immer, und weil der Sänger da bestimmt außerordentlich eitel ist, lenke ich ihn mit einem Kompliment ab.

»Du hast wirklich eine tolle Stimme! Machst du das hauptberuflich?«

»Nein, aber ich war mal Regensburger Domspatz! Ich bin eigentlich Redakteur beim Fernsehen, aber an Wochenenden singe ich immer auf Hochzeiten.«

Er rückt noch ein Stück näher.

»Weil man da immer so interessante Leute kennenlernt.«

Ich muss kichern und trinke mein Bier viel zu schnell aus. Es steigt mir sofort in den Kopf, der mir eh schon summt wegen der Überdosis Veltlinerschorle vorhin. Und weil es einfach kickt, auf der eigenen Insel ein ganz anderer Mensch zu sein. Ich rieche das Rock'n'Roll-Rasierwasser neben mir, und es riecht gut. Der Typ ist zwar ein rechter Gartenzwerg, aber er will mich wohl sofort näher kennenlernen, und das gefällt mir.

»Ich bin übrigens der Hubert, und meine Fans nennen mich Hubsi. Wir spielen noch eine halbe Stunde, dann ist Zapfenstreich. Wollen wir uns dann wieder hier treffen?«, flüstert er mir ins Ohr.

»Geht klar, Hubsi«, flüstere ich grinsend zurück und trinke in großen Schlucken mein Bier. Hubsi fasst mir an den Po, flüstert noch: »Schaust echt super aus!«, und steigt dann wieder seine Bühne hinauf, um mit zum Bersten gespannten Hemdknöpfen *Wild Thing* und *Light my Fire* zu performen. Mit dem Resonanzkörper war er sicher die Bassgeige unter den Domspatzen. Und er wendet die ganze Zeit die Augen nicht von mir. Ich habe das schwarze Samtsakko inzwischen ausgezogen und die weißen Hemdsärmel hochgekrempelt. Die enge Herrenweste schnürt meinen Busen nach oben und ich tanze, bis die Lichtflecken der Discokugel nicht mehr über die kackbraun lackierten Eichendielen gleiten. Schade. Der singende Hubsi verbeugt sich, nickt mir zu und verschwindet kurz hinter die

Bühne. Ich gehe zurück zu unserem Treffpunkt, damit ich nicht dumm in der Gegend herumstehe, und finde, dass ich bis jetzt einen ziemlich netten Abend habe. Und lasse es einfach mal auf mich zukommen, wie weit und wohin ich mit diesem Hubert gehen will.

»Danke Gabi, Sie können jetzt in den Service.«

Obwohl ich ihr mein Glas reiche, ignoriert mich das Barmädel und nimmt ein großes Tablett entgegen, das ihr aus dem Hintergrund entgegengestreckt wird. Dann kommt sie hinter dem Tresen vor und hält es mir unter die Nase.

»Fingerfood für Sie?«

Fingerfood? Beim Zumsler Wirt?

»Was ist das denn?«, frage ich und nehme mir zwei der winzigen Türmchen.

»Variation vom Saibling«, antwortet jemand für die Bedienung, und ich muss gar nicht zweimal hinschauen, um zu wissen, dass es sich um meinen Schweizer Spezialfreund handelt. Warum muss der jetzt in letzter Minute auftauchen und mir die Laune verderben? Er trägt ebenfalls eines dieser grauen Hemden, rote Krawatte und eine schwarze Schürze, und ich finde diese Personal-Uniform total blasiert, was soll das eigentlich, dieser Edel-Quatsch in einem ehrlichen Landhotel? Der Schweizer nimmt mir mein Glas ab mit der Frage: »Für die Dame wirklich noch ein Bier? Wir haben jetzt auch Winnetou Spritz im Programm!«

Was ist das denn für einer, der sich als Geschäftsführer kurz vor Mitternacht noch selbst an die Bar stellt? Auf den Rudi war in der Hinsicht wenigstens Verlass, der hat um elf einfach die Schnapsflaschen auf die Theke gestellt, sich selbst eine in die Jacke geschoben und ist verschwunden. Ich ziehe mich ein bisschen mehr in den schummrigen Hintergrund und probiere den ersten Happen, geformt wie ein kleines Schiffchen. Variation vom Saibling eins. Riecht ein wenig wie Räucherfisch. Schmeckt auch nach Räucherfisch. Aber eher wie ein Räucherfischbonbon, der Meerrettich als hauchzarte Geleeschicht dar-

95

über. Und das herzförmige zweite Stück? Unten Pumpernickel, darauf ebenfalls ein Stück Fisch, mild und nicht so fest wie der vorige, umsponnen von feinen Fäden, die nach Balsamico schmecken. Das ist gebeizter Saibling. Interessant. Aber total überkandidelt, auch wenn die Bedienung nach einer halben Minute Nachschub holt, weil ihr die Häppchen offensichtlich vom Tablett gerissen worden sind. Und vor allem – woher kommen die Fische für diesen Schnickschnack? Ich jedenfalls habe dem Hotel, meinem letzten Großkunden, heute Morgen nur Renken und ein paar Aale geliefert (die von einem zickigen Koch einzeln beschnuppert und betastet worden sind, was es beim Rudi nie gegeben hatte), und bei Hansis Fischbestellung für morgen sind auch keine Saiblinge mit dabei. Aber mir ist natürlich klar, was da läuft. Da ist einer für viel Geld geheadhunted worden und soll jetzt als Heilsbringer die Küche vom »Hotel am See« umkrempeln. Der wird sich noch umschauen! Auf der Insel wird man nicht gern umgekrempelt, da sind schon ganz andere daran gescheitert.

»Sind Sie von hier?«, versucht der frisch eingekaufte Hotelfach-Jesus jetzt auch noch ein Gespräch mit mir anzufangen und sieht mich ein wenig zu intensiv über den Tresen an, mit irritierend dichten und dunklen Augenbrauen über den blauen Augen. Mir wird als uneingeladenem Party-Kuckucksei ziemlich heiß unter meiner dicken Schicht Schminke.

»Nein, ich bin nicht von hier. Und ich nehm mal diesen Winnetou Spritz«, weiche ich aus.

»Wie bitte?«

»Einen Winnetou Spritz!«

»Ganz sicher? Winnetou Spritz?«

»Natürlich, warum nicht«, pampe ich zurück, und fühle mich abermals bestätigt, dass der Kerl ein arrogantes Arschloch ist, oder warum soll ich nicht mal ein neues Getränk ausprobieren? Aber in drei Sekunden habe ich tatsächlich ein Glas in der Hand, orange Flüssigkeit mit Eiswürfeln und Orangenscheibe, fast so groß wie mein Bier vorher, und ich bin etwas besänftigt. Und eigentlich sicher, dass mich in dem schummrigen Partylicht und in dem Aufzug einfach niemand erkennen kann, auch wenn der Neue weiter so komisch guckt und plötzlich grinst, obwohl meines Erachtens nicht der leiseste Anlass dazu besteht. Gut, dass in diesem Moment Hubsi-Elvis wieder auftaucht, mit frisch gekämmter Tolle und einem silbernen Glitzersakko, das eigentlich Peinlichkeitsobergrenze ist. Aber um von der Bar wegzukommen, ziehe ich ihn zu mir und küsse ihn. Leidenschaftlich. Hubsi findet das ziemlich in Ordnung und küsst zurück, auch wenn er dazu den Kopf ein wenig in den Nacken legen muss. Er küsst ganz okay, sehr engagiert jedenfalls, aber der Stoff seines Glitzersakkos kratzt, ich schiebe deshalb meine Hand unter das Sakko auf das weiße Satinhemd. Hubsi empfindet das offensichtlich als Aufforderung, ebenfalls unter meiner Samtweste auf Entdeckungsreise zu gehen. Eigentlich sind wir nicht die Einzigen, die knutschen, die ganze Hochzeitsgesellschaft ist schon ziemlich hinüber und liegt sich in den Armen, aber aus dem Augenwinkel sehe ich, dass es diesem Toblerone-König nicht zu blöd ist, ausgerechnet mir beim Knutschen zuzusehen. Haben sie dem auf der Bed&Food-Academy keine Diskretion beigebracht? »Wollen wir nicht woanders hingehen?«, frage ich in Hubsis Mund hinein. Der Elvis löst sich und zwinkert mir zu.

»Gebongt! Mein Zimmer ist das schönste hier im Hotel.«

»Hast du die Nummer fünfzehn?«

»Nein, die Elf«, sagt er überrascht, »hast du hier schon einmal gewohnt?«

»Naja, ich war hier schon einmal auf einer Hochzeit eingeladen«, stottere ich und ziehe ihn von der Bar weg. Hubsi hört sowieso nicht zu, er scheint eine echte Frohnatur zu sein, deutet ein paar Tanzschritte an und unterbricht mich.

»Wie heißt du eigentlich?«

Wie angenehm. Wieder ist alles offen. Wieder kann ich erzählen, was ich will.

»Ich bin die Wenke!«

Der wird mich sicher nicht nach meinem Vater fragen, und ob Fischeumbringen nicht ein total abartiger Beruf ist für eine Frau. Offensichtlich hat Hubsi auch nicht vor, noch sonderlich viel zu reden. Ich wiederum habe nicht vor, heute in einem Hotelzimmer zu verschwinden. Gebranntes Kind, sozusagen.

»So eine schöne Nacht, findest du nicht? Lass uns noch die Sterne gucken gehen!«

Ich habe auch schon eine Idee, wo. Es ist dem ehemaligen Domspatz zwar anzusehen, dass er den Spielplatz nicht sofort als erstklassige Techtelmechtel-Location identifiziert, aber ich ziehe ihn einfach durch das kleine Türchen des Jägerzauns, zu dem auf Stelzen stehenden Holzhäuschen mit der Aufschrift »Villa Kunterbunt«.

»Hier oben sind wir völlig ungestört.«

Ich breche mir auf der steilen Leiter des Spielhauses fast die Absätze ab, und Hubsi guckt meinem Hintern beim Hochklettern zu, als hätte er ein resches Spanferkel vor sich.

»Bist du sicher, dass uns das aushält? Woher kennst du denn diese Hütte?«

Weil die Inseljugend sich hier die ersten Tschicks reinzieht, du Partyjodler! Und der Michi und ich waren da ganz vorne mit dabei! Aber Hubsi interessiert sich sowieso nicht für eine Antwort, weil er Besseres zu tun hat. Bevor wir Standfestigkeit und Schallschutz der Villa Kunterbunt diskutieren können, bedeckt er mein Gesicht mit ziemlich feuchten Küssen. Ich bin mir allerdings nicht sicher, wie schleck- und kussecht die Theaterschminke von der Emerenz ist, und weil auch Hubsi den gleichen Fehler wie Nils von Böckel begeht, nämlich mir wie ein Maulwurf in der Perücke herumzugraben, muss ich schon wieder die Forsche markieren, um ihn abzulenken. Warum können Männer nicht einfach nur an primären und sekundären Geschlechtsmerkmalen herumschrauben und Ende Gelände? Ich kann mir kaum vorstellen, dass andere Frauen völlig willenlos werden, wenn man ihnen das Haupthaar zauselt. Vielleicht ist das eines der größten Missverständnisse zwischen Männern und Frauen? Manderl zauselt, Weiberl stöhnt lustvoll auf und führt seine Hand von der Frisur weg zur Brust. Aber nicht weil uns das Kopfgekraule so viel Lust auf mehr macht, sondern damit das Ergebnis von zwei Stunden Aufbrezeln nicht noch mehr im Eimer ist. Aber was macht das Manderl als Nächstes? Na klar, wieder in der Frisur umeinandergraben, weil es ja gelernt hat, dass uns das total anmacht.

Hubsis Gürtelschnalle ist wegen seiner Wampe gar nicht so leicht zu finden, und so schubse ich ihn einfach unsanft an die Bretterwand, Hauptsache, er nimmt seine Hände von meinen Haaren.

»Oh«, grunzt Hubsi erfreut, »magst du's auch gern ein bisserl härter?«

Also, ich bin ziemlich froh, dass die nächsten zehn Minuten vorbeigehen, ohne dass es die »Villa Kunterbunt« von den Stelzen haut oder ein Ordnungshüter mal nachschaut, was da so wackelt. Aber ganz ehrlich – meine erste Nummer im Stehen ist nicht gerade irrsinnig romantisch, und außerdem geht sie saumäßig in die Oberschenkel. Ich weiß nicht, ob Hubsi vor Ekstase oder Erschöpfung keucht und auch ich gebe bald Geräusche von mir, die Hubsi signalisieren sollen, dass ich in jeder Hinsicht bedient bin. Dem geht es ähnlich, denn er lässt mich so plötzlich fallen, dass es mich hinhaut, obwohl ich mich an seiner Tolle festhalte. Genervt reibe ich mir die Knie. Und dann verstehe ich leider, warum mir Hubsis Haupthaar so wenig Halt geboten hat. Er sieht jetzt nämlich aus wie ein kleiner dicker Mann mit einem lächerlichen Glitzersakko. Und Halbglatze.

»Oh mei! Sorry!«, stottere ich und taste den Boden nach der abgefallenen Elvistolle ab.

»Schöne Scheiße!«, flucht Hubsi. »Und was ist das?«

Er hält mir etwas Schwarzes hin. »Das ist nicht von mir!«

Nein, da hat er recht. Das ist nicht von ihm, das ist die König-

Ludwig-Perücke aus der Kostümkiste von der Emerenz. Wir sind praktisch beide oben ohne, und ich denke kurz an Flucht. Nicht schon wieder, beschließe ich jedoch und lächle Hubsi mit meinem schönsten Sonnfischerinnen-Lächeln an.

»Wenn du nichts sagst, sag ich auch nix, ok?«, schlage ich vor, schnappe mir die Perücke und stülpe sie wieder über meine Locken. »Sitzt sie?«

»Sitzt. Und bei mir?«

Ich nicke, Hubsi hat sich wieder in einen ziemlich derangierten Elvis mit Hängetolle verwandelt, und ich muss mir bereits auf die Lippen beißen.

Dann guckt der Hubsi auch noch so komisch böse, und dann geht's los. Mein Lachanfall dauert fast länger als der Sex gerade eben, und ich kann abermals nur beten, dass niemand kontrollieren kommt, warum es in der »Villa Kunterbunt« rappelt und quietscht, als würden sich ein paar Mercis mit Helium die Kante geben. Hubsi sieht mich währenddessen die ganze Zeit ziemlich ernst an.

»Also, bei mir stellt sich ja die Frage leider nicht, aber ich verstehe nicht, warum ein Mädel mit deinen Locken mit einer Perücke herumrennt!«

Soll ich jetzt eine Wenke-Fischer-Story erfinden und lügen, dass sich die Balken biegen? Aber die Kombination aus Sex, körperlicher Anstrengung und Lachanfall schüttet jede Menge Nettigkeitshormone aus, und ich schaue dem Hubsi direkt in die Augen.

»Kannst du ein Geheimnis für dich behalten?«

»Du hast mich oben ohne gesehen! Ich halte die Klappe und du hältst die Klappe, Ehrensache.«

»O.k. Eigentlich bin ich von hier. Ich hab von meinem Vater den Betrieb übernommen, Fischerei und Biergarten, und bin seitdem die einzige Frau weit und breit, die jeden Morgen auf den See fährt. Aber auf der Insel kennt jeder jeden und weiß, was für den anderen das Beste ist. Vor allem wenn man neunundzwanzig ist, alleinstehend, und etwas macht, was nicht ins

Schema passt. Ich war gar nicht auf die Hochzeit eingeladen, ich wollte einfach nur mal tanzen gehen. Ich hab schließlich keinen Typen, der daheim auf mich wartet. Gott sei Dank.«

»Ihr habt einen eigenen Betrieb zu Hause?«

»Ja, seit zwölf Generationen.«

Wir machen eine kurze Pause und sitzen auf dem Boden der »Villa Kunterbunt« nebeneinander, die Rücken an die Bretterwand gelehnt und schweigen. Ich hätte jetzt verdammt gern noch etwas zu trinken und finde es schade, dass unter der kleinen Bank in der Ecke keine Bierflaschen mehr deponiert sind, wie damals, als Michi, Janni und ich in der Pubertät waren.

»Eine alleinstehende Wirtstochter. Auf der Fraueninsel.«

Hubsi strahlt jetzt und hat offensichtlich eine Idee.

»Ich bin keine Wirtstochter. Ich bin die Sonnfischer ...«

Aber Hubsi ist schon wieder vorgaloppiert.

»Ich mache eigentlich nur Feuilleton, Spezialgebiet Expressionisten und Chiemseemaler. Aber Wirtstöchter waren für die Künstlerkolonie im Chiemgau immer total wichtig, ich wette, ich könnte dem Bayerischen Rundfunk ein *piece* über dich anbieten. Wie alt ist euer Haus?«

»Zweihundertvierzig Jahre.«

»Großartig. Und du willst dein Leben weiter hier verbringen?«

So direkt bin ich das eigentlich noch nie gefragt worden.

»Hier leben? Ja. Ja, ich denke schon.«

Was hätte ich auch sonst sagen sollen? Stimmt ja auch. Klingt aber ungeheuer endgültig. Hoffentlich finden bis dahin noch ein paar Hochzeitspartys auf dieser Insel statt.

Hubsi beschreibt einen großen Kreis mit seinem Arm, und haut sich dabei die Finger an, weil die »Villa Kunterbunt« für seine Visionen zu eng ist.

»Ich sehe es schon vor mir. Du. Traditionen. Die Insel. Dein Leben. Ein Fünfminüter. Wärst du dabei?«

»Au ja!«

Ich freue mich wie ein Schnitzel, in der Tat. Der Herr Schweinstätter mit seinem blöden *Tagblatt* kann sich mal warm anziehen!

»Das müssen wir feiern!« Ich schiebe meinen Hintern aus der Luke des Holzhäuschens und hangle mit der Schuhspitze nach einer Sprosse. »Ich muss eigentlich unbedingt nach Hause, aber vorher brauche ich noch so einen Winnetou Spritz!«

Auf dem kurzen Weg vom Spielplatz zum Hotel wundere ich mich, dass unten am Clubhaus die Lichter brennen, die Autofähre aber nicht im Hafen liegt. Liegt sie nachts sonst aber immer. Ist dem Papa was passiert?, krieg ich einen kurzen Schreck, denn das schwere Schiff kommt langsam durch die Nacht auf die Insel zu, und zwar beladen mit einem Krankenwagen. Hubsi und ich sehen zu, wie sich die Rampe der Fähre quietschend über den Beton der Landungsstelle schiebt und die Ambulanz auf die Insel rollt. Der Krankenwagen wendet, seine Scheinwerfer blenden uns kurz, er biegt ab und fährt direkt zum Hintereingang des Hotels.

»Da hat es sicher nur jemandem den Kreislauf zusammengehauen«, meint der Hubsi, und ich bin beruhigt, dass mich das jetzt nichts angeht und lasse mich Richtung Bar ziehen.

Ich habe richtig Glück, dass ich meine Fische schon gestern gefangen habe und nicht sofort auf den See muss. Mit den Schuhen in der Hand und ein paar Winnetou Spritz im Kopf brauche ich nämlich ziemlich lange, um die Haustür aufzusperren. Als ich endlich merke, dass ich gar nicht abgesperrt habe, höre ich schon die ersten Amseln singen und fluche, weil ich jetzt sowieso nicht mehr einschlafen kann. Früher roch es bei uns schon um halb vier Uhr morgens nach Kaffee, weil

Mama sich ein Mordsding daraus machte, dass ihr Bonifaz nie ohne sein Kaffeetscherl aus dem Haus ging. Anstatt sich dann wieder hinzulegen und den Herrgott einen guten Mann sein zu lassen, trank sie drei Tassen mit und wuselte danach trällernd in unserem engen Häusl herum, während wir Mädels in unseren Betten uns fragten, ob denn unbedingt um viertel nach fünf gestaubsaugt und teppichgeklopft werden musste. »I bin wiara Amsel, die singen auch am schönsten, wenns noch dunkel ist«, pflegte sie zu sagen. Mein Biorhythmus ist seitdem konditioniert auf dieses schallende Gezwitscher, das mein System anspringen lässt wie ein kurzgeschlossenes Mofa.

Entschlossen, aus meinem freien Morgen das Beste zu machen, lege ich mich nach dem Abschminken trotzdem noch einmal ins Bett. Ich stehe allerdings noch einmal auf, um die Fensterläden zu schließen. Dann noch einmal, um mit großen Schlucken Wasser eine Tablette hinunterzuspülen, zwecks Vorbeugung eventuellen Kopfschmerzes wegen zu viel Winnetou Spritz. Ich mache kurz die Augen zu und merke, dass ich jetzt inwendig total friere wegen zu viel kaltem Wasser und ich stehe zum dritten Mal auf, um meine Jogginghose zu suchen. Danach krieche ich so weit wie möglich unter die Decke, aber hinter meinen geschlossenen Lidern hüpft der Hubsi herum. Ich mache meine Augen lieber wieder auf, ich muss eh schon wieder aufs Klo. So wird das nichts. Besser ich gehe einfach mal raus, eine Inselrunde machen, das beruhigt. Ich marschiere los, es ist nichts zu hören außer Vogelgezwitscher und dem Ploppen, wenn die Schäfte meiner Gummistiefel gegen meine Waden schlagen. Ich lasse die Arme weit schwingen, der Sauerstoff und die feuchte Morgenluft tun mir gut, mein Kopf wird klarer und meine Schritte immer größer, und so brauche ich nur ein paar Minuten, um einmal um die halbe Insel zu gehen, und zu sehen, dass gerade noch ein paar Leute unterwegs sind, die die Amseln singen hören: An der Autofähre steht der Krankenwagen, abfahrtsbereit, und daneben der anscheinend allzeit bereite neue Geschäftsführer David Krug, der immer noch oder schon wieder in der neuen Hoteluniform steckt. Weil ich sowieso direkt an ihm vorbei muss, kann ich auch gleich neugierig fragen: »Hat es jemanden umgehauen?«

Der Schweizer sieht mit gerunzelter Stirn dem Krankenwagen nach, der vorsichtig die Rampe zur Ladefläche hochfährt, und meint nur: »Herr Leutheuser ist heute Nacht plötzlich erkrankt.«

»Oh«, sage ich erschrocken, »was Ernstes?«

»Das wird sich zeigen. Mehr kann ich im Moment nicht sagen, ich habe zu tun.«

Nach ein paar Schritten dreht er sich zu mir um und fragt: »Ihre E-Mails, lesen Sie die manchmal?«

»Eh klar!«

»Dann noch einen schönen Tag.«

»Und die Fischbestellung?«

»Per E-Mail!«, ruft er über die Schulter und weg ist er.

»Danke. Ihnen auch einen schönen ...«, sage ich noch nachdenklich vor mich hin, ohne es wirklich zu meinen, und sehe mit einem sehr unguten Gefühl der Fähre nach.

Es dauert zwei Tage, bis ich endlich herausfinde, was dem Hansi fehlt.

»Erwischt hat's ihn, und zwar gescheit!«, verkündet die Emerenz, als sie sich an meinem Küchentisch niederlässt, ohne die weiß-blaue Mütze mit dem Bommel und der »Schalke 04«-Aufschrift abzunehmen, mit der ich sie schon gestern gesehen habe.

»Was heißt das genau?«, versuche ich dem Krankheitsbild des »Erwischt-worden-Seins« auf den Grund zu gehen, und die Emerenz kann ihr Glück gar nicht fassen, dass ich mal nicht den Rollladen runterlasse, wenn sie mir ihre Neuigkeiten auftischt.

»Kreislaufkollaps. Zu viel Fett, und zu viel Stress. Sogar an Sauerstoff hat er braucht, die ganze Nacht!«

»Und, wie lang muss er in der Klinik bleiben?«

104

»Eine Woche in Traunstein, und dann geht's in die Reha.«

»Ah. Nach Bad Endorf also?«

»Na, in Bad Endorf, da können's nur Knie und Hüften, der muss an den Bodensee zum FX Meier, da wo die Gwamperten hinkommen, die's gar nimmer derschnaufen können.«

»Ui, eine längere Geschichte also?«

»Ja schon. Mindestens zehn, zwölf Wochen. Die Mizzi, die wo meine Krankenschwester war in meiner beinahe letzten Stunde[26]«, (leidender Blick unter der Wollmütze hervor Richtung Nordwesten, zum Gemeindesaal), »die hat erzählt, dass man so einen Haufen Speck nicht zu schnell verlieren darf, sonst derpackt das Herz das nicht.«

»Das Herz derpackt das nicht, jaja«, wiederhole ich, leise murmelnd, und überlege, wie das dann wird mit dem Neuen.

»Und wer führt dann das Hotel?«, frage ich noch pro forma, aber ich weiß eh schon, was kommt. Ich habe den Herrn Hotelberater total falsch eingeschätzt. Von wegen keinen Fuß auf den Boden bekommen. So einer kommt nicht einfach, gibt ein paar nette Tipps und fährt dann wieder. Das ist einer, der kommt, der bleibt, und der macht sich so wichtig, bis er es plötzlich wirklich ist. Der arbeitet sich nicht zehn Jahre nach oben, sondern nutzt die erstbeste Gelegenheit, allen zu zeigen, was für ein toller Chef er wäre. Ich verstehe nur nicht, warum der sich ausgerechnet die Fraueninsel dafür ausgesucht hat.

»Ja, der Neue, den er jetzt hat, wie heißt er denn glei wieder, Daniel, David, jedenfalls ein ganz ein Netter!«

Genau, mit solchen Mitteln kämpft der! Will bei mir Qualitätskontrollen machen und der Emerenz tut er recht schön. Na sauber. Ich stehe auf, es ist Zeit, die Emerenz zu verscheuchen und meinen Vater zu fragen, ob ihm eine Fischsemmel zum

---

26 Vor zwei Jahren ist die Emerenz aus einer Gemeinderatssitzung geschmissen worden, weil sie da immer zugehört hat, auch wenn es nicht um ihre Sachen ging. Danach hat sie ein kleines Schlagerl getroffen. Sagt sie.

Mittagessen reicht, ich habe heute Morgen nämlich einen Haufen Brachsen im Netz gehabt. Die sind immer eine spezielle Arbeit zum Räuchern, weil man sie erst spalten muss, die grätigen Biester, einmal in zwei genau gleiche Hälften, und das ist eine Sauarbeit.

»Und du? Gehst heute ins Ruderboot, Bundesliga schauen? Mutig, mutig, bei den ganzen Bayern-Fans!«, frage ich die Emerenz, als ich ihr die Küchentür aufhalte, das ist höflich und ich weiß dann auch, dass sie sicher weg ist, und zeige auf ihre Mütze.

»Fußball, ich? Ja pfui deife. Der Wiggerl war ein Freund der Einsamkeit, da tät ich hingehen und mir an Haufen Spinner in einem Stadion anschauen? Das wär ja Hochverrat. Nein, also, dir kann ich's ja sagen, das ist wegen meine Haar, und ich hab mir denkt, die Mütze ist weiß-blau, die hätt dem Wiggerl auch gefallen. Da, schau.«

Und sie nimmt die Schalkemütze ab und schaut mich ängstlich an. In irgendeinem Fünfzigerjahre-Schinken hab ich so was schon gesehen, da hatte Doris Day so einen Hund, der aussah wie jetzt der Kopf von der Emerenz. Denn die hat als Frisur eine ganz ausgesucht hübsche Wolke aus babyrosa Pudellöckchen.

»Die Molly?«, frage ich nur.

Die Emerenz nickt stumm (stumm!) und setzt die Schalkemütze wieder auf.

»Deine Frisur schaut ein bisserl so aus wie die Perücken, die sie früher bei Hofe hatten«, tröste ich sie, »voll edel.«

Das Brachsenspalten ist schneller erledigt, als ich dachte, mir geht die ganze Zeit die Veränderung im Hotel oben im Kopf herum. Dann ist der Schweizer jetzt der neue Chef, wenigstens einen Sommer lang, denke ich, als ich den Computer für die Büroarbeit hochfahre.

Und hier ist sie schon, die erste Bestellung, die von ihm kommt, Betreff: Lieferung für Gesellschaft in der KW24.

»Sehr geehrte Frau Lochbichler«, lese ich und dann schreie ich laut: »Papa, Papa, du glaubst nicht, was da einer bestellt hat! Komm schnell, das muss ich dir vorlesen! Vierzig Hechte, wie soll das denn gehen?«

»Das geht nicht«, findet auch mein Vater, der tatsächlich aus irgendeiner Ecke dahergeschlurft kommt und aussieht wie ein gealterter Dandy mit seinem brandneuen Hemd, »so viel kriegen wir nie nicht her.«

Ich bin hin- und hergerissen zwischen Empörung und Ehrgeiz.

»Doch! Warte mal! Wenn wir jetzt anfangen, nur auf Hecht zu gehen und dann einfrieren? Ist dann halt keine Frischware.«

»Schaffma trotzdem ned. Des is ja bald. So viel Stellnetze haben wir gar nicht.«

»Der Sepp aber vielleicht.«

»A Fischer verleiht seine Netz ned. Des is ja, wie wenn er sei Frau verleihen tät.«

»Ah ja. Und bei mir entspräche das dann?«

»Mei, wennst halt mich verleihen tätst.«

Ich sage meinem Vater nicht, dass ich zu einer entsprechenden Anfrage im Moment nicht unbedingt Nein sagen würde, sondern hole mir meinen Kalender und das Telefon und überlege. Mit fremden Netzen und dazwischen einfrieren ginge es. Ich rufe den Sepp an und frage ihn, ob er im Moment zu viele Netze hat, weil mir eins kaputtgegangen ist, der sagt aber, dass seine Reservenetze auch alle hinüber sind. Das glaube ich nicht, aber ich denke mir, dass mein Vater recht hat mit dem Verleihen und mir der Sepp das nur nicht ins Gesicht sagen will, weil er eigentlich ein netter Kerl ist.

»Passt schon, Sepp«, sag ich und lege auf. Der neue Hotelchef wird sich wundern, so viel frisch gefangenen Hecht kriegt der hier nirgendwoher, denke ich mir dann und muss fast lachen über so viel Realitätsverlust. Der will mir den Betrieb lahmlegen mit seinen vierzig Hechten. Und ich schreibe ihm schwungvoll eine E-Mail zurück.

»Sehr geehrter Herr Krug, der Chiemsee ist kein Fischzuchtbecken. Eine solche Bestellung ist meiner Meinung nach nicht seriös, weil Sie damit die Fischer anstiften, keine Frischware mehr zu liefern. Wir sind hier traditionelle Betriebe und nicht«, (und hier komme ich mit meinem größten Feindbild), »eine bundesweite Fischverkaufskette wie die Nordsee. Ich biete Ihnen stattdessen eine chiemseegerechte Sonderlieferung von zweihundert Renkenfilets an, Preis wäre noch zu verhandeln. Mit besten Grüßen K. Lochbichler.«

Ich überfliege die E-Mail noch einmal. Zu zickig? Ah wo. Einerseits habe ich feuchte Hände vor Aufregung, andererseits finde ich es total geil, hier mal Flagge zu zeigen, und außerdem kann mir nichts passieren, denn wo soll er seinen Hecht denn sonst herkriegen? Mein Vater beißt brav in die Renkensemmel, die ich ihm auf den Küchentisch lege, und fragt mit vollem Mund: »Und, was hast ihm gschrieben?«

Ich präsentiere ihm ziemlich stolz meine Antwort, schließlich hat er mir beigebracht, mir nichts gefallen zu lassen. Aber mein Vater wiegt bedächtig seinen Kopf.

»Ich weiß ned, wie ihr jungen Leut des bei einer E-Mail sagt's, aber ich wenn das lesen tät, ich tät mir denken, Jessas, hat die Haar auf die Zähn.«

Nach dieser Manöverkritik bin ich erst einmal beleidigt, nehme die Brachsen aus dem Rauch und verbringe den Rest des Tages, ohne meinen Vater und meinen Computer eines Blickes zu würdigen.

Am nächsten Morgen bekomme ich meine Tage und leichte Zweifel, ob meine Empörung über die gestrige Hecht-Bestellung nicht vielleicht auf einer hormonbedingten Zickigkeitswelle dahergesegelt ist. Egal. Ich werde den Teufel tun und jetzt etwas zurücknehmen.

»Was darf's denn sein?«, frage ich meinen ersten Gast und verkneife mir ein Lächeln, weil der junge Mann fast nicht zu erkennen ist vor umgehängten Reisetaschen und einem großen Stativ.

»Wir sind da für das Interview!«

»Hubsi, du? Heute schon?«

Ich wische mir schnell die Finger an dem Geschirrtuch ab, das in meinem Hosenbund steckt, bevor ich den Redakteur begrüße. Hubsi ist hinter seinem Assistenten zurückgeblieben, weil er mit dem Finger über das Holzschild fährt, auf das die Fränzi unser Hauslogo, den Fisch mit der Sonne, in bunten Farben in eine Chiemgauer Landschaft hineingemalt hat. Er hat den Glitzersmoking gegen einen verbeultem Leinenanzug und die Elvistolle gegen ein alltagstaugliches Seitenscheiteltoupet getauscht.

»Wir können uns in den Biergarten setzen, solange noch nicht viel los ist. Kann allerdings sein, dass ich manchmal aufstehen muss, um auszuhelfen. Papa, kommst du mal, bitte? Das ist der Herr Hubert …?«

»Koch«, sagt der Hubsi und zwinkert mir zu.

»Das ist der Herr Koch vom Bayerischen Rundfunk, der macht ein Interview mit mir, kannst du bitte kurz den Verkauf übernehmen?«

Mein Vater schlurft mürrisch herbei und sieht Hubsi skeptisch von der Seite an.

»Des geht jetzt ned. Koa Zeit.«

»Aber du willst doch jetzt nicht nach Prien, oder?«

Dass mein Vater da in Pantoffeln, neuem Hemd und Schlafanzughose vor mir steht und bockt, bringt mich total aus dem Konzept, und ich sehe etwas hilflos Hubsi hinterher, der seinem Assi winkt, damit der seine dicken Taschen an unserem schönstem Biergartentisch direkt am See ablädt.

»Ich brauch dich jetzt! Wir werden gefilmt! Das bringt uns

ganz weit nach vorne, dieser Beitrag! Das ist Werbung, für umsonst!«

»A geh, Schmarrn. Brauch ma ned! Wir sind ganz normale Leut, es reicht schon, wenn deine Schwester allaweil so eine gspinnerte Arbeit macht. Mich sollens damit bittschön in Ruh lassen.«

»Papa.« Ich zwinge mich zur Ruhe, in der Hoffnung, dass das auf meinen Vater abfärbt. »Das Fernsehteam heute kommt vom BR, da hat die Modezeitung von der Fränzi gar nichts damit zu tun. Ich habe mich letzte Woche zufällig mit einem Redakteur unterhalten, und jetzt macht der halt einen Beitrag über mich. Ist doch nicht verkehrt.«

Mein Vater grummelt: »Aber ich wollt doch jetzt auf Prien! Des brauchma doch alles ned. Reklame, so an Schmarrn!«, geht aber immerhin in die Küche und stellt sich von der anderen Seite an die Theke.

»Hast du eine Ahnung«, murmle ich, und: »Zieh dir bitte wenigstens eine Schürze an!« Aber nur Ursula reagiert, sie hängt meinem Vater einfach eine Gummischürze über den Pyjama.

»Wir beginnen auf dem Schild mit dem Fisch, schwenken auf dein Gesicht und dann O-Ton bitte!« gibt mir Hubsi erste Regieanweisungen.

»Geht's schon los?«

Ich schaue an mir herunter, die alte Jeans wird wohl nicht zu sehen sein, aber obenrum habe ich nur ein altes weißes Männerunterhemd von meinem Vater an, das ich mag, weil der Stoff schon so weich ist. Ich fahre mir schnell durch die Haare, komme aber mit den Fingern nicht durch.

»Ich wollte eigentlich noch …«

»Passt schon. Du siehst ganz wunderbar aus.«

Hubsi tätschelt mir beruhigend das Knie.

»Das schöne Bild dort an der Hauswand, wer hat das gemalt?«

»Meine Zwillingsschwester.«

»Ah ja, und wieso hat sie nicht die Wirtschaft übernommen, sondern du?«

»Ich, also«, beginne ich, von der direkten Frage total überrumpelt, und merke, dass ich das selbst gar nicht so genau weiß, »ich bin die Älteste, und meine Schwester wollte sowieso von hier weg und außerdem haben wir keine Wirtschaft, sondern ...«

»Du bist die Älteste?«, unterbricht mich der Redakteur. »Ich dachte, ihr seid Zwillinge?«

»Nun, ich bin in der Tat die Ältere. Um elf Minuten!«, wiederhole ich. »Und wir haben definitiv keine Wirtschaft, sondern ...«

»Und was macht deine Schwester jetzt beruflich, wenn sie so gut malen kann? Ist sie Chiemseemalerin? Das ist mein Spezialgebiet!«

»Nein, sie ist Journalistin geworden, Mode und Lifestyle, bei der *Mimi*.«

Dass Hubsi mich immer nach meiner Schwester fragt, nervt mich, und ich füge noch langsam und etwas eigensinnig hinzu:

»Einem Modemagazin. Eigentlich ziemlich bekannt.«

»Ah. Modemagazin.«

Das genügt, damit Hubsi das Interesse an meiner Schwester verliert und sich endlich mir zuwendet.

»Jetzt zu dir. Das Verhältnis zwischen Künstlern und Wirtstöchtern war ja hier in der Region immer ein besonderes, ist das heute noch so?«

Ich bin zwar ziemlich aufgeregt, weil jetzt das Auge der Kamera auf mich gerichtet ist, aber das Gute daran ist, dass mir Hubsi endlich mal zuzuhören scheint.

»Ich bin keine Wirtstochter«, verbessere ich ihn noch einmal, »ich bin Fischerin. Und zwar die einzige Frau unter achtzehn Fischern insgesamt hier am Chiemsee.«

Hubsi fällt es offensichtlich schwer, von seiner Vorstellung der Wirtstochter und Muse loszulassen, aber nach einer kurzen Pause, in der er offensichtlich in meinem Ausschnitt nach Inspiration sucht, fragt er mich:

»Aha, Fischerin also, dann brauche ich einen anderen Auf-
hänger. Schade, schade schade. Nun. Achtzehn Fischer also insgesamt … Ist da die Konkurrenz nicht groß?«

»Im Gegenteil, wir sind eigentlich alle außerordentlich hilfsbereit untereinander, erst letzte Woche hat mir der Lechner
Sepp …«, will ich davon erzählen, wie der Sepp mir einen Benzinkanister fast bis nach Chieming gebracht hat, weil ich überhaupt nicht damit gerechnet hatte, dass auch mein Reserve-
kanister leer sein könnte.

Aber Hubsi, jetzt ganz Fernsehmann, legt seine Zettel auf
den Tisch und unterbricht mich schon wieder. Ist dem anscheinend total egal, dass meine Antworten aufgezeichnet werden.

»Aber sind nicht viel zu viele Fische in diesem Becken?«

Wahrscheinlich ist er stolz darauf, dass er so einen tollen
Ausdruck für die Gastronomiedichte auf der Fraueninsel gefunden hat.

»Natürlich sind viel zu viele Fische in diesem Becken, aber
es ist nicht so, dass wir uns hier um die Gäste streiten. Die
meisten Fischer wohnen ja nicht auf der Insel, sondern darum
herum.«

»Aber sind die großen Gasthäuser nicht eine existenzielle
Bedrohung für dich?«

Ich überlege kurz. Ich werde auf gar keinen Fall vor laufen-
der Kamera auf die Konkurrenz schimpfen.

»Nein, jeder hat seine Nische. Wir als Fischerei sind traditio-
nell wie eh und je, das findet man sonst nirgendwo. Und der
Zoran vom »Wirtshaus am See« zum Beispiel, der macht einen
Schweinsbraten, der seinesgleichen sucht, das ist also toll für
alle Gäste, die nicht so gerne Fisch essen. Und das »Hotel zum
See«, das richtet die vielen Hochzeiten aus, die hier auf der
Insel stattfinden, und bekommt gerade einen etwas edleren
Anstrich. Streiten, das nützt doch nichts, da geht nur die Atmo-
sphäre hier zugrunde.«

Der junge Mann mit dem Kopfhörer auf dem Kopf hebt
kurz die Hand, dreht mit gerunzelter Stirn an den kleinen

Knöpfchen des Kästchens herum, das ihm an einem Gurt um den Hals hängt, und unterbricht mich:

»Moment, bitte! Zu viel Wind!«

Ich drehe den Kopf weg, damit er mir ein kleines Schaumstoffhütchen über das winzige Mikrofon an meinem Ausschnitt stülpen kann. Während Hubsi den Vorgang aufmerksam mitverfolgt und mir auf den Busen glotzt, bemerke ich, dass mein Vater nicht mehr am Verkauf zu sehen ist. Bevor ich mich noch wundern kann, erreicht eine beachtliche Schallwelle mein Ohr.

»*UND DER MENSCH HEISST MENSCH!*«

Der arme Assi lässt mein T-Shirt los, reißt sich die Kopfhörer von den Ohren und sieht sich nach der Quelle dieses plötzlichen Getöses um.

»*WEIL ER VERGISST, WEIL ER VERDRÄNGT!*«

Mein Vater hat sich an den Tisch vor der Küche gesetzt, den Ghettoblaster vor sich, und schenkt sich einen Nopi ein.

»Kannst du die Musik leiser stellen?«, fahre ich hoch.

»*ES IST SONNENZEIT!*«

Hubsi schüttelt den Kopf und macht sich eine kleine Notiz.

»Leiser!«, rufe ich, wieder ungehört.

»*DU FEHLST!*«

»Mach die Musik aus! Da kann einem ja schlecht werden!«

Aus. Stille. Ursula hat schlagartig für Ruhe gesorgt und hält den Stecker des Ghettoblasters in der Hand.

Nur mein »Da kann einem ja schlecht werden!« hängt noch in der Luft. Und in die Stille hinein steht mein Vater auf. »Dann fahr ich halt auf Prien, wenn's mich hier nicht haben wollt's!«

Und weg ist er. In Pyjama und Gummischürze.

»Das Scheißanzuchtbecken! Das sollte man langsam mal zusperren!«

Das sage ich nur ganz leise, zwinge mich zur Ruhe, und lächle Hubsi und dem Tonassi entschuldigend zu: »Warum gehen wir nicht einfach mal an den See und ich zeige euch die Boote? Netze, die zum Trocknen aufgespannt sind, die sind bestimmt ein schönes Bild für den Bayerischen Rundfunk!«

Aber erst als ich hinzufüge: »Der See und die Kampenwand, war das früher nicht ein beliebtes Motiv bei den Chiemseemalern?«, gibt sich der Hubsi einen Ruck und winkt dem Kameramann, mir zu folgen.

Der Dreh ist nachmittags im Kasten und ich hole für den Tonassi und Hubsi einen Weißwein und zwei Räucherrenken im Stück. Hubsi kann es kaum erwarten, dass ich zurückkomme, denn ich habe ihm gerade etwas von der Eingebung erzählt, die ich hatte, als ich im Interview den Zoran erwähnt habe. »Du kennst eine echte Wirtstochter, die keinen Mann findet? Natürlich mache ich einen Beitrag über die!«

Er ist von meiner Idee, der Molly per Fernsehbeitrag einen Mann zu suchen, sofort begeistert.

»Ist dir klar, Kati, wie wichtig die Wirtstöchter des Chiemgaus für die Künstlerkolonien hier waren? Denk an die Chiemseemaler, die sich dann in diese schönen Mädchen verliebten! Ihre Gene mischten sich und heraus kam dieser sagenhafte Chiemgauer Menschenschlag, diese Mischung aus Kreativität, Leichtigkeit und Verbohrtheit. Gut möglich, dass auch die Sonnfischers solche Anteile in sich haben, oder?«

Ich kenne mich nicht besonders gut in Humangenetik aus, aber Verbohrtheit meine ich an meinem Vater durchaus beobachtet zu haben. Kreativität und Leichtigkeit? Das ist dann wohl eher meine Schwester. Und ich? Ich bin eigentlich nur einigermaßen genervt, habe den halben Tag mit Hubsi verbracht und muss ehrlich sagen, dass ich jetzt gerne wieder meine Ruhe hätte. Die Arbeit ist liegengeblieben, Papa ist bis jetzt nicht wieder aufgetaucht, und deshalb sollte ich jetzt eher Business machen und nicht Ahnenforschung betreiben.

»Also, ich kenne jedenfalls eine Wirtstochter hier auf der Insel, und die hat ihre Künstlerkolonie noch nicht gefunden. Und ihr Vater ist der traditionsbewussteste Wirt in der ganzen Gegend. Der mit dem Schweinsbraten, von dem ich vorher erzählt habe.«

Auch wenn er Kroate ist. Und die Molly sicher nicht dem Schönheitsideal eines Kulturschreiberlings entspricht. Aber da soll sich der Hubsi dann selber Gedanken machen, wie er das in seinem Beitrag unterbringt.

»Ich gebe dir den Kontakt aber erst, wenn du mir versprichst, dass der Beitrag über mich richtig gute Werbung wird! Hand drauf?«

Weil ich es empfindlich merke, dass mir der Amsler Wirt als Kunde weggebrochen ist, finde ich meinen Einfall obergenial. Wenn ich Zorans Tochter mittels Fernsehbeitrag à la »Molly sucht Mann« unter die Haube bringe, dann ist er mir so dermaßen einen Gefallen schuldig, dass er sich das sicher noch einmal überlegt mit dem Fisch.

»Über dich kann man nur gute Beiträge machen!«

Hubsi denkt offensichtlich nicht daran, endlich in seinen Bayerischen Rundfunk zu fahren und sich an das *piece* über die Sonnfischerin zu machen, sondern sieht mich mit dem Elvis-Blick vom letzten Wochenende an.

»Und jetzt, wo wir alles im Kasten haben, da hast du doch ein bisschen Zeit für mich allein, oder? Jetzt, wo ich dich groß rausbringe?«

»Hubsi!«, flüstere ich. »Das war eine einmalige Angelegenheit! Exklusiv, sozusagen! Ich muss jetzt was arbeiten.«

»Jetzt komm, Kati! Wo wir doch offensichtlich auf das Gleiche stehen!« Hubsi kommt noch ein Stück näher und hat so ein lüsternes Glitzern im Blick, das ich sonst nur vom Blasi kenne, wenn er die restliche Meerrettichsahne aus der Rührschüssel schlecken darf.

»Ein bisserl härter, das war's doch, oder? Magst du's denn auch gern in den Po?«

»Psssst! Wir haben Gäste!«

Ich fühle mich total bestätigt in meiner Theorie, dass es absolut nichts bringt, sich mit Männern öfter als einmal zu treffen, sonst kommen sie nur auf kolossal dumme Gedanken, siehe Hubsi. Deshalb bin ich fast froh, als die Emerenz auf-

115

taucht und den Hubsi sofort als unbekanntes männliches Besuchsobjekt identifiziert.

»Habts ihr was zum Verbergen, ha?«

»Das ist der Herr Koch, vom Bayerischen Rundfunk, und der muss jetzt los, denn in zwei Minuten geht der Dampfer. Ich kann euch leider nicht rüberfahren, ich brauch mein Schiff für die blaue Tonne.«

Hubsi scheint mit meiner Abfuhr überhaupt nicht klarzukommen, so wütend, wie er mich plötzlich anfunkelt, aber da kann ich ihm leider nicht helfen. Er steht so abrupt auf, dass sein Stuhl nach hinten auf den Kies kippt und winkt seinem dösigen Assi, der sich in der Zwischenzeit geduldig eine Kippe nach der anderen gedreht hat.

»Den Kontakt«, sagt er noch grantig, »gib mir wenigstens den Kontakt!«

Eigentlich wollte ich zuerst mit Molly sprechen, aber ich gebe Hubsi sofort ihre Nummer, damit wir nicht ganz im Bösen auseinandergehen, schließlich soll er ja noch einen feinen Beitrag über mich machen. Ich sehe den beiden hinterher, wie sie zum Schiff laufen. Der Hubsi schnauft ein ganzes Stück hinter dem Assi her, obwohl der das ganze Equipment schleppt, und ich hoffe, dass er das mit dem Beitrag schon gut hinbekommt. Auch wenn er im Moment ziemlich beleidigt ist, dass bei mir nichts geht, aber bei mir heißt Nein halt einfach Nein, und basta. Nicht mit dem Hubsi, der einen nicht ausreden lässt, auch wenn er mich noch so groß rausbringt, und vor allem nicht am helllichten Tag und wenn die Emerenz quasi daneben steht.

Die Drechsel Caro von der Nordseite der Insel bringt mich auf andere Gedanken. Sie kommt mit ein paar Segelgästen an, weil sie in ihrer kleinen Villa nämlich Zimmer vermietet und mit ihren Gästen immer Inselrundgänge macht. Die alte Dame ist sehr stolz darauf, dass sie Laienschauspielerin im Traunsteiner Theater ist, gibt deswegen immer gerne die Grande Dame, wenn auch ein wenig angestaubt, und macht eine entsprechend theatralische Handbewegung zu unserem Biergarten hin.

»Hier gibt es den besten Räucherfisch, alles noch traditionell hergestellt. Von dieser fleißigen Fischerin hier!«

Brav! Ich brauch jetzt nicht mehr dazu sagen, dass die alte Drechsel eine hochgradig sympathische Person ist, mit der ich leider viel weniger zu tun habe als mit der Emerenz, die jetzt mit einer Sirenenstimme, in der man das Unwetter praktisch schon heulen hört, zu den Seglern sagt: »Ja verreck, ihr mechads no aussi aufn See? Habts es die Sturmwarnung ned gseng?« Die drei Segler, ein Mann mit Frau und Tochter, alle in pastellfarbenen Lacoste-Polos mit dem hochgestellten Kragen, nicken dem giftigen Weiberl freundlich zu, weil sie wahrscheinlich kein Wort verstanden haben, ziehen die Ärmel ihrer um den Hals geschlungenen Kaschmirpullis etwas enger und suchen sich im Biergarten den schönsten Platz aus, direkt am See, unter dem blühenden Mirabellenbaum. Ich wische mir die Hände ab und gehe zum Verkauf. Und als Dank für die Kundschaft gebe ich der alten Drechsel höchstpersönlich einen Nopi aus. Und zwar nur ihr, obwohl mich die Emerenz bettelnd von der Seite ansieht wie ihr geliebter Kini[27] einen hübschen Stallburschen.

»Und, hat's geschmeckt?«, frage ich nach einer halben Stunde, als ich den Herrschaften die Grätenteller abräume. Meistens frage ich dann auch immer noch, ob sie noch einen Fisch mitnehmen wollen für daheim. Die Drechsel Caro nickt: »Sehr gut, wie immer, Kati«, und die jüngere der beiden Frauen sagt: »Fast so gut wie das Renkenfilet an Zitronenschaum heute Mittag im ›Hotel zum See‹!«

»Zitronenrenke, im ›Hotel zum See‹? Haben die oben neue

---

27 Kini: König. *Der* Kini: König Ludwig II.

117

Fischgerichte auf der Karte?«, hake ich so locker wie möglich nach. »Hast du da auch was gegessen, Caro?«

Die Drechsel sieht meinen Blick und beeilt sich, zu retten, was zu retten ist.

»Ach, nur ein Süppchen, Kerbelcreme mit Zandernocken, aber das kann man ja auch nicht vergleichen. Das, das war gehobene Küche, und du bist Fischerin, da ist das Essen bewusst einfach gehalten, nicht wahr?«

»Einfach, genau«, pflichtet jetzt der Mann zu und schaut mich von oben bis unten an, wie ich dastehe mit meinen zwei Tabletts voll mit Fischköpfen. »Für den, der's mag. Und sonst ist es doch auch schön, dass es jetzt auf der Insel auch eine Adresse für Gourmets gibt!«

Ich kann mir plötzlich nicht vorstellen, dass die Herrschaften sich in Pergamentpapier gewickelte Sonnfischerrenken in die teuren Lacoste-Taschen packen wollen, und stapfe in meinen Gummistiefeln zurück ins Haus. Zandernocken und Zitronenschaum. Da schau her. Und gut soll es auch noch gewesen sein. Die Sturmwarnung am Hauptsteg blinkt tatsächlich auf schnellster Stufe, und über der ganzen Insel hängt das unheilschwangere Rauschen der Linden, in die die erste Sturmböe hineinfährt. Ich muss sagen, das passt verdammt gut zu meiner Stimmung.

Am nächsten Morgen ist der Platz, an dem mir gestern Abend die Freunde der gehobenen Küche die Laune versaut haben, leider kaum mehr wiederzuerkennen: Ausgerechnet der Mirabellenbaum hat den Sturm nicht überstanden und ist halb in den Biergarten, halb in den Zaun gekracht.

»Da muss einer heute noch ins Sägewerk fahren, um neue Zaunlatten zu kaufen. Und vorher muss der Ast noch weg! Der blockiert uns ja drei Tische!«

Keine Antwort. Ich erwarte auch keine, denn mir ist durchaus klar, dass ich ein Selbstgespräch führe. Ich bin ja nicht bescheuert. Aber weil sich anscheinend sonst niemand für den

Schaden interessiert, rede ich eben mit mir selber. Da kann ich wenigstens sicher sein, dass mir einer zuhört.

»Das werden wir gleich haben. Bei dem Wetter haben wir eh keine Gäste!«

Ein Fuchsschwanz ist eine Säge, kein Fischernetz, also gehe ich zum Lechner Sepp, um mir einen auszuleihen. Ich hoffe außerdem, dass er mich fragt, ob ich nicht nur Werkzeug, sondern auch Hilfe brauche. Als mir aber seine Frau aufmacht und die Hände mit knallrot glänzenden Fingernägeln schwenkt, weiß ich, dass der Sepp nicht da sein kann, weil ihn der Gestank von frischem Nagellack immer total auf die Palme bringt.

»Der Sepp ist nicht da, wir haben heut zu wegen dem Sauwetter.«

»Aber ab Mittag soll's wieder schön sein!«

»Trotzdem«, zuckt seine Frau mit den Schultern und macht die Tür keinen Spalt weiter auf, »heut bleibt zu, der Sepp hat eine Lieferung gehabt nach Traunstein und ist dann gleich weiter, weil er mit seiner Mama und der Leonie in die Indianerausstellung geht nach Rosenheim. Ich mach heute Buchhaltung.«

Dass der Lechner Sepp mit seiner Teenagertochter und seiner hutzeligen Mama gerade gemeinsam vor dem Tomahawk vom Sitting Bull steht, finde ich erst zum Lachen, aber dann werden mir wieder die Schultern schwer, weil ich gar nicht erst wüsste, wann und mit wem ich in eine Ausstellung gehen könnte. Ich habe ja noch nicht einmal eine Ahnung davon, wo mein Vater ist, nur dass sein Zimmer leer war, als ich heute früh vom See gekommen bin. Wahrscheinlich wieder ein Arzttermin, von dem ich nichts weiß.

»Mit dem sollte man ihm eigentlich den Zeh abschneiden, damit endlich eine Ruh ist«, murmle ich vor mich hin, als ich mit dem elektrischen Fuchsschwanz unterm Arm allein zurückgehe. Die Säge surrt, ich arbeite mich vom dünnen Gestrüpp vor zu den dickeren Ästen. Ganz schön anstrengend,

119

und ich denke mir die ganze Zeit, dass ich für solche Arbeiten nicht auf die Uni gegangen bin und dass es eh keiner merken würde, wenn ich mir jetzt einen Finger abschneide. Außer die Emerenz. Die kommt natürlich wie auf Bestellung vorbei, heute mit Kopftuch auf den Pudellocken, und schaut mir zu, wie ich versuche, den gespaltenen Stamm wegzuräumen, der noch quer über drei Bierbänken und ein paar umgeknickten Zaunlatten liegt.

»Schwer, ha? Seids es ned versichert?«

»Natürlich sind wir versichert, aber meinst du, dass da einer von der Bayerischen Wind&Wetter höchstpersönlich vorbeikommt und mir den Biergarten wieder herrichtet?«

»Mei, fragst halt amal rum, auf der Insel hat's ja genug Mannsbilder! Was ist mitm Schmied? Und mit dem Janni?«

Ich finde, dass die Emerenz eindeutig zu viel mitbekommt von den Höhen und Tiefen unseres Familienbetriebes, und werde auf gar keinen Fall von Tür zu Tür gehen und um Hilfe betteln, damit jeder merkt, dass die Sonnfischerin ihren Betrieb doch nicht allein schaukeln kann. Die Wut schießt mir in die Arme, und fünf Schubkarrenladungen später ist der Mirabellenbaum in handliche Stücke zersägt und hinter dem Haus gestapelt. Geht doch.

»Der schöne Baum! Weißt du eigentlich, dass der Kini damals die Herreninsel vor dem Abholzen bewahrt hat?«, seufzt die Emerenz und tupft mit der Gesundheitsschuhspitze in dem Berg aus Blättern herum, den ich gerade zusammengerecht habe. Das stimmt natürlich hinten und vorne nicht. Der Kini hat den Wald rund um sein Schloss nur stehen lassen, damit er von seiner Versailles-Kopie aus den See nicht sehen konnte zwecks perfekter Illusion.

»Ja, genau. Er war praktisch der erste Grüne hier in der Gegend.«

Die Emerenz ignoriert meine bissige Bemerkung.

»Bist jetzt endlich fertig? Ich müsst dir nämlich was erzählen!«

Das Ende ihres Satzes wird begleitet vom Brummen eines ziemlich dicken Lasters, der sich am Lattenzaun des Klostergartens entlang schiebt, Millimeter für Millimeter, bis er an dem schmalen Fußweg zur Kirche stehen bleibt. Die LKW-Plane ist schwarz, bis auf einen weißen Totenkopf mit Flügeln an den Schläfen.

»Des san die Harleys!«, schimpft die Emerenz und reckt den Hals. »Die stehen Spalier für die Rockerhochzeit!«

»Heute ist eine Rockerhochzeit im Hotel?«

»Ja«, sagt die Emerenz, »hast nicht g'sehn, wie's heut vom Schiff runterkommen ist, die Bagage, die satanische? Die Braut in Schwarz, des muss man sich amal vorstellen, wie der Leibhaftige! Und das Allerschlimmste ist ja, dass ich die Schwester Sebastiana gleich angerufen hab, gell, dass ja so was nicht geht auf einer klösterlichen Insel, und dann sagt die doch glatt zu mir, schwarz oder weiß, der Herrgott gibt einem jeden seinen Segen! Einem jeden seinen Segen! Ja, mir sind doch nicht beim Lidl, sondern in der katholischen Kirche! Da ist doch dem Belzebub Tür und Tor geöffnet, bei so einer Einstellung! Beim Wiggerl seiner Hochzeit, da hätt's nur goldene Kutschen und weiße Rösser gegeben.«

»Die wird das schon wissen, die Schwester Sebastiana, denn da wo du eine Standleitung zum Wiggerl hast, hat sie eine zum lieben Gott, und der ist in der Hierarchie leider immer noch eins über deinem König«, beschwichtige ich meine aufgebrachte Nachbarin. »Und die Hochzeit vom König Ludwig, die stand trotz goldener Kutschen unter keinem guten Stern, und darum hat sie auch nicht stattgefunden.« Und weil der gute Ludwig eher auf Jungs stand als auf seine Verlobte Sophie, aber das muss ich mit der Emerenz jetzt nicht unbedingt ausdiskutieren.

»Was wolltest du mir denn ursprünglich erzählen?«

An dem Heck des Lasters wird gerade eine Rampe heruntergelassen.

»Ich wollt dir nur sagen, dass der Boni gesehen worden ist!«

Zwei ziemlich schwere Jungs in schwarzen Lederjacken er-

scheinen auf der Ladefläche und machen sich an den Spann-
gurten von zwei ebenso schweren Motorrädern zu schaffen.

»Ja gut, und?«

»In einem Auto!«

»Ah ja?«

Es muss ziemlich viel Arbeit sein, die dicken Maschinen den
schmalen Weg hochzuschieben, ich kann von mir aus ohne
Weiteres erkennen, dass die Köpfe der zwei Harleybrüder dun-
kelrot angelaufen sind.

»In einem roten Auto!«

»Aha?«

»In einem Audi!«

Die Emerenz ist dermaßen skandalisiert, dass sie sich gar
nicht über die Motorradgeschichte aufregt.

»Mei, der wird halt mit dem Taxi gefahren sein.«

»Beim Horstl hat's kein rotes Taxi!«

Von oben vom Hotel kommt jetzt eine lange Gestalt im
grauen Hemd, bleibt bei den Rockern stehen, die gerade eine
Verschnaufpause einlegen und deutet auf den Truck.

»Mein Vater in einem roten Audi, wirklich?«, frage ich eher
zerstreut, weil ich jetzt genau hinschauen muss, was der neue
Super-Zumsler-Geschäftsführer mit den Harley-Leuten vorhat. »Ein A3 oder was?«

»A6, keine zwei Jahr alt!«

Der Emerenz kann man wirklich nichts vormachen. Und
die Männer am Klostergarten diskutieren, denn sie deuten auf
den Lastwagen, klar, der muss so schnell wie möglich wieder
von der Insel runter, sie fuchteln herum, dann löst sich der
Schweizer aus der Gruppe und wenn mich nicht alles täuscht,
kommt er direkt auf unser Haus zu.

»Und ein Weiberleut war am Steuer!«

»Wie, ein Weiberleut?«

Der kommt sicher und will wieder irgendetwas umkrempeln! Ich bekomme eine kleine Nervositätsattacke, weil ich
nicht weiß, wie er auf mich zu sprechen ist nach meiner zicki-

122

gen E-Mail, auf die ich keine Antwort bekommen habe, und zupfe an meiner Frisur. Meine Finger bleiben wie immer darin stecken.

»Das war sicher eine Fußpflegerin oder so, der Papa hat doch immer Ärger mit seinem Zehnagel. Die hat ihn wahrscheinlich nur zum Dampfer gebracht, damit er nicht laufen muss.«

»Seit wann ist in Gollenshausen ein Dampfersteg?«

Jetzt wird es mir zu bunt, ich bin zwar eine Frau und Multitasking ist mein zweiter Vorname, aber ich kann mich unmöglich weiter auf das Getratsche der Emerenz konzentrieren und gleichzeitig darauf, dass dieser Jude-Clooney-Verschnitt jetzt auf mich zusteuert und mir die Hand hinstreckt.

»Grüezi.«

»Servus.«

Ich kann mich an überhaupt keinen Film erinnern, in dem ich George Clooney oder Jude Law gut finde.

»Sie als Sonnfischerin haben doch sicher allerlei Gerätschaften, oderrr?«

Mann, geht's eigentlich noch geschwollener?

»Gerätschaften? Ja, sicher.«

»Können Sie uns vielleicht helfen?«

»Kommt drauf an.«

Die Emerenz hat unsere karge Konversation mitverfolgt und jetzt wird es ihr langsam zu bunt.

»Oiso nacha, das ist fei die Kati! Da können s' ruhig Kati sagen zu der, oder? Kriegts ihr die Mopeds ned an Berg nauf, ha?«

»Ja, ich würde den Herren gerne helfen, aber wir brauchen ein Seil.«

Die zwei Lederjackenträger haben sich jetzt zu uns gesellt und sind immer noch schwer am Schnaufen. Kein Wunder, bei den Bierwampen.

»Seil hilft da nichts, wenn Sie mich fragen. Blasi, jetzt ist gut!« Ich weiß nicht, was dieser Kater hat, aber ihm läuft quasi der Sabber aus dem Mund, während er verzückt seine Haare

123

an die feine Geschäftsführeranzughose hinreibt und gar nicht mehr weggeht.

»Ist das Ihre Katze?«

»Mögen Sie keine Katzen?«, pampe ich zurück.

»Doch, sehr. Hunde sind mir allerdings noch lieber. Ich hatte sogar bis vor Kurzem selbst einen. Aber ich konnte ihn leider nicht mit auf diese Insel nehmen.«

Na bitte. Deshalb. Der Blasi riecht wahrscheinlich nur den Hund und regt sich deshalb so auf.

»Na ja, Hunde dürfen hier halt nicht frei herumlaufen. Das wär wahrscheinlich nicht gut gegangen, so schlecht, wie die meisten Hunde erzogen sind.«

»Mein Hund war nicht schlecht erzogen.«

»Und wo ist der jetzt, der gut erzogene Hund?«

Was geht mich eigentlich der Hund von diesem Umkrempler an? Ich mag nämlich überhaupt keine Hunde, weil ich immer Angst davor habe, dass sie mich hinterrücks anfallen, seit mich der fiese kleine Wadlbeißer unseres Schulrektors einmal vom Radl heruntergeholt hat.

»Der ist bei meiner Exfreundin.«

Ah. Das ist eindeutig mehr Information, als ich eigentlich haben wollte, aber selber schuld. Wer viel fragt, bekommt viel Schmarrn erzählt. Die Emerenz hat in der Zwischenzeit mit ausgestrecktem Zeigefinger Motorräder gezählt.

»Achte, neine, zehne. Zehn Harleys sind des insgesamt. Und die sollen alle zur Kirch ummi. Aha. Warum fahrts ihr die ned einfach auffi?«

»Dürfen wir nicht. Der Bürgermeister hat gesagt, der Laster ist schon schlimm genug, er will kein Motorradgeräusch am Friedhof entlang.«

»Haben Sie sich bei ihm erkundigt, oder hat das noch der Hans gemacht?«, frage ich ein wenig schadenfroh, weil auch beim Herrn Krug doch nicht alles so reibungslos zu klappen scheint.

»Ich habe gestern dem Bürgermeister diesbezüglich eine

E-Mail geschrieben. Das fällt in meinen neuen Aufgabenbereich als Hotelmanager, oderrr?«

Also, da würde ich als Inselbürgermeister auch Nein sagen, wenn mir da so ein Neuer total managermäßig eine E-Mail schreibt und fragt, ob ein paar Hell's Angels über die Insel brettern dürfen. Meine Laune hebt sich augenblicklich und ich bekomme gönnerhaftes Oberwasser.

»Also, das war eventuell die falsche Herangehensweise. E-Mail ist bei uns nicht immer das Mittel der Wahl. Was sagt denn das Kloster zum Hochfahren an der Friedhofsmauer entlang?«

»Wieso, haben die Schwestern denn hier das Sagen?«, fragt jetzt der Herr Krug. »Wie sind denn auf dieser Insel die Hierarchien? Kloster sticht Bürgermeister? Das würde mich wundern!«

Das klingt ziemlich besserwisserisch, und ich fresse meinen Gummistiefel, wenn der Kerl nicht evangelisch ist.

»Sind Sie eigentlich katholisch?«

»Wieso, ist das hier irgendwie von Belang?«

Na also, der ist durch und durch evangelisch. Wenn ich bisher nicht vorhatte, diesem geheadhunteten Supermanager auch nur ansatzweise unter die Arme zu greifen, bin ich jetzt wild entschlossen, ihm zu zeigen, wie und mit wem man hier richtig verhandelt.

»Ich würde sagen, in dieser Angelegenheit wahrscheinlich schon. Aber ich sehe mal, was ich machen kann. Kommen Sie mit.«

Schwester Sebastiana streckt dem Umkrempler gleich die Hand hin und ich schildere ihr kurz die Lage. Der Schweizer lässt mich sogar ausreden, ohne mir zu widersprechen. Aber Schwester Sebastiana lehnt leider ab.

»Nein, das geht auf gar keinen Fall. Vor allem, wenn die Motorräder richtig laut sind.«

Der Schweizer nickt. »Das sind sie, das sind leider richtig schwere Maschinen!«

Spinnt der? Will der jetzt die Dinger oben im Hotel haben oder nicht?

»So ein Schmarrn! Harleys? So laut sind die doch nicht! Motoguzzis, die sind laut, aber Harleys?«

Schwester Sebastiana muss lachen.

»Meine liebe Kati, selbst wenn du mich glauben lassen willst, dass eine Harley ein Flüstermotorrad ist, wenn der Bürgermeister Nein gesagt hat, können wir dem nicht in den Rücken fallen. Tut mir leid, Kinder. Aber ich muss jetzt hoch zum Gebet.«

Dieser David soll mich gar nicht so amüsiert ansehen, mit so einem Na-das-hat-ja-jetzt-richtig-viel-gebracht-Blick! Er will sich gerade zum Gehen wenden, da hält Schwester Sebastiana ihn am Ärmel fest.

»Wissen Sie überhaupt, wo wir Klosterfrauen beten?«

»Nein. Aber ich möchte Sie nicht länger ...«

Schwester Sebastiana spricht jetzt sehr eindringlich.

»Wir beten in einer Kapelle, ganz oben hinter dem Altar. Alle Klosterfrauen. Und wir singen! Laut!«

Wie auf Kommando bimmelt die helle Kapellenglocke los.

»Hört ihr, Kinder? Die Glocke ruft mich! Ab jetzt sind wir Schwestern für zwanzig Minuten in der Andacht. Der Bürgermeister hört diese Glocke übrigens nicht, der arbeitet auf dem Festland!«

Hat sie wirklich schon wieder »Kinder« zu uns gesagt? Ich kann mir nicht helfen, aber das stimuliert gewaltig mein Lausmädl-Ego. Der Schweizer holt Luft, um sicher wieder irgendetwas Managermäßiges zu schwätzen, aber ich zupfe ihn am Sakko und zische:

»Los! Wir haben zwanzig Minuten!«

Auf mein Kommando starten alle Motorräder gleichzeitig, und das mächtige Bollern klingt wie eines dieser fetten Cargo-Flugzeuge, die immer extra tief über den Chiemsee fliegen, weil da die Aussicht so schön ist. Der feine Herr Krug stellt sich oben hin und winkt sie zwischen den Linden durch, bis die letzte chromglänzende Maschine an der Kirche angekommen ist. Ich regle unten den Verkehr und helfe dann dem Lastwagenfahrer, damit er den schmalen Weg bis zur Autofähre zurückstoßen kann. Die Hell's Angels Gelsenkirchen spuren aufs Wort, sie wissen, dass sie sich sputen müssen, wenn sie ihre Rockerhochzeit standesgemäß hinbekommen wollen.

Nach achtzehn Minuten treffen wir uns oben bei ihm im Hotel. Ich habe mir den Pulli um die Hüften gewickelt, der Umkrempler hat sein Sakko ausgezogen, und macht einen leicht verstrubbelten Eindruck.

»In zwei Minuten treffen wir uns zur Besprechung. Und ich erwarte bei jedem einzelnen von Ihnen tadellose Optik!«, scheucht er noch im Zacka-zacka-Ton eine Bedienung herum, die sofort abzischt und sich wahrscheinlich noch mal ihre Schürze aufbügelt. Er reicht mir die Hand, ein ziemlich große braungebrannte Hand, sein Hemd hat am Rücken dunkle Schweißflecken, und ich muss ehrlich sagen, dass er mir so schon besser gefällt. Vor allem, weil er sich so artig bei mir bedankt.

»Danke! Ich muss mich nur schnell umziehen, denn für mich sollte natürlich das Gleiche gelten wie für das Team.«

Irgendwo im Lendenwirbelbereich bekomme ich eine ziemliche Gänsehaut, die ich aber darauf schiebe, dass mir nach der Hektik gerade ein wenig kalt wird, und nicht darauf, dass der Händedruck von diesem Herrn Krug so fest ist.

»Passt schon. Bergab rollen lassen dürfte später ja kein Problem sein, oder?«

Die Maschinen stehen in fünf Paaren aufgereiht zwischen Kirche und Hotelterrasse, neben jeder steht ein Leder-Typ, der allein schon reichen würde, damit die Emerenz sich aus dem Otto-Katalog ein weiteres Sicherheitsschloss für ihre Hintertür bestellt. Perfekt.

»Darf ich Ihnen etwas anbieten?«

»Danke, ich muss wieder runter. Sie können mir ja mal einen Winnetou Spritz ausgeben.«

»Einen Winnetou Spritz? Das isch eine suprrr Idäh!«

Zum ersten Mal habe ich jetzt den kehligen Schweizer Tonfall so richtig rausgehört, und während um uns herum das Hotelpersonal Aufstellung nimmt, steht dieser David da, guckt mich komisch an und sagt nichts mehr. War das jetzt vermessen von mir, mit dem Drink? Typisch, das Angebot war sicher nur so eine Floskel. Da soll sich einer auskennen mit dieser professionellen Geschäftsführersprache. Wahrscheinlich ist »Darf ich Ihnen etwas ausgeben?« der Manager-Code für »Verpiss dich, und danke, dass du dir umsonst den Arsch aufgerissen hast«.

Ich bin ziemlich stolz auf meinen selbstbewussten Abgang, weil ich hoch erhobenen Hauptes zwischen den ganzen Harleys durchstapfe, ohne mich weiter zu verabschieden. Die Sache mit den Motorrädern war garantiert das letzte Mal, dass ich für den einen Finger krumm gemacht habe. Mich tröstet außerdem, dass er sich mit seiner gehobenen Gastronomie heute garantiert in der Zielgruppe verhoben hat.

»Ursula, stellst uns noch einen Kasten Helles mehr in die Kühlung?«

Ich fresse einen Besen, wenn sich später nicht ein paar abtrünnige Rocker bei mir Fisch und Bier holen, hoffentlich nachdem sie dem da oben sein Etepetete-Süppchen an die Wand geklatscht haben. Denn die Jungs, die da oben neben ihren Maschinen auf das Brautpaar warten, die saufen und stinken. Und lassen sich von frisch gebügelten Schürzen sicher nicht beeindrucken.

Mein Vater sitzt vor dem Haus. Mit einem Buch. Er sieht so tiefenentspannt aus, dass ich mich frage, ob er von dem Sturmschaden überhaupt etwas mitbekommen hat.

»Was liest du denn?«

Statt einer Antwort hält mein Vater das Buch hoch.

»›Killer in Konstanz?‹ Ich denke, du magst keine Krimis? Und jetzt gleich einen Bodenseekrimi?«

Mein Vater zuckt mit dem Schultern und blättert das Buch wieder auf. Es fällt ihm offensichtlich überhaupt nicht auf, dass der halbe Zaun und ein Baum weg sind und einer dringend mal die Tische abräumen und die Aschenbecher ausleeren sollte.

»Schön, dass du auch mal wieder da bist! Mit wem warst du denn unterwegs?«

»Wie, unterwegs?«

»Du warst doch heute schon in Gollenshausen, in einem roten Audi!«

»Ich, in einem roten Audi? Ah wo!«

»Aber die Emerenz hat gesagt, dass du in einem roten Audi gesehen worden bist. Und eine Frau ist gefahren.«

»Ah so, ja, aber dass das ein Audi war, das hab ich nicht gesehen.«

»Warst du denn wieder im Krankenhaus?«

Scheint ja mördermäßig spannend zu sein, dieser Krimi, jedenfalls nimmt mein Vater nicht ein bisschen die Nase aus dem Buch, während er mit mir spricht. Schau mich an, wenn ich mit dir rede!, schießt es mir durch den Kopf, als Kind hat er mich schließlich wegen genau so etwas geschimpft.

»Ja, also ja, der Zeh halt, zur Kontrolle, und dann hat mich jemand mitgenommen.«

»Nach Gollenshausen? Da musst du doch nie hin!«

»Mei, also, ich hab mich verlaufen.«

»Du hast dich verlaufen? Mit deinem wehen Zeh? Bis nach Gollenshausen?«

»Jetzt langt's! Du hörst jetzt auf mit deiner Fragerei! Jeder kann sich amal verlaufen! Und überhaupt! Hinterm Haus hockt der Michi und wart auf dich! Kümmer dich zerscht um dein eigenes Sach'!«

Er klappt das Buch zu, dass es nur so staubt und rumpelt ins Haus. Ich schaue mich kurz um, wieviel Gäste unseren kleinen Disput mitbekommen haben und staple als Übersprungshandlung schmutzige Teller übereinander, weil es auf den Biertischen wirklich aussieht wie die Sau und die Ursula vom Verkauf nicht wegkann. Ich kann mich nicht erinnern, wann mein Vater mich jemals so alleingelassen hat. Der Mann ist mir überhaupt ein Rätsel. Vergesslichkeit. Stimmungsschwankungen. Und immer dieser Grönemeyer, oder was ist das, was jetzt aus dem Haus dröhnt? Das kann man doch nicht machen, als Chiemseefischer a. D.! Bodenseekrimis lesen und die Gäste mit Ruhrpottliedern nerven! Gerade rechtzeitig erinnere ich mich daran, warum Schwester Sebastiana gesagt hat, dass die Musik vom Grönemeyer gut für ihn ist, damit er den Tod von der Mama besser verarbeiten kann. Und weil ich deshalb jetzt nicht einfach den Stecker rausziehen kann, muss ich das Problem anders angehen.

»Einen iPod? Für Papa? Weißt du, was gerade bei mir los ist?«

Die Fränzi kann erst einmal nicht nachvollziehen, dass das geschäftliche und private Wohl eines oberbayerischen Fischereibetriebes plötzlich am Kopfhörerkabel eines MP3-Players hängt.

»Aber er hat mir letzte Woche das Fernsehinterview damit ruiniert! Gut, dass ich den Hubsi persönlich kenne, sonst wäre das eine Katastrophe gewesen! Aber stell dir das vor – den Ghettoblaster auf voller Lautstärke, wie ein bockiger Teenager! Jetzt eben schon wieder!«

Fränzi gluckst komisch ins Telefon, und schlägt vor:

»Es gab mal einen iPod von der *Mimi* als Mitarbeiterbonus. Das ist zwar nicht gerade ein Seniorenmodell, aber wenn du unserem Vater zutraust, sich da reinzufuchsen …«

»Ihm jedes Lied einzeln anzuklicken ist sicher leichter, als ihm den Grönemeyer auszutreiben. Hauptsache, das Ding hat Kopfhörer!«

»Ist schon unterwegs!«

»Aber Jürgen soll bitte draufschreiben, dass das Paket nicht bei der Emerenz abgegeben werden soll!«

»Mach ich. Und du reg dich nicht so auf. Kannst du heute nicht mal ins Yoga gehen?«

»Ich glaube, ich gehe heute lieber noch auf eine Rockerparty. Hell's Angels.«

»Wirklich? Echte Hell's Angels?«

Bei meiner Schwester im Hintergrund quietscht es hysterisch, und sie haut mich in die Warteschleife, wahrscheinlich um mal wieder mit ihrem Assistenten zu konferieren. Richtig. Sie meldet sich wieder und sagt:

»Also, der Jürgen sagt, das sind alles rücksichtslose Rammler mit Riesendingern. Und bei denen bist eingeladen? Sei bloß vorsichtig!«

»Na ja, eingeladen ist übertrieben. Erzähl ich dir später. Ich muss weitermachen!«, sage ich und lege auf, bevor sie mir am Ende noch erzählt, woher der schlaue Jürgen das so genau weiß mit den Riesendingern.

Der Michi ist tatsächlich hinter dem Haus. Besser gesagt, ein Michi-ähnlicher Typ in Jeans, Sakko und neongrünen Turnschuhen sitzt an unserem Personaltisch und hat vor sich einen silbernen Laptop aufgeklappt, der nicht dicker ist als die Chiemgauer Zeitung. Ich stelle mich vor ihn hin, bis ich die Schrift auf dem Namensschild lesen kann, das als weitere Neuigkeit an seiner Brust hängt.

»Schicker Computer. Aber seit wann heißt du Mike? Und was ist ein ›Senior Outdoorcoach‹?«

»Ja mei, im Job heiß ich jetzt nicht mehr Michi, sondern Mike. In meiner neuen leitenden Position bin ich halt nicht der Bubi von der Insel. Und ich würd mich übrigens freuen, wenn auch du nicht mehr Michi zu mir sagst. Ich bin jetzt der Mike, okay?«

Ist hier das Management-Fieber ausgebrochen, oder was?

Wahrscheinlich erwartet Michi-Mike auch noch, dass ich ihm vor lauter Freude über seinen ehrenwerten Besuch ein Weißbier aus der Kühlung hole.

»Und deine neue leitende Position nimmt dich so wenig in Anspruch, dass du am frühen Abend einfach so bei mir rumhängen kannst? Ich muss noch arbeiten!«

»Ja, ich weiß.«

Michi-Mike klappt seinen Laptop zu und packt ihn in eine schicke Neopren-Tasche, neongrün wie seine Turnschuhe.

»Und ich habe mir heute zwei Stunden freigenommen, damit ich rechtzeitig hier bin, um dir die blaue Tonne rüberzufahren. Hab ich dir doch neulich versprochen.«

Am Ansatz seines roten Hahnenkamms sieht man, dass seitdem schon eine Woche vergangen ist. Ich starre aber nicht auf die Frisur wie das letzte Mal, sondern ins Gesicht, weil ich wissen will, ob er mich verarscht.

»Die blaue Tonne? Du?«

»Ja, wieso, hat dein Vater sie schon weggefahren?«

»Nein, sie steht hinten.«

»Na dann passt's doch, Spatzl.«

Ich gehe mit, weil ich der Geschichte und vor allem den neuen neongrünen Turnschuhen nicht traue, die sich der Michi-Mike sicher nicht dreckig machen will. Aber dass das Gras am Ufer noch von dem Unwetter heute Nacht aufgeweicht ist, geht ihm komplett am Iro vorbei.

»Wenn du meinst, dass ich jetzt mit dir weggehe, hast du dich gebrannt!«, maule ich trotzdem. »Ich hab keine Zeit heute Abend.«

»Kati.«

Michi-Mike stellt die Tonne auf ihre Rollen und kommt zu mir zurück.

»Jetzt entspann dich halt auch einmal. Schau, ich helf dir jetzt, und du, du gehst einfach wieder hoch und lässt mich das machen. Ich mach mir nur Sorgen um dich, weil ich mir denke, dass du dich vielleicht übernimmst mit der Fischerei.«

»Ich übernehm mich nicht!«

»Mei Kati, aber allerweil der Fisch und die Schlepperei, das ist doch kein Zustand für ein junges Mädel. Also, wenn du mich brauchst, dann gib mir einfach Bescheid. Bis später!«

Bussi auf die Wange, ein leichter Duft nach Mann und Abenteuer, auch der neu, und weg ist er. Auch gut. Wenn Michi-Mike das wirklich ernst meint, dann habe ich jetzt eine halbe Stunde Zeit gewonnen. In der kann ich die Spülküche sauber machen. Oder mich um den kaputten Zaun kümmern. Oder Hubsi anrufen und fragen, ob er schon weiß, wann der Beitrag gesendet wird.

»Ist der Mike schon weg?«

Vor mir steht mein Vater, der Michi-Mikes neue Identität anscheinend schneller akzeptiert hat als ich, und hält mir einen Geldschein hin. »Schau, das hat er mir gegeben für dich. Für die zwei Weißbier letzte Woche, und die vom Janni noch dazu.«

Ich lege den unverhofften Zwanzger in die Kasse und sag nichts. Schließlich bin ich immer noch beleidigt wegen vorher, auch wenn mein Vater tut, als wäre nichts gewesen.

»Deine Mama hätt sich gfreut, wenn sie gesehn hätt, dass du jetzt so einen anständigen Freund hast.«

»Der Michi ist nicht mein Freund!«

»Mei, aber aus einem Verehrer wird manchmal mehrer!«

Mein Vater strahlt mich an und verschwindet wieder, in Richtung irgendwohin.

»Magst nicht mit mir schnell einen Kaffee trinken?«, ruf ich ihm nach. Aber mein Vater ist schon ums Eck, den Uferweg entlang. Offensichtlich wird er jetzt auch noch schwerhörig. Na, hier auf der Insel wird er sich wenigstens nicht verlaufen, aber ich muss mich trotzdem mehr um ihn kümmern. Ich finde es ziemlich offensichtlich, dass der Alte rapide abbaut. Und hab auch gleich ein schlechtes Gewissen, weil »der Alte«, das hab ich mir gerade zum ersten Mal gedacht. Aber ich will nicht noch einmal zu denen gehören, die sagen, dass ihnen nichts aufgefallen ist, bis es dann zu spät ist. Dann ist einer tot, oder so schwer krank, dass man nix mehr machen kann. Das darf uns nicht noch einmal passieren, meiner Schwester und mir.

Ich wasche mir die Hände und gehe in den Fischputzraum, Renken für morgen einsalzen.

Oben im Hotel wird weiter hektisch gewuselt, und mir fällt Nils von Böckel wieder ein, und Hubsi. Ich denke eigentlich so gut wie nie über Sex nach, wie er sein soll und wie nicht. Ich weiß nur, dass ich lieber Sex habe als keinen. Aber dass das eben manchmal schwierig ist, in, wie soll ich sagen, in unserem zu engen Lebensraum. Zum Vögeln kann man eigentlich die ganzen Nachbarn mit dazu einladen, und wenn man irgendwo mit jemandem schmust, dann hocken auf den Wirtshausstühlen oder auf den Parkbänken ringsherum die ganzen Zaungäste, die raunen: »Wen wundert's, dass der Boni genauso mager ist wie die Fischsemmeln, wenn die Sonnfischerin mehr in fremden Betten rumhupft als wie daheim.«

Weil einem keiner auf den Kopf zuzusagen traut, dass er einen ungebührlicher geschlechtlicher Angelegenheiten für fähig hält und einem deswegen saumäßig neidisch ist. Solche Angelegenheiten hat man einfach nicht zu haben, wenn man ein weibliches Familienbetriebsoberhaupt ist, und ein in die Jahre gekommenes noch dazu, denn neunundzwanzig und Single bedeutet hier knapp vor alter Jungfer und hormonellem Herbst. Man hat nur in Betten zu hupfen, in denen ein Gatte liegt, der durch eine wohlkalkulierte Heirat an den Betrieb gefesselt wurde. Weil nämlich das oberbayerische Familienunternehmen ein Erfolgsmodell zu sein hat, und wenn nicht, dann liegt das nicht daran, dass der Seniorfischer jahrzehntelang keine Buchhaltung gemacht hat, sondern weil jetzt die akademisch verblendete Tochter das Boot steuert, und zwar alleine. Und zwar gar nicht mal so schlecht, wie die meisten am Anfang gedacht haben. Aber das liegt sicher auch daran, dass ich nichts mache außer arbeiten, arbeiten, arbeiten, und privat einfach null Komma null Angriffsfläche biete. Auch wenn das auf Dauer verdammt langweilig ist. Ob ich es vielleicht doch noch einmal riskieren soll, verkleidet zum Hotel hochzugehen? Und was ist, wenn der feine Herr Krug mich erkennt?

Der See nimmt meinen Überlegungen die Spitze, während ich in der kupferfarbenen Abenddämmerung über mein Liebesleben nachdenke. Was mich bewogen hat, heute noch einmal hinauszufahren, weiß ich nicht so genau. Vielleicht, um Michi-Mike, der sich plötzlich so große Sorgen um mich zu machen scheint, schneller loszuwerden, vielleicht um den Kopf freizukriegen. Und als ich die Renken und Brachsen vom Abendfang in die Kühlung packe, habe ich so viele Fische, dass ich morgen früh nicht fischen gehen müsste. Könnte also länger schlafen. Könnte also länger feiern. Könnte also um Mitternacht mal kurz auf die Rockerparty gehen! Obwohl von Party noch nicht die Rede sein kann, vom Hotel oben hört man keinen Mucks, und ich schicke Ursula nach Hause, weil sich offensichtlich doch niemand ein weniger gehobenes Bierchen abholt. Schade eigentlich. Ich mache mir selbst ein eiskaltes Helles auf und setze mich so vors Haus, dass ich den Sturmschaden nicht direkt vor der Nase habe. Flasche in der Hand, noch in der Gummilatzhose mit dem dreckigen T-Shirt drunter. Immer nachdem ich abends den Schlachtraum fertig ausgespritzt habe, trinke ich mein Feierabendbier in einem Zug, direkt aus der Flasche. Es muss eiskalt sein, wirklich eisig, weil es dann mit einem schmerzhaften Druck sofort in den Kopf steigt, Stirn und Schläfen kurz schockfrostet und meine Mundwinkel wie ferngesteuert nach oben zieht, zu einem sinnlos glücklichen Lächeln. Dieses Abendritual fühlt sich an wie der See und die Insel, wie mein Leben hier: Glück mit einer leicht schmerzhaften Note. Auch wenn es im Moment ein bisschen mehr wehtut als sonst, das Inselleben.

»Entschuldigen Sie?«

Na also, da kommen sie doch noch, die Biker. Ein paar von ihnen bleiben am Eingang zu unserem Biergarten stehen und scharren mit den Boots. Ich stehe auf, um sie zu begrüßen.

»Wollt ihr was trinken?«

»Jetzt nicht. Wir suchen meine Braut! Nö. Meine Frau!«

Weil der Typ mit der Lederweste und den fleischigen Oberarmen der Einzige ist, der ein rotes und kein schwarzes Kopftuch trägt, so piratenmäßig im Nacken gebunden natürlich, nehme ich einfach mal an, dass er der Bräutigam ist.

»Vor dem Dessert wollten wir uns eigentlich gemeinsam tätowieren lassen, und jetzt ist sie weg!«

Der frischgebackene Ehemann hat den Kinnbart zu zwei Zöpfen geflochten und sieht mich mit einem flehenden Blick an, der mich eher an einen Hirten- als einen Höllenhund erinnert.

»Brautraub, jaja, so was soll es geben. Seid ihr immer noch beim Essen?«

»Ja, wir bekommen ein Fünf-Gänge-Menü, weil der vom Hotel gesagt hat, wenn eine Harley fünf Gänge hat, dann sollte das ein Hochzeitsmenü auch haben!«

Das ist natürlich nicht blöd, muss ich zugeben. Diese Streberbacke würde wahrscheinlich auch noch einem Toten eine Brotzeit aufschwatzen.

»Wir haben die Insel bereits abgesucht, aber Carmen ist weg. Die sollen hier mit ihr runtergegangen sein, sind aber nie am See angekommen, denn da habe ich einen Streckenposten stationiert, weil ich schon so etwas geahnt habe.«

»Die taucht schon wieder auf. So eine Braut im weißen Kleid, die kann doch auf der Insel nicht einfach verschwinden.«

Ich winke die Gang hinter mir her, um die Nopi-Flasche aus dem Ausschank zu holen.

»Nicht weiß, schwarz! Carmen hat ein schwarzes Kleid an!«

»Stimmt, das hat mir vorhin die Nachbarin erzählt! Na, dann steckt sie sicher irgendwo in der Räucherkammer. Da fällt sie am wenigsten auf.«

»Gute Idee! Können Sie mal nachsehen?«

Das meint der jetzt nicht ernst, oder? Aber dem armen Kerl rinnt das Wasser unter seinem roten Kopftuch hervor. Offensichtlich ist er es nicht gewohnt, so viel zu Fuß zu gehen. Und dass seine Carmen nicht hinter ihm auf dem Bock hockt und sich an seinem feisten Rücken festklammert. Ich erbarme mich, und nachdem ich jedem ein Nopi-Stamperl in die Hand gedrückt habe, schaue ich tatsächlich in meiner Räucherkammer nach. Ich bin ziemlich erleichtert, keine verrußte Rockerbraut da drin sitzen zu sehen, aber ich weise den Herren in Leder den Weg zum Lechner Sepp und frage zum Abschied noch ganz nebenbei: »Ist denn der Herr Krug auch noch oben?«

»Der Herr Krug vom Hotel? Den habe ich schon lange nicht mehr gesehen! Der hätte das auch sicher verhindert. Carmeeeeeen!«

Na klar, der hat sich verzogen, weil die Hell's Angels irgendwann nach Pommes und Currywurst geschrien haben bei dem gehobenen Pampf da oben. Wenke Fischer, das ist dein Einsatz! Die Gang schiebt mit schweren Tritten ab zum Lechner Sepp, und ich sehe ihnen nach. In der Mitte der Bräutigam, und um ihn herum noch vier weitere Typen mit quietschenden Lederhosen. Sind diese Typen nicht alle unverbesserliche Machos? Ich denke an Fränzis Warnung. Ach, und wenn schon, beschließe ich, wär das ein Problem? Was soll an diesen Lederhosenträgern so anders sein als an den Jungs in den Hirschledernen vom Jungbauernverein? Und sie haben den großen Vorteil, dass ich sie nie mehr wiedersehen werde!

Jetzt muss ich mir nur noch überlegen, wo noch mal die alten Motorradklamotten von meinem Großvater sind, denn wenn mich nicht alles täuscht, müsste mir die Hose passen.

Leider, denn mein Opa war alles andere als ein schmächtiger Mann.

»Und der Ritter Immerblau hat a tättowierte Frau. Wann er nachts ned schlaffa ko, schaugt er si die Buidln o. Ja so warns, ja so warns, ja so warns, die oidn Rittersleid …«

Dieses Lied kommt mir in den Sinn, als ich den Saal betrete. Eigentlich hatte ich eher herumfliegendes Mobiliar erwartet, aber eine Tätowiernadel surrt, dass es eine Freude ist, und neugierige Hell's Angels recken die feisten Hälse. Ich kann nicht erkennen, welch lebenslanges Kunstwerk sich das offensichtlich wieder glücklich vereinte Brautpaar stechen lässt, und will meinen Kopf mit dem rockermäßig gebundenen Trachtenkopftuch nicht durch die Leute drängeln. Die restlichen Herrschaften sitzen in kleinen Grüppchen auf den alten Eichenstühlen oder an der Bar, Gläser mit einem schwarzen schaumigen Zeug in der Hand. Warum sind die alle so friedlich?

Ich finde es zu hell hier, und ich drücke mich ein wenig unsicher an der Wand entlang, nicke so lässig wie möglich ein paar Leuten zu, die auf ihren Stühlen lümmeln, die Beine breitbeinig von sich weggestreckt, und setze mich einfach mal dazu. Man nickt mir zu, das Mädel in der Hoteluniform bringt ein weiteres Tablett mit der schwarzen Flüssigkeit, die bereitwillig hineingeschüttet wird. Immerhin rülpsen danach ein paar Jungs, machen aber ansonsten den Eindruck friedlicher Wiederkäuer. Der neben mir saugt sich geräuschvoll etwas aus den Zähnen, und ich beobachte ein Mädel, das die Hand unter ihrem T-Shirt versteckt hat und sich verstohlen den Jeansknopf öffnet. Und wenn ich mich so umschaue, dann sind die meisten schweren Jungs hier eher Ochs statt Hengst. Schade eigentlich.

Es dauert eine ganze Weile, bis einer das Schweigen bricht.

»Goil, der Hecht, echt! Ich hatt ja noch nie Hecht! Hecht ist doch Fisch oder? Dabei mag ich keinen Fisch! Eigentlich!«

»Mein Muttern hat manchmal Hecht gemacht, hab ich gehasst, die Scheiße.«

»Aber der hier … Mit Biersoße. Knaller.«

Wieder Rülpsen und Schweigen. Mir wird klar, was hier los ist. Die sind vollgefressen! Die sind so vollgefressen, dass sie sich nicht mehr rühren können.

Ich schnappe mir die Menükarte vom Tisch hinter mir. *Hochzeit von Carmen und Rüdiger* steht ganz oben drauf, und neben dem Hotel-zum-See-Logo ist ein Totenkopf mit brennendem Helm abgebildet, als wäre es das Normalste der Welt.

Currysüppchen mit Wurstnockerl
Chiemsee-Hecht à la bière
Wildsaufilet an Pommesjulienne rot-weiß
Mousse von der Goaßnmass
Obstlersorbet mit Minze

Chiemsee-Hecht à la bière? Dafür also war die Bestellung mit den vierzig Fischen! Woher das Hotel die jetzt wohl herbekommen hat? Ich lasse die Karte sinken, und verstehe jetzt, warum kein hungriger Rocker bei mir aufgeschlagen ist. Das ist das gehobenste Proll-Menü, von dem ich je gehört habe.

Trotzdem: Der Einstieg mag zwar etwas schleppend verlaufen, aber ansonsten finde ich meine erste Rockerparty angenehm unkompliziert. Endlich mal keine schicken Fummel anziehen, die Frage mit der Perücke hat sich total erledigt durch das Bandana, keiner schert sich, ob die fetten Kajalbalken um meine Augen professionell aufgetragen sind oder nicht, und Achseln und Beine rasieren habe ich mir auch einfach mal gespart. Aber zum Rumlungern hat sich die Rockerbraut Wenke Fischer sicher nicht in eine knarzende Motorradhose geschmissen, und ich mache einen Vorstoß, um die Lage zu sondieren.

»Also, ich würd jetzt gern mal n bisschen abhotten, zur Verdauung! Ihr nicht?«

»Yo, aber später. Guckstu in den Keller.«

Aha, hier spielt also die Musik! Unten schlägt mir dicke Luft entgegen, feuchtwarm wie im Tomatengewächshaus von der Emerenz. Diese große Kellerraum, in dem alte Eichenfässer lagern und der früher als Proberaum für Jannis Band hergehalten hatte, bebt vom Gegniedel elektrischer Gitarren und ich muss auf meinem Weg zur Bar wild kreisenden Rockermähnen ausweichen. Also, eines muss man ihm lassen, der feine Herr Krug hat echt gute Ideen, wenn es darum geht, die Sperrstunde zu umgehen. Denn hier im Keller kann man rocken bis in die Puppen.

»Kann ich auch so was zu trinken haben?«, frage ich das Mädel, das gerade wieder ein Tablett mit dem schwarzen Zeug fertig macht, das ein bisschen aussieht wie kalter Kaffee.

»Was ist das denn?«

»Das ist ein Black Velvet.«

Der Tätowierer von vorhin stellt sich neben mich und schnappt sich auch so ein Glas. Sein Arm ist verschwitzt, als er sich an mich drückt wie ein Saugnapf und erst wegrutscht, als ich mich zu ihm umdrehe.

»Champagner mit Guinness. Das knallt!«

Ich finde, mein Engagement muss nicht so weit gehen, dass ich auf jeder Party jedes Gesöff mittrinke, ich hasse Biermixgetränke sowieso, und wenn sie noch so fein daherkommen. Zumal ich hier schon Besseres probiert habe.

»Ich weiß ja nicht. Kann ich vielleicht einen Winnetou Spritz haben?«

Das Mädel schaut mich an.

»Winnetou Spritz? Das haben wir hier nicht.«

Ist das die richtige Antwort für einen durstigen Gast? Sicher nicht! Ich notiere mir, dass das Barpersonal auf jeden Fall noch geschult werden muss, fast erleichtert, dass ich endlich einen Fehler im System entdeckt habe.

»Hab ich aber hier schon getrunken!«

»Oh? Dann muss ich mal den Chef holen!«

»Ach, lassen Sie mal«, sage ich erschrocken, die soll den

Schweizer mal schön schlafen lassen, ein Black Velvet wird schon gehen. Ich hebe mein Glas, um mit dem Tätowierer anzustoßen.

»Was hast du denen denn grad gestochen? Ein Herzerl?«

»Nä. Ich hab ihnen die Arschbacken zusammengepierct, damit die Carmen nicht nochmal davonlaufen kann.«

»Echt?«, frage ich wirklich erschrocken.

»Nä. Scherz!«

»Puh! Wo hat sie denn gesteckt, die Braut?«

Der Rocker legt die totenkopfberingte Pranke um mich, begleitet von *Smoke on the water*. Definitiv der ruhigste Song, seit ich diesen Keller betreten habe.

»In einem total verrußten Fetischkeller war sie versteckt, bei einem Herrn Lechner. Krasse Leutchen hier auf dieser Insel.«

Na, dann müsste ich ihm ja hochsympathisch sein, auch wenn ich ihm jetzt nicht auf die Nase binden werde, dass ich auch so einen verrußten Fetischkeller besitze wie der Lechner Sepp, und dass bei uns da nur Renken aufgehängt werden und sonst nix. Ich reihe mich ein zwischen die ganzen Headbanger, und glaube, dass der Tag doch noch eine glückliche Wendung nehmen kann. Wenn sie später auch noch Guns'n'Roses spielen, dann ist der Abend für mich sowieso gebongt. Und als der Tätowierer mir zuprostet, proste ich einfach mal zurück. Anscheinend will auch der heute Abend keine Zeit verlieren, und das finde ich absolut in Ordnung.

Eine Stunde später schaue ich auf den Typen herab, der da in Totenkopfsocken und Feinrippunterhemd vor mir liegt, die Arme hinter dem kahlen Schädel verschränkt. Ich hatte zwar nicht unbedingt erwartet, stundenlang in den Arm genommen zu werden, aber sollte sich hinter dieser harten Biker-Schale doch irgendwo ein weicher Kern verstecken, dann hätte er den Charme eines durchgekauten Kaugummis. Hätte ich mir gleich denken können, dass mir die Zirbelsuite kein Glück bringen würde.

»Na los, Puppe! Mach ihn größer!«

»Wie bitte?«

Mir wird leider klar, dass Fränzi und ich zu sehr in Klischees gedacht haben, was Charakter und körperliche Ausstattung eines Hell's Angels angeht. Macho-Gehabe kann ich zwar bestätigen, aber das was der Typ hier zwischen den Beinen hat, das würde mir glatt durchs Stellnetz flutschen. Wenn nicht das ganze Blech, das er sich durch den Sack gestochen hat, darin hängenbleiben würde.

Eigentlich finde ich es total unproblematisch, wenn ein Kerl einen kleinen Pippi hat. Ich weiß, wie launisch Mutter Natur bei der Verteilung unserer serienmäßigen Ausstattung sein kann. Schwänzchenträger lassen sich wenigstens interessante Alternativen zur lustvollen Vereinigung einfallen. Dachte ich zumindest. Aber das selbstherrliche Getue vom Herrn Nadelkünstler finde ich gerade ziemlich grenzwertig.

»Machste plötzlich auf schüchtern oder was?«

Überzeugt davon, dass eine Zahnreinigung ein höherer Lustgewinn wäre, als diese gepiercten Lendchen zum Leben zu erwecken, beschließe ich, lieber weiter tanzen zu gehen. Irgendwie hatte ich heute eh nicht so richtig Lust.

»Gschroamaulada[28] Aff!«, murmle ich noch, und dann bin ich aus dem Fünfzehner wieder draußen, bevor hier wieder etwas brennt, und sei es nur die Luft.

Die Treppe nach unten hüpfe ich fast trotz aller Vorsicht, so gut gelaunt bin ich wegen der Aussicht auf ein paar weitere Stunden Rockerdisco. Ich bin die Kati, ich mache nur, worauf ich Lust habe, und ich schlaf nur, mit wem ich will.

---

28 bayerischer Imperativ von großer Klappe

Im dunklen Partykeller ist es inzwischen dampfig wie im Kuhstall. Die Musik klingt wie ein Rudel wild gewordener Kettensägen, zu denen jemand mit überkippender Stimme ziemlich unverständliche Texte schreit.

»WAHWAHWAH – MOTHAFUCKAAA – UAAAAAH!«

Ich nehme Abstand davon, den DJ zu fragen, wie denn die Band heißt, die er da spielt. Egal. Hauptsache laut und mit viel Bums. Definitiv ist niemand um mich herum noch in der Lage, auch nur ein Mofa zu besteigen, oder ein Ruderboot. Ich selbst mit eingeschlossen.

Ich finde das alles ziemlich gut und bin saufroh, dass ich nicht versucht habe, im Fünfzehner abermals einen Rittberger zu performen. Ich finde sogar das Barmädel gut, das plötzlich am Rand der Tanzfläche auftaucht, sich auf die Zehenspitzen stellt und mit dem Finger auf mich zeigt. Die will was von mir. Und der fünfte Black Velvet schwurbelt mir dermaßen im Kopf herum, dass ich tatsächlich brav zu ihr hinwackle und gegen die Musik anschreie: »Was gibt's?«

Wie blöd kann man sein? Ich hätte durchaus Zeit gehabt, abzuhauen. Ich wäre einfach die Treppe hoch und zur Hintertür hinausmarschiert, in eine wunderbare Chiemgauer Sternennacht hinein, und niemand hätte jemals etwas gemerkt. Hätte mich wieder in Kati Lochbichler verwandelt, mich ins Bett gelegt, meinem Vater dann Frühstück gemacht und den freien Morgen genossen. Stattdessen bekomme ich überhaupt keinen Fluchtreflex, als ich David Krug sehe, der wie aus dem Nichts hinter dem molligen Barmädel auftaucht, gerade als ich mich aus der headbangenden Rockerherde herausgekämpft habe. Anscheinend ist er zur Nachtschicht wieder aufgestanden, total frisch geduscht sieht er inmitten dieser Schweißorgie hier aus. Und als ich ihn sehe, ist sogar plötzlich der Neid weg. Diese blöde Missgunst, das Misstrauen, dass der mir und meinem Business was will: nicht mehr zu spüren. Gerade dass ich ihm nicht um den Hals falle und ihm sage, dass ich jetzt einfach anerkenne, dass er einen verdammt guten

Job macht und gut isses. Dabei hätte ich wissen müssen, dass mich laute Musik, Schampus und Bier total unzurechnungsfähig machen, weil das doch von jeher das Ecstasy des Chiemgau ist.

Das Bärmädel sieht ihren Chef von der Seite an: »Hab ich das nicht gut gemacht?«, fragt ihr Blick. Der nickt ihr zu und nimmt mich am Ellenbogen, und zieht mich in eine ruhigere Ecke. Die sehr feste Berührung seiner Hand an meinem Ellenbogen ist nicht unangenehm, ich bin zu bräsig im Kopf, um etwas Böses zu denken. Stattdessen denke ich mit meinem Arm, der sich über die kühle und kräftige Berührung freut, mein Bedürfnis nach Körperkontakt ist auf jeden Fall noch nicht befriedigt worden heute Nacht. Schade nur, dass ausgerechnet über mir ein Halogenstrahler den Partynebel in Scheiben schneidet und mich anleuchtet.

»Haben Sie vorher versucht, einen Winnetou Spritz zu bestellen?«

»Ach«, winke ich ab und versuche mein Gesicht aus dem Schein der Lampe herauszuhalten, »das hat sich erledigt.«

»Verzeihung, dass ich Sie das jetzt frage, aber ich kenne eigentlich nur eine Person, die hier einen Winnetou Spritz bestellen würde.«

Die Arroganz ist aus seinem Blick verschwunden, der Herr Krug wirkt irgendwie nachdenklich, vielleicht sogar enttäuscht.

»Kann ich mal Ihre Einladung sehen?«

Schade. Ausgerechnet jetzt, wo ich anfing, ihn nicht mehr ganz so unsympathisch zu finden, muss er mir so eine bescheuerte Frage stellen. Und weil ich nicht gleich antworte, fragt er gleich noch was viel Dooferes: »Gestatten Sie, dass ich Ihnen dieses Kopftuch abnehme? Ich glaube, ich kenne Sie.«

»Hausverbot, wieso Hausverbot? Jetzt hör doch mal auf zu heulen!«

Fränzi hat saumäßig schlechte Laune, weil sich der Xaver im Hort einen Rotavirus eingefangen hat und sie wegen seinem Brechdurchfall ihre Karriere eine Woche lang auf Eis legen muss. Ich finde trotzdem, dass sie gut und gern zusätzlich ihre Zwillingsschwester vor einem Nervenzusammenbruch bewahren kann.

»Weißt du, was ich glaube? Ich glaube, irgendwie hast du es darauf angelegt, entdeckt zu werden. Warum hast du dich denn sonst so blöd angestellt?«

»Aber warum? Wie kommst du denn da drauf?«

In meinem Unterbewusstsein herumzustochern, entspricht nicht ganz dem Zuspruch, den ich mir nach meiner gestrigen Blamage erwartet habe.

»Nun, weil doch eigentlich klar ist, dass du nicht ewig heimlich zum Zumsler hochschleichen kannst.«

»Warum eigentlich nicht?«

»Na ja, weil das auf Dauer kein Leben ist, so ein Doppelleben! Und wenn dieser Krug nicht draufgekommen wäre – irgendjemandem vom Personal wärst du sicher aufgefallen, wenn er die da oben jetzt alle so auf Spur gebracht hat. Oder dem Papa. Oder noch schlimmer: der Emerenz.«

»Wer sagt denn, dass die nicht inzwischen alle Bescheid wissen?«

Ich sitze auf meinem Bett, an das alte geschnitzte Betthaupt gelehnt, das Fenster offen und die Daunendecke zweimal um mich herumgeschlungen, weil es mich am Körper friert, aber mein Kopf heiß ist, viel zu heiß.

»Na, dann rede doch noch mal mit ihm!«

»Nein!«

»Doch! Sag ihm, dass es dir leid tut und dass du ihn bittest, die Klappe zu halten. Diskretion unter Kollegen, et cetera, et cetera. Kannst du ihm nicht mit den Lieferungen entgegenkommen und ihm ein gutes Angebot machen, das er nicht ablehnen kann?«

»Kann ich nicht, weil er von mir keinen Fisch mehr haben will. Hat er mir gestern gesagt, gleich nachdem er mir Hausverbot erteilt hat.«

»Rede trotzdem mit ihm. Moment ... «

Aus dem Hintergrund kommt ein weinerliches »Mama?« und ziemlich unappetitliche Geräusche.

»Kotzt der Xaver?«, frage ich meine Schwester, als sie sich wieder meldet.

»Nein, ich habe ihm nur Spongebob eingelegt, das klingt so ähnlich. Er isst gerade eine Breze, und ich glaube, es geht ihm besser. Wo waren wir?«

»Dass ich unmöglich da hochgehen kann, um mit ihm zu reden.«

»Sei doch nicht so verbohrt! Peinlicher wird's nicht.«

»Doch! Wegen dem Tätowierer! Und dem Swingerclub!«

»Versteh ich nicht. Erklären!«

»Muss ich wirklich?«

Ich verberge mein verschwitztes Gesicht auf meinen Knien, und überlege, ob es zu spät ist, die ganze Sache einfach mit mir selbst auszumachen. Am besten in einem Flieger ans andere Ende der Welt.

»Kati, rede mit mir! Schau dir von allen Insel-Eigenschaften doch nicht ausgerechnet ab, dass man nie erzählt, wie es einem wirklich geht. Wir sind moderne Frauen! Wir machen den Mund auf! Die Generation unserer Eltern, die haben das noch nicht gelernt, die haben immer noch gesagt, das geht niemanden was an. Also, noch mal: Ich bin deine Zwillingsschwester, was soll mich denn schon schockieren?«

»Na ja.«

Ich schaue aus dem Fenster, auf die Tische, die Bänke, die

Obstbäume, auf den Zaun, der immer noch kaputt ist. Mein Zimmer, die feuchte Außenwand, die mehr oder weniger sorgfältig beschrifteten Ordner von der Uni, meine BWL-Lehrbücher, den Fünfzehnjahresplan an der Wand. Das Foto von meinen Eltern an der Pinnwand, beide in Tracht, die Mama mit an den Kopf geflochtenen langen blonden Haaren, in dem chiemseeblauen Dirndl, das ihr so bombig gestanden hatte, wobei mein eifersüchtiger Vater nie wollte, dass sie es im Verkauf trug, obwohl sie damit sicher den Umsatz verdoppelt hätte. Neben ihr mein Vater, Besitzerstolz im Blick, ein entrücktes Lächeln im Gesicht, und so schlank, wie er es heute wieder ist.

»Kati? Bist du noch dran? Was ist denn gestern noch passiert?«

»Ich glaube, es ist nur eskaliert, weil ich diesen Tätowierer einfach so liegen habe lassen, und das in seinem Rocker-Universum so nicht vorgesehen war. Und der sieht mich halt so stehen mit dem Herrn Krug, als wär ich beim Klauen erwischt worden und hat nichts Besseres zu tun, als sich breit daneben zu stellen und zu petzen. Er hat gesagt, das wäre ganz klar, dass ich ein *fake* bin, weil ich nämlich kein einziges Tattoo habe. Und der Krug als Geschäftsführer soll mich rausschmeißen, denn ich würde mir Typen aufreißen, zu denen mit aufs Zimmer gehen, um mir wer weiß was zu erschleichen, und er wäre mir gerade rechtzeitig noch einmal auf die Schliche gekommen!«

»Oh.«

»Und dann hat mich der Krug angeschaut und gesagt, sein Hotel wäre kein sexueller Selbstbedienungsladen, sondern auf dem Weg zum leuchtenden Stern in der Hotelgastronomie, und da würden solche promisken Freibeuterinnen wie ich nicht dazu passen.«

Meine Schwester lacht.

»Du eine promiske Freibeuterin? Und ich habe es nur zum Discoflitscherl gebracht! Der Mann kann auf jeden Fall mit Worten umgehen.«

»Na ja, das kann ich auch. Ich hab dann nämlich gesagt, dass er sich gar nicht aufregen soll, und dass er wahrscheinlich eh einen Swingerclub aus dem Hotel machen will, es weiß doch jeder, dass so penible Pünktlichkeitsfanatiker wie er heimlich auf so was stehen.«

Meine Schwester saugt die Luft zwischen den Zähnen ein und sagt:

»Also, Vorurteile hast du jedenfalls keine, du auf deinem Felsen!«

»Jetzt fang du nicht auch noch an, wer hat mir das denn gleich weitererzählt mit dem Rocker und dem Riesengerät? Da war auch nix dran!«

»Scheiße, da hast du recht. Entschuldigung.«

Ich seufze.

»Passt schon. Eh zu spät. War das gerade der Xaver im Hintergrund?«

»Ja, er hat die Breze auf dem Sofa verteilt. Nachdem er sie gegessen hat.«

»O Mann.«

Wir schweigen. Ich habe den Kopf wieder auf meine Knie gelegt, mein Magen ist immer noch ein Stein aus Scham und Peinlichkeit, und meine Schwester atmet leise ins Telefon und unternimmt nicht einmal etwas, um ihr Sofa von der teilverdauten Breze zu befreien.

»Was willst du jetzt tun? Dich beim Hotel entschuldigen?«, fragt sie mich nach einer Weile und klingt ziemlich müde.

»Ja. Ich glaube schon. Sollte ich, oder?«

»Ja.«

»Warum bist du denn jetzt eigentlich so deprimiert? Ich hab dich angerufen, damit es mir besser geht, nicht damit es dir schlecht geht!«

Meine Schwester seufzt.

»Ja, aber ich bin jetzt einfach erschrocken, weil ich mir denke, dass wir beide eventuell das gleiche Problem haben. Dass wir einfach zu schnell sind mit unseren Urteilen. Vielleicht sind Frauen das allgemein, und Menschen, die auf einer Insel woh-

148

nen, erst recht. Vielleicht sollten wir zwei ein bisschen vorsichtiger durchs Leben gehen, bevor wir jemanden verurteilen.«

»Weißt du was? Das hab ich mir auch schon gedacht. Genau in dem Moment, als mich der Krug erwischt hat, habe ich mir gedacht, dass ich ihm vielleicht unrecht getan habe und er gar nicht so ein Klischee-Streber ist, wie ich gedacht habe.«

»Möglicherweise sind die alle gar nicht so schlecht. Vielleicht sollte ich auch den Janni mal wieder anrufen. Der Xaver hat seinen Papa seit fünf Jahren nicht mehr gesehen. Weil ich davon überzeugt bin, dass der Janni ein Arsch ist. Und eigentlich immer davon überzeugt war, aus, Äpfel, Amen. Aber wer weiß – vielleicht bin ich einfach viel zu schwarz-weiß in meinem Denken? Weil ich auch von der Fraueninsel bin und man sich da einfach abgrenzen muss, sonst kommen sie alle und dann hast du selbst keinen Platz mehr. Glaubt man wenigstens. Aber was, wenn das gar nicht stimmt?«

»Hm. Ich hab jedenfalls immer total Angst, dass mich irgendjemand umkrempeln will und deshalb mach ich lieber alles alleine. Und beiß jeden weg, der mir zu nahe kommt.«

»Ich weiß, an wen du denkst. An den armen Michi, oder?«

Ich denke wirklich gerade an Michi. An seine Wandlung zum Mike. An die Rose. An die blaue Tonne. Dass er sich Sorgen macht.

»Genau. Wenn du schon sagst, dass es Zeit ist, mal zu sehen, ob du dich mit dem Janni nicht wieder annähern kannst – warum schubse ich eigentlich den Michi-Mike die ganze Zeit von mir weg?«

»Kati, ich muss! Der Xaver! Der Teppich!«

»Sag ihm gute Besserung!«, rufe ich noch ins Telefon, aber Fränzi hört mich nicht mehr.

»Okay. Hausaufgabe: mich beim Krug entschuldigen. Und mit dem Michi-Mike essen gehen«, sage ich vor mich hin und schlage die Bettdecke zurück, um mir endlich einen Kaffee zu machen. Am besten zuerst essen gehen. Und dann entschuldigen. Oder umgekehrt.

Als Kind haben meine Schwester und ich immer ein Spiel gespielt – wir legten alle vier Hände aufeinander, und wessen Hand die unterste war, der musste sie herausziehen und oben drauflegen. Und der Nächste: unten rausziehen und oben drauf. Nächste Hand, und immer schneller und immer schneller, bis wir wegen Fingersalat aufhören mussten. Genau das machen mein Kopf und mein Bauch gerade mit meinen zwei neuen Vorsätzen. Zuerst mit Michi-Mike essen gehen! Oder zuerst beim Krug David entschuldigen? Immer wenn ich mich für eine dieser Möglichkeiten entschieden habe, kommt die andere von unten hervorgeflogen und legt sich oben drauf. Eigentlich würde ich gerne zuerst mit dem Michi-Mike essen gehen, das ist nicht halb so unangenehm. Aber da rührt sich nichts bei mir. Nicht im Bauch, nicht im Kopf. Kein: Au ja! Sondern: Warum gleich noch mal habe ich gerade gedacht, dass das eine prima Idee ist? Ach so, weil ich herausfinden will, ob der Michi-Mike nicht vielleicht ein interessanterer Kerl geworden ist, als ich gedacht habe. Denke. Gedacht habe. Gut. Also beschließe ich, gleich nachher den Michi-Mike anzurufen.

Zehn Sekunden später werfe ich alles über den Haufen: Ich sollte unbedingt zuerst ins Hotel gehen und David Krug suchen! Weil ich nicht in Ruhe essen gehen kann, bevor ich nicht die Hotelblamage ins Reine gebracht habe. Aber dann stelle ich mir vor, wieder vor dem oberschlanken Schweizer zu stehen und ihm vielleicht sogar in die Augen zu sehen, und wenn der dann wieder so enttäuscht schaut, mit diesen blauen Augen und den dunklen Augenbrauen darüber? Was sag ich dann? Tut mir leid, ich mach's nie wieder? Ich hab's ja nicht bös gemeint? Ich habe niemandem etwas geklaut, ich wollte nur ein bisschen Spaß haben? Was will ich eigentlich erreichen? Dass der wieder bei mir Fisch bestellt? Dass er mir einen Passierschein gibt für die nächsten zehn Hochzeiten, inklusive Weggucken des gesamten Personals? Ein Vögel-Abo, von ihm abgesegnet? Das kann es nicht sein. Ich muss da hoch, damit er mich wieder so ansieht wie vor der Party. Als wir das letzte Motorrad in Reih und Glied gestellt hatten. Und er mich verschwitzt angelacht und mit diesem kratzigen Akzent gesagt hatte: »Danke! Ich bin der David!« Genau so soll er mich wieder ansehen! Und nicht denken, ich hätte mich wahllos in Hotelbetten herumgewälzt, weil …, weil … Warum eigentlich? Weil ich Sex haben wollte? Das stimmt nämlich leider. Ob er das wohl geglaubt hat, dass ich dem Tätowierer die Brieftasche klauen wollte? Keine Ahnung. Ich kann unmöglich zum Hotel hochgehen, es ist einfach zu kompliziert.

Also doch lieber zuerst mit dem Michi-Mike essen gehen?

Und alles geht wieder von vorne los.

Ich schnappe mir meine Gummistiefel und meine Angel und beschließe, in der Schafwaschener Bucht auf Zander zu gehen. Denn das Wetter ist genauso, wie diese Fische es mögen. Leicht diesig, aber warm. Aber für so eine entspannte Angelegenheit wie das Angeln fehlt mir heute die Ruhe. Wahrscheinlich hocken ein paar kapitale Zander direkt unter meinem Boot und lachen sich in die Flosse, weil ich ständig herumwackle. Nach zwanzig Minuten Herumgehampel beschließe ich, lieber ein Netz zu setzen, und fahre raus aus der Bucht, Richtung Übersee. Aber als ich von Weitem einen weißen Plastikkanister und zwei rote Bojen dümpeln sehe, weiß ich, dass ich nicht die Erste bin, die heute auf die Idee kommt, hier zu fischen. Das stinkt mir, dabei ist der See groß genug für alle, und ich habe mich noch nie mit einem Kollegen über ein Revier gestritten, aber heute habe ich irgendwie das Gefühl, alle sind gegen mich, inklusive See. Ich muss also weiter, entscheide mich für die Chiemgauer Bucht, setze erst den verrosteten Eisenklotz, um das Ende in der Tiefe zu halten, und danach die Boje, um den Anfang zu markieren. Von meinem Vater habe ich das System übernommen, zwei Netze aneinander zu hängen, und so brauche ich dreihundert Meter See für mein Vorhaben. Das grüne Nylongewirr mit den kleinen roten Schwimmern drin wird langsam aus seinem schwarzen Plastikbottich ins Wasser gelassen, während das Boot in Zeitlupentempo in die andere Richtung gleitet. Immer wieder muss ich den Motor in den Leerlauf schalten. Fischen kann eine langsame, monotone Arbeit sein, die ich genau deswegen mag. Eigentlich. Und die ich gerne allein mache. Das Boot ist nicht groß, vier Schritte längs und ein Schritt in die Breite. Stunde um Stunde Netze ins Wasser, Netze aus dem Wasser. Es gibt Fischer, die nehmen sich ein Radio mit auf den See, und mein Vater würde ohne Nopi den Außenborder wahrscheinlich nicht einmal mehr anlassen. Vielleicht kommt das bei mir noch, wenn man zehn Jahre lang dreihundert Tage vor dem Morgengrauen aufsteht und vor der immer gleichen Kulisse fischt. Aber noch ist es nicht so weit. Ich mag es nicht einmal, wenn mein Vater mitfährt, denn auch er ist ein fürchterlicher Gschaftlhuber[29], der mich ständig verbessert: »Etzad pass halt auf, du stehst aufm Seil, pass auf, jetzt haut's di glei eini, ned so vui Gas, mehr Gas, frühers hamm wir die Netz auch mit ohne dem GPS gfunden.« Ganz bestimmt hätte er die Fischerei lieber an einen Sohn übergeben, obwohl er mir das nie so ins Gesicht gesagt hat, um dann mit seinem tollen Sohn tolle Männergespräche führen zu können im Boot. Aber nach den Zwillingsmädels war bei meiner Mama Schluss mit der Familienplanung.

»Du hast deine zwei Mädln, Boni, mach was draus!«, habe ich sie einmal durchs offene Kinderzimmerfenster zu meinem Vater sagen hören, in einem der seltenen Momente, als sie beide nebeneinander auf der Bank neben der Haustür hockten. Ab diesem Tag jedenfalls hatte mein Vater kapiert, dass bei der Mama der Laden zu war, jedenfalls was die Produktion eines Juniorfischers anging. Und mein Vater machte was draus. Ich

---

29 bayerischer Besserwisser

erinnere mich, dass er mich, die Erstgeborene, ab da immer ermutigte, noch eine Portion mehr zu nehmen, was bei der Kochkunst der Mama eine ziemliche Herausforderung war. Und weil ich ihm immer ohne Aufforderung alle leeren Benzinkanister an der Zapfsäule neben dem Feuerwehrhaus auffüllte, kam er eines Abends in mein Zimmer, küsste mich auf die immer noch nach Benzin riechende Wange und sagte: »Vielleicht hätt'st du doch das Zeug zur Fischerin. Manchmal bist a besserner Bua, als ein Bua ein Bua sei kannt.«

Manchmal. Ich erinnere mich, dass ich dieses Lob als zu halbherzig empfand und deshalb tief beleidigt beschloss, nicht das zu tun, was er von mir erwartete und Jahre später an die Uni ging. Weil ja auch die fleißige Mama da war, und der Papa noch so fit, und ich nicht wusste, wo ich denn da eigentlich meinen Platz hatte. Na ja, und dann kam alles anders, und mein Vater hielt sich am Grab von der Mama an mir fest und sagte nur: »Ich brauch dich, Kati, ich brauch dich. Ohne dich geht's bei mir nimmer weiter, und mit der Sonnfischerei auch nimmer. Ich will nicht zusperren, und ich will mir keinen Fremden ins Haus holen. Kommst?«

Bis heute warte ich darauf, dass er noch einmal zu mir ins Zimmer kommt und zugibt, dass ich ein besserer Sohn bin, als ein Sohn sein könnte, weil ich nämlich ein Frau bin und ihm deshalb auch noch den Haushalt schmeiße, dem schludrigen Herrn Sonnfischer senior.

Das Netz bleibt mir an einem der Haken hängen, die an die rechte Bootsseite geschweißt sind, und ich reiße ein armlanges Loch hinein, weil ich viel zu schnell unterwegs bin. Wenn ich mein sauteures Doppel-Netz nicht vollends ruinieren will, dann muss ich mich endlich entspannen, denn hektisch fischen geht nicht. Ich stelle den Motor aus, halte das Netz fest, und denke erst einmal in Ruhe nach. Denn so wie es aussieht, muss ich sowieso nur so viele Renken fangen, wie ich im Biergarten verkaufen kann. Weil ich nämlich seit heute Nacht gar keinen Großkunden mehr habe.

Die SMS meiner Schwester sehe ich erst daheim, aber beim Lesen hebt sich meine Laune augenblicklich, und ich bin mir sicher, dass sich das Fischen bald wieder lohnen wird:

Heute um sieben kommt der Beitrag über dich!

Denn dieser Beitrag wird bestimmt den David und den Zoran wieder davon überzeugen, dass ich eine ernstzunehmende Geschäftsfrau bin. Es wundert mich nur, dass der Hubsi mir nicht Bescheid gesagt hat.

»Hat eigentlich der Mann vom BR mal angerufen und gesagt, dass der Beitrag heute gesendet wird?«

»Bei mir ned«, brummelt meine Vater und sticht mit seinem Taschenmesser an einem kleinen Päckchen herum. »Und was ist jetzt des?«

Er wurstelt in rosa Seidenpapier herum und zieht einen iPod heraus, kaum größer als sein rechter Zeigefinger. Lackweiß und mit pinken Ranken und Schmetterlingen verziert.

»Schau, schau!«, ruft er aufgeregt, und will den iPod erst mir unter die Nase halten, besinnt sich dann eines Besseren und wendet sich an den Michi-Mike, der übertrieben begeistert nickt. »Super, Boni. Kannst damit umgehen?«

»Logisch. Wennst mir sagst, was des is, kein Problem.«

»Da spielen wir dir deinen Grönemeyer drauf, gell, Papa? Dann bist du maximal flexibel und kannst deine Musik immer und überall hören«, werbe ich für das neue Gerät, und der Michi-Mike nimmt ihm das kleine Ding aus den großen Fischerpratzen.

»Schau, da drückst drauf, aber nur ganz leicht, und dann machst du hier so Kreise, genau, Kreise, ja genau, nicht zu fest drücken. Am besten holst alle deine CDs her, und ich spiel die auf meinen Laptop und dir dann da drauf!«

Mein Vater verschwindet so behende im Haus wie ein Teenager, und ich erinnere mich daran, dass ich mich ja jetzt immer freuen will, wenn ich den Michi-Mike sehe, und frage ihn sonnig: »Hast du heut schon wieder frei?«

»Ja. Urlaub, halber Tag.«

»Warum? Ist der Job so stressig?«

»Nein, wegen dem da!«

Und mit einer Kopfbewegung – er hat übrigens den raus-
wachsenden Iro an den Kopf gebügelt und sieht jetzt ein bisserl aus wie Campino, der sich für eine Banklehre bewerben
will – zeigt er auf das Nordende unseres Biergartens, wo neben
dem Baumstumpf des alten Mirabellenbaums immer noch die
Lücke im Zaun klafft.

»Das wollt ich mir mal anschaun. Du kommst ja sicher ned
dazu, gell?«

Und er zieht tatsächlich so ein dickes Maßband zum Aufrol-
len aus der Laptoptasche und macht sich an unserem Zaun zu
schaffen. Der ist neuerdings ganz schön auf Zack, denke ich
mir, und, dass ihm so was Chefmäßiges vielleicht doch ganz
gut steht.

»Acht Meter«, ruft er, »ist das denn auch die Grundstücks-
grenze?«

»Nein«, rufe ich zurück und begrüße nebenbei die ersten
Gäste, »mit dem Zaun haben wir nur den Biergarten einge-
fasst. Unser Grund geht bis ganz zum See runter. Warum?«

»Ach, nur so. Vielleicht willst ja mal ein Stückerl verkaufen.«

»Niemals! Nur über meine Leiche!«

»Ist ja gut«, sagt Michi-Mike und kommt ein bisserl näher,
sehr viel näher, bis ich wieder diesen Herrenduft riechen kann,
den er neuerdings spazierenträgt. Ich gehe aber einen Schritt
zurück, weil mein Vater gerade wieder aus dem Haus kommt.

»So. Da san jetzt meine CDs.«

Michi-Mike lässt sein Maßband wieder einrollen, dass es nur
so schnalzt, und öffnet die erste CD-Hülle.

»Kein Problem, Boni, in einer halben Stunde sind wir fertig.«

»Kommst später zum Fernsehschauen?«, frage ich noch.
»Im BR kommt ein Beitrag über mich!«

»Ja logisch! Mit dem Janni, wenns recht ist!«

»Na klar, je mehr, desto besser!«

155

Ich beschließe, einfach alle einzuladen. Ich schicke Zoran, dem Amsler Wirt, eine SMS, entschlossen, meinen abtrünnigen Kunden wieder zurückzugewinnen. Bei der Emerenz schau ich auch noch einmal vorbei, denn meine Nachbarin hat als Neuigkeiten-Multiplikator die Strahlkraft eines Regionalsenders.

Am Nachmittag gehe ich kurz zum See runter und setze mich auf einen Berg aus Netzen, weil ich mich entscheiden muss, was ich heute bezüglich Hotel und Hausverbot unternehmen will. Eigentlich könnte ich schnell hochgehen und mich bei David Krug entschuldigen. Oder besser doch morgen? Aber morgen kann ich ihm das mit dem Beitrag nicht sagen. Ich komm nicht aus der Nummer raus und das macht mich saumäßig nervös. Was soll ich denn anziehen, wenn ich da jetzt hochgehe? Was, wenn er mich einfach auslacht, der feine Herr Krug?

»Es kann dir gar nichts passieren«, beruhigt mich meine Schwester am Telefon, »das Kind ist doch schon in den Brunnen gefallen. Aber du musst dich einfach entschuldigen und das dürfte dir ja nicht schwerfallen, denn es tut dir ja leid. Oder?«

»Dass ich das mit dem Swingerclub gesagt habe, das tut mir leid, der Rest nicht. Der hat ja keine Ahnung, wie es ist, auf dieser Insel zu leben, wo dir immer einer über die Schulter schaut. Ich bin Single, warum soll ich keine One-Night-Stands haben?«

»Nun, dann entschuldige dich halt für den Swingerclub und schau, was passiert. Du bist ja weder auf den Kopf noch auf den Mund gefallen.«

Nein, das bin ich nicht. Trotzdem gehe ich schnell noch ins Büro und mache mir einen kleinen Zettel, auf dem ich festhalte, was ich sagen will.

»Lieber Herr Krug, ich wollte mich entschuldigen ...«

Quatsch. Ich will ja keine Rede halten. Aber förmlich bleiben erscheint mir trotzdem angemessen:

»Entschuldigung, dass ich gesagt habe, dass Sie einen Swingerclub aufmachen wollen. Und dann wollte ich noch sagen, heute um sieben im BR ...«

So wird das nichts. Ich beschließe, es darauf ankommen zu lassen und zu improvisieren. Ich tusche mir sogar die Wimpern und ziehe mir ein frisches T-Shirt an. Türkis, wegen der rotblonden Haare. Nicht mehr, sonst denkt der noch, ich wollte einen guten Eindruck machen, dabei habe ich das doch gar nicht nötig. Nur ein bisschen vielleicht.

»Grüß Gott.«

An der Rezeption thront seit Neuestem eine blonde Dame vor den ganzen Schlüsseln, statt einem kleinen Fensterchen hat sie einen ganzen Tresen aus hellem, neuen Holz und ich muss gar nicht auf die gute alte Glocke hauen. Ich komme allerdings gar nicht dazu zu fragen, ob der Herr Krug heute auch im Haus ist. Die Empfangsdame – sie trägt ebenfalls die neue Hoteluniform, aber als Kostüm – lächelt mich gewinnend an und fragt mich sonnig:

»Sie haben doch Hausverbot, oder?«

»Ja, aber ich wollte nur ...«

»Tut mir leid.«

»Aber der Herr Krug ...«

»Der ist heute Nachmittag sowieso nicht im Haus. Bitte respektieren Sie seine Anordnung.«

Sie lächelt weiter über meine Schulter, und ich sehe, dass bereits neue Gäste hinter mir stehen.

»Wir müssen unseren Gästen doch die Ruhe in unserem Haus gewährleisten. Treten Sie bitte zur Seite.«

Die neu angekommene Lady, die neben mir auf der Rezeption ungeduldig mit den Fingern trommelt, hat an Ring- und Mittelfinger goldene Klunker mit fetten Edelsteinen. Ich trete den Rückzug an, vorbei an der gehobenen Gesellschaft und zwei hüfthohen Lederkoffern, in die ich ohne Probleme meine komplette Garderobe plus Gummilatzhose packen könnte. Oder mich, um mich irgendwohin zu verschicken. Weg, weit weg. Einmal Lebendfracht, one-way.

»Äh, Kati? Servus.«

»Sepp, was machst du denn hier?«

Vor dem Rosenbogen des Hotelgartens werde ich erst einmal aufgehalten. Der Lechner Sepp manövriert gerade seinen Leiterwagen hindurch, eine Hand auf den zwei XXL-Styroporboxen, damit sie ihm nicht herunterkippen.

»Seit wann gibt es die Kühlboxen denn in so groß?«, frage ich ganz automatisch aus beruflichem Interesse.

»Ja, die fassen zweihundert Liter. Sind vom Hotel.«

»Vom Hotel? Was hast du denn da drin?«

Ich hebe den Deckel hoch, ohne auf eine Antwort zu warten, und lasse ihn sofort wieder fallen. Länger brauche ich nicht, um zu erkennen, dass da ein fetter Zander auf Eis liegt. Und Aale. Und Renken. Einmal den See rauf und runter quasi.

»Riesenlieferung, oder?«, frage ich mit einem echt blöden Gefühl in der Magengrube.

»Ja mei, Fisch halt, für zweihundert Gäste.«

Schon wieder eine Hochzeit? Na, die geben ja wirklich richtig Gas da oben. Dem Lechner Sepp ist es offensichtlich äußerst unangenehm, da so vor mir herumzustehen mit seinen fetten Kühlboxen. Aber ich lasse ihn erst mal nicht vorbei.

»Wer hat denn so viel Fisch bei dir bestellt? Der Hans?«

»Nein, der ist doch auf Kur, der kommt erst im August wieder. Der Neue. Der David.«

»Ist das deine erste Lieferung?«

»Nein, ich hab schon mal eine Probelieferung gemacht, Hecht, vierzig Stück.«

»Na sauber«, sage ich und zwinge mich zu einen Leben-und-Leben-Lassen-Lächeln. »Wie hast du denn so viel auf einmal hergeschafft?«

»Mei, ich hab halt die anderen Fischer mit ins Boot geholt, quasi. Jeder ist auf Hecht gegangen, und am Schluss hat's gereicht, und wir haben uns das Geld geteilt. Da ist jetzt für mich ned viel hängengeblieben, aber Hauptsache, der erste Auftrag hat geklappt.«

»Die anderen Fischer? Warum hast du mich nicht gefragt?«, frage ich, schwerst beleidigt.

»Mei, von dir hab ich ja gewusst, dass du einen Engpass hast mit den Netzen. Da wollt ich jetzt nicht noch mehr Stress neibringen bei dir, sei mir ned bös.«

Hab ich eigentlich BWL studiert, damit mir jetzt der Lechner Sepp das kleine Einmaleins einer Kooperative erklärt, auf die ich nicht selbst gekommen bin? Und aus der ich mich mit meiner Schwindelei wegen der Netze selbst hinauskatapultiert habe? Bei so viel Betriebsblindheit bleibt mir wirklich nur der Rückzug.

»Wow. Gute Idee. Dann wünsch ich dir noch viel Erfolg!«

Ich bin erst einmal bedient. Erst der erneute Rausschmiss und dann auch noch der Lechner Sepp und dass er dem Krug seinen Hecht geliefert hat, wo mir nur eine zickige E-Mail eingefallen ist. Erst daheim sehe ich, dass ich auf dem Heimweg den ersten Buschanemonen am Wegrand im Vorbeigehen die Köpfe abgerissen habe vor lauter Wut. Ich werfe die rosa Knospen in den Kompost und ziehe sofort mein T-Shirt aus, die fröhliche Farbe nervt mich plötzlich, reicht doch, wenn der Chiemsee leuchtend blau ist, da muss ich nicht auch noch herumlaufen wie ein Kasperl. Jetzt ist es noch wichtiger, dass ich den Zoran als Großkunden zurückgewinne, damit der zum Beispiel Fischwochen veranstaltet! Vielleicht »Räucherfischwochen«? Am besten »Sonnfischerräucherfischwochen«!

»Hab auch meinen Facebook-Freunden Bescheid gesagt, die gucken alle!«, smst mir meine Schwester, und ich verstehe das ausnahmsweise nicht als Kritik, dass ich nicht so tipptopp

vernetzt bin wie sie, sondern bin richtig aufgeregt. Als sich dann um Viertel vor sieben tatsächlich der Biergarten füllt, schicke ich Ursula von Tisch zu Tisch, verteile Weißbier, Veltlinerschorle, Räucherrenken und Meerrettichschälchen, und für Zoran ein Paar Wiener mit Senf. Alles aufs Haus, versteht sich. Ich frage Michi-Mike, wohin mein Paps verschwunden ist, aber der hat auch keine Ahnung. Ich platziere Schwester Sebastiana, Gorvinder und Zoran auf den besten Platz neben dem Beamer, den Janni Kraillinger aus seinem Multimedia-Haushalt hergeschleppt hat, und achte darauf, meinem Vater einen Platz ganz vorne freizuhalten. Michi-Mike zwinkert mir aufmunternd zu, winkt der Emerenz, sich neben ihn zu setzen und rollt noch zwei Sonnenschirme gegen die Abendsonne herbei, damit die angebeamte Hauswand im Schatten liegt – es kann losgehen.

Die Sendung »Bayern privat« hat einen kitschigen Vorspann aus föhniger Voralpenlandschaft, mit Zithergezupfe unterlegt, aber das macht nichts, schließlich bin ich in dieser Bilderbuchwelt tatsächlich zu Hause. Die BR-Moderateuse lächelt uns an, und ich habe das Gefühl, als würde sie mir Mona-Lisa-mäßig direkt ins Gesicht schauen, als sie sagt: »… Hat unser Reporter für den Chiemgau, Hubert Koch, die Fischerin Kati Lochbichler besucht. Das Porträt einer eigenwilligen Frau auf einer eigenwilligen Insel.«

Ich finde es toll, den eigenen Namen aus dem Mund einer so wichtigen Person zu hören, das geht so richtig unter die Haut, auch wenn ich nicht genau weiß, was sie denn mit eigenwillig meint. Selbstbewusst wahrscheinlich. Genau, selbstbewusst. Was sonst?

Der Beitrag fängt mit einem langen Schwenk über die Netze an, die vor dem Profil ins Licht der Nachmittagssonne getauchten Kampenwand aufgespannt sind, grünes Gras, blaurosa Himmel, der Chiemsee. Ein Traum.

»Wenn man es so sieht, fällt einem noch einmal auf, wie

reich uns der Herr hier beschenkt hat«, sagt Schwester Sebastiana ergriffen, und Gorvinder legt die Handflächen vor dem Herzen zusammen und schaut anerkennend nach oben in den Himmel.

»Es gibt noch ein Paradies in Oberbayern«, beginnt eine sonore Stimme, die mir bekannt vorkommt. Offensichtlich hat der Hubsi seinen Beitrag selbst vertont, er hat wirklich eine gute Stimme, nicht nur als Sänger, und meine Achtung vor ihm steigt. Tut mir immer noch ein bisserl leid, dass ich ihn das zweite Mal so habe abblitzen lassen, aber was hätte ich machen sollen – nach der Geschichte mit dem Toupet hatte sich das mit dem Sexappeal irgendwie erledigt. Außerdem: ohne inkognito und mit der Emerenz in Hab-Acht-Stellung? Wenn ich vor deren Augen jemanden mit aufs Zimmer nehme, muss ich mir schon dreihundertprozentig sicher sein, dass das dann der Mann fürs Leben ist.

Inzwischen bin ich das erste Mal im Beitrag zu sehen, ich mache irgendwas am Boot, Bottiche rausräumen, und es geht um die Fischerei, genau, Fischerin, ein Traumberuf, jawoll, gut hat er das gesagt, der Hubsi. Und dann kommen ein paar Bilder: das Haus vom Lechner Sepp, genau, und das ›Hotel zum See‹, und das ist die Wirtschaft vom Amsler Wirt, … Und irgendetwas gefällt mir nicht, auch meine Gäste gucken irritiert zu mir rüber. Denn die Musik, die klingt eher nach »Spiel mir das Lied vom Tod«, dabei hätte etwas Fröhliches viel besser gepasst, der Hubsi müsste sich doch in der Materie auskennen, oder? Und dann kommt ein Unterwasserbild, ein Fischschwarm, der nicht aus dem Chiemsee ist, das sehe ich gleich, das hat der einfach da reingeschnitten, damit es besser zu seinem Text passt, denn er sagt gerade: »Aber auch dieses Paradies ist von Menschen bewohnt, und die sind nicht besser als anderswo. Im Gegenteil: Kommerz und Konkurrenz sind die zwei großen Störfaktoren hinter der idyllischen Fassade. Ein Haifischbecken … «, (Kaum zu glauben, da kommt tatsächlich ein Hai mit offenem Maul durch den Fischschwarm geschwommen! Das haben die dem durchgehen lassen, beim Sender? Ein Hai in einem Chiemseebeitrag?), »… unter schöner Oberfläche.«

Bei »schöner Oberfläche« filmt er mir direkt in den Ausschnitt, und ich muss eigentlich sagen, dass ich mir ganz gut gefalle, braun bin ich, das weiße Trägerhemd hebt sich gut dagegen ab, meine Haare stehen nicht so wild vom Kopf ab, wie ich dachte, und meine Augen blitzen, als ich den Off-Text bestätige:

»Viel zu viele Fische in diesem Becken, so, dass wir uns hier um die Gäste streiten.«

Ich hole tief Luft. So habe ich das nicht gesagt! Ich habe gesagt, dass jeder seine Nische hat und der Zoran zum Beispiel einen ganz tollen Schweinsbraten macht!

Genau, das kommt jetzt auch. Hubsi erzählt allerdings zuerst, dass Fischerin und Wirte sich sowieso nicht grün sind. Und dann komme ich, wie ich sage: »Der Zoran zum Beispiel, der macht einen Schweinsbraten …« – hier kommt wieder ein Bild vom Hai und meine Stimme, die viel zu laut sagt: »… Da kann einem ja schlecht werden! Und das Hotel, das sollte man langsam mal zusperren!«

Jetzt lege ich die Hände aufs Herz, so erschrocken bin ich, nur um noch vom Hubsi hören zu müssen, dass da offensichtlich eine Fischerin am Werk ist, die mit allen Mitteln kämpft und der Gastronomie schaden will. Der Schlusssatz ist: »Kati Lochbichler, die Chiemseefischerin. Hoffentlich wird sie verstehen, dass für weibliche Intrigen im Paradies kein Platz ist.«

Stille unter meinen Gästen. Der Amsler Wirt Zoran ist der Erste, der seinen Stuhl zurückstößt und davongeht, ohne sich umzudrehen – da geht er hin, mein ehemaliger Großkunde in spe. Und dann knirscht der Kies und Bänke fallen um, weil die meisten gar nicht schnell genug das Weite suchen können. Schwester Sebastiana ist die Einzige, die mir die Hand auf den Arm legt und leise fragt: »Sollen wir dir noch aufräumen helfen, Kind?«

Ich schüttle den Kopf, kann erst nicht sprechen, weil ich so einen heißen Kloß aus Wut im Hals habe, und kippe erst einmal brav den doppelten Nopi hinunter, den mir Gorvinder weitsichtig reicht. Dann löst sich der Knoten.

»Das habe ich so nicht gesagt! Das hat mir der in den Mund gelegt! Weil ich nicht mit ihm vögeln wollte!«

Aber außer Schwester Sebastiana und Gorvinder ist sowieso fast keiner mehr da. Party vorbei. Janni steckt angestrengt an seinem Beamer herum, ich sehe Michi-Mike hinter der Emerenz herspurten, hoffentlich um da Schadensbegrenzung zu leisten, und der Rest hat sich in einem Affenzahn verdünnisiert. Wie in Trance gehe ich mit einem leeren Träger die herumstehenden Bierflaschen einsammeln und schließe die offen stehende Tür. Ist wohl besser, ich mach für heute zu.

Und dann sehe ich ihn.

David, auf seinem Superbike, in seinen schwarzen Sportklamotten, mit der Hand auf den Zaun gestützt. Sieht mich prüfend an, lächelt nicht, schaut nur. Mein Herz wirbelt los, als wäre ich diejenige, die eine Rennradtour hinter sich hat. Dann doch, er lächelt doch, aber schüttelt gleichzeitig mitleidig den Kopf, stößt sich vom Zaun ab und radelt davon, Richtung Hotel.

Ich gehe ins Büro und reiße meinen Fünfzehnjahresplan von der Wand. Denn den kann ich erst einmal in die Tonne treten.

21

»Was ist denn das für a Mongdratzerl[30]?«

Der Freitag nach dem Katastrophenbeitrag ist der fünfte Tag in Reihe, an dem wirklich, aber auch gar nichts los ist. Draußen wirft der Regen Blasen auf tiefen Pfützen und mein Vater und der Blasi lungern in der Küche herum und warten darauf, dass etwas für sie abfällt.

---

30 Magendratzerl: eher übersichtliche Portion

»Willst du Plätzerl backen? Weihnachten is fei scho lang vorbei!«

Ich fühle mich irgendwie ertappt und werfe den herzförmigen Ausstecher wieder in die Küchenschublade.

»Nun, ich dachte, ich probier mal was Neues aus, nicht immer nur Räucherfischsemmeln.«

»Aha«, sagt mein Vater und beäugt die kleinen herzförmigen Kanapees, die ich aus geröstetem Brot ausgestochen und mit Räucherfisch und Meerrettich belegt habe.

»Und wie tät das da jetzt heißen?«

»Variation vom Räucherfisch.«

»Aha. Fehlt ja grad noch, dass du an Marmelad draufschmierst.«

»Marmelade?« Ich sehe ihn überrascht an und gehe dann zum Kühlschrank.

»Das ist eine gute Idee! Irgendwas hat noch gefehlt!«

Mein Vater sieht mir zu, wie ich ein Löffelchen Preiselbeermarmelade unter den Sahnemeerrettich ziehe, probiert einen Haps und meint dann ermutigend: »Mei, wers mag, für den is as Höchste!«

Als ich meine Kreation in der Kühltheke fertig aufgestapelt habe und über die neue Stelltafel mit der Aufschrift »Angebot des Tages: Zwei Renkensemmeln zum Preis von einer!« einen Sonnenschirm gestellt habe, damit die Schrift nicht vom Regen abgewaschen wird, habe ich sogar noch Zeit, die Fränzi anzurufen.

»Frau Lochbischlär? Warten Sie, ich stelle sie sofort durch, bleiben Sie ganz ruhig!«

Vogue-Jürgen behandelt mich mit äußerster Vorsicht, als wäre ich im Moment psychisch eher auf der labilen Seite unterwegs, und ich habe den Verdacht, dass meine Schwester ihm das auch genau so erzählt hat.

»Kati, gut dass du anrufst, ich habe für Papa einen Termin bekommen! Schon Ende der Woche!«

Das ist gut so. Denn seitdem mein Vater Stunden nach der BR-Katastrophe seelenruhig daheim aufkreuzte und mich verwundert fragte: »Beitrag? Welcher Beitrag? Das hast du mir gar nicht erzählt!«, bin ich mir endgültig sicher, dass mit ihm etwas nicht stimmt.

»Der Jürgen legt mir gerade das Chiemseewetter hin. Bei euch regnet es ja immer noch – und wird auch nicht so schnell aufhören! Dann komm doch mit nach München!«

Meine Schwester will mich unbedingt dazu überreden, bei ihr ein paar Tage Urlaub zu machen, und sieht partout nicht ein, dass ich das Geschäft in schweren Zeiten nicht einfach zusperren kann.

»Das wird schon wieder. Für so ein Wetter hat man Reserven«, mache ich mir selbst Mut.

»Echt, hast du?«

Darauf sage ich lieber nichts. Stattdessen lass ich das Telefon sinken und gebe Michi-Mike ein Bussi rechts und ein Bussi links, weil er nämlich gerade zur Tür hereinkommt.

»Servus, Kati«, sagt er und fasst mich ein bisschen fester um meine Taille.

»Wer war das?«, schreit meine Schwester in mein Ohr, »das war doch der Michi!«

»Ja, der Michi!«

Als ich seinen Blick sehe, verbessere ich mich und sage: »Ich meine, der Mike ist da. Der holt mich ab, wir wollten heute ins Schloss Seeblick zum Essen gehen.«

»Wieso ist der hier? Ich dachte, du …«

»Der ist der Einzige, der noch mit mir redet.«

Als Michi-Mike das hört, lacht er, deutet eine Kusshand an und geht in die Küche, um meinen Vater zu begrüßen, als wäre er hier daheim.

»Aha. Geht da was?«

»Keine Ahnung«, flüstere ich in den Hörer und verfolge durch die Küchentür, wie das Gesicht meines Vaters aufleuchtet, als er Michi-Mike sieht, und er sofort den iPod aus der

Tasche seines Bademantels zieht. Mein Papa sieht gut gelaunt, aber irgendwie müde aus. Tiefe Falten. Augenringe. Graue Bartstoppeln. Ich muss an das Gesicht von Rudi Assauer denken, damals in diesem Magazin, und schlucke. Gut, dass wir in die Klinik gehen.

»Kommst du jetzt eigentlich mit nach München oder nicht?«, fragt mich die Fränzi.

»Ich schaue, wenn sich in den nächsten zwei Tagen der Regen nicht verzieht, dann komme ich.«

Wir drucksen beide so ein bisschen herum, ich weiß aber, dass wir das Gleiche denken. Meine Schwester ergreift schließlich das Wort.

»Hast du vor ein paar Wochen den Artikel …«

»Ja, der mit dem Alzheimer …«

»Denkst du, dass der Papa …«

»Keine Ahnung.«

Wir schweigen beide unbehaglich. Ich gebe mir einen Ruck.

»Ich komme mit. Nächste Woche mache ich zu. Und ich komme mit nach München.«

»Gut«, sagt meine Schwester. »Sehr gut. Danke.«

Meine Variation vom Räucherfisch verkauft sich trotz der Preiselbeersahne im Laufe des Tages null Komma null Mal. Nach Feierabend welkt sie auf dem Personaltisch vor sich hin und erfreut sich auch bei Michi-Mike und meinem Vater allgemeiner Unbeliebtheit. Ich kann das Elend nicht mehr mit ansehen, und greife nach dem Teller.

»Satz mit x: War wohl nix!«

»Ha?«

»Ach nichts. Ich mach dann zu, damit wir rechtzeitig ins Seeblick kommen, okay?«

Ich haue meinen gescheiterten Fingerfoodversuch in die blaue Tonne und schiebe sie zu unserem Weg. Heute ist wieder Fischabfall-Tag, und die Tonne ist bei dem Kundenschwund, den ich letzte Woche hatte, so voll wie nie. »Mei Kati, ich mach

166

des für dich, und ich mach's gern!«, schimpft Michi-Mike. »Aber ich hab's ja schon mal gesagt, dass das kein Beruf ist für eine Frau, mit dem ganzen g'stinkerten Zeug!« Er nimmt mir die Tonne ab, und ich wickle meine alte Strickjacke ein bisschen enger um mich herum. Und während ich ihm so zusehe, wie er mit der Tonne verschwindet, überlege ich, wie er wohl küsst, der Michi-Mike. Komisch, dass ich mir das so überhaupt nicht vorstellen kann. Ich drehe mich um und gehe zurück ins Haus, um die Spülküche sauber zu machen, Ursula habe ich nämlich seit letzter Woche freigegeben. Genauer gesagt, seit dem Beitrag. Seitdem ich gar keine Wirte mehr beliefere, schaffe ich das tägliche Geschäft auch alleine. Ist doch toll. Muss ich jetzt auch niemanden mehr bezahlen. Nehme ja jetzt auch nur noch die Hälfte ein.

Ich beschließe, dass eher ich eine Politur brauche als meine Spülküche, die heute eh kaum benutzt worden ist. Aber was zieht Kati zu einem Rendezvous im »Schloss Seeblick« an, in dem sie das letzte Mal bei ihrer Firmung war? Der Geheimspind in der Fischputzkammer bietet nichts Neues, woher auch. Fränzis angebranntes Kleid. Die Pumps, die schon ziemlich fertig aussehen. Ich schaue an mir herunter. Eigentlich sieht diese Jeans doch noch ganz gut aus, oder? Nur ein neues T-Shirt, und dann passt das!

Dass Michi-Mike jetzt schon zurück ist vom Festland, ist beinahe eine Unverschämtheit, und so schreie ich auf das leise Klopfen an der Schuppentür nur zurück: »Was ist denn mit dir los? Du klopfst doch nie an, und wenn ich nackig wäre, würdest du es dreimal nicht tun!«

»Salü. Darf ich hereinkommen?«

Ich starre meinen unerwarteten Besucher verblüfft an, aber der schließt bereits die Schuppentür hinter sich und sieht sich im Raum mit den alten blauen Kacheln um.

»Schön! So authentisch hier.«

Der Letzte, mit dem ich jetzt gerechnet habe, ist der feine Herr Krug vom Hotel, und er sieht wirklich mal wieder oberfein aus in seinem Anzug, dem grauen Hemd, und der Krawatte, auf der als neuestes i-Tüpfelchen das Hotellogo draufgestickt ist. Hotel-Umkrempelung fast zu 100 Prozent durchgeführt. Und ich bin dabei auf der Strecke geblieben. Weil ich also sowieso nichts zu verlieren habe, bemühe ich mich nicht sonderlich um Höflichkeit, und duze ihn erst mal, weil mir inzwischen eh alles egal ist.

»Kommst du jetzt, weil du deine Qualitätskontrolle machen willst? Das ist zu spät, der Lechner Sepp ist jetzt euer neuer Lieferant, schon vergessen?«

Meine Worte kommen so kratzig heraus, als hätte ich den Tag in einem Smogloch und nicht im Frischluftparadies Fraueninsel verbracht. Ich hole mir aus dem Feierabend-Biertragl, das unter dem Schlachttisch steht, eine Flasche Helles und haue den Kronkorken am Fischputztisch ab. »Also, was steht an?«

David zeigt statt Antwort auf meine Flasche. »Darf ich mal?«

Ich zucke mit den Schultern und reiche ihm die Flasche, und während er den Kopf in den Nacken legt und mit einem sehr unfeinen Zug einen beachtlichen Schluck nimmt, die Flasche abnimmt, mich kurz ansieht, und dann noch einen Schluck nimmt, entspanne ich mich so wie der Blasi, wenn er merkt, dass der Rauhaardackel von der Drechsel Caro genauso viel Schiss vor ihm, wie er vor ihm hat. Von diesem Besucher geht heute keine Gefahr aus, ich weiß nicht, woher, aber ich weiß es einfach. Mein Puls beruhigt sich trotzdem nicht nennenswert, aber ich hole mir einfach ein neues Bier und warte.

Es kommt auch was, aber erst, nachdem Davids Flasche leer ist. Dann räuspert er sich, als hätte er ebenfalls einen Frosch im Hals und fragt mich:

»Wie geht's?«

Okay. Ehrliche Frage, ehrliche Antwort:

»Beschissen.«

Kurze Pause. Dann ich:

»Und selbst?«

»Geht so.«

Merkt man. Seine Fingerknöchel sind ganz weiß, und irgendwie wirkt der Kerl da vor mir ziemlich angespannt.

»Hast du Ärger?«

Was frage ich das eigentlich? Das sollte er wohl eher mich fragen oder? Bei dem Minus an Geld und Spaß, das ich wegen diesem Streber jeden Tag habe? Der stellt die Flasche weg und guckt ganz knapp an mir vorbei in den offenen Spind.

»Was fragst du mich das eigentlich? Das sollte wohl eher ich dich fragen, oder?«

Kann der Gedanken lesen? Schlaumeier! Ich mache keine Anstalten, den Spind zuzumachen, ich habe sowieso nichts mehr zu verbergen. Soll der ruhig das kaputte Kleid und das Bandana und was weiß ich alles anschauen, ist doch eh schon egal.

»Bist du deswegen hier? Um dich ein bisschen über meinen Verlust zu unterhalten? Und das Hausverbot, dass du mir gegeben hast?«

Von Entspannung jetzt keine Spur mehr, gegenseitiges Anfunkeln. Kater Blasi würde jetzt seine Rückenhaare sträuben. Mindestens.

»Jetzt stehen wir voreinander wie Hund und Katze.«

Schlaumeier. Schlaumeier. Schlaumeier. Muss der immer sagen, was ich denke? Ich kratze wütend am Etikett meiner Bierflasche herum und merke erst an den Spitzen der schwarzen Herrenschuhe, die sich in meinem Gesichtsfeld schieben, dass David zwei Schritte nach vorne gegangen ist. Ich schaue hoch und erschrecke ein bisschen, so nah ist sein Gesicht. Seine Augen sind gerade so dunkelblau, dass ich gar nicht sehe, wo die Pupillen anfangen.

»Sorry, ich wollte dich nicht erschrecken«, sagt das Gesicht und entfernt sich wieder ein Stück.

»Also, was ist eigentlich los?«, frage ich böse, aber nicht ganz so böse, wie ich eigentlich klingen will. Eher mittelböse. Mittelböse mit einem leichten Lächeln. Bier auf leeren Magen ist bei mir offensichtlich aggressionshemmend.

»Pass auf. Ich bin ja jetzt schon ein paar Tage hier …« Das finde ich eine erstaunlich vage Zeitangabe, zumindest für einen Schweizer, und ich verbessere ihn:

»Seit zehn Wochen, genauer gesagt.«

»… Und ich habe nachgedacht. Ich habe vielleicht mit dem Hausverbot eher überreagiert.«

Ist das eine Entschuldigung? Die werde ich mal nicht so einfach annehmen.

»Lass gut sein. Ich will sowieso nicht mehr ins Hotel. Ich komm schon klar.«

»Gut. Ich kann das gut verstehen, dass du auch wütend bist. Aber ich bin eigentlich wegen etwas anderem hier.«

Was kommt jetzt? Ich überlege kurz, ob ich Michi-Mike absagen kann, weil ich doch noch auf den See raus muss. Oder ob ich David die Fischbestellung, die er jetzt gleich aufgeben wird, einfach mal abschlage, aus Prinzip. Wegen Ätschibätsch.

»Ich, also, einmal kenne ich einen guten Anwalt. Medienrecht.«

Er fährt sich durch die dunkelbraunen Haare, obwohl sie perfekt geschnitten sind, ziemlich kurz an den Seiten und ein bisschen länger oben, und mir fallen wieder seine großen Hände auf. Möchte man nicht meinen, wo doch der ganze Kerl so überschlank ist, große quadratische Handteller und lange Finger mit ultrakurzen Nägeln. Ob der auch solche Bilderbuchfüße hat? Ich muss an Michi-Mikes Monsterzehen denken und was ich sage, wenn der jetzt plötzlich in der Tür steht.

»Anwalt? Schön für dich. Willst du mich jetzt auch noch verklagen oder was?«

»Unsinn. Ich meine wegen des Beitrags. Da hat dir einer ganz offensichtlich das Wort im Mund umgedreht, und dagegen kann man was machen.«

»Oh. Wirklich? Ich meine, du denkst, dass ich das nicht so gesagt habe?«

»Na klar. Die O-Töne waren doch immer mit Bildern untergelegt, alter Trick, um Sätze zusammenzuflicken, das war jetzt nicht so schwer zu erkennen. Und außerdem: Warum solltest du so etwas sagen? Du erscheinst mir zwar durchaus etwas reserviert allem Neuen gegenüber, aber warum solltest du dir so bewusst das Geschäft kaputtmachen?«

Reserviert allem Neuen gegenüber? Ich fühle mich ertappt und widme mich wieder der letzten Ecke des Etiketts, weil sich das »Bräu« partout nicht von der Flasche lösen will.

»Oh. Okay. Danke.«

»Also, ich wollte Dir nur sagen: Ich glaube, da kann man was machen. Gegendarstellung, Schadensersatz, oder so. Da hatte jemand offensichtlich eine Rechnung mit dir offen.«

Ich kratze. Gleich ist es ab.

»Ja, der Hubsi. Ich dachte auch, wer an Wochenenden als Elvis auftritt, der muss irgendwie lockerer sein, aber …«

»Der Elvis?«

Wieder leichtes Gefunkel.

»Der Zipfelklatscher, den du bei diesem Kostümfest abgeschleppt hast?«

Ich bin platt.

»Was hast du gerade gesagt? Zipfelklatscher? Woher weißt du denn solche Ausdrücke?«

»Nun, ich bin eben sprachbegabt als Schweizer. Und außerdem habe ich mich schon öfters mit der netten Frau Schöngruber unterhalten, da lernt man so was. Darf ich?«, antwortet David formvollendet und nimmt mir auch die nächste Flasche aus der Hand. Er sieht meinen erschrockenen Blick.

»Die Frau Schöngruber und ich haben uns nur ganz allgemein unterhalten. Von deinen heimlichen Kostümpartys weiß sie nichts.«

»Das war kein Kostümfest, das war eine Hochzeit, und nur ich war verkleidet«, erwidere ich ziemlich bockig.

»Na ja, der Elvis schon auch. Toupet und alles. Hätte ich dir gleich sagen können, dass man einen so narzisstischen Charakter nicht kränken darf.«

Psychologiestunden hat er auf seiner Academy also auch noch gehabt.

»Narzisstisch, aha. Und woher weißt du, dass ich das war?«

»Ja, du hattest diesen Flohmarktanzug an, und ziemlich edle Schuhe, Haute Couture, und diese komische alte Perücke.«

»Vom König Ludwig!«, ergänze ich und schiebe meinen Hintern auf den Schlachttisch, um es bequemer zu haben. Eigentlich ist es ganz angenehm, sich mit dem Herrn Geschäftsführer zu unterhalten, wenn man dem nichts mehr beweisen muss. »Und du hast mich trotzdem erkannt? Es war doch zappenduster an der Bar!«

David setzt sich mit einem leichten Sprung neben mich, und legt seine große Hand auf meinen Oberschenkel. Er grinst.

»Der Winnetou ist schuld.«

Ich kapiere erst mal gar nichts. »Winnetou?«

»Der Winnetou Spritz!«

»Wieso, den hast du mir doch angedreht?«

»Nein, Madame. Ich habe Ihnen einen Ve-ne-to Sprizz angeboten, Weißwein, Wasser, Aperol. Winnetou Spritz gibt es nicht.«

Endlich halte ich auch den letzten Fetzen des Etiketts in der Hand. Ich spüre den Druck der Männerhand auf meinem Oberschenkel.

»Auf der Hochzeit, ganz am Anfang, habe ich mich noch gewundert, als mich diese Frau in diesem komischen Outfit total falsch verstanden hat. Aber als wir dann zusammen die Motorräder hochgeschoben haben, und du noch einmal Winnetou Spritz gesagt hast, habe ich mich erst gewundert, und mir dann aber auf der Biker-Hochzeit gedacht, das kann kein Zufall sein. Also: Immer, wenn jemand Winnetou Spritz bestellt hat, wusste ich, dass du das warst. War nicht schwer. Oderrr?«

»Oh. Veneto? Nicht Winnetou. Verstanden. Oh.«

Bei mir hat sich's erst mal ausgefunkelt. Und bei David ziehen sich Falten von den Augenwinkeln bis zum Haaransatz, er grinst wie der Blasi vor einem Schälchen Sahnemeerrettich.

Eigentlich eine Frechheit, ich sollte ihn vor die Schuppentür setzen, damit ich mich in Ruhe alleine schämen kann, bis Michi-Mike kommt und mich abholt. Und das wird nicht mehr lange dauern, denn am Motorengeräusch höre ich, dass mein Boot auf Höhe des Nordstegs an der Insel vorbeifährt. Mit Anlegen und Tonne ausladen müsste er in spätestens fünf Minuten hier sein. Das Dumme ist nur, dass meine Mundwinkel machen, was sie wollen, und David ungefragt zurückangrinsen. Immerhin schaffe ich es zu murmeln:

»Ich glaube, du gehst jetzt besser, ich muss nämlich los …«

»Ich bin gleich weg. Das mit dem Anwalt habe ich dir jetzt gesagt, aber ich wollte eigentlich etwas ganz anderes wissen. Ich wollte fragen, ob ich mal mitkommen kann?«

»Äh … ich gehe morgen früh nicht fischen. Ich mache eine Woche Urlaub bei meiner Schwester.«

»Nein, nicht fischen, ich meine, das würde ich natürlich auch gerne einmal. Klar.«

Räuspern.

»Aber eigentlich … wann gehst du denn wieder auf eine Hochzeit?«

Ich drehe mich zu David um und schaue ihm so tief wie möglich in die Augen, um endlich seine Pupillen zu sehen, denn bei dem, was er daherredet, müssen sie gnadenlos erweitert sein.

»Hochzeit? Ich? Hast du vergessen, dass du mich bei der letzten vor die Tür gesetzt hast?«

»Na ja, natürlich nicht im ›Hotel zum See‹, das wäre ja für mich auch total witzlos. Ich meine, auf eine andere?«

»Ach so. Du denkst, ich mach das mit System? Von Party zu Party, mal in Rosenheim, mal in Prien, mal in Traunstein, mal auf der Insel? Ne, da hast du dich mächtig vertan. Ich habe das drei Mal gemacht, aber nur bei euch oben. Ich komme hier nicht weg, mein Vater, der Betrieb, verstehst du? Ich bin von der Insel, ich arbeite hier, ich wollte was tun, was nicht jeder mitbekommt, ich wollte …«

173

Ich breche ab, von meinen Erklärungsversuchen selbst genervt.

»Ach, was weiß ich, was ich wollte.«

»Oh, wie schade. Kann ich nämlich verstehen. Ich komme ja jetzt auch nicht mehr weg, weißt du. Der Hans auf Kur, der Betrieb, die Verantwortung, wo soll ich denn hin, allein auf dieser Insel?«

»Hast du etwa Inselkoller?«, frage ich überrascht. »Jetzt schon?«

»Ja«, nickt David neben mir, »so könnte man es wohl nennen. Inselkoller. Ich habe vorher am Züricher See gearbeitet. Ich dachte, soviel anders kann das hier nicht sein. Ist es aber. Aber dann hat sich das wohl erledigt, dass du mich mal mitnimmst.«

»Ja. Wär eh keine so gute Idee gewesen.«

»Warum?«

Ich zucke mit den Schultern.

»Wegen den Jungs, die du abgeschleppt hast?«

Also, so direkt wollte ich das natürlich nicht sagen, aber wo er recht hat, hat er recht. Der Herr Manager würde mir bestimmt die Tour vermasseln.

»Na, vielleicht würde ich ja auch jemanden kennenlernen? Wir würden uns schon nicht in die Quere kommen.«

Der sieht das wohl ziemlich locker. Dem fehlt definitiv das Chiemgauer Stierkopfgen. Vielleicht ist doch was dran an der Legende von den Swingerclubs?

»Du, David, ich wollte noch, also, wegen den Swingerclubs, ich meine: Entschuldigung!«

»Kati?«

Das ist die jetzt Stimme von Michi-Mike, und er ist definitiv nicht mehr weit weg. Ich springe auf und starre erschrocken zur Tür. David schaut mich an.

»Musst du los?«

Ich nicke und öffne die Schuppentür, aber nur einen Spalt. David versteht und bleibt sitzen. »Ist jetzt wohl nicht der Zeitpunkt. Am besten, ich schreib dir eine E-Mail.«

Ich schließe die Tür sofort hinter mir, damit Michi-Mike meinen Besuch nicht sieht, das fände ich jetzt irgendwie unnötig, und brauche einen Moment, um in der Welt außerhalb des Fischputzraums anzukommen. Wie war das gerade? Erst mir das Haus verbieten, und dann plötzlich saunett sein und mitkommen wollen? Das ist ein Wunder. Ein verdammtes Wunder.

Michi-Mike steht mit dem Rücken zu mir und zupft sich mit der Hand die Haarspitzen seiner Frisur nach oben, der Molly-Iro hat sich nämlich inzwischen in eine hochdynamische Gelfrisur verwandelt. Als ich ihm auf die Schulter tippe, zuckt er zusammen, er hat wohl gerade ziemlich geträumt.

»Jessas, Kati, ich hab dich gar nicht ghört.«

Er will mir ein Bussi auf die Backe geben und schaut mich dann aber skeptisch an.

»Hast du schon was getrunken? Du hast so rote Flecken im Gesicht.«

»Ach, nur ein Helles grade beim Putzen. Du doch auch?«

»Ja, drüben am Hafen. Aber bloß ein Weißbier.«

»Na also, gleiches Recht für alle«, sage ich und versuche ihn vom Schuppen wegzubekommen, damit er nicht doch noch auf David trifft.

Das Schöne am »Schloss Seeblick« ist, dass man mit dem Boot hinfahren kann, einmal über den Weitsee und dann Prost. Der Romantikfaktor ist heute allerdings so lala – wegen nebligem Regenwetter. Das wird aber wettgemacht durch die Aussicht, einen Abend lang niemandem zu begegnen, der mich komisch von der Seite anschaut, weil nach Hubsis Lügengeschichte alle die Kati Lochbichler für eine üble Nestbeschmutzerin halten. Und dazu kommt noch, dass mein alter Kumpel Michi-Mike heute wirklich ein äußerst galanter Begleiter ist. Hält mir die Tür auf. Fragt mich, ob ich lieber einen Russen[31] oder lieber einen Neger trinken will.

Wir werden an unseren Tisch geführt, und Michi-Mike steht ein bisserl linkisch herum, bis mir der Kellner endlich den Stuhl unter den Po geschoben hat.

»Also Kati«, sagt er als Erstes, »wann kommst jetzt amal mit?«

»Mitkommen«, frage ich irritiert, »wohin genau?«

»Ins Outdoorcenter! Da bring ich dich voll zum Gliden, danach willst nichts anderes mehr machen! Urgeil, echt!«

»Ich weiß nicht, ob diese Gliderei was für mich ist, Michi.«

»Mike, ich bin jetzt der Mike, Kati.«

»Klar«, sage ich, »ich hab mich nur noch nicht richtig dran gewöhnt.«

Ich schiebe meinen Stuhl zurück, das Bier mit David hat mir schon bei der Überfahrt auf die Blase gedrückt, und lasse Michi-Mike erst einmal sitzen mit seinem Russen. Das Damenklo ist so groß wie unser Wohnzimmer zu Hause, im feinen Landhausstil, mit echten Leinenhandtüchern, für jeden Gast ein neues. Ich wasche mir nach dem Pipimachen die Hände, ohne dabei unnötig lang in den Spiegel zu schauen, klemme mir nur die Locken hinter die Ohren, weil sie bei dem feuchten Wetter immer so abstehen und gehe zurück. »*Am 29. Juni geschlossene Gesellschaft*« steht in schön geschwungener Kreideschrift auf der Stelltafel neben dem Aufgang zum Garten. Geschlossene Gesellschaft? Ich bleibe vor der Tafel stehen, und habe eine Vision. Ich brauche Details! Schnell halte ich einen vom Personal an seinem karierten Hemdsärmel fest und schwindle: »Genau zu dem Termin wollte ich eigentlich meinen Dreißigsten bei Ihnen feiern. Haben Sie nicht genug Platz für zwei Gesellschaften?«

»Moment, ich schau mal nach«, sagt der Kellner brav und

---

31 Russe: klingt nach Wodka, ist aber Weißbier mit Zitronenlimo.

kommt mit der Info zurück, dass am neunundzwanzigsten Juni leider das Lokal ausgelastet ist wegen einer Verlobungsfeier, zweihundert Personen mit Blaskapelle vom Trachtenverein.

»Oh schade, Trachtenverein, soso«, meine ich, und überlege, ob David auch eine Verlobungsparty reichen würde als Anlass für ein bisschen inkognito feiern. Denn dass der nach dem Hausverbot plötzlich zu mir kommt und mitfeiern will, finde ich nach wie vor so abgefahren, dass es mir nicht aus dem Kopf geht. Was ist das eigentlich wirklich für einer? Vielleicht ist der ja ganz nett? Hat fast so ausgesehen.

Der Kellner bringt Michi gerade Nachschub und uns die Tageskarten, und zischt mit einem halbgaren Lächeln wieder ab. Michi-Mike ruckelt mit seinem Stuhl einmal halb um den Tisch herum, bis unsere Beine praktisch aneinanderstoßen und fragt mich ohne weitere Einleitung:

»Also Kati, jetzt sagamal: Magst jetzt mit mir gehen oder ned?«

Mir fällt die Kinnlade herunter. Michi-Mike wird klar, dass er ein wenig weiter ausholen muss.

»Spatzl, schau, ich bin jetzt der Mike, nimmer der Michi-Mike.«

»Ja, das hast du schon gesagt.«

»Ja genau, und der Mike, Spatzl, der geht die Sachen anders an als der Michi-Mike, und deswegen frag ich dich jetzt, ob das was wird mit uns zwei.«

Oder nicht …, ergänze ich in Gedanken, aber diese Möglichkeit kommt im neuen Michi-Mike-Mike-Universum offensichtlich nicht vor. Will ich mit ihm gehen? Mit meinem alten Schulfreund? Gute Frage. Ich bin saufroh, als der Kellner neben mir steht und fragt: »Haben die Herrschaften schon gewählt? Wir haben Fischwochen, sehr zu empfehlen ist heute die Maischolle, dazu ein schöner Sauvignon!«

Ich bin so perplex, dass ich nicke, obwohl ich eigentlich alles essen will, nur keinen fremden Fisch, und mir aus Wein, vor allem wenn er schön ist, auch nicht besonders viel mache. Ernst machen – mit dem Michi? Mit dem Mike?

»Denkst du wirklich, dass alle Männer um dich herum Zipfelklatscher sind? Weißt du nicht mehr, dass ich dir schon mal aus der Patsche geholfen habe? In der Schule? Ich musste zwei Stunden Eckerl stehen wegen dir!«

»Ja, ich weiß schon, der Fisch unterm Pult«, gebe ich zu, »aber ich denk halt immer noch, wir sind Kumpel. Und nach der Schule haben wir uns doch eh ein bisserl auseinandergelebt.«

»Aber das war nicht meine Absicht, Kati. Ich habe immer von dir geträumt. Jetzt geh halt her da!«

Und er ruckt an mir herum, und ehe ich mich versehe, sitze ich auf seinem Schoß. Zum ersten Mal bin ich richtig froh, dass er in Gefühlsdingen nicht gerade ein Sherlock ist. Er gockelt nur furchtbar herum, und presst mir die Hüfte.

»Der Boni wär übrigens einverstanden!«

»Wie, einverstanden?«

»Ja, dass wir zwei z'sammkommen. Ich hab nämlich schon mit ihm geredet.«

Der scheint das wirklich ernst zu meinen. Und Michi-Mike war tatsächlich derjenige, der nach dem Beitrag noch zu mir gehalten und jeden Abend vorbeigeschaut hat. Der mir den Zaun gerichtet hat und der mir neuerdings jeden Freitag die Tonne rüberfährt. Der mit der Emerenz gut kann und auch mit meinem Vater. Der von der Insel ist und der trotzdem seinen Weg macht mit etwas ganz anderem. Ich schiebe trotzdem seine Hand weg. Ein Mal. Beim zweiten Mal bekomme ich ein schlechtes Gewissen, dass ich immer wieder in Gedanken bei dem Schweizer bin, und wie er so gar nicht streberhaft vor mir gestanden hat mit meiner Bierflasche an den Lippen. Und ich lasse meine Hand in der vom Michi und drücke sogar ein bisschen zurück, weil ich finde, dass Michi-Mike wirklich wahnsinnig hilfsbereit war in der letzten Zeit und es nicht verdient hat, dass ich in Gedanken woanders bin, wenn er mich schon ins feinste Lokal am ganzen Chiemseeufer eingeladen hat.

»Weißt was, Michi? Mike.«

Ich will wirklich überlegen, aber Kopf, Herz und Bauch richten ihre Aufmerksamkeit gleichermaßen auf den Teller mit der Maischolle, der gerade vor mir hingestellt wird.

»Jetzt muss ich erst einmal was essen. Und dann schauen wir weiter. Ich mag dich schon, und ich bin wirklich froh, dass du mir so viel geholfen hast in der letzten Zeit. Aber ich brauch noch ein bisserl, glaube ich.«

»Ist gut«, sagt Michi-Mike, und ruft trotzdem laut: »Mir brauchen einen Schampus! Bedienung!«

Die ganzen feinen Landräte und Pferdebesitzerinnen, die hier so verkehren, drehen sich zu uns her. Meinen Versuch, Zeit zu gewinnen, empfindet er offensichtlich überhaupt nicht als Niederlage.

»Mach dir keinen Stress. Bist halt noch nicht reif für eine Beziehung. Aber sobald du reif bist, bin ich da. Und mein großer Zeh sagt mir, dass bald so weit sein wird!«

Sein großer Zeh? Na sauber.

Als Erstes höre ich das Telefon. Und als es endlich aufhört zu klingeln, den Regen. Wenn er so wie heute Morgen direkt an die dünne Scheibe prasselt, dann muss ziemlich starker Westwind sein. Also immer noch Sauwetter. Dann merke ich, dass ich zwar hören, aber kaum den Kopf bewegen kann. Und die Arme gar nicht. So einen Kater hatte ich noch nie. Der Nebel lichtet sich langsamer als ein Novemberregen über der Kampenwand. Mein Zimmer. Mein Bett. Und langsam dämmert mir, dass mich nicht der Restalkohol so ins Bett presst. Sondern der Michi-Mike, der auf mir liegt wie ein Sandsack.

Ich bekomme eine Hand frei und einen nackten Hintern zu fassen. Ah ja, ich erinnere mich. Da war was. Oder wenigstens der Versuch davon. Ich versuche mich unter dem schweren Männerkörper hervorzuwinden, Michi-Mikes gegelte Haarspitzen piksen mich in die Backe. Offensichtlich haben die mehr Standvermögen als der Rest vom Kerl.

Irgendwo vibriert mein Handy. Da versucht mich jemand ganz dringend zu erreichen. Michi-Mike schläft ungerührt weiter, als ich ihn zur Seite schubse, was gar nicht so einfach ist, weil mein altes Bauernbett noch nicht einmal einen Meter breit ist. Ich finde mein Handy in meinem linken Gummistiefel, der vor dem Bett steht.

»Jaaa?«

»Hast du es ihm gesagt?«

»Was?«, frage ich meine Schwester mit schwerer Zunge.

»O Gott, liegst du jetzt noch im Bett? Ich denke, du stehst jeden Tag um vier auf?«

»Nicht, wenn ich ab morgen eine Woche zu habe. Kommt eh keiner bei dem Sauwetter.«

»Die Einstellung kenn ich gar nicht von dir. Ich will jetzt nicht sagen, dass du nicht ein bisschen Ruhe verdient hättest, aber so was klingt einfach total ungewohnt.«

»Jetzt mach mir bloß kein schlechtes Gewissen«, wehre ich mich mit belegter Stimme, »wen soll ich was gefragt haben?«

»Na, den Papa. Hast du es ihm schon verkauft, dass er sich übermorgen vom Professor untersuchen lassen soll?«

»Scheiße. Nein. Habe ich nicht. Und ich habe auch keine Ahnung, wie ich ihm das beibringen soll.«

Michi-Mike grunzt und wühlt den Kopf unwillig ins Kopfkissen.

»Pschscht«, mache ich beruhigend und hole mir den alten Bademantel von Mama aus dem Bad, Tulpen und Narzissen auf helllila Frottee, um mich in die Küche zu setzen. Ich habe keinen eigenen Bademantel, ich führe nämlich ein bademantelfreies Leben. Aus der *Mimi* kenne ich die Fotos von Frauen, die mit farbigem Batz[32] im Gesicht den Tag in irgendwelchen Wellnesstempeln verdösen, aber ich kann mir das nicht vorstellen. Den ganzen Tag stillhalten und andere für Geld an sich herumfummeln lassen, ist nichts für mich.

»Wieso pschscht? Hast du Besuch? Ist der Jude Clooney da?«

»Spinnst du? Wie kommst du denn auf den?«

»Na ja. Ich meinte da so etwas wie Hassliebe gespürt zu haben. Immer wenn du dich so lange über etwas aufregst, bleibst du am Ende daran hängen. War doch mit der Fischerei und der Fraueninsel genauso. Hast du das Hausverbotsproblem gelöst und er liegt jetzt in deinem Bett?«

»Quatsch.«

»Wer dann?«

»Der Michi-Mike ist da, natürlich.«

»Na ja, so natürlich ist das nicht.« Meine Schwester seufzt ein wenig. »Scheint ja ein netter Abend gewesen zu sein.«

»Äh, ja. Er hat mich gefragt, ob ich mit ihm gehen will.«

»Das hat er wirklich gefragt? Wie ein Zehntklässler! Das ist ja fast rührend. Und?«

»Ich habe nichts zugesagt!«

»Wie, zugesagt? Ich dachte, so was muss man spüren, und nicht zu- oder absagen.«

»Hm, dann eher nicht. Ich meine, ich bin mir noch nicht sicher. Aber er hat außerdem gesagt, er kann mir Geld leihen, wenn ich mal in Schwierigkeiten stecke.«

»Okay«, sagt meine Schwester vorsichtig, »aber das wirst du doch nicht annehmen, oder?«

»Brauch ich nicht. Wir haben den Kredit laufen mit der Sparkasse, und wenn was nicht läuft, dann kann ich den sicher aufstocken. Aber ich fand das Angebot ganz nett, ehrlich gesagt.«

»Oh. So nett, dass du mit ihm ins Bett gegangen bist?«

---

32 Batz oder auch Baaz: Bezeichnung für Schlamm, Gesichtsmasken oder ayurvedisches Essen

»Na ja, das hat sich halt so ergeben, wir haben noch eine Flasche Wein bestellt, und dann sind wir im Bett gelandet. Als Kinder haben wir oft genug beieinander übernachtet.«

»Tausendmal berührt, tausendmal ist nix passiert!«, singt jetzt meine doofe Schwester in den Hörer. »Und, hat's wenigstens mächtig Zummm gemacht?«

Ich sag nichts.

»Was?« Sie kichert. »So schlimm gleich?«

»Schon ok. Solide. Sehr solide.«

»Na ja, der weiß ja auch nicht, dass du heimlich Fortbildungen auf diversen Hochzeiten genossen hast.«

»Ja, und weißt du was – vielleicht werde ich auch weiter Fortbildungen auf anderen Hochzeiten genießen.«

Meine Schwester weiß nichts von meinem kleinen privaten Meeting mit David. Und mehr werde ich ihr auch erst einmal nicht davon erzählen. Deshalb sagt sie:

»Kannste aber nicht. Hausverbot. Also bleibt's doch bei Blümchensex mit dem Michi-Mike.«

»Wenn das Blümchensex war, dann gehören die Blümchen dringend mal gegossen.«

Ich seufze. »Aber der Michi-Mike war auch furchtbar müde.«

»Müde? Soso.« Meine Schwester kommt aus dem Grinsen gar nicht mehr heraus, das höre ich nämlich an ihrer Stimme, weil sie dann immer einzelne Silben verschluckt, weil sie kaum mehr Luft kriegt vor lauter nicht Lachen dürfen.

»Also, wenn du mich fragst, dann ist das kein ›boyfriendmaterial‹.«

Wenn meine Schwester so komisches Zeug aus ihrer rosa Zeitungswelt daherredet, werde ich immer ein bisserl sauer. Und trotzig.

»Wer sagt das denn? Wenn ich will, dann hab ich halt jetzt einen Freund. Was soll da so verkehrt daran sein?«

»Das fragst du mich? Du warst doch immer die, die gesagt hat, dass eine Beziehung nichts für dich ist! Wir sind doch beide so! Du hast den Papa und den Betrieb, ich den Xaver und die *Mimi*, und wie noch Platz für einen Typen sein soll, das wissen wir doch beide nicht. Aber wenn sich das für dich gerade gut anfühlt, dann mach's halt.«

»Genau. Dann mach ich's!«

Kurzes genervtes Schweigen.

»Also, Kati«, bricht meine Schwester nach kurzer Zeit die Stille. »Ich will ja nur, dass es dir gut geht. Aber was machen wir jetzt mit Papa?«

»Keine Ahnung.«

»Ist er da?«

Ich stehe auf und schaue aus dem Küchenfenster.

»Ja, der sitzt draußen und putzt seine neuen Haferlschuhe.«

»Der putzt seine Schuhe? Oh mei. Seit wann macht er denn so was? Gib ihn mir mal, und du gehst wieder zu deinem Michi. Wer weiß, wann du mal wieder in Ruhe einen Morgen mit einem Typen verbringen kannst.«

Im Schlaf sieht Michi-Mike noch haargenau aus wie der ein bisschen zu dicke Lausbub von früher. Vom Oberchecker Mike keine Spur. Ich schau ihm eine Weile beim Schlafen zu und überlege mir, wie das so wäre, wenn ich jetzt jeden Morgen neben ihm aufwachen würde und ob ich mich noch mal schnell dazulegen soll. Aber mein Gefühl enthält sich jeder Meinung, ich bin viel zu unruhig. Wie meine Schwester wohl unseren Papa gerade davon überzeugt, dass er sich in Harlaching unbedingt den Meisenkasten untersuchen lassen soll? Ob ich wirklich einen Anwalt einschalten soll wegen dem Beitrag vom Hubsi, wie der Schweizer mir das geraten hat? Eigentlich könnte ich die freie Woche nutzen, um mich um so etwas zu kümmern, und wenn ich aus München zurück bin, könnte ich David noch mal danach fragen. Das wäre dann zwei Tage vor der geschlossenen Gesellschaft im »Schloss Seeblick«. Verlobungsfeier. Musik. Trachtenverein. Ein kurzer Blick, Michi-Mike schläft. Ich ziehe ihm die Bettdecke über seine nackten Quadratlatschen. Er soll nämlich keine kalten Füße bekommen, mein Jugendfreund oder was er auch immer für mich ist, und außerdem sind diese kalebassenförmigen Großzehen so monsterartig, dass ich mich direkt von ihnen beobachtet fühle. Ich setze mich an meinen Schreibtisch und fahre meinen Computer hoch. Erstens um eine Abwesenheitsnotiz einzurichten, (das dauert länger als erwartet, weil ich das noch nie gemacht habe), und um zweitens in meinen alten E-Mails nach der leidigen Hechtbestellung vom »Hotel zum See« zu suchen, die ich damals abgelehnt habe. Ich brauche sie wegen der E-Mailadresse. Weil ich drittens eine E-Mail an Davidkrug@hotelzumsee.bay schreiben will. Eine private E-Mail. Betreff: »*Immer noch Inselkoller?*« Das Schreiben geht mir nicht gut von der Hand, ich beiße mir auf die Unterlippe und denke nach jedem zweiten Wort: Das kannst du unmöglich abschicken. Das traust du dich nie. Dann tippe ich noch: »Bis bald, bussi, Kati.« *Bussi?* Klick, abgeschickt. Jessasmariaundjosef. Habe ich tatsächlich gerade diese E-Mail abgeschickt?

»Lieber David, ich weiß eine Party im Schloss Seeblick, die was wäre für unsere Zwecke, weil uns da wahrscheinlich keiner kennen wird. Allerdings in Tracht. Melde dich, wenn es dich interessiert wegen Outfit etc.«

Ich atme tief durch und beruhige mich, ich finde, ich habe mich nicht zu sehr aus dem Fenster gelehnt, der Ton ist durchaus sachlich, nicht, dass der meint, ich will mich aufdrängen, damit ich meine Fische wieder an den Mann bringen kann.

Ich beschließe, Michi-Mike noch ein paar Minuten schlafen zu lassen, bevor ich ihn frage, wann er denn morgens immer in Schneizlreuth sein muss, weil er dann sicher sofort wieder zum Mike mutiert. Lieber krame ich meine Reisetasche unter dem Bett hervor, die aus dem dunkelblauen Nylon mit der weißen Aufschrift YACHTCLUB GOLLENSHAUSEN, die vor vielen Jahren einmal bei uns am Damm angeschwemmt worden ist. Kann es wirklich sein, dass ich sie das letzte Mal benutzt habe, als ich zur Fischereiprüfung nach Starnberg gefahren bin? Mann, Lochbichlerin, du bist echt nicht viel herumgekommen in den letzten Jahren. Entsprechend ratlos gucke ich in die leere Tasche und packe dann als Erstes das Buch »Nachhaltige Binnenfischerei« ein, damit ich bei der Fränzi nicht nur in irgendwelchen *Mimi*s und *Madame*s blättern muss.

»Du willst wirklich zu deiner Schwester fahren?«

Michi-Mike hat sich im Bett aufgesetzt und sieht noch nicht besonders outdoormäßig aus.

»Na klar, hab ich doch gesagt, gestern. Warum? Hast Angst, dass ich nicht mehr wiederkomme?«

»Schon. Und deine Schwester, die hat auch immer viel Schmarrn im Kopf.«

»Woher willst das denn wissen?«

»Mei, das weiß man halt.«

»Jetzt sag du auch noch, dass sie ein Discoflitscherl ist.«

»Mei, man hört halt so einiges«, murmelt Michi-Mike mehr so unbestimmt und wackelt mit den Zehen. Ich schaue woandershin, nicht dahin, wo es wackelt, und werde ein bisserl sauer. Auf die Fränzi lasse ich nichts kommen, vor allem nicht, wenn es darum geht, warum sie damals hochschwanger von der Insel abgehauen ist. Das war nämlich definitiv der schwerere Weg – auch wenn immer alle so tun, als hätte sie sich damit vor irgendetwas gedrückt. Wovor denn? Lebendig begraben zu werden als Alleinerziehende?

»Wenn du deinen Freund Janni damit meinst – ich glaube, wenn der damals gleich gesagt hätte, der Xaver ist von mir und ich steh dazu, anstatt einen Vaterschaftstest zu verlangen, dann wäre die Fränzi noch hier. Aber vielleicht ist das auch gut so. Auch wenn ich sie gerne öfter hier hätte.«

Michi-Mike merkt, dass es sich nicht gehört, auf die Zwillingsschwester von einer zu schimpfen, in deren Bett man hockt. Noch dazu unten ohne.

»Hast ja recht. Aber jetzt hast ja mich!«

»Ja«, sage ich langsam, »schaut ganz so aus …«, und plötzlich werde ich wieder ganz nervös und habe das dringende Bedürfnis nach einem gescheiten Kaffee, weil mir der schöne Wein von gestern noch furchtbar im Kopf hängt. Und ich schiebe es auch auf den Wein, dass ich Michi-Mike nicht einfach rausschmeiße, weil ich jetzt allmählich gerne wieder allein wäre. Es ist nämlich leichter, nachts aus einem Hotelzimmer zu schleichen, als jemanden vor die eigene Zimmertür zu setzen. Vor allem, wenn man den anderen schon so lange kennt. Trotzdem würde ich gerne noch mal schnell in meinem Computer schauen, ob David vielleicht schon auf meine E-Mail geantwortet hat.

Es führt kein Weg daran vorbei, dass bald jeder weiß, dass der Michi-Mike bei mir übernachtet hat. Und ich kann durchaus behaupten, dass er es quasi darauf ankommen lässt. Warum sonst taucht er gähnend in der Küche auf, in nichts anderem als Mamas Bademantel? Ausgerechnet als ich die Emerenz instruieren will, wie sie die nächsten Tage den Blasi füttern soll!

»Was machst denn du hier bei so am Sauwetter«, fragt sie neugierig und starrt erst auf den geblümten Bademantel und dann auf Michi-Mikes nackte Beine, »laafst drum rum wiara Ostersträußerl?«

Was soll's. Ist der Ruf erst ruiniert, und so weiter, und so weiter, und ich drücke Michi-Mike einfach eine Tasse in die Hand, fest entschlossen, ihn nach dem Kaffee vor die Tür zu setzen. Bis dahin schaue ich nach meinem Vater, der immer noch mit meinem Handy telefoniert.

Er legt auf und sagt: »Oiso nacha. Fahr ma auf Minga, zum Doktor. Da derf i mein Eipott ned vergessn.«

Nun, der ist offensichtlich auf Spur gebracht, ich bin neugierig, wie die Fränzi das geschafft hat. Ich kehre in die Küche zurück, und schau, ob Michi-Mike endlich abmarschbereit ist, aber der sitzt inzwischen mit der Emerenz am Tisch, Streublumen, Tulpen und Narzissen einträchtig nebeneinander.

»Mir ham grad gredt«, eröffnet mit die Emerenz strahlend, »dass mir uns die Sorg teilen für dei Haus, weil, oiso, I muass ja ned so oft gseng wern bei dir, also, mei, im Moment halt, bis sich die Sach wieder glegt hat mit dem Haifischbecken, gell. Und da hat der Michi-Mike gsagt, er schaugt nach der Katz und nach der Tonne, und i bin praktisch der Bäcker im Hintergrund!«

»Nein, Emmi, ned der Bäcker, der ›backup‹!« Michi-Mike streckt hochzufrieden die Arme zur Seite und steht dann auf.

»Und wenn was ist, dann bin ich gleich da und kann was richten. Darf ich dir noch einen Kaffee einschenken, Spatzl? Darfst nur nicht vergessen, dass du mir nachad an Schlüssel gibst, gell?«

Ich schaue von einem zum andern, und es wird mir bewusst, dass ich mir vom Michi-Mike gerade so richtig helfen lasse. Und dass es sehr ungewohnt ist, aber nicht mehr ganz so unangenehm. Ich lerne dazu, und das ist gut so.

»Ihr habt wirklich kein Geschenk für mich dabei?«

Mein Neffe, blond, riesige braune Augen, Zahnlücke, sieht uns an wie ein Dackelwelpe, dem man sein Leckerli zu weit hoch gestellt hat.

»Doch, a Angel!«

»Mensch Opa, was soll ich denn damit?«

Er hat so eine Art, am Satzende mit der Stimme weder hoch noch runter zu gehen, die maximal genervt klingt.

»Angeln, damit's as lernst!«

»Brauch ich nicht.«

»Aber wer soll denn dann einmal Sonnfischer werden?«

»Wieso, jetzt können doch auch Mädels Fischer werden! Tante Kati macht das doch auch!«

»Ja, aber wenns keine Kinder ned kriagn, die Mädeln, weder Söhne noch Töchter, wer macht dann weida, wenns amal nimma kennan?«

»Mir doch egal.«

Ich muss sagen, dass mich sowohl die knatschige Stimme meines Neffen als auch die Generationenfrage meines Vaters langsam mit den Zähnen knirschen lassen. Fränzi dagegen steht amüsiert daneben. Was auch sonst, steht sie eigentlich irgendwann einmal nicht amüsiert daneben, wenn es um mein Privatleben geht?

»Müssen wir nicht los? Papa, hast du deinen iPod?«

»Gemein! Der Opa hat nen iPod und ich nicht!«

»Der Opa hat dreiundsiebzig Jahre gewartet, bis er seinen ersten iPod bekommen hat!«

Ich bin tatsächlich genervt, dass der Xaver die Angel gar so blöd findet. Und wenn ich mir Mutter und Sohn so ansehe, wird das auch nix mehr mit ihm und dem Chiemsee. Die sind einfach Stadtleute, mein Neffe mit seinem Star-Wars-T-Shirt und meine hübsche Schwester in ihren hohen Sandalen und den dünnen Beinen in Kniestrümpfen.

Das ist sowieso auch etwas, was ich nicht verstehe: Kniestrümpfe? In Sandalen? Ich sag lieber nichts, sondern begleite meine Schwester schweigend in den Verlag, denn wenn sie das anhat, dann ist das der letzte Schrei von übermorgen und von mir daher sowieso nicht zu verstehen.

»Bei uns sind übrigens traumhafte Bikinis angekommen! Soll ich dir einen zurücklegen?«

»Bikinis? Ich brauche keinen Bikini!«

»Aber wer nicht, wenn du? Du lebst doch mitten im bayerischen Meer! Nur weil du zwei Kleidergrößen zugelegt hast? Kati, Darling, sogar durch deine Jeans kann ich erkennen, dass es sich dabei nicht um Unterhautfettgewebe handelt, sondern um pure Muskeln!«

»Trotzdem! Ich habe einfach keine Zeit, in Badesachen herumzuhängen!«

Ich stoppe Fränzis Redeschwall, obwohl ich ihr Kompliment insgeheim genieße, weil eigentlich sie die Hübschere von uns beiden ist und wir sonst über Äußerlichkeiten nicht reden. Das soll sie mal schön mit ihren Kolleginnen machen. Ich wundere mich oft, über was man als *Mimi*-Redakteurin alles Artikel schreiben kann. Da klingelt's bei mir einfach nicht. Aber muss es ja Gott sei Dank auch nicht: Über Cellulite und Metabolic Balance zu quatschen und dann einem armlangen Hecht eins über den Kopf zu ziehen, das geht einfach nicht zusammen.

Fränzi stützt ihren dünnen, blassen Oberarm in der puffärmeligen Seidenbluse auf den Tisch und sieht mich aufmerksam an.

»Ich glaube, du brauchst einen Vitaltee«, stellt sie dann fest, und schüttet schaumig grünes Zeug aus der Thermoskanne neben ihrem Computer. »Warum siehst du denn so fertig aus?«

»Na ja, Sorgen um den Papa mach ich mir. Was tu ich denn, wenn rauskommt, dass er richtig krank ist? Dann brauch ich jemanden, der mir hilft, ohne gleich Geld dafür zu wollen. Und bei Michi-Mike könnte ich mir das im Moment glatt vorstellen, der fasst gerade überall mit an, und ich bin froh darum. Oder würdest du zurück auf die Insel kommen und ihn pflegen?«

Die Fränzi lässt fast ihre Tasse fallen vor Schreck, obwohl das eher eine rhetorische Frage war. Ich weiß, dass meine Schwester hier ihr Leben hat. Ich winke ab.

»Passt schon. Ich würde nur wahnsinnig gerne von dir hören, dass du froh bist, dass ich im Notfall dem alten Sonnfischer den Hintern auswischen würde.«

»Klar, danke. Ich hoffe nur, dass heute nicht unser letzter unbeschwerter Abend für lange Zeit ist.«

Wir sehen uns beide betroffen an. Dann sieht meine Schwester auf die Uhr und gibt sich einen Ruck.

»Aber jetzt gehen wir zum Lunch und dann holen wir den Xaver vom Kinderyoga ab. Unten im Bistro haben sie eine ausgezeichnete Bouillabaisse.«

Lunch? In einer Kantine, die auf untergewichtige Moderedakteurinnen eingestellt ist? Wenn ich in meinem Urlaub etwas nicht brauche, dann eine magere Fischsuppe zweifelhaf-

189

ter Herkunft. Ich überlege, wie ich meine kalorienzählende Schwester dazu bringen könnte, mit mir auf ein Bier und eine Currywurst zum Gärtnerplatz zu gehen und folge ihr zum Paternoster des Verlagshauses. Die Fränzi sieht mit ihren geglätteten, schimmernden Haaren und ihren Stilettos so gestylt aus, dass ein Außenstehender unser gemeinsames genetisches Material höchstens auf den zweiten Blick erkennen kann. Der Humangenetiker, der das Gerücht gestreut hat, dass eineiige Zwillinge ihr Leben lang den gleichen Hinterschinkenumfang haben, sollte mal Fränzis und meine Silhouetten vergleichen.

»Hallo, Franziska! Das ist deine Schwester?«

»Ja, das ist meine Zwillingsschwester.«

Fränzis Chef ist ein immer lächelnder Mann mit einem amerikanischen Männermodel-Gesicht, mit Grübchen im Kinn und grauen Schläfen. Sein Blick gleitet, ohne innezuhalten, über mein Gesicht, wird an meinem Busen etwas langsamer, und bleibt dann unten herum hängen. Ich kann mir kaum vorstellen, dass ihn meine alte lederne Umhängetasche so interessiert.

»Ich bin Fischerin«, sage ich, »auf der Fraueninsel«, als würde das irgendwie den Unterschied zwischen der dünnen und der dicken Zwillingsschwester erklären, und der Chef sagt auch tatsächlich: »Ach so, na dann Mahlzeit«, und stellt sich in den Paternoster nach oben. Fränzi sieht meinen Blick und haut mich dahin, wo mein Körper am rundesten ist.

»Jetzt stell dich nicht so an, du hast halt einfach einen Mordsarsch, und ich nicht. Na und?«

Ich kann tatsächlich ein und dieselbe Eigenschaft an jemandem gleichzeitig hassen und bewundern. Die Aufrichtigkeit meiner Zwillingsschwester zum Beispiel.

Am nächsten Morgen öffne ich die Augen, sehe Vorhänge mit einem indischen Muster und bin kurz verwirrt. Es dauert ein, zwei Sekunden, bis mir wieder einfällt, dass ich in Fränzis extrabreitem Balsaholzbett liege, und gleich danach meldet mir mein Kopf die unerledigten Angelegenheiten des gestrigen Tages: David. Hat er auf meine E-Mail geantwortet? Papa. Der muss um zehn in der Klinik abgeholt werden! Die Wohnung ist leer, Fränzi und Xaver im Verlag und in der Waldorfschule, und meine Schwester hat ihren Laptop anscheinend mit in die Arbeit genommen. Zum allerersten Mal überlege ich, ob ich nicht doch ein potenzieller Smartphonekunde wäre, dann könnte ich jetzt schnell E-Mails checken und wissen, ob es sich lohnt, noch einen Gedanken an eine heimliche Partynacht im »Schloss Seeblick« zu verschwenden. Ich ignoriere wie immer meine zerdatschten Locken, putze mir die Zähne mit Xavers Laserschwert-Zahnbürste, weil ich meine vergessen habe, mache mich auf den Weg zur U-Bahn und warte zehn Minuten später am Wettersteinplatz auf die Tram Richtung Krankenhaus. Es ist ein hellgrauer Tag, die Gegend um das Sechzger Stadion ist weder richtig schick noch richtig schäbig, irgendwie gesichtslos. Gebrauchte Handys, ein Bestattungsunternehmer, und dazwischen die Tegernseeer Landstraße. Und auf der anderen Straßenseite: ein Internetcafé!

»Nächste Abfahrt in 2 Minuten«, warnt mich die digitale Anzeige an der Haltestelle, aber ich renne trotzdem über die sechsspurige Straße. Eine dicke Frau mit Damenbart und dunklen Locken weist mir den Computer gleich am Eingang zu. Ich brauche nicht lange, um meine E-Mails zu sichten, ich habe nur eine neue Nachricht:

»Liebe Kati, die Party im Schloss Seeblick ist eine tolle Idee.

Melde mich, wenn ich sicher bin, dass ich nicht im Hotel gebraucht werde. Alles Liebe, David.«

Er kommt mit! Was mache ich denn jetzt? Ruhe bewahren, ganz einfach Ruhe bewahren. Jetzt davor zurückzuschrecken, dass der Schweizer Streber plötzlich zum netten David mit Lausbubenqualitäten geworden ist, dazu ist es nun zu spät. War dieser Fleck blauen Himmels vorher schon da? Und dieser leichte Sommerwind, der aus der Innenstadt hochweht, und den die Tram mitbringt, in die ich in letzter Sekunde springe? München ist eine wunderbare Stadt, finde ich. Die Tatsache, dass der Neue aus dem Hotel plötzlich mein Party-Komplize ist, wir auf eine Sause vom Trachtenverein gehen, ich nicht weiß, was ich dafür anziehen soll und woher ich unauffällig Lederhosen für den David bekommen soll, versetzt mich in helle Aufregung. Das ist gut so, denn dann pikst mich die Sorge um den Papa nicht so sehr.

Das ändert sich schlagartig, als ich die Gestalten sehe, die in Filzlatschen und Morgenröcken vor der Klinik herumhängen. Neben diesen Patienten wirken die gelblichen Hydrokulturpalmen im Foyer wie üppiges Gewächs aus dem Regenwald. Ich versuche die Urinbeutelträger und Tropfschieber um die Infothek herum nicht allzu sehr zu beachten, und gehe lieber zu Fuß durch ein kahles Betontreppenhaus, als im Lift weiteren Zombies zu begegnen. Die Tür zur Inneren schließt sich hinter mir, und als ich mich suchend vor dem Stationszimmer umsehe, schießt sofort eine Schwester auf mich zu. »Sind Sie Frau Lochbichler? Kommen Sie, der Herr Professor wartet schon auf Sie.«

Hab ich's doch gewusst. Bald bin ich Vollwaise. Ich nicke tapfer, laufe dem hellblauen Kittel der Schwester hinterher und wappne mich gegen die schlechten Nachrichten, die mir der Herr Professor gleich überbringen wird. Mich wundert es, dass er meinen Vater mit dazu gebeten hat, denn der sitzt schon vor dem Schreibtisch, zerzaust wie immer, seine iPod-Stöpsel im Ohr und wippt mit dem Fuß.

Hinter dem Professor klemmt eine Art Hirn-Collage an der Wand, lauter bunte Bilder, und ich weiß, dass das Papas Kopf von innen ist, bevor ich noch das »*Lochbichler, Bonifaz*« darunter lese. Weil es nämlich so aussieht wie in meinen schlimmsten Träumen. Wie die Farbpalette eines Malers, der Rot, Gelb und Grün ineinander geschmiert hat. Und dann aus einer schwarzen Tube dicke schwarze Batzen darauf gedrückt hat. Die schwarzen Flecken, das ist ganz klar das Böse. Das sind die Löcher, ein Tumor, zersetztes Gewebe, jedenfalls etwas ganz Schlimmes. Oder sind etwa die weißen Flecken das Übel, das meinen Vater dahinraffen wird?

»... Und insofern wünsche ich Ihnen noch eine gute Heimreise! Wiederschauen!«

Der Professor ist aufgestanden und wartet darauf, dass ich ihm die ausgestreckte Hand schüttle.

»Wie, schon fertig?«, frage ich und schaue auf Papa, der von all dem nichts mitbekommen hat und weiter mit dem Fuß wippt, dem Takt nach hört er einen eher getragenen Titel, aus dem Grönemeyer-Unplugged-Album vielleicht.

»Aber ja. Sie wissen, dass die Kasse die Kosten für den Scan nicht übernimmt, das hatten wir Ihnen ja schon am Telefon gesagt. Wir schicken Ihnen eine Rechnung, aber für eine so gute Nachricht zahlt man das doch gerne, nicht wahr?«

»Es ist wirklich alles in Ordnung? Und seine Vergesslichkeit?« Ich kann es kaum fassen.

»Wir konnten zwar ein paar Unregelmäßigkeiten in den Hirnströmen des limbischen Systems feststellen, aber die sind völlig unspezifisch. Was auch immer ihrem Vater fehlt, es hat jedenfalls keine organische Ursache. Ihr Vater ist körperlich topfit.«

Der Herr Professor dirigiert uns langsam, aber beharrlich zur Tür, und draußen kann ich es immer noch nicht fassen.

»Papa! Das ist ja sensationell!«

Weil ich mich so freue, falle ich ihm so ungestüm um den Hals, dass er fast in einen riesigen Hydrokultur-Ficus fällt.

»Oiso nacha. Mir geht's bärig!«, meint mein Vater und geht mit mir Richtung Ausgang. Unten im Foyer sagt er: »Ich geh nochamal aufs Häusl!«, und ich sehe ihm zu, wie er neben dem Eingang in einer Tür verschwindet. Es ist die Damentoilette.

Ich habe kurz das Gefühl, als hätte mir einer in den Magen geboxt. Soll ich zurück in die Innere laufen und den Herrn Professor anschreien, dass er sich die bunten Bilder noch einmal ganz genau anschauen soll?

»Bist du sicher, dass es dir gut geht?«, frage ich meinen Vater, als er zurückkommt, und er haut mir auf die Schulter und sagt: »Logisch, Kati. Wenn wir heimkommen, schau ich zerscht amal zum Laichbecken!«

Ich widerspreche: »Die Fränzi denkt aber, dass wir eine Woche hierbleiben!«

»Ja, ja«, sagt mein Papa und zieht sich umständlich den Hosenschlitz zu. »Und zu mir hat's gesagt, wenn ich zum Doktor geh, dann darf ich da so oft hinfahren, wie ich will, ohne dass du immer so bös schaust!«

Ich komme nicht dazu, mir eine gesalzene Antwort auf diese Unverschämtheit zu überlegen, denn mein Telefon klingelt, während sich die Tram vor der Klinik quietschend in die Schienen legt. Ich hebe ab, kann aber die Emerenz kaum verstehen: »Was, Gewerbeaufsicht? Ja, klar, kann der Michi-Mike denen aufmachen, wie bitte, hat er schon? Die waren schon da? Und? Was? Wegen gesundheitsschädlichem Schimmel? Um Gottes willen!«

»Nein, Frau Lochbichler, bezüglich der Auflagen kann ich rein gar nichts für Sie tun.«

Habe ich dafür meinen München-Urlaub abgebrochen, und bin sofort nach Rosenheim in die Behörde gefahren?

»Unser Haus hat ein, zwei feuchte Wände, das weiß ich, aber Sie haben doch erst letztes Jahr eine Kontrolle gemacht!«

Der Herr Koferl vom Gewerbeaufsichtsamt schüttelt den Kopf. Er hat ein Klemmbrett vor sich liegen und fährt mit dem Finger ein paar handgeschriebene Notizen entlang.

»Mei, Frau Lochbichler, aus Feuchtigkeit wird Schimmel. Und Schimmel, wissen's schon, das ist ein gravierender Hygienemangel. Da sind Sie selbstverständlich verpflichtet, dafür zu sorgen, dass der sofort beseitigt wird. Eigentlich haben Sie ein Mordsmassel gehabt, dass wir ihnen den Laden nicht gleich ganz zugesperrt haben.«

»Aber im Oktober war doch noch alles in Ordnung!«

»Sicher, aber es wäre Ihre Pflicht gewesen, Ihre Räumlichkeiten auch auf versteckten Schimmel hin zu untersuchen. Und da hat es ganz eindeutig Läus gehabt bei Ihnen, sind's mir nicht bös.« Der Herr Koferl spitzt sich einen Bleistift und schaut mich streng über seine randlose Brille an.

»Also, wenn sich Ihr Herr Verlobter nicht so eingesetzt hätte, dann hätten wir Ihnen auch gleich den Laden ganz zusperren können.«

»Das habe ich verstanden, aber das ist nicht mein Verl…«

Ach, was gehen den Herrn Koferl meine privaten Angelegenheiten an. Jedenfalls muss ich mich bei Michi-Mike bedanken, dass er sich so für mich eingesetzt hat. Trotzdem kann ich es immer noch nicht fassen.

»Ich verstehe das aber nicht … In der Küche ist doch eigentlich alles gefliest oder mit Alu verkleidet.«

»Ja, da hättens halt einmal dahinter schauen sollen.«

»Wo, dahinter?«

»Na, hinters Blech.«

»Sie haben hinter die Wandverkleidung geschaut?«

»Gehen's her, ich zeig's Ihnen, aber dann muss ich echt in Mittag, heut gibt's Rahmschwammerl«, sagt Herr Koferl mit einer Stimme, der man schon leicht anhört, dass auch seine Engelsgeduld einmal ein Ende haben wird. Das Display der kleinen

Digikamera spiegelt, aber trotzdem sehe ich, dass in unserer Küche offensichtlich das unterste zuoberst gedreht worden ist. Kann man eigentlich die Spüle nicht in die Mitte vom Raum schieben, ohne dass man sie komplett aus der Verankerung reißt?

»Das war nicht schön, wie's dahinter ausgeschaut hat. Nicht schön.«

»Und warum haben Sie da das letzte Mal nicht dahinter geschaut?«

»Mei, da haben wir halt noch keinen Hinweis nicht gehabt, dass bei Ihnen was vorliegen könnt.«

»Wie, Hinweis?«

»Mei, anonym halt.«

Dann schiebt der Herr Koferl seinen Hemdsärmel zurück, um schon wieder auf die Uhr zu schauen.

»Rahmschwammerl?«, frage ich, am Boden zerstört.

»Rahmschwammerl!«, sagt der Koferl und steht auf, um mich zur Tür zu bringen.

»Natürlich kann man die Spüle in die Mitte schieben, ohne sie komplett aus der Verankerung zu reißen. Außer halt, es pressiert. Was willst machen, mit denen vom Amt bist am besten kooperativ, sonst sperren's dir gleich den Laden zu.«

Ein Glück, dass Michi-Mike in seiner neuen Superposition so flexible Arbeitszeiten hat, denn er hat Zeit, sich um mich zu kümmern, als ich gerade mal zwei Tage nach meinem Urlaubsantritt schon wieder bei mir in der Küche stehe und ziemlich ratlos die freigelegte Wand anstarre.

»Aber – wo ist eigentlich der Schimmel? Ich sehe gar nix!«

»Wo du jetzt stehst, da war alles schwarz. Schimmelsporen. Die bohren sich in deine Lunge und dann – kchhhhhh.« Michi-Mike macht ein scheußliches Geräusch und eine Schnittbewegung an seinem Hals. »Hab ich alles weggekratzt, noch gestern Abend. Den Rest muss halt dann ein Bauunternehmen machen.«

Michi-Mike sieht mich beifallheischend an.

»Ich muss sagen, ich hab's heut früh beim Gliden ganz schön gespürt in der Lunge, die Todessporen vom schwarzen Schimmel.«

»Danke, Michi-Mike«, seufze ich, und stemme mich gegen die Spüle, kann sie aber keinen Millimeter bewegen. »Und wer schließt mir das jetzt wieder an?«

»Ich hab schon mit meinem Papa geredet, der kommt nächste Woche vorbei und schaut sich das mal an. Küchenmontage, Schimmelbeseitigung, Wandtrockenlegung, der macht dir ein Komplettangebot. Und der haut dich nicht übers Ohr, der sagt dir, was Sache ist, da kannst du dich drauf verlassen.«

»Dein Vater? Ich denke, der arbeitet nicht mehr?«

Den Papa Katzlberger habe ich das letzte Mal gesehen, als ich mich von Michi-Mike und seiner Familie verabschiedet habe, weil ich gerade den Studienplatz in Passau in der Tasche hatte. Ein massiger, rotgesichtiger Mann, der mit jedem eine Spur zu laut redet, ob er jetzt seine Hanseln auf dem Bau oder seine Familie herumscheucht.

»Tut er auch nicht. Aber für die Familie ist er natürlich trotzdem immer da. Und für dich somit auch. Jetzt ist er grad noch in Dubai mit der Mama, Urlaub, gell, da musst halt jetzt einfach mal zusperren bis dahin. Er macht dir natürlich einen super Preis – und außerdem, Spatzl, wird's eh höchste Zeit, dass mein Papa und du mal wieder ein Wörterl miteinander redet, jetzt, wo wir zwei miteinander gehen.« Michi-Mike grinst mich aufmunternd an und will mich mitten in dem ganzen Küchenchaos küssen.

»Achtung, Todessporen«, sag ich erst, aber gebe ihm dann doch einen ziemlich gestressten Kuss zurück, denn ich kann saufroh sein, dass Michi-Mike sich mit dem Herrn Koferl so gut gestellt hat. Denn ich habe durchaus verstanden, dass sie mir auch gleich den ganzen Laden hätten zusperren können, nicht wahr.

Die Emerenz winkt mir von Weitem und presst die Hand vor den Mund, während sie sehr zögernd auf unser Haus zugeht.

»Dei Post!«, sagt sie dann schnell, drückt mir ein paar Briefe und ein paar EDEKA-Prospekte in die Hand, und weg ist sie.

»Ist dir schlecht?«, rufe ich ihr nach, aber sie schüttelt den Kopf und deutet auf unser Küchenfenster.

»Nein! Wegen den Todessporen!«, ruft sie und nimmt dann ganz schnell wieder die Hand vor den Mund. Ob sie es war, die bei der Gewerbeaufsicht angerufen hat? Und vor allem – wenn sie das Ergebnis der Kontrolle herumtratscht, kann ich unser »Wir machen Urlaub!«-Schild am Rosenbogen gleich ersetzen durch: »Wegen Todessporen und übler Nachrede geschlossen. Für immer.«

Trotzdem bin ich froh, dass ich den Brief nicht unter ihren Habichtsaugen öffnen muss. Er ist nämlich von der Sparkasse Breitbrunn, und soweit ich das auf den ersten Blick sehe, steht auch da nichts Gutes drin.

»Ist schon wieder was passiert?«

Meine Karriere-Schwester bekommt gerne einen leicht gehetzten Tonfall, wenn ich sie zu oft anrufe, aber darauf kann ich jetzt keine Rücksicht nehmen.

»Also, dass das Haus sofort saniert werden muss, das weißt du. Und ich dachte natürlich, ich kann dafür unseren Kredit aufstocken lassen! Aber jetzt das, pass auf.«

Ich schüttle den Brief mit der freien Hand auf und halte ihn unter die Schreibtischlampe, obwohl draußen heller Tag ist. Ich habe nämlich die Fensterläden geschlossen, um mir nicht immer den leeren Biergarten ansehen zu müssen.

»… Haben wir davon erfahren, dass Ihr Betrieb auf nicht absehbare Zeit geschlossen werden muss. Da wir einhergehend mit dem Wertverlust Ihrer als Sicherheit angegebenen Immobilie feststellen müssen, dass die Rahmenbedingungen für unseren Kreditvertrag nicht mehr gegeben sind, sehen wir uns leider gezwungen, diesen mit sofortiger Wirkung zu kündigen.«

»O nein! Der Teufel scheißt immer auf den größten Haufen!«, sagt meine Schwester, und klingt tatsächlich auch einmal richtig geschockt. »Das heißt, der Wedehopf will …«

»Genau!« Ich schreie fast. »Die Achtzigtausend auf einmal zurück! Und vor allem – ›haben wir davon erfahren‹, ›Wertverlust Ihrer Immobilie‹ –, woher wissen die das alles? So schnell?«

»Also wenn du mich fragst«, sagt meine Schwester langsam, »dann versucht dich da jemand fertigzumachen. Aber wer? Wer macht denn so was?«

»Weiß ich nicht genau. Aber ich find's raus!«

Ich merke, wie sauer ich bin, und überlege, was jetzt zu tun ist. Das Bett ist ungemacht, seit Michi-Mike bei mir übernachtet hat. Und der Computer ist auf Standby, damit ich jederzeit meine Mails checken kann. Weil ich den Schweizer unbedingt an meinem Doppelleben teilhaben lassen wollte. Dabei hat der sich sowieso nicht mehr gemeldet. Ich kann mich nicht mehr im Geringsten erinnern, was ich mir davon eigentlich versprochen habe. Als hätte ich nichts Besseres zu tun. Zum Beispiel muss ich sehr dringend herausfinden, wer mir da eigentlich das Leben schwer machen will und mich permanent verpetzt und beim Koferl angezeigt hat. Und ich weiß auch schon, wo ich anfange.

Ich finde Zoran am Wirtshaussteg, wo er in seinem Boot herumwerkelt. Ich habe nicht mehr mit ihm gesprochen, seit das Public Viewing bei mir daheim in die Hosen gegangen ist, und mache mir kurz Sorgen, ob er mir vielleicht gleich an den Kragen geht, wenn ich herausfinden will, ob er mit der Sache was zu tun hat.

»Zoran?«, frage ich deshalb vorsichtig, und er stellt den Benzinkanister sofort ab, immerhin nicht wütend, sondern so vorsichtig, dass kein bisschen überschwappt, und richtet sich auf.

»Ja schau her, die Kati. Was gibt's?«

Er klingt distanziert, aber nicht unfreundlich.

»Mei, geht schon, war schon besser, und dir?«

»Ganz famos«, sagt der Amsler Wirt ein wenig gestelzt, und

zieht ein großes kariertes Taschentuch aus der Lederhosenta-
sche, um sich die Finger daran abzuwischen. Er sieht außerordentlich festlich aus, trägt Lederhosen mit Hosenträgern, die
die Emerenz sicher in Ekstase versetzen würden, weil sie nämlich mit einem wunderbaren Konterfei unseres Märchenkönigs
bestickt sind.

»Willst du in die Kirche?«, frage ich ein wenig dämlich, weil
mir nichts anderes einfällt, um die Konversation am Laufen zu
halten, und meine Strategie des »Ich-geh-da-hin-und-konfron-
tier-den-Sauhund-mit-der-Wahrheit« irgendwie nicht mehr
ganz aufgeht, so freundlich wie mich der Zoran anschaut.

»Nein. Ich geh zur Schneiderin, ein Dirndl für die Molly abholen, weil wir bald Verlobung feiern!«

»Oh«, sage ich verdutzt, »das ist jetzt aber schnell gegangen!«

Während der Zoran selig nickt und drinnen den Schlüssel
vom Außenborder umdreht, rufe ich in letzter Minute: »Koferl!
Sagt dir der Name Koferl was?«

»Koferl?«, fragt der Zoran und kommt noch einmal aus seiner Kabine. »Ist das nicht ein Trachtengeschäft? In Ruhpolding? Wieso, willst du dir ein Dirndl kaufen?«

Ich schüttle den Kopf, und Zoran schaut mich kurz nachdenklich an.

»Komm, Kati, schau nicht so traurig. Wenn du gekommen
bist wegen den Fischen – nein, da kommen wir nicht mehr zusammen. Aber ich bin dir nicht mehr böse wegen der Sache mit
dem Schweinsbraten und dem Fernsehbeitrag. Das hat dir
mehr geschadet als mir. Also, habe die Ehre!«

Er wendet sein Boot, dass das Wasser nur so schäumt, und
ich bleibe stehen, bis die Kielwellen von der »Chiemseenixe«
nicht mehr an die Piermauer schlagen.

»Wenn mich der Zoran verpetzt hat, dann fress ich einen
Besen mitsamt der Putzfrau!«, teile ich dem Schwanenpaar
mit, das zu mir hergeschwommen kommt, und die zwei Vögel
neigen affektiert die Hälse, bevor sie beleidigt beidrehen, weil
ich ihnen nichts Essbares vor die Schnäbel streue.

»Die Molly hat sich verlobt?«

Eine Quadratratschen wie die Emerenz fühlt sich natürlich total geschmeichelt, dass ich zu ihr komme, um mir ein Update über Mollys Familienstand zu holen.

»Ja! Hat's mit ihrem Pfannkuchengsicht doch noch einen derwischt, ein rechter Depp wird das halt sein, aber nix Gwiss weiß man nicht!«

Ein wenig sieht die Emerenz aus, als hätte sie Zahnweh, aber das kann natürlich auch daran liegen, dass sie sich das geblümelte Kopftuch unter dem Kinn festgezurrt hat wie eine alte Bäuerin nach einer Wurzelbehandlung.

»Wie, weiß man nicht?«

»Nein, weiß man nicht. Ich weiß nur, dass er nicht vom Gottschaller Erwin kommt, der weiß nämlich auch nur, dass es einer sein soll, der wo nicht von hier aus der Gegend ist.«

Sie verzieht das Gesicht noch mehr, etwas nicht zu wissen, scheint ihr in der Tat richtig wehzutun.

»Wahrscheinlich wegen dem Fernsehbeitrag, den der Hubsi vom BR machen wollte, dem hab ich doch ihre Nummer gegeben. Ist der denn schon ausgestrahlt worden?«

»Nein, im Fernsehen drin, da hat's nix gegeben über die Molly, ganz sicher. Aber vielleicht ist's der Neue, der von oben, vom Hotel? Wie heißt der gleich wieder?«

Ich starre die Emerenz total fassungslos an und sie denkt, ich weiß erst einmal nicht, wen sie meint.

»Weißt schon, der Schmalbrust-Anderl[33], der jetzt dem Zumsler Hans seine Arbeit macht.«

»David. David Krug.«

»Ja genau, weil wennst mich fragst, ist der nämlich auf der Suche. Hat mich auch gefragt, was du so für eine bist, aber ich hab ihm gleich gesagt, dass du keine gute Partie nicht bist.«

»Wieso eigentlich nicht?«, frage ich leicht eingeschnappt.

»Ja mei, weil die Fischerei, die ist nix für so einen Saupreiss,

---

33 Schmalbrust-Anderl: männliche Person mit niedrigem Körperfettgehalt

so einen schweizerischen, der gleich Chef wird und sich die
Händ nicht dreckig machen will. Und zu dir, da passt eh nur
einer von hier, der weiß, dass du eine rechte Zwiderwurzn[34]
sein kannst. Für dich ist der Michi-Mike schon der Richtige,
der trotzdem auf dich gewartet hat die ganze Zeit!«

Ich eine Zicke, die nur ein Hiesiger in den Griff bekommt.
Na sauber. Da hat die Emerenz mal wieder eine richtig tolle
Analyse hingelegt.

»Also, ich bin gar nicht immer so schlecht gelaunt, ich hab
einfach nur viel zu tun! Und der Herr Krug genauso!«

Ich schiebe noch nach: »Und der würde sich nie mit der
Molly einlassen!«

Die Emerenz schiebt den dicken Stapel aus *Fürstenhöfe
Today* und der *Apotheken Rundschau* auf ihrem Küchentisch
ordentlich an die Wand und kneift die Augen zusammen, als
sie mir erklärt:

»Ja mei, überlag halt amal, wenn sich das Hotel und das
Wirtshaus miteinander verbinden, dann wird er bald noch
mehr als der Geschäftsführer, das ist natürlich eine Fusion, wie
zwei Königshäuser, gell.«

»Aber – der Zoran, der will doch einen mit Tradition!«

»Ja schon, aber in der allergrößen Not frisst man die
Wurscht auch ohne Brot! Wird halt kein anderer da gewesen
sein für die Molly! Und wennst mich fragst, ich glaub, so wie
der beinander ist, kosmolopolitsch und alles, dass sich der
Kerle durchaus auch einfügen könnt in die Familie, die kroa-
tische.«

»Fragt dich aber keiner!«, erwidere ich und werde meinem
angeblichen Ruf als Zwiderwurzn gerecht, weil ich es total an-
maßend finde von der Emerenz, die Molly mit einem Fürsten-
hof zu vergleichen, als könnte ich mit meiner Fischerei nicht
gegen so eine Wirtschaft anstinken. Jedenfalls bald wieder, sobald ich ein paar Kleinigkeiten in Ordnung gebracht habe.

---

34 Zwiderwurz: weibliche Person mit erhöhtem Zickigkeitsgehalt

Immerhin fällt mir gerade noch ein, dass ich noch etwas ganz anderes erledigen wollte:

»Aber den Koferl, den hast du nicht zufällig angerufen, oder?«

»Koferl, Koferl?«

Die Emerenz schaut mich mit großen Augen an. »Das ist doch das Trachtengeschäft in Ruhpolding! Nein, wieso, du brauchst doch endlich amal a Dirndl, und ned ich!«

Ihre Ahnungslosigkeit klingt ehrlich, was die Sache aber nicht unbedingt einfacher macht, weil mir jetzt auch nicht mehr einfällt, wen ich noch im Verdacht haben könnte. Ich verschiebe deshalb wegen schlagartiger Erschöpfung weitere Investigationen auf später und gehe nach Hause, um mich in meiner Weltuntergangsstimmung zu suhlen. Als mein Handy klingelt, weil Michi-Mike bei mir anruft, schalte ich das Telefon einfach nur auf stumm. Auf gar keinen Fall kann ich jetzt irgendeine Gesellschaft ertragen. Nachdem ich über das Seil mit der Tafel »Geschlossen« gestiegen bin, bin ich so deprimiert, dass ich mich sofort ins Bett legen muss.

Normalerweise spüre ich abends beim Einschlafen noch ein Schwanken unter mir und Phantom-Gummistiefel an meinen Füßen. Heute spüre ich gar nichts, so lange war ich schon nicht mehr draußen auf dem See. Stattdessen fliegen Zahlen durch meinen Kopf, viel zu hohe Geldbeträge, die durchs Herumschieben auch nicht besser werden. Es ist gerade mal halb zehn, als ich einschlafe und von der Emerenz träume, die in einer goldenen Kutsche sitzt, die von der Molly gezogen wird. Die Molly hat eine hellblaue Rokoko-Perücke auf, und neben ihr laufen zwei zischende Schwäne, die ihre langen Hälse drohend nach einem Mann ausstrecken, der vor der Kutsche davonläuft und von dem ich leider nur den Rücken sehen kann. Er hat allerdings dichte dunkelbraune Haare und beim Laufen wickelt sich eine dunkelgraue Schürze um seine langen Beine. Molly schnauft und streckt ihre Hände nach ihm aus, ihre Krautstampfer donnern auf die Erde, langsam verkleinern sich ihre Arme und bekommen Krallen, und ihre Schenkel werden länger, die Kniegelenke knicken nach hinten durch, sie wird zu einem schrecklichen Mollysaurus Rex, unter dessen Füßen die Erde bebt, bumm, bumm, bumm. »Ziag'n zuawa!«, kreischt die Emerenz, und der Mollysaurier streckt seine Krallen aus nach dem fliehenden Mann, gleich werde ich sehen, wer …

Ich schrecke hoch, einen steinzeitlichen Geschmack im Mund, und während ich nach meinem Wasserglas taste, merke ich, dass der Traum zwar vorbei ist, das bumpernde Geräusch aber nicht aufgehört hat. Es klopft. Und zwar von außen an meine Fensterläden.

Nun ist Fensterln ein Brauch, der allgemein eher aus der Mode gekommen ist, kaum ein Mann begehrt mehr mit den unwiderstehlichen Worten »Zenzi, lass mi eini!« Einlass in die Kammer und die Muschi seiner Auserwählten. Auf Inseln haben überholte Bräuche wahrscheinlich eine höhere Halbwertszeit, aber seit das Mädchenpensionat des Klosters einer Tagesschule für Sonderschüler gewichen ist, geht die testosterongesteuerte Leitersteigerei auch hier gegen null. Nun, um an mein Fenster zu gelangen, muss man auf keine Leiter steigen, unser geducktes altes Haus bietet keuschheitsmäßig so gut wie keinen Widerstand, aber davon habe ich persönlich bisher wenig profitiert. Im Gegenteil. Ich musste so manche Inselrunde drehen, bis meine Schwester ihre Gspusis aus unserem gemeinsamen Zimmer wieder hinausgeschafft hatte, immer auf der Hut vor nachbarschaftlichen Stielaugen. Und dann wurde ich erwachsen und Fischerin und habe gelernt, die Sachen selbst in die Hand zu nehmen, um auf meine Kosten zu kommen. Deshalb ist Männerbesuch das Letzte, was mir in den Sinn kommt, als ich nachsehe, wer mich geweckt hat. Mein schlafwandelnder Vater, der vergessen hat, wo die Haustür ist? Oder die Emerenz, die mich mitten in der Nacht um ein Stück Butter bitten will? Die Fensterläden quietschen leise, als ich sie aufstoße, ein bisschen abblätternde Farbe hinterlässt grüne Brösel auf meinem Fensterbrett, aber ich sehe erst einmal nichts, nur: Rosa.

»Salü«, sagt der überdimensionale Blumenstrauß zu mir, und der aufschwingende Fensterladen reißt ihm ein paar zarte Blätter ab. Das fällt aber nicht weiter auf bei dieser Wolke aus Pfingstrosen, die, wenn ich mir einmal länger Gedanken darüber machen sollte, eindeutig unter die Top Drei meiner Lieblingsblumen kommen würden. Mein Herz macht einen Hupfer, kann das wirklich sein, dass David vor meinem Fenster steht?

»Sind die von der letzten Hochzeit übriggeblieben?«, sage ich trotzdem total cool, obwohl es mich wahnsinnig freut, dass die Emerenz doch nicht recht gehabt hat mit ihrer Vermutung, denn sonst würde er doch eher vor Mollys Fenster stehen, oder?

»Aber sicher. Wir Schweizer sind Weltmeister im Recycling. Darf ich reinkommen?«

Die Party im »Schloß Seeblick«! Der hat unsere Abmachung nicht vergessen! David legt die Blumen auf einen der Gartentische, weil der Strauß nicht ohne Weiteres durch mein Fenster passt, und schwingt einen Fuß über mein Fensterbrett. An diesem Fuß ist der mir bereits bekannte Stiefel, der vom »Großvatr«. Dann kommen zwanzig Zentimeter braune Haut, und dann ein original handgestrickter Wadlwärmer: grau mit grünem Rand und Zopfmuster ohne Ende. Wusste gar nicht, dass die in der Schweiz auch so was tragen. »Hast du dein Alphorn auch mit dabei?«, frage ich spitz, weil mir gerade noch rechtzeitig eingefallen ist, dass ich tendenziell natürlich beleidigt bin, weil David sich gar nicht mehr bei mir gemeldet hat. Ich schaue mir meinen Überraschungsbesuch also eher vorsichtig an, er klappt sich auseinander wie ein Schweizer Taschenmesser, nachdem er sehr wendig und geräuschlos in mein Zimmer

205

gestiegen ist. Was er da anhat, das ist jedoch nicht vom Züricher See, solche Lederhosen kenne ich, das ist eine original Chiemgauer Tracht. Also, wenn dieser Schweizer etwas macht, dann macht er es gründlich, das muss man ihm lassen, sogar seine Waden, die ja sonst bei zugereisten Lederhosenträgern meistens mickrige Zahnstocher sind, an denen die Wadlwärmer herunterrutschen, haben ein erstaunlich kerniges Format. Von wegen Schmalbrust-Anderl, denke ich mit einem gewissen Stolz.

»Bisschen shoppen gewesen, was?«, frage ich und schaue mir die teuren Federkielstickereien auf den Hosenträgern an.

»Aber sicher. Ich komme ja viel herum auf meinen Fahrradtouren. Letzte Woche bin ich diese Panoramastraße von Traunstein nach Salzburg gefahren, die kennst du sicher?«

Kennscht du sichrrrr? Bei mir verfällt David immer in diesen bedächtigen Schweizer Akzent, den hochdeutschen Racka-Zacka-Tonfall hebt er sich wohl für sein Berufsleben auf.

»Ja, aber ich bin sie noch nie gefahren.«

Panoramastraße nach Salzburg? Ist der wirklich mal eben nach Salzburg geradelt und wieder zurück?

»Nun, auf dem Weg zurück habe ich in einem Trachtengeschäft in Ruhpolding vorbeigeschaut, Koferl heißt das, das kennst du sicher?«

»Nein.«

Die sollen mich alle mal in Ruhe lassen mit ihrem Trachtengeschäft!

»Na ja, und da habe ich mich eingekleidet, weil ich dachte, wir dürfen auf dieser Veranstaltung heute Abend auf keinen Fall auffallen. Tut mir leid, dass ich dir nicht Bescheid gesagt habe, aber ich hatte einfach viel zu viel zu tun. Ich dachte schon, ich muss dir eine E-Mail schreiben, dass ich erst im November wieder Zeit habe.«

Moment, das war doch immer mein Spruch (auch wenn ich es mir gerade leisten kann, mich um acht Uhr abends in die Federn zu hauen, weil mein Laden gerade ein bisschen den Bach hinuntergeht)!

David steht da und wartet anscheinend auf irgendeine Reaktion von mir.

»Sollen wir nicht langsam aufbrechen? Oder hast du es dir anders überlegt?«

»Nein, nein!«

»Das ist gut. Und behältst du das an?«, fragt David und hebt eine seiner dunklen Wildwuchsbrauen, während er mich mustert. »Steht dir ausgezeichnet.«

Ich schaue an mir herunter und will gar nicht wissen, welchen Eindruck ich in meinem nicht mehr besonders weißen T-Shirt und den gestreiften Boxershorts auf den hellwachen und bestens gelaunten Mann vor mir machen muss. Aber es kann nicht sein, dass dieser Schweizer jetzt schon wieder alles besser macht. Panoramastraße, Trachtengeschäft, perfektes Outfit – wer ist denn jetzt von hier, er oder ich, Sacklzefix?

»Ich bin nur kurz eingenickt! Mach's dir bequem, ich bin gleich wieder da!«

Der chiemseeblaue Stoff schimmert durch die transparente Schutzhülle und ich schließe den Schrank im Schlafzimmer meiner Eltern so leise wie möglich wieder und hoffe sehr, dass mein Vater nicht ausgerechnet jetzt auf den Gedanken kommt, die Augen aufzuschlagen. Als ich wieder nach draußen schleiche, dreht er sich im Schlaf herum und murmelt »L-ka! L-ka!« und ich nehme mir vor, ihn morgen zu fragen, ob er erkältet ist. Aber nicht jetzt. Am alten Wäscheschrank im Flur ist ein Spiegel, und als ich den obersten Knopf des Dirndls schließe, muss ich die Luft anhalten, damit ich nicht losheule, weil es noch so nach der Mama riecht. Und damit ich den Stoff nicht sprenge. Ich bekomme wider Erwarten trotzdem mehr als nur einen Knopf zu, sieht so aus, als hätte ich in den letzten Wochen ein paar Pfund verloren. Dass ich keinen Dirndl-BH besitze, fällt nicht weiter auf, mit noch mehr Push-Up würde mir der Busen sowieso glatt aus dem Mieder fallen. Ich schließe die lange Reihe Perlmuttknöpfe, der stramme Stoff verdrängt den restlichen Speck Richtung Hüften, wo er die vielen Falten noch mehr aufspringen lässt. Als ich mir zuletzt die rot-weiß karierte Schürze umbinde, fühle ich mich im ersten Moment total verkleidet, mehr als in allen meinen bisherigen Hochzeits-Outfits, aber das hilft jetzt nichts. Jetzt noch Mamas hellgraue Trachtenschuhe mit der Silberschnalle und die Lochmusterkniestrümpfe, Wimperntusche, und die Locken mit ein paar Haarklammern zu einem provisorischen Dutt zusammengebaut, das muss reichen.

David sitzt nicht wie erwartet brav an meinem Schreibtisch und erlegt Moorhühner an meinem Computer, sondern auf dem Fußboden, um ihn herum Papierstücke wie von einer zerrissenen Tapete.

»Was ist das?«, fragt er, ohne den Kopf zu heben.

»Das ist nichts, das war was. Jetzt ist es Müll«, sage ich, »das siehst du doch, tu das bitte wieder zurück in den Papierkorb.«

»Sicher nicht. Das interessiert mich«, sagt er störrisch und versucht Fetzen der blauen Durchschnittstemperatur-, roten Fischfang- und schwarzen Umsatzkurve aneinanderzuhalten wie ein Puzzle. »Wer hat das berechnet? Hm?«

Ich glaube, er hat vor, mir einen seiner prüfenden Managerblicke zuzuwerfen, aber als er den Kopf hebt, schnellen seine Augenbrauen fast bis zum Haaransatz hoch und die zwei Papierstücke, der er gerade zusammenfügen will, verfehlen sich um gute dreißig Zentimeter.

»Kati! Sensationell! Ich meine, also, das Dirndl! So eine schöne … Farbe!«

Er starrt immer noch und lässt sich ohne Widerstand die zerknüllten Teile meines Fünfzehnjahresplans aus der Hand nehmen.

»Gib her. Das war nur eine Spinnerei von mir. Theoriegewäsch. Als könnte man das Leben berechnen.«

»Nein, das kann man nicht berechnen«, nickt David. Kleine Pause, er mustert mich, seine Augenbrauen immer noch in der Hoppla-Position.

»Aber man kann unerwartete Ereignisse einfach als einen

neuen Faktor akzeptieren, der auf lange Sicht vielleicht sogar Vorteile bringen kann. Dann werfen sie dich nicht so leicht aus der Bahn.«

Darüber muss ich kurz nachdenken.

»Ja, das habe ich eigentlich auch immer so gesehen, aber zurzeit fehlt mir ein bisschen die pragmatische Herangehensweise. Im Moment habe ich einfach das Gefühl, ich stecke da knietief in irgendetwas drin, was sich meiner Kontrolle entzieht, und das macht mich ganz fertig.«

Ich sage jetzt nicht dazu, dass die Konkurrenz durch sein Hotel und das Hausverbot einen nicht unwesentlichen Beitrag zu meiner Verstörung beigetragen haben, und alleine kommt er offensichtlich auch nicht drauf.

»Das kenne ich«, pflichtet er mir stattdessen bei, »wenn der Abstand fehlt, einen die Ereignisse überholen und man einfach nicht mehr in Ruhe darüber nachdenken kann, wie es weitergeht.«

Ich sehe ihn an, wie er da auf dem alten Dielenboden in meinem Zimmer kniet, und zu mir hochschaut und traurig lächelt. Ich gehe einfach mal in die Knie, um mich zu ihm auf den Boden zu setzen.

»Wieso, kennst du das? Du machst, öhm, also du machst schon eher den Eindruck, als würdest du immer genau wissen, was du willst.«

»Sicherrrr«, sagt er jetzt, wieder bedächtig, mit diesem kehligen »cchhhhh«, an das ich mich direkt gewöhnen könnte, und das in seiner Freizeitsprache anscheinend jeden seiner Sätze einläutet, »aber das hilft einem auch nicht immer weiter. Vor Kurzem zum Beispiel wusste ich ganz genau, was ich wollte, und zwar: Einfach nur weg. Aber das war auch alles, und besonders gut ging es mir dabei auch nicht.«

»Du wolltest nur noch weg?«

»Sicher wollte ich nur noch weg.«

»War das der Grund, weshalb du den Job auf der Fraueninsel angenommen hast?«

209

»Das hatte persönliche Gründe.«

Na toll, das ist wahrscheinlich typisch schweizerisch: Persönliche Fragen so neutral wie möglich abschmettern. Ich frage nicht ganz so neutral zurück: »Und wo sind deine persönlichen Gründe jetzt? Noch in Zürich?«

David seufzt und nimmt eine Ecke von meiner Schürze in die Hand, um sanft mit dem Daumen über einen der aufgestickten kleinen Fische zu fahren.

»Die sind zurück in Kitzbühel. Da wo sie hingehören.«

»Mit deinem Hund?«

»Mit meinem Hund.«

»Und fehlen sie dir?«

»Aber sicher. Der Hund fehlt mir. Sehr. Aber den konnte ich ja nicht hierher mitnehmen.«

»Oh. Aha.«

Als ich merke, dass wir ganz gewaltig vertrautes Territorium verlassen haben, so wie wir nebeneinander sitzen, mit dem Rücken an mein Bett gelehnt, bekomme ich eine leichte Panikattacke. Dieses Dirndl lässt mir außerdem verflixt wenig Luft zum Atmen.

»Also, ich mag ja eigentlich keine Hunde«, keuche ich schnell, weil mir nichts Blöderes einfällt, um ja nicht noch mehr Vertrautheit aufkommen zu lassen.

»Sicher, das sagtest du bereits. Das macht nichts.«

Ich schaue mir David von der Seite an, kein Stirnrunzeln, zwei Falten im Mundwinkel, die aber nach oben zeigen: Er scheint es mir nicht übelzunehmen, dass ich wenig feinfühlig auf seine persönlichen Informationen reagiert habe.

»Also«, wage ich mich vorsichtig vor, »vielleicht würde ich bei deinem Hund sogar eine Ausnahme machen.«

»Sicher.«

»Und wart ihr Kollegen, deine Exfreundin und du?«

Ich schaue wieder nach vorne und merke aber, dass er nicht aufhört, mich von der Seite zu beobachten.

»Sicher waren wir das.«

»Und das hat nicht geklappt?«

»Sicher hat das geklappt. Aber zwischen ihr und dem Sous-Chef hat es auch ziemlich gut geklappt. Ich war ihr nicht gut genug. Sie ist sehr verwöhnt, weißt du.«

»Oh. Aha.«

Ich kann mir jetzt gar nicht vorstellen, dass dieser Mann jemandem nicht gut genug ist, wo er mir doch die ganze Zeit eher zu gut erscheint. Strebermäßig perfekt sogar.

»Ich finde dich schon ziemlich gut.«

Jetzt kann ich mal schauen, wie ich das wieder hinbiege, das kann ich doch nicht so stehen lassen, vor ein paar Tagen hätte ich dem Kerl doch noch am liebsten den kantigen Kopf abgerissen!

»Also, ich finde jedenfalls, was du anpackst, das hat Hand und Fuß«, schwäche ich ab, was ich gerade gesagt habe.

»Merci. Ich finde dich auch ziemlich gut.«

»Oh. Aha.«

Kurzes Schweigen, in dem mir mein Dirndlmieder immer enger wird und ich nicht weiß, was jetzt gleich passieren wird. Die Situation ist jetzt so wie bei unserer ersten Begegnung auf dem Boot – unsere Schultern berühren sich, besser gesagt, meine lehnt an seinem Oberarm, aber unsere Hüften nicht. Wenn ich den Kopf nur eine winzige Kleinigkeit nach links neige, könnte ich ihn an David Schulter lehnen. Und jetzt sucht seine große warme Hand tatsächlich meine, die sich irgendwo zwischen Rock und Schürze versteckt hat, und drückt sie.

»Weißt du, was ich auch gerne anpacken würde?«, fragt er. Mich! Nimm mich!

»Was denn?«, fragt eine mir fremde Mädchenstimme, die aber meine sein muss, weil sonst niemand mehr im Raum ist, der so herumpiepsen könnte.

»Unser Partyprojekt. Wir sollten jetzt beide gemeinsam diese Insel verlassen, bevor im Seeblick nichts mehr los ist.«

Ach so, ja. Schade. Was habe ich mir eigentlich gerade gedacht? Schließlich ist er nicht wegen mir hier, sondern weil ich für ihn das Ticket bin, um einmal den Manager abzustreifen und woanders zu feiern.

»Na klar, lass uns gehen. Kein Problem«, sagt das fremde Mädchen, das leider um einiges schüchterner ist als die Kati Lochbichler, denn die hätte ihrer Eingebung (wild knutschen und sich zusammen auf dem Boden herumwälzen) sicher sofort nachgegeben.

»Aber wenn du nichts dagegen hast, würde ich das Haus gerne durch die Tür verlassen«, sagt mein unbekanntes Ich stattdessen brav, steht auf, und streicht sich artig die Schürze glatt.

Auf dem Weg zum Boot merke ich, dass ich überhaupt nicht in Partylaune bin. Eigentlich gehe ich nur aus Pflichtgefühl mit, weil es schließlich mein Vorschlag war, sich auf die Trachtlerparty zu schleichen. Aber was war noch einmal der Grund, warum ich auf ein paar fremde Hochzeiten gegangen bin? Genau, um zu feiern. Unter Leuten, die ich nicht kenne. Und ein bisschen auch, um Sex zu haben. Mit Männern, die ich nicht kenne. Aber wie soll das gehen, zusammen mit dem feinen Herrn Krug? Ich lache mir jemanden an, er lacht sich jemanden an, und danach fahren wir wieder gemeinsam nach Hause?

»Ich habe gar keine richtige Lust«, sage ich leise, mehr so vor mich hin, aber David, der gerade vor mir geht, dreht sich sofort um und bleibt am Uferweg stehen.

»Was ist denn, Kati? Bis du müde? Bist du traurig?«

»Nein, nein. Lass uns gehen. Mein Boot steht da vorn.«

»Ich weiß. Der Alukahn mit den 50 PS.«

»Woher weißt du denn so was?«

»Ach, von deiner Nachbarin, der netten Frau Schöngruber. Ich habe mal mit ihr geredet, wie das so ist als Fischerin mit einem eigenen Betrieb und einem alten Vater zu Hause, und womit du so auf dem See unterwegs bist, und dann hat sie mir eine kleine Tour gegeben. Letzte Woche, als du in München warst.«

»Ach wirklich?«, frage ich, wachsam geworden. »Aber in der Spülküche warst du nicht zufällig und hast dich umgesehen?«

»Nein, wieso?«, fragt er zurück. »Sollte ich?«

»Nein, ich meine nur. Ach, weil, ach egal, jetzt kann ich es dir auch erzählen. Ich habe nicht nur wegen Urlaub geschlossen, sondern auch, weil mich jemand bei der Gewerbeaufsicht angezeigt hat. Wegen Schimmel. Und irgendjemand muss das ja gewesen sein.«

»Oh. Und da hast du mich im Verdacht?«

David bleibt stehen und klingt ein wenig verletzt.

»Im Prinzip habe ich jeden im Verdacht und keinen, weil ich mir gar nicht vorstellen kann, dass jemand so etwas tut. Aber weißt du, ich habe mir auch nicht vorstellen können, dass mich jemand in einem Fernsehbeitrag in die Pfanne haut. Und dass mir plötzlich eine gehobene Fischküche die Kunden wegschnappt.«

Das war jetzt definitiv ein Seitenhieb, und Davids Augenbrauen stoßen über der Nasenwurzel zusammen, als er in perfektes Hochdeutsch verfällt und sagt:

»Kunden weggeschnappt, soso. Aber von wem habe ich denn eine Absage bekommen, als ich wegen der Hechtbestellung bei dir angefragt habe? Du hast nicht den Eindruck gemacht, als hättest du es nötig, auch nur einen einzigen Fisch zu verkaufen. Im Übrigen warst du die Erste, bei der ich angefragt habe, aber muss ich mich dermaßen kratzbürstig abspeisen lassen? Dein Kollege hat das wunderbar hinbekommen, aber es ist nicht so, dass du nicht deine Chance bekommen hast. Und nur, weil wir jetzt zusammen hier stehen, kann ich nicht den Herrn Lechner anrufen und sagen, sorry, aber ich will jetzt doch wieder die Frau Lochbichler haben als Lieferantin.«

Bitteschön, da haben wir den Salat. Das kommt davon, wenn

man Berufliches und Privates vermischt, dann steht man mitten in der Nacht am Ufer des Chiemsees und funkelt sich an.

»Pff, ich würde schon ohne euch als Kunden auskommen. Aber das ist ja nicht alles! Du kommst da angefahren aus deiner tollen Schweiz, weißt alles besser und lockst die Gäste, die eigentlich bei mir im Biergarten essen würden, zu dir hoch mit deinen Schaumsüppchen und deinen Variationen vom Blablabla!«

David stellt einen Fuß auf das umgekippte Ruderboot, das ein Segler am Eingang unserer Mole deponiert hat, stützt den Ellbogen aufs Knie und schaut mich eine Weile einfach nur an. Obwohl es inzwischen wohl fast Mitternacht ist, kann ich ihn ganz gut erkennen, die Nacht ist hell, der See ist eine große schwarze Fläche mit silbernem Mondgeglitzer. Ist mir aber total wurst, wie gut dieser Mann sich gerade in dieser romantischen Umgebung macht, denn ich bin sauer, jawoll! Auch David spricht immer noch hochdeutsch, als er sagt:

»Ehrlich gesagt verstehe ich nicht, warum du dich so aufregst. Du bist traditionelle Fischerin, ich manage ein Hotel mit gehobener Küche. Das schließt sich doch gegenseitig nicht aus. Eigentlich sollte doch jeder von uns in seiner Nische glücklich sein, oder?«

»Ja schon. Aber, aber …«

Muss das jetzt sein, dass mir so heiß wird hinter den Augen? Was ist das bloß, dass mir bei dem Kerl immer die Gefühle so hochkochen, mal in die eine, mal in die andere Richtung?

»… Aber, klar bin ich eine traditionelle Fischerin! Das habe ich mir auch so ausgesucht, und eigentlich ist das auch gut so.«

»Abrrr?« Dass David jetzt wieder ins Schweizerische verfällt, lässt mich irgendwie noch mehr mit den Tränen kämpfen.

»Aber ich bin auch jung! Ich würde auch manchmal gerne etwas Neues machen. Nicht immer nur Tradition und so, wie es der Papa gemacht hat und der Opa! Und dir dann zuschauen, wie du im Handumdrehen neuen Wind reinbringst in ein ganzes Hotel, während ich es noch nicht einmal schaffe, unseren

Mini-Betrieb nach vorne zu bringen, das, das ... Das macht mir einfach total Angst, dass ich es vielleicht nicht schaffen könnte!«

Ich horche den Worten hinterher, die ich gerade in die Nachtluft geschrien habe, so klar habe ich das noch nie ausgesprochen, nicht vor mir, nicht vor jemand anderem. Genau. Angst. Ich setze mich auf das rote Boot und rede einfach weiter, schaue dabei auf den See hinaus, und merke, dass es nicht mehr ganz so schlimm ist, wenn ich es ausspreche: »Ich habe einfach total Panik, dass mir alles zu viel wird. Dass ich nicht die richtigen Entscheidungen treffe, obwohl ich doch an der Uni war. Dass ich die Sonnfischerei irgendwann zusperren muss, wenn die Dinge weiter so beschissen laufen wie in den letzten zwei Monaten. Und was dann mit dem Papa ist, wenn ich vielleicht hier weggehen muss.«

Ich habe inzwischen einen Männerarm um meine Schulter und mehr Platz zum Atmen, so leicht ist mir auf einmal.

»Weißt du was, so wie du das machst, Kati, das ist durchaus neu. Du hast alles beim Alten gelassen. Und das ist das Neue. Du räucherst mit Holz und mit Gespür, obwohl du dir genauso eine computergesteuerte Räucheranlage bestellen könntest. Du regst dich total auf, wenn einer so viel Fisch bestellt, dass das deiner Meinung nach nicht mehr gut ist für den See, und das ist gut so. Du lässt das Haus so, wie es ist, mit all seinen Fehlern. Wunderbar ist das, und das hat eine genauso große Daseinsberechtigung wie das ›Hotel zum See‹. Mehr sogar. Alles, was du da unten besitzt, ist zu hundert Prozent echt, und das ist genau das, was dem Hotel oben fehlt, ich kann da nur nachbessern. Aber ich habe trotzdem das Recht, aus einem maroden Betrieb etwas Neues zu machen, und die Leute, die da oben arbeiten, die haben alle Potenzial.«

Es ist schon lange her, dass ich selber mit so leuchtenden Augen von meinem Job gesprochen habe wie der Herr Hotelmanager gerade von seinem. »Ach, ist ja gut, das schaffst du sicher. Es ist nur so, seit du hier bist, da geht's bei euch oben bergauf, und bei mir geht's die ganze Zeit bergab.«

»Ja, aber eins darfst du nicht vergessen – was du hast, das ist deins. Wenn du dich reinhängst, dann wirst du immer etwas davon haben, und dein Vater und deine Kinder später auch. Ich bin jederzeit ersetzbar, ich baue zwar oben den Betrieb um, aber wer sagt mir, dass der Herr Leutheuser nicht am Ende des Sommers kommt und sagt, danke für den Input, aber jetzt mache ich lieber wieder ohne Sie weiter, Herr Krug, das ist billiger? Dann kann ich gehen und mir ein neues Projekt suchen.«

Bevor ich noch richtig darüber nachdenken kann, dass die Hälfte des Sommers eigentlich schon vorbei ist, drückt David meine Schulter und fragt besorgt:

»Hast du denn Reserven, Kati? Kommst du von selbst aus deiner Krise heraus?«

»Nein, mir ist sogar der Kredit gekündigt worden. Ich könnte höchstens ein Stück Grund verkaufen, damit ich modernisieren und meine Schulden abzahlen kann.«

»Modernisieren? Verkaufen? O Gott! Bitte, kannst du mir versprechen, dass du dich da vorher von mir beraten lässt?«, sagt David ehrlich erschrocken. »So wie ich übrigens finde, dass du den Fernsehkerl verklagen solltest, der diesen Rufmord begangen hat!«

»Den Hubsi? Na ja, vielleicht, aber was nützt mir das dann? Der Beitrag ist gesendet, und ich muss schauen, dass ich den Leuten wieder beweise, dass ich nicht so bin.«

»Und hast du mal darüber nachgedacht, wer dir die Behörde auf den Hals gehetzt hat? War das auch er? Anscheinend hat der mit dir eine ganz schöne Rechnung offen!«

»Zipfelklatscher halt«, murmle ich.

»Schon klar, aber reicht das als Begründung?«

»Na ja, der hat sich halt sich Hoffnung gemacht auf mehr, und ich hab ihm gesagt, da geht nix, ich will nichts von ihm.«

»Sicher. Bis auf die Geschichte auf der Hochzeit, nicht wahr.«

Davids Ton ist absolut sachlich, und wieder fühle ich mich total darin bestätigt, dass dieser Schweizer von mir nichts anders will, als mal kurz von seinem stressigen Job abschalten, ein bisschen Nervenkitzel als uneingeladener Gast auf einer fremden Party. Sonst nichts. Denn würde er sonst so ruhig hinnehmen, dass eine Frau vor seinen Augen mit dem Wackel-Elvis abgezogen ist?

»Jaja, einmal, und dann nie wieder«, antworte ich. »Und im übrigen finde ich, wir sollten uns auf den Weg machen und aus dem Hafen rudern, damit wir die Emerenz nicht aufwecken mit dem Motorgeräusch.«

Es ist eine ziemlich klare Nacht, der Mond ist fast voll und beleuchtet ein paar Wolken von hinten. Sein weißes Licht wird vom Alu der leise schaukelnden Boote reflektiert, die Pusteblumen auf dem Grün unseres ungemähten Hafens ragen wie kleine Lampions in unseren Weg.

»Hast du denn Angst, dass sie uns zusammen sieht? Willst du umdrehen?«

Ich sage nichts, ich bin mir nicht sicher, ob ich weiß, was ich will. Nach Hause, Wunden lecken? Ins »Schloss Seeblick«, Party machen? David sieht mich herausfordernd an.

»Ich finde, wir sollten es zumindest probieren. So, wie wir uns in Schale geworfen haben, wäre es wirklich schade, wenn wir heute nicht mehr unter Leute kommen würden.«

Ich muss lachen. »Das klingt ziemlich dringend! Wie viele freie Abende hast du denn gehabt, seit du hier bist?«

»Also, ich war einmal ein Wochenende weg, um Sachen zu regeln. Aber freien Abend? Keinen. Manchmal mache ich untertags eine große Runde mit dem Fahrrad, aber abends bin ich immer im Hotel. Es ist ja nicht so, dass man hier noch schnell was trinken gehen kann, wenn man bis zwei Uhr morgens gearbeitet hat. Am Züricher See zum Beispiel, da ist die komplette Belegschaft nach der Schicht immer noch etwas trinken gegangen, einfach nebenan, da gibt es diese schwimmenden Bars, weißt du ...«

Kann doch nicht sein, dass der schon wieder an der Fraueninsel herummeckert! Als wären wir ein Paradies zweiter Klasse.

»Ja, warum bist du dann nicht da geblieben? An deinem Züricher See, der eh viel größer und toller ist als der Chiemsee? Kann man sich doch denken, dass hier tote Hose ist im Vergleich zu einer Großstadt!«

Aber dann sehe ich, mit welchem Blick David über den See in den Mond schaut. Der hat keine gute Laune mehr, der hat gerade eine Heimwehattacke, und ich bin schuld, weil ich mich so angestellt habe.

»Wirklich? Schwimmende Bars? Das klingt interessant«, sage ich sanft und fahre ihm tröstend über die kraus gestrickte Trachtenjacke.

»Ja, Zürich ist eine Wahnsinnsstadt. Aber ganz ehrlich«, er bleibt jetzt stehen und guckt mir direkt ins Gesicht, »ich habe auch dort die meiste Zeit gearbeitet, und deshalb habe ich es auch nicht gemerkt, dass meine Freundin was mit dem Sous-Chef gehabt hat.«

»Hängst du denn noch an ihr?«

»Sicher nicht. Es ist gut, dass es vorbei ist. Und nach Zürich fahre ich erst wieder, wenn ich die Stadt jemandem zeigen kann, der sich darüber freut und nicht einer, die nur vom Papa zum Arbeiten geschickt worden ist, obwohl sie es nie wirklich nötig haben wird, und der nichts gut genug ist. Am liebsten einer Frau. Einer lieben Frau, diesmal.«

Darauf weiß ich jetzt nichts zu sagen, was soll ich auch auf so was sagen. Es ist schon komisch, immer wenn der Schweizer neutralen Boden verlässt und anfängt, mit seinen ch-s und sch-s von sich zu erzählen, wird mir so heiß hinter den Augen, und ich muss blinzeln, als hätte mir ein sauberer Ostwind eine Ladung Chiemseestrandsand ins Gesicht geblasen. Seit ich ihr altes Dirndl aus der Schutzhülle gezogen habe, werde ich außerdem das irritierende Gefühl nicht los, dass die Mama hinter mir steht und sich David über meine Schulter hinweg ansieht. Und weil wir schon auf Höhe meines Boots sind, steige ich einfach ein und ziehe die zwei hölzernen Ruder unter der Bank hervor. David nimmt sie mir schweigend aus der Hand und manövriert das Boot mit ein paar lautlosen Ruderschlägen auf den offenen See hinaus, dann setzt er sich neben mich und schaut mit mir gemeinsam auf die wenigen Lichter der schweigenden Insel zurück. Ich senke schnell den Außenborder ins Wasser, Motor und der Fahrtwind sind sowieso zu laut, um sich zu unterhalten, und so strecken wir beide die Nase in den Nachtwind und sagen nichts. Nach zehn Minuten zieht David ungefragt seine Jacke aus und legt sie mir um die Schultern. Ich weise nur schweigend mit der Kinnspitze auf meinen Arbeitsparka, der zusammengerollt in einem der schwarzen Bottiche legt, und er greift nach vorne und breitet ihn über unseren Knien aus.

Die Nachtluft vertreibt auch den letzten Rest Müdigkeit, vielleicht wecken mich aber auch die Vibrationen des Bootes auf, oder dass wir irgendwie langsam aneinander rutschen. Unter dem verschlissenen Plüschfutter meines Parkas wird mir warm, ziemlich warm, und zwischen uns ist nur noch die Lenkstange. David hat wieder diese amüsierten Falten in den Mundwinkeln, er neigt sich an mein Ohr und schreit: »Merci!«

Ich weiß jetzt nicht genau, wofür er sich eigentlich bedankt, dafür, dass ich ihm zu einem kurzweiligen Abend verhelfe wahrscheinlich, aber ich frage nicht nach, und bin froh, dass er ansonsten nichts mehr sagt. Er legt seine Hand auf meine und die letzten Meter der Fahrt steuern wir gemeinsam. Es gibt nur uns und den nachtschwarzen See, das silberne Glitzern des Mondes liegt auf dem Wasser wie ein Rallyestreifen, auf dem wir Richtung Berge fahren.

Am Ufer vor dem Seeblick laufen eine Menge Gestalten durch die Nacht, Fackeln flackern um die Terrasse, an der Anlegestelle schaukeln die Segel- und Motorboote dicht gedrängt.

»Mist. Da sind wir nicht die Ersten! Wir können nicht mehr anlegen!«

»Aber sicher können wir anlegen«, sagt David, und bevor ich noch »Spinnst du?!« sagen kann, hat er mich zur Seite geschoben und das Steuer ganz übernommen. In einem eleganten Bogen umfährt er den übervollen Steg und ein Stück am dunkel bewachsenen Ufer entlang – das »Schloss Seeblick« steht nämlich mitten im Nirgendwo und ist das einzige Haus weit und breit.

»Was machst du?«, frage ich beunruhigt, denn ich lasse mir wirklich nicht gern das Steuer aus der Hand nehmen. Statt einer Antwort dreht David das Gas voll auf und fährt mit Karacho direkt aufs Ufer zu. Ich kneife vor Schreck die Augen zusammen und reiße sie gleich wieder auf, um wenigstens sehenden Auges ins Unglück zu rennen.

»Halt!«, schreie ich und will ihm in den Arm fallen. »Die Schraube! Du ruinierst mir die Schraube!«

»Sicher nicht«, antwortet David, völlig unbeeindruckt davon, dass ich an seinem Oberarm hänge, klappt mit einem Handgriff den Motor nach oben und die Schraube aus dem Wasser. Als das Boot mit einem Knirschen aufläuft, springt er nach draußen auf den kleinen Kiesstrand, schlingt die Bootsleine mit einem schnellen Handgriff um einen Baumstumpf und streckt galant die Hand aus, weil ich im Boot direkt neben ihm zum Stehen komme.

»Können wir?«

»Wir können!«, keuche ich, bis in die Haarspitzen voll mit Adrenalin, und vergesse völlig, den langen Rock zum Aussteigen hochzuheben. »Aber so was machst du nicht noch einmal! Hier bin ich der Kapitän!«

»Aber sicher«, antwortet David und fängt mich auf, als ich ihm entgegenfalle wie ein gefällter Baum, weil ich mich völlig im Rocksaum verfangen habe. Ich, eine Fischerin, schaffe es nicht, aus meinem eigenen Boot auszusteigen!

»Du riechst gut«, sagt er dann und lässt mich einen klitzekleinen Moment länger als nötig über seiner Schulter hängen. Als er mich auf den Boden stellt, bin ich froh, dass sich der Rock bauscht, und mich die kühle Nachtluft an meinen Beinen ein wenig abkühlt, weil ich schon wieder kurz davor bin, die Fassung zu verlieren. Was denkt der sich eigentlich?

»Und außerdem habe ich selbstverständlich einen Motorbootführerschein, ich hatte nämlich am Zürcher See eine Riva liegen.«

Eine Riva, das weiß ich vom Janni, ist so ziemlich das Nobelste, was auf einem See herumschippern kann, und ich fange schon wieder an, mich zu verteidigen.

»Ah. Gegen so ein Mahagoniboot kann so ein Fischerboot natürlich nicht mithalten!«

»So habe ich das nicht gemeint, ich wollte dir nur davon erzählen. Kannst du mal etwas auch nicht als Angriff empfinden?«

Wir stapfen das Ufer entlang, auf die Lichter des Schloss Seeblick zu, das langsam näher kommt, und eine ziemliche Spannung liegt in der Luft. Ich finde nämlich sein Anlegemanöver von vorher eindeutig übergriffig.

»Ich bin das nicht gewohnt«, breche ich jetzt das unbehagliche Schweigen, »dass da einfach einer daherkommt und mir die Sachen aus der Hand nimmt. Ehrlich gesagt, ich hasse das!«

»Ja, ist gut. Versteh ich.«

Wie bitte? Ist gut? Eigentlich haben wir jetzt schon mehrmals einen Punkt erreicht, an dem man hierzulande mit einem schnaubenden »Ausgredt is!« die Diskussion abbricht und sich Türen schlagend entfernt, zeitnah ein paar Bier reinpfeift, ungerecht behandelt fühlt und so schnell nicht wieder miteinander spricht. Dieser Typ allerdings, der scheint echt gerne die Sachen auszudiskutieren. »Irgendwie habe ich das Gefühl, dass du manchmal ein wenig überreagierst«, sagt er jetzt vorsichtig, »Deine Nachbarin hat auch gesagt …«

»Dass ich eine Zwiderwurzn bin?«

»Psst!«, sagt David und legt den Finger an die Lippen, denn

221

in der Dunkelheit tauchen ein paar glühende Punkte auf, Leute aus dem Schloss Seeblick, die sich zum Rauchen an den See gestellt haben, und verzichtet auf eine Antwort.

»Wir sollten uns langsam eine Strategie überlegen«, flüstert er stattdessen in mein Ohr, »wer wir sind, und wer uns eingeladen hat, und eine Uhrzeit ausmachen, wann wir uns wieder am Boot treffen, um gemeinsam heimzufahren. Bei dir kann man ja nicht sicher sein, ob du einem nicht verlorengehst auf einer Party, das habe ich schon mitbekommen.«

»Wer sagt denn, dass ich heute verloren gehen will?«

»Willst du nicht?«, flüstert er zurück und schaut mich an.

»Nein, wieso, ich bin doch mit dir hier«, flüstere ich zurück, und weil mir schon wieder so warm wird, füge ich noch schnell hinzu: »Ich meine, das wäre ja auch total kompliziert mit dem Boot und so, später.«

»Aber sicher. Dann gehen wir einfach rein, halten uns im Hintergrund, bis wir sicher sind, dass wir niemand kennen, trinken was, und dann sehen wir mal, was passiert.«

»Genau!«, sage ich und strecke das Kreuz durch, um mit David an der Hand an den Gästen vorbeizugehen. Alles Menschen, die ich noch nie gesehen habe. »Servus!«, sage ich bestimmt und drücke Davids Hand ein wenig, und auch er sagt »Servus!«, praktisch akzentfrei. Ein »Servus! Ehre! Griasseich!« kommt vielstimmig zurück, und sofort, aber wirklich sofort, fängt die ganze Sache an, mir irrsinnig Spaß zu machen. Ich schaue zu David hoch, breitschultrig geht er neben mir her in seinen Großvater-Schuhen. Selbstbewusst und wie selbstverständlich marschieren wir wie ein eingefleischtes Trachtlerpaar bis zum Terrasseneingang, wo David mich zur Bar dirigiert. Dort steht der gleiche Kellner, der damals den Michi-Mike und mich bedient hat, aber es sieht nicht so aus, als würde er mich erkennen, während sich David schon zu ihm hinüberbeugt.

»Zwei Winnetou Spritz bitte!«

»Ha?«

»Passt schon. Zwei Helle.«

Wir schaffen es gerade noch in einen dunklen Erker und brechen fast zusammen vor Lachen, bis David meinen Kopf nimmt und mir mit den Daumen zart unter den Augen entlangfährt, um mir die zerlaufene Wimperntusche wegzuwischen. Sofortige Hitzewallung bei mir.

»Sollen wir uns schnell umschauen, nicht dass wir doch jemanden kennen?«, rufe ich noch zu ihm hoch, und der meint: »Gute Idee! Lass uns hier damit anfangen!«, und zieht mich noch weiter in den schummrigen Erker hinein.

»Und, wie findest du die Musik?«, frage ich schnell und trete einen Schritt zurück, um ihn wieder auf Abstand zu bekommen.

»Super«, sagt er und geht mir einen Schritt nach. »Willst du tanzen?«

»Aber sicher!«, pokere ich. »Das ist aber ein Landler! Kannst du denn Landler tanzen?«

»Sicher kann ich das!«

Bei dem wundert mich allmählich gar nichts mehr.

»Ich bin mir aber nicht sicher, ob ich tanzen will«, sagt er so nahe an meinem Gesicht, dass ich das trotz der Musik verstehe, und streicht mir gleichzeitig ein paar Haare aus dem Gesicht. Das spießige Mausi von vorher motzt sofort in mir los: *Aber das magst du doch nicht, oder? Der zerzaust dir die Haare!* Aber ich merke, wie mein innerer Widerstand sich aufzulösen beginnt, weich wird wie ein Stück Schokolade in einer Kinderhand, und ich unternehme nichts dagegen, obwohl ich merke, wie sich die Haarklammern am Hinterkopf lösen.

»Das wollte ich schon machen, als ich dich das erste Mal gesehen habe. Obwohl du mich auf dem Boot vom Hans so böse angefunkelt hast!«

Was genau machen? Bevor ich das zu Ende denken kann, packt er plötzlich fester zu, nimmt sich eine ganze Handvoll Locken, und küsst mich, die Lider mit den unverschämt langen Wimpern geschlossen. Hoppla! Moment mal! Mann, küsst der

223

gut! Aufhören! Bitte, bitte, weitermachen! Aufhören! Meine Gedanken scheinen sich auf trotziges Kleinkind-Niveau eingependelt zu haben, obwohl dieser Kuss alles andere als jugendfrei ist. Unsere Vorderzähne stoßen kurz aneinander, während ich mit noch weicher werdenden Knien denke, dass wir das eigentlich auch daheim haben könnten, und dass wir dafür nicht auf diese Trachtenfeier gehen, und dass ich dafür nicht Mamas Dirndl anziehen hätte müssen, und dass ich dann nicht das Gefühl hätte, dass sie mir immer noch total indiskret weiter zuschaut. Wahrscheinlich hat sie mit irgendjemand da oben eine Wette laufen, wie lange es dauert, bis mir die Miederknöpfe wie eine Maschinengewehrsalve einer nach dem anderen abspringen.

Aber nichts springt, nichts reißt, weil Davids Griff plötzlich lockerer wird, ich aus meiner Trance erwache und das Dschingdarassabumm der Musik wieder wahrnehme. Offensichtlich hat er in der Menge etwas entdeckt, was ihm nicht gefällt, denn er starrt über meine Schulter und die Falten an seinen Mundwinkeln zeigen gefährlich nach unten, und seine Augenbrauen stehen eindeutig auf Gewittersturm. »Was …«, will ich fragen, und drehe mich um, aber dann sehe ich selbst, was er meint. Wir blicken beide auf den Rücken eines Mannes mit Hut und Gamsbart, mit dem ich hier überhaupt nicht gerechnet habe. Nämlich mit Hubsi, dem Wackel-Elvis, auch der heute von oben bis unten im Jodel-Stil. Er hat ein schnurloses Mikrofon in der Hand, sein mächtiger Gamsbart vibriert und er ist offensichtlich ein wenig nervös.

Davids Gesicht fixiert grimmig den moppeligen Fernsehmann, und ich bin ein wenig überfordert. Warum ist er jetzt eifersüchtig, er war doch vorher noch so locker? Oder wer oder was ist los? Ich bin doch diejenige, die sauer sein sollte!

Ich kann nicht verstehen, was David sagt, als er Hubsi auf die Schulter tippt, aber der fährt herum und starrt ihn total entgeistert an. Als er mich sieht und David weiter auf ihn einspricht, dann zurücktritt und offensichtlich auf eine Antwort wartet, schaut Hubsi nur noch einmal kurz zu mir und macht mit dem Zeigefinger so eine kleine Kreisbewegung an der Schläfe.

David verlässt nach dieser Geste vollends neutrales Territorium. Er holt aus, so weit, dass ich fürchte, dass der folgende Schlag Hubsi total aus seinen Haferlschuhen heben wird, und weiß, dass ich ihm einfach in den Arm fallen sollte, mache aber einfach mal die Augen zu, in Erwartung splitternder Gläser und eines dumpfen Aufpralls. Doch es ist weiter nichts zu hören außer der munter weiter trötenden Musik. Aber als ich die Augen wieder aufmache, trägt David den geschulterten Hubsi gerade an der Blaskapelle vorbei Richtung Chiemseeufer, als wäre Hubsi ein Plastikgartenzwerg und kein übergewichtiges Rumpelstilzchen aus Fleisch und Blut.

Die herausgeputzten Mädels mit ihren hellblauen Seidentüchern und den Taftschürzen, die Jungs mit ihren bestickten Lederhosen und den allesamt ziemlich glasigen Augen werden spätestens auf die zwei aufmerksam, als Hubsi aufschreit, weil ihm der Hut auf den Boden fällt, und die Gäste eskortieren die zwei Männer in den Garten hinaus, um sich ja nichts entgehen zu lassen. Ich boxe mich durch, und komme gerade rechtzeitig, um mit anzuhören, was David dem Hubsi mit auf den Weg gibt.

»Aber sicher haben Sie mir etwas getan. Sie haben das Nein einer Frau nicht akzeptiert, und das ist erbärmlich. Und dann haben Sie in Ihrem Beitrag mit unfairen Mitteln gekämpft, aus purer Eitelkeit, ohne daran zu denken, dass Sie damit eine Existenz aufs Spiel setzen. Also, salü!«

Und dann wirft er den Wackel-Elvis in den Chiemsee, dass die Boote nur so schaukeln. Hubsi geht unter wie ein Stein, nur ein schwarzer Skalp schaukelt leise auf der Wasseroberfläche, es gibt jede Menge Blasen, bevor Hubsi wieder nach oben kommt, nach Luft schnappt wie ein Waller und nach seinem Toupet greift.

»Der wird heute sicher keinen Auftritt mehr haben«, sagt

David hochzufrieden vor sich hin, und legt mir den Arm um die Schultern, als wäre nichts passiert.

»Auftritt, wieso Auftritt? Der ist nicht zum Singen hier!«

Ich erkenne Molly zuerst nicht, weil sie statt Eichhörnchenfrisur einen stattlichen Timoschenko-Haarkranz trägt und der Zahnsalat versteckt ist hinter einer dicken Reihe silberner Drähte.

»Wen haben wir denn da? Seid's ihr überhaupt eingeladen?«, schnappt die Molly.

Der Zoran und seine Tochter wären uns sicher aufgefallen, wenn wir uns einfach ein wenig gründlicher umgeschaut hätten. Aber dazu ist es jetzt zu spät, und die Dinge nehmen ihren Lauf.

»Schatzi, mein armer Schatzi!«, jammert die Molly jetzt, und versucht Hubsi die Hand zu reichen, als der versucht, sich am glatten Aluminium eines Bootes auf den Steg zu ziehen. Ich starre sie fassungslos an.

»Molly! Seit wann hast du denn eine Zahnspange?«

»Seit sich der Hubsi das zur Verlobung gewünscht hat. Und was machst du auf unserer Verlobungsfeier? Und warum hat der Brezensalzer da meinen Schatzi ins Wasser einigschmissen?«

«Das fragen Sie ihren Schatzi am Besten selbst! Ich bin nicht befugt, darüber Auskunft zu geben«, antwortet David an meiner Stelle in seiner allerdiskretesten Managerstimme, und legt den Arm noch ein wenig fester um mich. Ich bin das nicht gewohnt, so beschützt zu werden, stelle aber trotzdem fest, dass meine Schulter genau unter seine Achsel passt, als wären wir zwei Puzzleteile. David schaltet um einiges schneller als ich, dass der Hubsi wirklich nicht zum Singen auf dieser Party ist, sondern weil er sich mit der Molly zusammentun will. Ehelich.

»Trotzdem gratuliere ich natürlich herzlich zur Verlobung, liebe Molly!«

Na klar! Der Hubsi hat endlich eine Wirtstochter gefunden,

und zwar nicht für einen seiner Beiträge, sondern für sich selbst! Und ich habe ihm auch noch ihre Nummer gegeben! Da hat ja offensichtlich keiner irgendwie irgendwas anbrennen lassen, die müssen sich nach ungefähr zwei Tagen verlobt haben. Darum war Zoran so gut drauf – und darum kam auch kein Fernsehbeitrag über die Molly, weil der Hubsi einfach selbst zugegriffen hat!

Davids Gratulation scheint Molly trotzdem nicht besonders zu freuen, obwohl sie außerordentlich höflich vorgetragen wurde, und da rauscht jetzt auch tatsächlich Zoran heran mit seiner Frau Karin im Schlepptau, und schreit schon von Weitem: »Da schau her, die Kati. Mit dem Schweizer. So eine Überraschung!«

Kurze Pause, in der Zoran leicht von rechts nach links schwankt, sich den herumplantschenden Hubsi ansieht, von ihm zu uns schaut und dabei eine zunehmend ungesunde Gesichtsfarbe entwickelt. Seine Frau flüstert ihm etwas ins Ohr, offensichtlich versucht sie ihn ein wenig einzubremsen, denn jetzt räuspert sich Zoran, hebt tadelnd den Zeigefinger und sagt: »Also, eigentlich müsste ich euch jetzt rausschmeißen, aber weil heute so ein bedeutender Tag ist und meine schöne Tochter«, (er muss die Molly damit meinen, er hat ja nur eine), »ihren Traummann gefunden hat, will ich nicht so sein.«

Aber als Hubsi endlich mit Hilfe von ein paar Burschen den Weg aus dem Chiemsee findet, mit triefendem Trachtenanzug und einer ganz wunderbaren Halbglatze, auf der die Chiemseewassertropfen im Fackelschein glitzern, wendet sich das Blatt. Denn anstatt ihm um den Hals zu fallen, schlägt die Molly die Hände über ihrem falschen Zopf zusammen und schreit:

»Aber Hubsi, wie schaugst'n du aus! Du hast ja gar keine Haar! Papa, ich kann doch keinen mit einer Platt'n heiraten!«

Zoran schaut sich Molly an, die tatsächlich dabei ist, sich einen beachtlichen Klunker von ihrem Wurstfinger zu zerren, und sieht offensichtlich die ruck, zuck arrangierte Verlobung gefährdet. Und explodiert, da kann Karin noch so besänftigend über seinen Unterarm streichen: »A Ruah is! Der Ring bleibt dran! Der Hubsi, der sucht a Wirtstochter, und du bist eine! Den nimmst jetzt, sonst reiß ich dir dei Fotznspangerl[35] eigenhändig aus der Goschn! Und ihr zwei«, er dreht sich zu uns um, »ihr zwei schleichts eich! Sonst kriegts ihr Hausverbot! Und zwar hier ...«, (weitausholende Gebärde über Schloss Seeblick, das friedlich zwischen Wald und Chiemsee daliegt, weil die Musik verstummt ist und sich alles um uns schart), »und dahoam bei uns in der Wirtschaft auch! Und wenn die Molly und der Hubsi sich jetzt in die Haar kriegen ...«, kurzer Blick auf Hubsis Kopf, »... ich mein, wenn die sich jetzt uneins werden wegen euch, dann könnt's euch zsammtun, denn ich werd dafür sorgen, dass ihr beide nicht mehr auf die Füß kommt's! Das ist mein letztes Wort!«

Und dann kommt noch was auf kroatisch von Karin, das wir erstens nicht verstehen, weil wir kein Kroatisch können, und zweitens, weil mich ein unbändiges Lachen im Hals kitzelt, als wir erhobenen Hauptes unseren Rückzug antreten.

Nur eines muss ich noch schnell loswerden, und so bleibe ich kurz vor dem tropfenden Hubsi stehen. »Sagt dir der Name Wedehopf was? Oder Koferl? Und sag jetzt nicht, das ist ein Trachtengeschäft in Ruhpolding!«

Aber der Husbi schaut mich nur mit einem Blick wie ein gestrandeter Wal an, Toupet in der Hand und meint müde: »Lass mich in Ruhe. Deine feinen Herren kenne ich nicht, will ich auch nicht kennen, und außerdem bist du schuld, dass meine Molly mich jetzt ohne Haare gesehen hat. Da kann ich schauen, wie ich das wieder hinbiege!«

Ich schau mir den verstörten Hubsi an, ich hatte doch nicht ahnen können, dass der ehemalige Domspatz ein so empfindliches Kulturredakteurs-Ego haben würde, und auf einmal tut

---

35 Fotzn: Kann eine Ohrfeige sein, und auch das Gesicht und der Mund.
Fotznspangerl folglich: Zahnspange

er mir sehr leid, weil er es nötig hatte, meine Abfuhr mit so unfairen Mitteln zu bekämpfen. Auch wenn offensichtlich nur der Fernsehbeitrag auf sein Konto geht und ich immer noch nicht weiß, wer hinter der Geschichte mit den Todessporen steckt.

»Das wird schon wieder, Hubsi. Schau, jetzt kannst du wenigstens im Bett zeigen, was du alles drauf hast, weil du keine Angst mehr haben musst, dass dir die Frisur flöten geht. Molly, sei ihm halt wieder gut. Jetzt weißt du wenigstens, dass der Hubsi nicht nur mit dir zusammen ist, damit du ihm umsonst einen deiner sensationellen Haarschnitte machen kannst.«

Die Molly zieht den Rotz in der Nase hoch und blinkt tatsächlich schon ein wenig versöhnlicher zum Hubsi. David und ich haben hier jetzt nichts mehr verloren und die Gäste der Verlobungsfeier starren uns beiden nach, als wären wir eine Erscheinung. Und ein bisschen fühle ich mich auch so, leichter als Luft, dabei habe ich das Bier von vorhin doch gar nicht angerührt, weil mir alles so unwirklich vorkommt, und weil ich es noch nicht fassen kann, dass da einer, den ich vor ein paar Tagen noch für einen totalen Streber gehalten habe, wegen mir auf den Hubsi losgegangen ist. Und als hinter uns endlich wieder die Musik einsetzt und ich endlich loslachen will, kommt nur ein einzelnes Glucksen aus meinem Hals.

»Was ist los, Kati? Weinst du?«

David hat meine Hand losgelassen, um vor mir die tief hängenden Zweige der Uferböschung zu teilen. Gleich sind wir da, mein Boot ist schon zu sehen. Es wartet auf dem schwarzen Wasser, als wäre nichts passiert.

»Nein! Ja! Ich bin ganz durcheinander. Warum hast du das gemacht? Den Hubsi ins Wasser geschmissen? Ich dachte, du bist total cool damit, ob ich was mit ihm gehabt habe oder nicht. Warum hast du dich dann mit ihm angelegt?«

»Weil du es wert bist. Und weil es mir natürlich nicht egal war. Was denkst du, was ich bin, ein Mann oder ein Regenwurm?«

Und David führt mich fast feierlich zum Boot und lässt für mich den Motor an, bevor er zur Seite rückt, um mich ans Steuer zu lassen.

»Und jetzt komm, fahr uns nach Hause.«

Es kann schon sein, dass es Südseeinseln gibt, die schönere Strände haben. Ich bezweifle aber, dass auf diesen Inseln der Mond derartig überirdisch schön über einer schwarzen Bergsilhouette steht, auf der die Lichter der Kampenwandbahn blinken wie eine Perlenkette. David und ich wärmen uns nach dem Schwimmen in einer kleinen Bucht an der Bergseite der Fraueninsel, eng zusammengedrückt auf meinem alten Parka, gut versteckt durch das meterhohe Schilf um uns herum, meine Lieblingsbucht aus Sand und Kieselsteinen. Glatt geschliffene Chiemseekiesel, in denen noch die Wärme des Tages steckt, sodass nackte Körper auf ihnen nicht frieren, und die leise klicken, wenn man sich darauf bewegt.

»Wer bist du überhaupt? Du bist echt anders als alle anderen«, flüstere ich in David Ohr.

»Und du bist mein Glücksbringer!«, flüstert er zurück, »so gut ging es mir schon lange nicht mehr. Du bist eine Wahnsinnsfrau! Diese Kraft, und diese Locken!« Und dann sagen wir nichts mehr. Und von dem, was sich da gerade an meine Hüfte drückt, kann ich eines sagen: Als ich David vorher beim Schwimmen ganz verstohlen auf die Körpermitte geschielt habe, da muss das Wasser kalt gewesen sein, sehr kalt.

Diese Schweizer sind wohl in jeder Disziplin überaus gründlich, auch beim Freiluftsex, und als wir uns endlich eine Pause gönnen, kann ich kaum irgendeinen klaren Gedanken fassen, rosa Spiralen wirbeln in meinem Kopf herum.

»Ich muss langsam rauf ins Hotel. Komm mit, dann mach ich uns einen Kaffee«, flüstert David, als wir beide in den Himmel schauen, der sich allmählich ins Morgengrauen dimmt, und verscheucht ein paar Mücken.

»Und wenn uns jemand von deinen Angestellten sieht?«

»Das ist mir egal. Du bist so super, das können die ruhig alle wissen«, sagt David und tastet den Boden nach seinem zweiten Wadlwärmer ab. Ich fühle mich immer noch so leicht wie vorher, und die Dirndlknöpfe lassen sich so geschmeidig schließen, als hätte ich mir gerade ein Kilo von den Rippen trainiert.

»Und du, Kati? Hast du ein Problem damit?«

Ich bleibe kurz stehen und warte auf das Übliche: Fluchtreflex, Nicht-zusammen-gesehen-werden-wollen, einmal und dann nie wieder, ich habe keine Zeit für eine Beziehung – wo sind sie denn eigentlich, meine üblichen Bedenken? Als ich merke, dass ich sie nicht spüre, dass da nichts ist außer purer Freude, werde ich so aufgeregt, dass ich sofort Davids Hand nehmen muss.

»Mir auch! Mir ist das auch egal!«, sage ich, und meine das auch so.

»Namaste!«

Gorvinder trabt leichtfüßig an uns vorbei und strahlt uns an, als wäre es das Selbstverständlichste auf der Welt, und auch er ist diesmal nicht alleine – die sportliche Frau in der schwarzen Jogginghose und dem kurzen grauen Schleier, ist das tatsächlich Schwester Sebastiana?

»Guten Morgen, ihr Lieben!«, lächelt sie kurz, springt mit einem Satz über den großen, runden Findling, der an der Ecke der Klostermauer steht, und ist verschwunden.

David und ich grinsen uns an und setzen unseren Weg fort, gerade als die Sonne über die Kuppe des Hochgern klettert und unsere Schatten auf die weiße Ostwand der Klostermauer wirft. Eine ziemlich weibliche Silhouette, ein Dirndl im Dirndl halt, mit einer Frisur auf dem Kopf, die auch zur Füllung einer

King-Size-Matratze taugen könnte. Und daneben ein großer Mann mit schmalen Hüften und einem Trachtenhut. Und sie halten Händchen. »Schau mal«, sage ich und bleibe stehen. »Das sind wir.«

»Sicherrr, das sind wir«, sagt er, »wie schön.«

»Was machts'n ihr da? Schmusen?«

Die Emerenz kann es gar nicht fassen, als sie uns ein paar Minuten später in flagranti erwischt, weil wir unbedingt ausprobieren wollten, ob man sich gleichzeitig heftig mit Zunge küssen und seinen Schatten dabei beobachten kann.

»Mei, ich weiß nicht, Emerenz«, grinse ich, »wonach sieht's denn aus?«

»Ja, was sagt denn da dein Bappa dazu? Und der Michi?«

»Weiß nicht. Schau ma mal!«

»Und wie du ausschaust! Wia aus'm Putzkammerl aussizogn! Und ist des ned des Dirndl von deiner Mama? Oh mei! Dir ist ja gar nix heilig! Der Wiggerl, der hat die Sachen von seiner Mama immer in allerhöchsten Ehren gehalten.«

»Aber wer weiß, ob er sie nicht manchmal auch gerne selbst angezogen hätte? Wir wünschen Ihnen jedenfalls noch einen königlich schönen Tag, Frau Schöngruber!«, verbeugt sich jetzt David und zieht mich weiter.

»Den werd ich nicht haben, weil ich fahr nämlich nach Prien zum Doktor, wegen meim Kropf!«, schreit die Emerenz noch hinter uns her. Wir laufen schon den Klostergarten zum Hotel hoch, David sperrt den Gartenzugang von außen auf, seit Neuestem eine große Glasfront mit hellem Holzrahmen. Buchskugeln in Terrakottatöpfen flankieren den Eingang, die dunkelbraunen Eichenböden sind abgeschliffen worden und glänzen hell und frisch gewischt. Bevor David in den hinteren Bereich des Speisesaals geht, wo das neue Chrom einer ruderbootgroßen Kaffeemaschine die Morgensonne zurückwirft, küsst er mich und hält mich kurz vor sich, um mich anzusehen.

»Du bist kein Latte-Mädchen. Zu viel Power. Du magst einen doppelten Espresso mit ganz wenig Milchschaum, oderrr?«

»Sicher«, antworte ich, meine Stimme klingt wieder ganz normal, das Brave Mädchen-Ich von gestern ist anscheinend mit dem Hubsi zusammen ins Wasser gefallen. Wegen mir kann es da gerne bleiben, ich bin wieder die Kati, ich bin wieder bei mir selbst angekommen, nur dass ich mir diesmal jemanden mitgebracht habe. Und es sieht nicht so aus, als würde ich ihn ganz schnell wieder loswerden wollen.

»Jessas Michi, wie lang sitzt du denn schon da?«

Michi-Mike sitzt neonbunt gekleidet in unserem Biergarten, neben der in sich zusammenfallenden Wolke aus Pfingstrosen, und schaut mich so waidwund an, dass meine rosa Wolken beinahe weggeblasen werden von einer schwefelgelben Sturmfront aus schlechtem Gewissen.

»Lang. Sehr lang!«, beklagt er sich, und seine Schultern fallen noch ein Stückchen weiter nach unten. »Ich wollte dich aufwecken und dir eine gute Nachricht überbringen, bevor ich in die Arbeit muss, aber du warst ja nicht da. Ich dachte, du willst deinen Laden bald wieder aufsperren dürfen? Wurscht. Dann halt nicht. Ich muss jedenfalls jetzt los. Ich kann mir nicht jeden Tag freinehmen wegen dir.«

»Halt, Michi-Mike, jetzt warte doch«, sage ich und fasse ihn am gelb-pink-türkisen Oberarm, die Farben so beißend wie Michi-Mikes Tonfall, »jetz sag mir halt, was die gute Nachricht ist!«

»Ah, jetzt bist neugierig, aber nur wenn's mal um mich geht, dann ist es dir egal. Stimmt's? Und was ist das? Mückenstiche? Wo hast du denn so viele Mückenstiche her?«

»Ach, Mike«, versuche ich jetzt die Flucht nach vorne, »ich

war halt aus, da muss ich mich jetzt nicht bei dir entschuldigen!«

»Nein, entschuldigen ned, aber wos warst, kannst mir schon sagen, und ob das stimmt, was mir die Emerenz erzählt hat.«

»Wieso, was hat sie dir denn erzählt?«

»Das wirst du am besten wissen!«

Ich traue der Emerenz durchaus zu, dass sie dem Michi-Mike schon erzählt hat, dass sie den David und mich beim Schmusen erwischt hat. Ich weiß also nicht, was er weiß, und darum sage ich nichts. So stehen wir bockig voreinander, bis wir das Quietschen der Küchentür hören, und das Schlurfen von Pantoffeln.

»Männer weinen heimlich,
Männer brauchen viel Zärtlichkeit,
Oh, Männer sind so verletzlich,
Männer sind auf dieser Welt einfach unersetzlich ...«

Mein Vater ist aufgestanden.

»Servus Michi-Mike, warum schaugst du wie d'Maus, wemma ihr an Speck verziagt?«

Michi-Mikes Zehen krallen sich wütend in den Rand seiner Trekkingsandalen, als er meinen Vater anpfeift:

»Ja, des fragt sich, Boni, warum ich so schau, obwohl mich das doch alles gar nichts angeht! Weil mir das nämlich wurscht sein kann, was mit der Sonnfischerei passiert und ob ihr zusperren müsst und ob die Kati sich mit irgendeinem feinen Binkel im Schilf umeinanderwälzt! Ich bin nämlich nur der blöde Michi, weißt schon, der die Tonne ummifahrt und der seinen Bappa fragt, ob er vielleicht helfen kann, und des wär nämlich meine gute Nachricht gewesen, jawoll, mein Bappa, der könnt sich nämlich eure schimmlige Küche anschauen, und zwar morgen Nachmittag! Weil es nämlich so ist, Boni, dass ich mir nämlich Sorgen mache, weil die Kati die Hundertzwanzigtausend, mit denen sie euch den Kragen retten kann,

234

nicht im Schilf finden wird! Bei mir vielleicht, aber im Schilf nicht!«

Und er stampft mit dem Fuß auf, dass die Kiesel nur so wegspritzen.

»Schilf?«, fragt mein Vater und legt die Stirn in Falten. »Versteh ich jetzt ned, die Kati schaugt eher aus, als hätt's in einem Heuschober übernachtet!« Er zieht mir einen Halm aus den Haaren und lächelt mich ein bisschen zerknittert an.

»Hast ein Schäferstünderl g'habt mit jemand, der wo nicht der Mike war?«

Wäre es jetzt besser, einfach mal alles abzustreiten? Diese Nacht? Diesen Morgen? Niemals!

»Ja, habe ich! Und das kann auch ruhig jeder wissen! Ein sauschönes Schäferstünderl, und jetzt schauen wir mal, was draus wird, jawoll! Da muss ich mich nicht dafür schämen!«

Mein Vater reagiert überraschend milde auf diese Beichte, er streichelt mir sogar über die Wange.

»Hauptsach, Mausl, es geht dir gut. Aber wieso hundertzwanzigtausend?«

Ich lege allen mir verfügbaren Grant in den Blick, dem ich Michi-Mike zuwerfe, denn eigentlich wollte ich meinen Vater mit genau dieser Nachricht verschonen, wenigstens so lange, bis mir eine Lösung für das Problem eingefallen ist.

»Wenn den Bappa jetzt gleich der Schlag trifft, bist du Schuld!«, zische ich, aber es bleibt mir natürlich nichts anderes übrig, als meinem Vater die Wahrheit zu sagen:

»Naja, vierzigtausend brauchen wir geschätzterweise für die Schimmelbeseitigung, um die Auflagen vom Koferl zu erfüllen, und dann halt die Achtzigtausend, die noch vom Kredit übrig sind. Weil, also, der ist uns nämlich gekündigt worden.«

»Die Küche renovieren? Und der Kredit gekündigt?«

Ich habe schon die Hand an der Rückenlehne des nächsten Klappstuhls, um ihm meinem Vater unter den Pyjamahosenboden zu schieben, aber der bleibt aufrecht stehen wie ein Baum und entknittert sogar ein bisschen seine Stirn.

235

»Ach, weißt was Kati, du machst das schon mit dem Geld. Wirst es schon wissen. Hast es allaweil gewusst. Oisdann. Ich muss dann los auf Prien, und wollt noch in Ruhe an Kapo trinken.«

Und ohne sich weiter aufzuregen, schlurft mein Vater zurück in die Küche, kurze Stille, und *Männer* beginnt noch einmal von vorne.

Michi-Mike und ich schauen ihm gleichermaßen entsetzt hinterher.

»Dem ist des wurscht!«, regt sich Michi-Mike auf. »Der Boni spinnt! Du fährst den Laden an die Wand, und der holt sich an Kaffä!«

»Man könnte meinen, er erinnert sich gar nicht daran, dass wir einen Kredit laufen hatten. Und dass der Koferl uns Ärger macht«, sage ich langsam und habe ein sehr ungutes Gefühl. »Und woher weißt du eigentlich, dass der Kredit gekündigt worden ist? Das hab'ich dir doch gar nicht erzählt?«

»Ja mei, das pfeifen doch schon die Spatzen von den Dächern!«, pampft mich Michi-Mike an. »Und ich geh jetzt, und ich wünsch dir noch einen schönen Tag. Fischen brauchst ja nicht, gell, weil du hast ja keine Kunden mehr und deine Küche, die kannst ja auch nicht benutzen, gell, weil dann kannst die Todessporen beim Kartoffelsalat gleich noch auf die Karte mit draufschreiben! Und es schaut auch nicht so aus, als tät der Boni noch wissen, wie man einen macht, einen Kartoffelsalat! Bussi! Ah wo, Bussi: Pfuideife! Pfiadi und auf Nimmerwiedersehen!«

Mein Vater hat immer noch sein leicht spaciges Lächeln auf dem Gesicht und ist gerade dabei, sich die Haare sorgfältig an den Kopf zu kleben, mit einem Kamm, den er vor jedem Strich in ein Wasserglas taucht.

»Kati, servus, sagamal, das ist doch das Dirndl von der Mama! Gut schaust aus!«

»Bappa, das hab ich vorher doch schon angehabt!«

»Vorher?«

Er sieht durch mich hindurch, und als das Festnetztelefon klingelt, schubst er mich zur Seite und verschwindet in der Küche, das Telefon an sich gepresst. Ich starre die Küchentür an, die er hinter sich zugezogen hat, und frage mich, ob mein Vater einfach nicht mehr weiß, dass wir uns gerade eben noch über die finanzielle Schieflage unserer Fischerei unterhalten haben und dass der Michi-Mike sauer war wegen den Mückenstichen und dem feinen Binkel. An der Ladestation unseres Telefons verwandelt sich ein rotes Lämpchen in ein grünes, mein Vater hat aufgelegt, und als er wieder aus der Küche kommt, verkündet er: »Ich muss leider los«, wobei sein leuchtendes Dackelfalten-Gesicht alles andere ausdrückt als Bedauern.

»Aber … Wir müssen doch noch so viel besprechen! Wir müssen nächste Woche wieder aufsperren. Und ich hab ein paar Ideen, die wollt ich mit dir besprechen! Und außerdem haben die Fränzi und ich nächste Woche Geburtstag und den wollen wir hier feiern. Wo willst denn jetzt schon wieder hin?«

»Na, zum Fischerlbecken, weißt, die brauchen mich da halt. Und ich will, dass die sich auf den Lochbichler Boni verlassen können! Pfiadi nachad!«

Und als ich ihn anstarre, gibt er mir noch ein Bussi auf die Backe und drückt mich.

»Mei, das machst du schon, Kati, die Sonnfischerei ist bei dir super aufgehoben, wozu haben wir dich denn auf die Uni geschickt, gell! Echt hübsch schaust du aus heute Morgen! Gut, dass du auch amal einen Spass ghabt hast!«

Ich verstehe gar nichts mehr. Auf einmal ist mein Vater total tiefenentspannt. Oder versteht der einfach nicht mehr, was das alles zu bedeuten hat?

Alleingelassen mit meinen Sorgen stehe ich im Gang herum. Meine Schwester ist um diese Zeit in ihrem Redaktionsmeeting, Jürgen, ihr Vorzimmer-Flamingo, würde mich jetzt niemals durchstellen. Aber bin ich wirklich allein? Vielleicht kann mir David helfen, das hat der doch oben im Hotel auch geschafft! Denn an Fränzis und meinem Dreißigsten wieder aufmachen, das wäre wirklich das größte Geschenk!

Draußen ist es wärmer als drinnen, und ich beschließe, trotz der Jahreszeit den Kachelofen anzuheizen, um ein bisschen Feuchtigkeit aus dem Gemäuer herauszubekommen. Das Dirndl hänge ich davor auf, damit sich die Falten aushängen, die David und ich hineingeschmust haben, hole einen Stapel von dem Mirabellenholz ins Haus und setze mich an den Schreibtisch, um nachzudenken. Der Kachelofen raucht wie verrückt, weil er gar nicht einsieht, dass er seinen Dienst tun soll an einem Sommertag, und das Haus hängt voller Qualm, bis der Kamin endlich zieht. Meine Gedanken schweifen ab, ich denke an David, daran, dass wir beide nicht gemerkt haben, dass die Mücken sich auf uns gestürzt haben, an den nassen Hubsi, an den schönen neuen Speisesaal oben im Hotel, und an den lieben Ausdruck in Davids Augen, als er mir vor den Augen der Frühschicht meinen Espresso gemacht hat.

»Deine kleine Fischerei hat das, was uns hier oben fehlt. Da kann ich das Hotel noch so renovieren, diese Atmosphäre werde ich niemals hinbekommen!«, hat er gesagt, und er hat recht. Ich mache das Fenster auf, damit mir die Augen nicht tränen, denke an den umgestürzten Mirabellenbaum und an sein Holz, das an der Südseite des Hauses aufgestapelt ist. Und dass der Qualm dieses Holzes mir zwar gerade in den Augen beißt, aber ein ganz bestimmtes Aroma hat, anders als die Buche, Fichte und Erle, die wir sonst verheizen. Und zum Räuchern verwenden.

Und dann fällt mir ein, wie es ohne Michi-Mike gehen könnte. Dafür aber mit dem David. Und dass ich ihn dringend wiedersehen muss, weil er mein Experiment am ehesten verstehen wird.

Es gibt keine von Natur aus goldenen Fische. Erst wenn man sie mit der richtigen Mischung aus Salz und Zucker räuchert, glänzen sie wie die Schnallen einer Louis-Vuitton-Tasche. Und heute Abend probiere ich an meinem frischen Fang meine neue Idee aus. Ich kann zwar das Ergebnis meines Experiments nicht offiziell verkaufen, weil mich sonst Herr Koferl in Pastete verwandelt, dafür rege ich mich aber auch nicht auf, als die erste Räucherrenke schmeckt wie eingeschlafene Füße. Angebrannte eingeschlafene Füße. Um neun Uhr abends kommt ein ausgewachsenes Gewitter herunter, aber auch das stört mich nicht, es klärt sich auf, auch das ist mir egal, ich habe zu tun. Die Neonröhre im Schlachtraum summt, in den Spinnennetzen vor dem Fenster hängen die Regentropfen wie in unsichtbaren Hängematten, und ich packe die fünfte und letzte Ladung Renken in die Räucherkammer. Fertig. Experiment geglückt. Ich glaube, ich hab's.

»ICH MUSS DICH SEHEN, ICH HABE EINE IDEE!«

Das habe ich David jetzt schon vor sicher dreißig Minuten geschrieben und keine Antwort bekommen. Klingt das zu dringend? Am Ende sogar verliebt? Soll ich einfach zum Hotel hochlaufen, anstatt eine SMS an jemand zu schreiben, der fünfzig Meter Luftlinie von mir entfernt arbeitet? Und wenn es ihn nicht interessiert? In dem Moment, als ich aufhöre, wie verrückt herumzuwerkeln, fährt in mir eine Panik hoch, mit der ich nicht gerechnet habe. Wir haben uns seit zwölf Stunden nicht gesehen und er hat sich seitdem nicht gemeldet. Was, wenn er mich einfach nicht wiedersehen möchte? Das Ergebnis meiner Versuchsreihe nicht testen will? Nicht nachsehen will, ob sich das vom Liebemachen plattgedrückte Schilf in unserer kleinen Bucht schon wieder aufgerichtet hat? Habe ich mich da total in etwas verrannt?

»Du wartest auf eine SMS, und das schon seit einer halben Stunde?« Meine Schwester lacht sich einen, als ich ihr mein Leid klage. »Ich hätte nicht gedacht, dass ich das mal von meiner abgeklärten Schwester hören würde! Wo bleibt denn da dein großer Wunsch nach Unabhängigkeit? Du bist doch nicht etwa verknallt? Du wirst mir doch an unserem Geburtstag nicht so etwas wie einen Freund präsentieren?«

»Ach, blas mir doch den Schuh auf, ich hab dich nur angerufen, um zu sehen, ob ich hier Empfang habe«, motze ich meine Schwester an und lege auf, nicht dass mir eine SMS entgeht, wenn ich mit der Fränzi quatsche. Das Display meines Telefons aber bleibt schwarz und ich ärgere mich total über David und über meine Schwester, und eventuell und minimal über mich selbst, während ich die Düse des zischenden Hochdruckreinigers über die Arbeitsplatten schwenke. Ich bin kurz davor, das blöde Handy ebenfalls unter Wasser zu setzen, weil das immer noch besser ist, als auf eine Antwort zu warten, die wahrscheinlich gar nicht kommen wird.

»Was hat dir denn das arme *Natel* getan?«

»Nix«, sage ich und schwenke vor Schreck erst einmal die Hochdruckdüse über meinen unerwarteten Besuch, bevor ich den roten Knopf am Kompressor erwische. Meine Knie in der Gummilatzhose sind plötzlich so weich, als hätte ich mit der Maschine auch gleich meine Körperspannung mit ausgeschaltet. David. Steht einfach da und sieht saugut aus. Und grinst, obwohl er trieft wie der Fisch unterm Schwanz. Was mach ich denn jetzt? Küsse ich den jetzt? So, wie ich aussehe? Nass und fischig?

»Mmh, nass und fischig!«, flüstert David in mein Ohr, nachdem er mich von oben bis unten abgeschmust hat. »Sag mal, was machst du denn hier? Ich denke, du hast zu?«

»Weil ich was für dich habe! Überraschung!«

Karierte Tischdecke, zwei kalte Bier, und vor allem die vier Renken mit Nummern drauf: Das ist die Überraschung. Zur Verkostung habe ich unten am See einen kleinen Tisch eingedeckt, und erst als ich ihn an der Hand dorthin führe, merke ich, welche Angst ich gehabt habe, dass David nicht kommen würde.

»Was ist das? Fische mit Zahlen? Zum Auseinanderhalten?«

»Probieren! Alle probieren!«

David setzt sich, wie ich es ihm befohlen habe, und während er seelenruhig einen Fisch nach dem anderen filetiert und nach den Probierhappen immer einen Schluck Bier hinterhertrinkt, trete ich nervös von einem Bein auf das andere, als hätte ich eine plötzliche Blasenschwäche und warte auf sein Urteil.

»Eins und Zwei schmecken ganz normal. Und die Drei hier – die schmeckt *wow*! Weniger rauchig. Sanfter. Und die Vier? Mild. Aromatisch! Was hast du mit denen gemacht? Hast du die flambiert?«

»Mit Mirabellenholz geräuchert! Spezialausgabe! Nur für begrenzte Zeit! Was hältst du davon?« Ich starre David an, voller Angst, dass er mit den Schultern zuckt, sagt: »So ein Käse«, und wieder hochgeht zu seinem Hotel und zu seinen Edelfischen. Er kann aber nicht antworten, weil er den Mund übervoll hat.

»Ich mache nächste Woche eine Geburtstagsparty, zur Wiedereröffnung, und bringe diese Fische unter die Leute. Oder ist das keine gute Idee? David, sag doch was!«

»Super Idee! Wenn ich darf, setze ich die außerdem sofort auf unsere Saisonkarte. Mirabellenholz-geräucherte Renken als Spezialausgabe, das hat sonst kein Fischer in der Region!« Hurra, er findet das auch gut! Das ist der erste Schritt in die richtige Richtung! David packt die Schwanzflosse der letzten Renkenhälfte und zieht geschickt die Gräten von dem zarten Fleisch.

»Und das mit deinem Haus, das schaffst du. Ich bin fest davon überzeugt, dass man mit Fischerei und Tradition Geld verdienen kann und dass wir da auch zusammenarbeiten können. Aber das ist noch nicht spruchreif, da muss ich erst den Hans Leutheuser fragen, wenn er aus der Reha kommt.«

»Der kommt aus der Reha? Aber – behältst du dann deinen Job? Bleibst du hier?«

Ich habe plötzlich das Gefühl, als hätte ich den letzten Fisch mitsamt der Gräten verschluckt, so schlagartig hat es mir den Appetit verdorben.

»Das werden wir sehen. Wieso, würdest du mich denn vermissen?«

»Na ja«, krächze ich, »vermissen ist gut. Ich find doch hier nie wieder einen, der so gut in Lederhosen aussieht!«

»Das ist ein Argument!«, lacht David. »Am besten, ich mache gleich eine Powerpoint-Präsi, wie gut ich in Tracht und neben der Sonnfischerin aussehe. Mindestens so gut wie das Hotel jetzt!«

»Meinst du, das hilft was, so eine Präsi? O Gott, jetzt kann ich an nichts anderes mehr denken!«

»Aber sicher kannst du das. Ich kann dir gerne dabei helfen, auf andere Gedanken zu kommen.« David sieht mich an, mit diesem Glitzern in den Augen, er zieht mich hoch und an sich, und obwohl der Kerl so groß ist, habe ich wieder das Gefühl, dass unsere zwei Gestalten zueinanderpassen wie zwei Zahnräder. Als er mich ohne viel Getue von unserer kleinen Laube Richtung Haus führt, zögere ich trotzdem.

»Aber ich muss noch duschen. Ich stinke nach Fisch!«

»Dann gehen wir einfach später schwimmen. Danach«, sagt David ungerührt und streift schon die Hosenträger meiner Latzhose nach unten. »Okay. Überredet«, nicke ich, und merke, dass sich mein Herzschlag gar nicht mehr beruhigen lässt in Erwartung des Kommenden und dass es mir total egal ist, welches Klima gerade in meinen Gummistiefeln herrscht. Und ich habe nichts Besseres zu tun, als meine Zimmertür von innen zuzusperren und David auf mein Bett zu ziehen. Schließlich weiß ich noch von gestern, dass so ein Powerpointer im Bett die absolute Wucht sein kann. Und mein neuer Schweizer Freund legt sich einfach meine Beine auf die Schultern, kniet sich vor mein Bett, sagt zu dem, was sich ihm da so darbietet, unverständliche, aber ungeheuer zärtlich klingende Dinge in Schwyzerdütsch, und dann sagt er nichts mehr, weil er zu beschäftigt ist. Und ich schaue auf die Zimmerdecke, ohne sie wahrzunehmen, und komme so dermaßen schnell, dass ich danach noch nicht einmal weiß, ob ich daran gedacht habe, nicht zu laut zu schreien, wegen der Emerenz und überhaupt. Für Flüstersex habe ich mir offensichtlich den falschen Mann ausgesucht.

Am nächsten Morgen höre ich das Telefon erst in letzter Minute, weil ich das Radio im Fischputzraum voll aufgedreht habe, um den ganzen Vormittag abgetakelte Evergreens mitzusingen, als wäre ich Kati, die Lerche, und nicht Kati, die Bis-zu-den-Ohrwascheln-in-Schwierigkeiten-steckende-Sonnfischerin. Ich habe nur ein Männerunterhemd unter der Latzhose, Davids Unterhemd, weil mir so warm ist trotz der Kühlung, und ich muss jedes Mal grinsen, wenn ich die blauen Flecken sehe, die ich an beiden Oberarmen habe. Woher die kommen, werde ich garantiert noch nicht einmal meiner Schwester erzählen.

»Janni? Hallo!«

»Kati? Bist du auf'm See?«

»Nein, ich hab gerade noch Renovierungs-Urlaub! Warum?«

Ich halte mir das Telefon vom Ohr weg, weil Janni in seiner besten Feuerwehrhauptmannsstimme »Jetzad! Go go go go go! Rückwärtsgang!« brüllt, bevor er sich wieder mir zuwendet.

»Ich bin bei mir in der Werkstatt, drüben in Gstadt, und da ist eine ins Wasser gefahren, die wollt auf die Insel, und glaubt mir nicht, dass die Insel eine Insel ist. Obwohl ich ja jetzt wirklich ned so schlecht mit Frauen reden kann.«

»Versteh ich nicht. Ins Wasser gefahren?«

»Das siehst dann schon! Mir brauchen hier pronto eine psychologische Betreuung! Von Frau zu Frau! Komm, bitte!«

Eigentlich könnte ich durchaus jemandem aus der Patsche helfen, schließlich ist der heutige Tag ein guter Tag, blauhimmelig, klar, leichter Wind, fast zu kitschig, um wahr zu sein.

»Ich bin schon unterwegs!«

»Da-vid, ich seh dich bald, nimm mein He-herz und mach es besse-er«, singe ich nach der Melodie von *Hey, Jude*, weil, hey, hilft ja nichts, eines ist nach dieser zweiten Nacht mit Herrn Krug wohl klar: Mich hat's vollends erwischt, volle Breitseite, volles Rohr, mitten auf die zwölf. Dong. Verliebt. Und das Phantastische ist: David geht es genauso! Und das muss ich dringend meiner Schwester erzählen, während ich zu Jannis Werkstatt am Segelhafen von Gstadt fahre, auch wenn ich dazu ins Telefon schreien muss wie eine Kuh beim Kalben:

»Da wird nicht überlegt, ›Sollen wir miteinander gehen?‹ und ›Was sagen die anderen?‹! Das ist jetzt einfach so, und wer blöd schaut, der gewöhnt sich besser schnell daran!«

»Jetzt wird mir auch klar, warum du immer gesagt hast, du willst mit niemandem zusammen sein – weil einfach so einer wie David noch nicht dabei war!«

»Genau! Ich muss gar nicht drüber nachdenken, ob das jetzt der Richtige ist, ich will eigentlich die ganze Zeit bei ihm sein und basta!«

»Schön für dich!«

Wie sehr auch meine Schwester ins Telefon geschrien hat, merke ich erst, als ich den Motor ausstelle und mein Schiff langsam zum Festland gleiten lasse.

»Fränzi, ich hab dich lieb, an unserem Geburtstag sehen wir uns sowieso! Kannst du es irgendwie schaffen, dass dieser Professor Geiger auch zu unserer Party kommt, das ist doch der Bruder von deinem Chef? Wir müssen mit dem reden. Der Papa macht mir schon wieder Sorgen!«

»Mach ich. Schaff ich. Und was ist mit dem Michi?«

»Nix ist mit dem Michi. Sauer ist er. Dabei hab ich nie gesagt, dass ich tatsächlich mit ihm gehen will. Und geschlafen haben wir auch nicht richtig miteinander damals.«

Der Michi, finde ich, ist im Gegensatz zu David ein eher unangenehmes Thema. Und ich bin froh, dass ich mich auf etwas anderes konzentrieren muss, denn ich habe immer noch nicht ganz verstanden, was sich am Ufer eigentlich genau abspielt. Warum sitzt der Janni in seinem Pick-up und versucht ein Auto aus dem Wasser zu ziehen, dessen Räder auf der verschlammten Rampe durchdrehen?

»Fränzi, du hast ja keine Ahnung, was hier los ist, ich ruf dich wieder an!«

Blitzschnell wende ich, umkreise den Hafen und lasse das Boot mit dem Bug vorsichtig an den Kühlergrill eines wuchtigen Geländewagens stoßen, der dabei ist, Zentimeter für Zentimeter ins Wasser zu rutschen.

»Merci! Kati, gib Gas! Der rutscht, des packt auch der *Four-Wheeler* ned, des san zvui Algen auf der Rampe!«

Ich gebe mächtig Gas und damit Gegendruck, bis der Janni den niegelnagelneuen X6 aus dem See geschleppt hat und dem das Wasser nur so aus den Radkästen trieft. Spitzenteamwork! Der Janni und ich deuten zufrieden mit den Daumen nach oben, denn es ist einigermaßen klar, dass das die perfekte Methode war, um den fetten Karren aus dem See zu ziehen. Und es ist einigermaßen irritierend, dabei in das entgleiste Gesicht einer völlig aus der Fassung geratenen Tussi zu blicken, die hinter dem Steuer herumkreischt. Ich kann sie nicht verstehen, weil die getönten Scheiben nicht heruntergelassen sind, und im Kofferraum ein magerer Hund hin- und herjagt und bellt, als hätte er gerade den Feind seines Lebens gerochen. Weiß ist er, ein weiß-schwarz gefleckter Setter, oder ist das ein Windhund?

Ich mache das Boot vorsichtshalber so fest, dass es dem Auto den Weg ins Wasser versperrt, Janni stellt sich neben mich, und wir betrachten beide die Fahrerin, die offensichtlich ihren hysterischen Anfall noch nicht überwunden hat.

»Die führt sich die ganze Zeit schon auf wie ein lauwarmes

Cola«, sagt der Janni, »ich wollt sie aufhalten, aber die ist einfach weitergefahren! Ich will sie rausziehen, sie gibt Gas!«

»Spinnt die?«, frage ich.

»Woaß ned. Ganz sauber is jedenfalls ned.«

»Und was schreit sie die ganze Zeit?«

»Woaß ned. Frags halt.«

Ich bedeute der Person, die Scheibe herunterzulassen, aber sie starrt mich nur hinter ihrer monströsen Sonnenbrille an und schreit weiter.

»Ist die lebensmüde?«

»Na, so eine bringt sich ned um, schon allein wegen der Frisur«, meint der Janni fachmännisch. »Vielleicht kriegt's ihre Tage?«

»Ganz sicher. Mindestens.« Ich versuche durch hypnotisches Starren die Aufmerksamkeit auf mich zu ziehen, und tatsächlich, lautlos gleitet die Scheibe nach unten, und die Tussi streckt jetzt den Arm nach draußen und deutet nach vorne, Richtung Fraueninsel.

»Das Navi sagt: Ziel liegt vor Ihnen!«

Der Janni folgt ihrem ausgestreckten Zeigefinger.

»Zur Fraueninsel? Na klar, das ist die Fraueninsel, aber hinfahren kannst da nicht!«

»Aber das Navi sagt: Ziel liegt vor Ihnen!«

Sie nimmt die Sonnebrille ab und macht große verzweifelte Kulleraugen, Augen mit genau der richtigen Menge perlmuttfarbenem Lidschatten, das Gesicht blass und ebenmäßig mit ein paar roten Stressflecken drin.

»Ja scho, aber da ist Wasser dazwischen! Nämlich der Chiemsee!«

»Aber das Navi sagt: Ziel liegt vor Ihnen!«

»Nopi! Bring gleich die ganze Flasche!«

Janni trollt sich sofort folgsam Richtung Werkstatt. Ich bin mit der aufgeregten Person allein.

»Ganz neu, das Auto, hm? Und sicher ein tolles Navi, oder?«

»Ja! Und es sagt, hier geht es nach Frauenchiemsee!«

»Aber Frauenchiemsee ist eine Insel, Schatzi«, sage ich mit einer Stimme, die sich in der letzten Zeit bei Auseinandersetzungen mit meinem verwirrten Vater bewährt hat. »Jetzt steigst ein in mein Boot, ich fahr dich rüber!«

»Aber das Navi sagt: Ziel liegt vor Ihnen!«

»Und es hat auch gaaanz sicher recht, ganz ruhig«, nicke ich und reiche ihr das erste von drei Stamperln Nopi durchs Fenster. »Nur muss jetzt dein schönes Auto in die Werkstatt, weil ich schon nachschauen würde, wie dem Motor das Vollbad so bekommen ist. Drum fahren wir jetzt einfach Boot, gell?«

Ich lasse sie kurz stehen, damit sie über mein Angebot nachdenken kann, und nehme einfach mal das Rollköfferchen mit dem Burberry-Karo an mich, das im Kofferraum liegt, der Hund mit den seidigen Haaren springt in die Freiheit und stürzt sich sofort auf mich, weil er offensichtlich irgendetwas an meiner Latzhose wahnsinnig gut riechen kann. »Ich hab leider keinen Fisch dabei, ich rieche nur danach«, beruhige ich ihn, und weil er so dünn ist, dass der ganze Körper mitwedelt, jagt er mir auch keine Angst ein. Ich habe jedenfalls so einen Hund noch nie aus der Nähe gesehen, und auch das österreichische Kennzeichen auf dem SUV sagt mir nichts. »Autohaus Mittersill«, steht auf einem Aufkleber. Hm. Mittersill? Bestimmt so eine Seminartussi, die meint, mit Gorvinders Yoga ein entspannterer Mensch werden zu können. Die drei Nopis haben jedenfalls ihre Wirkung nicht verfehlt, sie hat sich inzwischen aus dem Jeep getraut und drückt Janni gerade ihren Autoschlüssel in die Hand. Ich schaue sie mir verstohlen an. Neben dem klobigen Auto wirkt sie wie eine Porzellanpuppe. Eine sehr dünne Porzellanpuppe. Marineblauer Trenchcoat mit goldenen Knöpfen, flache Schuhe mit einer Art goldener Pferdetrense dran, eine schneeweiße Jeans an den dünnen Beinen, sehr blonde Haare in einem straffen Pferdeschwanz, dessen Ende zu einer einzigen perfekten Korkenzieherlocke gedreht ist, Perlenohrringe, ein weites, weißes Blüschen und ein winziges Handtäschchen im gleichen Karo wie der Koffer. Sie ist jünger, als ich im ersten Moment gedacht hatte, da sieht man mal wieder, dass so eine Bonzenkarre und so ein Spießeroutfit leicht zwanzig Jahre älter machen.

Der Hund wedelt mich an, wenigstens er bedankt sich dafür, dass ich seinem durchgeknallten Frauchen geholfen habe. Er springt ohne Zögern ins Boot und setzt sich vorne in den Bug. Die Tussi hingegen steht herum, vielleicht wartet sie darauf, dass ich ihr den Koffer hineinhebe, aber ich reiche ihr nur die Hand und sage: »Servus, also ich bin die Kati, und deinen Koffer musst schon selber nehmen.«

»Clarissa«, murmelt sie, die Nase gerümpft bis zum schnurgerade gezogenen Scheitel. »Sind hier alle so unfreundlich?«

Ich, die an einem Tag wie heute durchaus Besseres zu tun gehabt hätte, als eine Navi-besessene Wohlstandzicke aus dem See zu holen, starre sie an und bin mir sicher, mich verhört zu haben.

»Mir Insulaner sind zu einem jeden nett, außer er gfoit uns ned!«, informiert sie der Janni. Er ist immerhin so galant, ihr beim Einsteigen die Hand zu reichen, während sie ihren Mantel an sich presst, um jede Berührung mit den Wannen und Bottichen in meinem Boot zu vermeiden. Aus ihrem Täschchen zaubert sie ein Tuch, mit Pferden und Füchsen und anderem adeligen Viehzeug bedruckt, und auf das setzt sie sich, damit sie nicht direkt mit der Bank in Berührung kommt. Na, die wird sich mal richtig wohlfühlen, wenn sie auf der Fraueninsel mit Mückenschwärmen, Spinnennetzen und Schwanenkacke konfrontiert wird.

»David!«, freue ich mich, als mein Handy klingelt, und drossele noch einmal kurz den Motor. »Du hättest Zeit, mit mir zu Mittag zu essen? Toll. Kommst du mich gleich unten am See abholen? Ich muss dir was Lustiges erzählen!«

Ich kann es kaum erwarten, ihm die »Navi sagt: Ziel liegt vor Ihnen!«-Geschichte zu erzählen, und gebe Gas, dass das Wasser nur so schäumt. Die Insel wird größer, schon von Weitem sehe ich einen Mann am Wasser stehen und auf mich warten, und ich denke mir, dass das Leben plötzlich ein einziges Feierabendbier ist.

Das Mädel hat ihr Privatschulengesicht angestrengt nach links gewandt, damit sie mich nicht angucken muss, aber ich frage sie trotzdem freundlich:

»Hast du auf der Insel ein Yogaseminar gebucht?«

Ihr Kopf ruckt in meine Richtung und sie antwortet knapp:

»Nein. Ich bin wegen einer Hochzeit da.«

Na klar, das hätte ich mir ja auch denken können. Wer nimmt schon einen Hund mit auf ein Yogaseminar, vor allem wenn er so unter Strom steht wie dieses Vieh, das inzwischen am ganzen Leib zittert und wie verrückt die Insel anbellt, die nur noch ein paar Meter entfernt ist.

»Den nimmst du lieber an die Leine«, rate ich ihr, aber noch bevor sie ihn am Halsband packen kann, saust der Hund wie eine Sprungfeder nach vorne aus dem Boot. Er schafft es aber nicht ganz auf den Damm, rutscht ab ins Wasser, paddelt, fiept, bellt, bekommt die Vorderpfoten auf die Reifen, die als Stoßdämpfer an der Mauer unseres kleine Hafens hängen, und zieht sich hoch. David ist da und hilft ihm, packt ihn an den Vorderpfoten, und redet auf ihn ein. Wie nett, denke ich noch. Der Hund schüttelt sich noch nicht einmal das Wasser aus dem Fell, sondern springt ihn direkt an, Pfoten auf die Schultern und leckt ihm über das Gesicht. David geht in die Knie, der wird sich doch von so einem Köter nicht umwerfen lassen? Aber er lässt sich tatsächlich auf den Rücken fallen, der Hund springt auf ihn, sie drehen sich zusammen um die eigene Achse, Hände, Füße, Pfoten, ein wild wedelnder weißer Schwanz mit einer schwarzen Spitze, und dann steht David auf und wischt sich mit dem Handrücken über die Augen, während der Hund spielerisch weiter nach ihm schnappt. Ich habe die Leinen noch gar nicht festgemacht, so gebannt habe ich dieses Schauspiel verfolgt.

Es kann nicht sein, dass diese zwei sich gerade das erste Mal begegnen.

Was ich hier sehe, ist ganz offensichtlich ein Hund, der mit seinem Herrchen Wiedersehen feiert.

Einem Herrchen, das er offensichtlich eine Zeit lang nicht gesehen hat.

Ich muss schlucken, und auf einmal bin ich diejenige, die dieser Clarissa nicht ins Gesicht sehen will. Ich warte erschrocken darauf, dass David mir ein Zeichen gibt, dass er mich begrüßt, mich in den Arm nimmt, mir sagt, dass alles in Ordnung ist. Aber er schaut nicht zu mir.

»Clarissa«, sagt er, steif und jeden Buchstaben betonend. »Was suchst du denn hier?«

»Dich«, sagt die Porzellanpuppe und reicht ihm eine Hand, an der sie den kleinen Finger abspreizt wie ein Barsch die Rückenflosse, um aus dem Boot zu steigen. »Ich bin nämlich schwanger. Und du bist der Vater.«

Meine Augen füllen sich schon wieder mit Tränen, was aber nicht sein kann, weil ich das einfach nicht will. Ich habe genug geheult die letzten zwei Tage, man kann doch nicht jemandem hinterherjammern, mit dem man nur so kurz zusammen war, oder? Ich zucke zusammen, weil wieder ein handtellergroßes Stück Putz herunterfällt, und Michis Vater sorgenvoll den schweren Schädel wiegt.

»Heuschnupfen«, habe ich zu Michi-Mike und zu meinem Vater gesagt, weil sie mich alle paar Minuten gefragt haben: »Kati, hast was im Aug?« Ich hatte aber nichts im Auge, außer ein paar überflüssigen Tränen, sondern im Gegenteil plötzlich den totalen Weitblick, dass das mit dem Schweizer nämlich nur eine Spinnerei von mir war, Gegensätze ziehen sich an und so weiter, und dass ich wahrscheinlich so einen Schock gebraucht habe wie die schwangere Nicht-Exfreundin, damit ich das

250

kapiert habe. Geschockt bin ich immer noch, das ist eigentlich das einzige Gefühl, das ich spüre. Mein Kopf dröhnt, als hätte mir einer mit dem Hammer draufgehauen, aber das kommt bestimmt nicht von dem bisschen Liebeskummer, nein, das kommt nur daher, weil das Weinen so dehydriert, das habe ich mal in der *Mimi* gelesen. Gott sei Dank habe ich total schnell reagiert, und die zwei auf der Mole einfach stehen lassen mit dem blöden Köter, und mich noch am selben Nachmittag bei Michi entschuldigt. Schließlich geht es hier nicht nur um mich, sondern auch um die Fischerei, das Haus und meinen Papa.

Michis Vater ist in den letzten zehn Jahren eine Steigerung von sich selbst geworden: noch korpulenter, noch rotgesichtiger, und seine Stimme dröhnt, dass die abgeschraubte Wandverkleidung vibriert.

»Untergraben, unterfüttern, trockenlegen – da machma dir an Superpreis!«

»Wieviel genau?«, frage ich, Mut fassend angesichts soviel lautstarker Kompetenz, und immer noch dankbar, dass Michi mir meinen kleinen gefühlsmäßigen Ausflug in die Schweiz sofort verziehen hat. »Ich wollte nächste Woche wieder aufmachen. Schicken Sie mir ein Angebot?«

»Ah geh, Kati, für dich bin ich allaweil immer noch der Hias! Und Angebot – des brauchma ned. Zerscht machma eine Bestandsaufnahme, damit wir sehen, wie weit dass es fehlt mit eurem Haus, weil ganz neu ist der ja nimmer, der oide Kasten!«

Wieherndes Lachen.

»Und danach gengan mia zum Essen, zum Zumsler, oder? Und auf an Obstler, ha?«

Mir wird schlecht. Ich will nicht ins Hotel hoch. Aber weil Michi und sein Vater im Moment der einzige Lichtstreifen am Horizont sind, und weil mein Vater bei der Erwähnung von Obstbrand ebenfalls so ein gewisses Leuchten im Gesicht bekommt, sage ich Ja und schaue dem Hias zu, wie er an der Mauer herumkratzt.

Ich stelle dem Blasi danach noch schnell eine Dose Whiskas vor die Tür und gehe den drei Männern langsam nach, in der Hoffnung, dass der feine Herr Krug heute einfach mal frei hat und mit seiner Clarissa auf einem Chiemseedampfer herumfährt. Ich brauche eine Weile, um meinen Vater, Michi-Mike und den Hias zu entdecken. Sie sitzen am Insulanerstammtisch, auch Janni ist da, die Männer haben Johannisbeerschorlen oder Weißbier vor sich, und drehen die Speisekarten in ihren Händen. Und David? Der sitzt leider direkt mit am Tisch. Die langen Beine weggestreckt, in einem grauen Poloshirt mit Hotelstickerei und einer Espressotasse in der Hand klopft er Janni gerade lachend auf die Schulter, als wären sie die besten Freunde. Scheint sich ja ganz prächtig eingelebt zu haben, der Herr Manager, und mich durchfährt ein Stich der Eifersucht, weil dieser Mann nicht so aussieht, als würde er mich vermissen. Was mich außerdem nervt, sind die roten Flecken, die sich wie auf Knopfdruck auf meinem Dekolleté breitmachen. Immerhin ist es wohl genau dieser Ausschnitt, der die Jungs dazu verleitet, aufzublicken und unisono »Jessas Kati, da legst di nieder« auszurufen. Janni schnalzt so laut mit der überlangen Zunge, dass die Spatzen aus den Büschen ringsherum auffliegen, und ich bemerke mit Genugtuung, dass David das Gesicht herunterfällt, als hätte ihm einer eine Watschen gegeben. Ich habe nämlich hinterfotzigerweise das chiemseeblaue Dirndl angezogen.

Er springt sofort auf, um mir seinen Platz anzubieten, und wenn mich nicht alles täuscht, dann klirrt in seiner Hand die Espressotasse auf der Untertasse, als würde eine U-Bahn unter ihm durchfahren. »Was kann ich dir bringen?«, fragt er mich förmlich. Ich antworte so sonnig wie möglich: »Ich glaube, heute ist ein guter Tag für einen Winnetou Spritz, schließlich habe ich heute frei«, und lege meine Hand auf die von Michi-Mike. »Hallo Schatzi.«

»Winnetou Spritz haben wir von der Karte gestrichen, der ist manchen nicht so gut bekommen«, sagt David, ohne mit der Wimper zu zucken.

Michi-Mike blinzelt mich nach dem »Schatzi« an, als hätte ich ihm einen Lapdance angeboten und prostet David triumphierend zu, schließlich hat er jetzt doch das Rennen gemacht, und ich nehme schnell einen Schluck von seinem Weißbier und hoffe, dass David endlich verschwindet.

»Kommst du mal kurz mit? Wir müssen mal über die Lieferung sprechen«, sagt der aber, und weil ich nicht will, dass die anderen am Tisch von meiner neuen Mirabellenholzräucherrenke erfahren, folge ich ihm doch lieber ins Büro.

»Ich kann dir nichts liefern, denn ab morgen wird wahrscheinlich renoviert. Michi nimmt sich extra frei«, drücke ich ihm gleich mal rein, damit er sieht, dass ich ebenfalls ganz famos ohne ihn zurecht komme. David nickt nur nachdenklich und knetet seinem Hund das Ohr, als der unter dem Schreibtisch hervorkommt und uns beide anwedelt. »Du kannst machen, was du willst, ich verstehe das. Aber tu bitte nichts Unüberlegtes!«

»Nichts Unüberlegtes? So was Unüberlegtes vielleicht wie mit meiner Exfreundin ein Kind zeugen? Die so ›ex‹ gar nicht ist?«

»Sicher ist sie meine Ex, Gottverdammi!!«

»Fluchen kannst du auch? Ich entdecke ja immer mehr neue Seiten an dir!«, motze ich, als hätte ich im Leben noch nie »Fixlujah!« gesagt. Der Hund fiept, weil Davids Liebkosung wohl eine Nummer zu fest war, und rettet sich zu mir, um sich bleischwer an meine Beine zu lehnen. »Wie heißt du denn jetzt eigentlich? Und, hat dein Herrchen dich genauso verarscht wie mich?«, frage ich ihn leise, und klopfe ihm die Seite.

»Das ist der Öhi. Und ich werde zu allem, was ich getan habe, stehen, wenn es sein muss, aber ich glaube, das wird sich bald von selbst erledigen. Und mehr kann ich dir im Moment nicht sagen, noch nicht. Ich kann dich nur bitten: Warte zwei Wochen, einen Monat, und mach bis dahin nichts, was du später bereuen könntest!«

»Das sagt der Richtige. Ich werde sicher nichts tun, was ich später bereuen werde. Im Gegensatz zu dir!«

Und ich rausche aus der Tür, und renne fast diese Clarissa über den Haufen, die mit gelöstem Blondhaar, Leggings und einer paillettenbestickten Tunika vor dem Büro auftaucht. Schwer zu sagen, wie groß ihr Babybauch unter diesem Glitzerhemdchen ist, auf mich machen ihre Streichholzhaxen jedenfalls einen total unterernährten Eindruck. Im Prinzip ist das aber nicht mein Problem, und ich knalle die Bürotür hinter mir zu, auch wenn ich dem Öhi damit die Schnauze prelle, denn es wird höchste Zeit, dass ich mich daran erinnere, dass ich Hunde nicht leiden kann.

Ich schaffe es ohne Heulen zurück zum Stammtisch. Die Runde Obstler, die der Hias gerade vom Tablett der Bedienung nimmt, ist offensichtlich nicht die erste, denn mein Vater kräht: »Gut, dassd kommst, Kati, denn es schaugt so aus, als tätst du nimmer lang fischen müssen!«

»Wie bitte?«, frag ich entgeistert, und Michi-Mike und sein Vater werfen sich einen kurzen Blick zu.

»Also, wir haben nur so gredt. Vielleicht magst auch erst einmal einen Schnaps?«

»Nein, danke! Was ist los?«

Michi-Mike legt seinen Arm um mich und sagt mit sanfter Stimme:

»Naja, dem Boni haben wirs schon gesagt, weil also, wir haben uns nur denkt, vielleicht bist ja ganz froh, weil auf die Dauer ist das ja auch kein Beruf für so a junge Frau, gell, da tät doch eher was in der Verwaltung oder in der Gemeinde ...«

»Was ist hier los?«

Ich schaue vom einen zum anderen, Michi-Mikes Arm auf meinen Schultern.

»Ja also«, räuspert sich der Hias und schaut Janni so lange scharf an, bis der aufsteht, und sich verabschiedet: »Ich muss eh zum David, wegen der Bergungsrechnung von dem Geländewagen von der Clarissa. Kati, ich tät sagen, da machen wir fifty-fifty?«

254

»Lass nur, ich will nix dafür«, winke ich ab, »im Nachhinein denk ich mir, ich hätt sie auf ihr Navi hören lassen sollen. Aber weil sie schwanger ist und das Kind ja nix dafür kann, ist das schon in Ordnung. Behalt das Geld.«

»Kati«, beginnt jetzt der Hias noch einmal und beugt sich vor, »das Essen heut und der Obstler, die gehen auf mich. Weil – euer Haus, ja, also, des schaut so aus, als hätt der Kofler nur die Spitze vom Eisberg entdeckt. Ich hab nämlich auch unter den Holzboden geschaut, und mich wundert's, dass da noch keiner eingebrochen ist. Alles verschimmelt, ich schätz, spätestens nächstes Frühjahr bricht dir alles weg. Da kannst eigentlich nicht mehr drin wohnen. Krebs, weißt schon, Lungenkrebs, das ist des, was passiert, wenn man im Schimmel schläft! Am besten wär's« – er schaut von Michi-Mike zu mir und wieder zurück –, »du tätst vielleicht sofort zum Michi ziehen, damit du nicht jede Nacht die Sporen einatmest.«

»Ja, und der Papa?«

»Äh – ja, der natürlich auch!«

»Um Gottes willen! Und was wird uns das kosten?«

»Mei, selbst wenn ich dir jetzt einen Familienpreis mache, dann hast erst einmal das Entkernen auf der Uhr, dann Trockenlegen, dann musst unterfüttern, isolieren, das dauert ein paar Monate. Dann musst ja auch alles auf die Insel schaffen, das heißt, Bagger, Kran, kostet alles das Doppelte wegen der Insel, den Schuppen und den Fischputzraum erwischt's als Nächstes, das muss alles mit saniert werden, wennst schon dabei bist …«

Ich kann das alles nicht mehr mitanhören, und frage noch einmal mit heiserer Stimme:

»Wieviel?«

Die Zahl, die der Hias jetzt mit leiser Stimme nennt, ist so absurd, dass ich laut auflachen muss.

»Aus die Maus! Das ist ja zehnmal so viel wie der Kredit, der jetzt fällig ist. Das war's!« Ich hatte nie gedacht, dass es einmal so weit kommen würde, aber auf einmal beneide ich die Bedienung, die mit zwei dampfenden Tellern an unserem Tisch vorbeiläuft, um ihr Angestelltendasein. Null Freiheit, aber auch null Risiko. Vielleicht bin ich doch nicht zur Unternehmerin geboren?

»Was mach' ich denn jetzt?«

»Mei, Kati, das hat halt einmal so weit kommen müssen, schon dein Opa hätt damals unterfüttern sollen, aber der hat ja nicht auf mich gehört!«

»Mei Spatzl«, sagt jetzt Michi-Mike und schaut mich recht lieb an, »jetzt kommst halt mit zu mir und ruhst dich aus, und morgen reden wir noch einmal. Der Boni, der kann auch gleich mitkommen, wenn er will, wegen den Todessporen, den unsichtbaren.«

»Was?«, schreckt mein Vater auf, der nicht den Eindruck macht, als würde ihn die schlechten Nachrichten irgendwie auch angehen. »Ich muss jetzt eh los!«

Ich bringe es nicht übers Herz, meinem Vater zu sagen, dass das Aufzuchtbecken vielleicht das Letzte ist, was unsere Familie eine Weile mit der Fischerei zu tun haben wird, und drücke ihm ein Bussi auf die Wange. Soll er ruhig gehen und sich ablenken.

»Kommst halt dann später nach. Ich geh mit zum Michi und leg mich kurz hin. Ich muss mal in Ruhe über alles nachdenken.«

»Hinlegen! Beim Michi! Das ist eine Spitzenidee«, ruft der Hias begeistert und zwinkert seinem Sohn zu, dass ihm das ganze Gesicht entgleist. »Geht's nur. Bis dann!«

Gerade als ich aufstehen will, rauscht Clarissa an uns vorbei Richtung See, die Nase triumphierend nach oben gestreckt. Sie sagt keinen Ton, als sie unseren Tisch passiert, dafür aber macht sie ein ziemlich eindeutiges Geräusch.

»Wenns Arscherl brummt, is Herzerl gsund!«, gratuliert mein Vater, und meint anerkennend: »Ganz schee laut, für so a Grischperl[36]!«

---

36 Grischperl: eher mickrig gebautes Menschenkind

Bevor ich durch die Hortensienhecke des Hotels auf den Inselweg gehe, drehe ich mich doch noch einmal um. Und tatsächlich: David steht zusammen mit Janni im Eingang des Hotels und schaut uns nach, der Öhi neben ihm hat die Ohren aufgestellt, und eine Pfote erhoben. Sowohl Herr als auch Hund haben einen Blick drauf, der mir direkt ins Herz fährt, und selbst als ich vor der im Toskanastil renovierten Casa Katzlberger stehe, spüre ich diesen Blick noch im Rücken wie einen Hexenschuss.

»Hast jetzt endlich mit dem Michi zsammgfunden?«

Ich bin nicht sonderlich überrascht, dass die Emerenz sofort um die Ecke schießt, als ich am nächsten Morgen unsere Haustür aufsperre. Michi-Mike habe ich weiterschlafen lassen, was nicht weiter schwer war, denn ich habe auf der Couch übernachtet und er in seinem Bett. »Ich kann mich jetzt nicht in deinen Bau schleppen lassen, ich bin viel zu fertig von allem, was passiert ist. Gib mir noch ein bisserl Zeit«, habe ich mich gestern Abend aus seiner Umarmung gewunden. Der Gedanke, dass mich vier Tage nach David ein anderer Mann aus meinem Dirndl schält, war mir schlichtweg unerträglich. Michi-Mike hat sich Gott sei Dank nach dieser Ansage ohne großes Klagen in sein Zimmer verzogen. »Gute Nacht, Kati, morgen schauma weiter.« Zack, Tür zu, und ich fragte mich, ob in den Hosenbeinen seiner Snowboardhose immer noch zusammengerollte Pornoheftl deponiert sind. Würde mich nicht stören, soll er sich ruhig Busenwunder anschauen, ich habe schließlich auch die ganze Zeit David vor Augen, ob ich will oder nicht.

»Mit dem Michi? Kann schon sein«, antworte ich ziemlich wortkarg. Eigentlich will ich mir nur schnell Jeans und T-Shirt holen, damit ich nicht schon wieder in Mamas Dirndl herumlaufen muss. Und damit ich schauen kann, ob mein Vater hier übernachtet hat, denn bei Michi-Mike ist er gestern nicht aufgetaucht.

Die Emerenz scheint trotzdem sehr zufrieden zu sein mit dem Verlauf der Ereignisse, jedenfalls folgt sie mir bis in die Stube, und weiter bis zu meinem Kleiderschrank und beteuert mit schiefgelegtem Kopf:

»Jaja, jetzt bist doch beim Michi gelandet! Manchmal muss man erst was Exotisches essen, gell, damit man merkt, dass daheim doch am besten schmeckt! Der Wiggerl, der hat sich gern amal an Pfau aufbraten lassen, aber später hat ihm der Koch doch immer ein paar ehrliche Krautwickerl machen müssen.«

Sogar die Emerenz merkt, dass mir nicht nach Konversation ist in meinem schimmelverseuchten Haus, das schrecklich aussieht mit einem Bombenkrater von einem Loch in den Dielen und dem abgeklopften Putz, und sie fasst sich ein Herz, um maximal tröstende Worte zu finden.

»Bist jetzt recht traurig wegen dem schwangeren Schweizer und seim unehelichen Schratz? Obwohl, es heißt ja, dass sie kommen ist, damit er sie heiratet! Weißt was – willst vielleicht wissen, ob's ein Mädel oder ein Bub wird? Ich wüsst vielleicht, wie ich des rausfinden könnt. Kannst ja dann immer noch die Taufpatin werden, gell, wennst unbedingt mit so einem Herrn was zu tun haben willst!«

Kurz darauf sitzt die Emerenz mit schmutzigem Kittel auf der Eckbank und behauptet, ich hätte sie mit dem Besen in die Ecke getrieben, um ihr dann ein Stück Gaffa-Tape extra-reißfest übers Maul zu kleben, aber ich kann zu meiner Verteidigung nur sagen, dass ich mich nicht daran erinnern kann, weil ich einfach rotgesehen habe. Rot, rot, rot. Ich weiß nur, dass mein Vater aus seinem Schlafzimmer gekommen ist, nur mit einer Unterhose an, und mir einen Nopi gebracht hat und dann noch einen, die Emerenz rausgeschmissen und mich in den Arm genommen hat, und ich seine Schulter vollgeheult habe, eigentlich den ganzen Vormittag lang. Jetzt ist wieder Ruhe eingekehrt, dafür steht auf einmal der Hias vor mir und will wissen, wann er unser Haus endlich abreißen darf.

»Also, ich tät den alten Kasten einstampfen, mitsamt der Fischerei, und mir einen anderen Job suchen. Was Angenehmeres. Im Outdoorcenter, da suchens immer jemand.«

»Und wenn ich das nicht will?«

»Mei, dann musst du trotzdem verkaufen, weil's sich einfach hint und vorn nicht lohnt, so eine Sanierung. Fragt sich aber, ob du mehr als zweihunderttausend kriegst für den maroden Schuppen, gell. Schimmel und Renovierungsstau, das ist das Allerschlimmste auf dem Immobilienmarkt, und ich kenn mich da aus, glaub's mir. Aber ich tät dir dreihunderttausend zahlen trotz der Todessporen, dir das Haus renovieren, und dir dann einen Pachtvertrag geben. Den Unterschied, den merkst du gar nicht, bis auf dass du ein neues Haus hingestellt kriegst, das du nicht bezahlen musst.«

Die Emerenz hat aufgehört zu mosern und sitzt auf der Eckbank mit offenem Mund, und auch ich muss zweimal schlucken, bevor ich antworte, so einfach klingt das aus dem Mund vom Bauunternehmer Katzlberger.

»Ja, aber warum solltest du das machen?«

»Mei, Kati, weil: Mir ham's halt.«

Der Hias wirft sich in die breite Brust, ich glaube sofort, dass dieser feiste Kerl für immer und ewig ausgesorgt hat.

»Und weil der Michi dich mag. Und ich froh bin, dass du wieder zu Vernunft kommen bist und mit meim Buam gehst. Familie, die steht bei uns an erster Stelle, gell, Michi?«

»Freilich, Papa«, nickt Michi und fasst mir an die Hinterbacken.

»Ja, aber«, ich schlucke kurz, weil das alles zwar perfekt klingt, aber mir ein bisschen zu schnell geht. »Aber, aber, was ist, wenn wir uns nicht mehr verstehen, Michi? Mike?«

»Wir uns nimmer verstehen? Kati, ich hab dich schon in der

Schule geliebt, warum soll das plötzlich aufhören? Weißt du nimmer, wie ich mich für dich ins Eckerl gestellt hab? Ich bin solide. Auf meine Gefühle kannst du dich verlassen.«

Ich denke an David, und die emotionale Berg- und Talfahrt, die er mir beschert hat, und nehme Michis Hand.

»Danke. Danke, dass ihr für mich da seid. Aber, gebt ihr mir noch ein bisserl Zeit? Ich muss einfach noch kurz in mich gehen.«

»Na freilich!«, dröhnt der Hias und haut mir seine Pratzen zwischen die Schulterblätter, dass mir kurz die Luft wegbleibt. »Aber ned z'lang überlegen, gell, weil ich bin keiner, der wo das Geld rumliegen lässt auf der Bank. Und wenn du es nicht willst, dann investier ich woanders, wo ich dann auch was damit verdien!«

»Okay, kann ich mich kurz mit dem Papa besprechen?«

Ich finde meinen Vater in seinem Schlafzimmer, wo er dabei ist, die rote Kühltasche auszuräumen. »Hast du das alles allein getrunken?«, frage ich irritiert und deute auf eine Batterie leerer Proseccoflaschen. »Ach wo, wir haben letztens nur einen kleinen Umtrunk gemacht in Prien. Wegen, wegen, weil wir ein neues Becken eingeweiht haben.«

»Ah so.« Ich gebe mich mit dieser Erklärung zufrieden, weil wir wirklich Dringenderes zu besprechen haben.

»Was hältst du eigentlich vom Hias?«, frage ich so locker wie möglich.

»Der Hias? Mei, die Liesl, die hat ihn nicht mögen. Aber das kann auch sein, weil er einmal im Segelclub den Nusskuchen von deiner Mama nicht verkaufen wollt auf dem Sommerfest, weil er gesagt hat, dass die Ziegelsteine bei ihm auf dem Bau saftiger sind. Und ich, ich tät halt sagen, dass er schon ein rechter Ruach[37] ist. Aber genau deswegen steht er jetzt wahrscheinlich so super da. Und das mit der Familie, das wird schon stimmen, warum haben sie denn das Haus auf der Insel behalten

---

37 Ruach: bayrischer Dagobert Duck. Raffe, raffe, Landhausvilla baue.

für den Michi, obwohl sie nach Marquartstein umgezogen sind? Vielleicht hat er jetzt einfach seinen Kragen voll gekriegt, und jetzt is ihm fad in seiner Villa. Er wird's halt machen, weil der Michi dich gern mag.«

»Stimmt. Was wär denn, wenn wir an ihn verkaufen?«

»Was verkaufen?«

Desinteressiert und total verwirrt steht mein Vater da, schaut mich treuherzig an und hat einfach keinen Plan. Er wird mir mit dieser Entscheidung nicht helfen, im Gegenteil, mit dem ist einfach etwas nicht in Ordnung.

Tu nichts Unüberlegtes, hat David mich gewarnt. Und genau deswegen hat Kati-der-Chef sofort eine unbändige Lust, etwas Unüberlegtes zu tun. »Gut. Dann geh ich jetzt zum Hias und sag ihm, ich warte noch bis zu meinem Geburtstag, auf dem reden wir mit der Fränzi, weil die muss ja auch Bescheid wissen, und dann geb ich dem Hias grünes Licht. Und dann sind wir auf einen Schlag unsere Sorgen los.« Und dann füge ich noch hinzu: »Und ab da sind wir nicht mehr Eigentümer, sondern Pächter. Und du wirst den Unterschied wahrscheinlich noch nicht einmal merken.«

Es klingt wirklich nach einer Lösung, die fast zu schön ist, um wahr zu sein, und ich gehe zurück zu einem verlegen herumstehenden Michi-Mike und einem vor Jovialität glühenden Hias.

»Ich überleg es mir«, sage ich, »und an meinem Geburtstag sag ich euch Bescheid. Ich muss nur noch die Fränzi einweihen.«

»Wirst schon sehen, Kati, bald ist alles eine gmahde Wiesn. Und jetzt …«, er haut Michi-Mike in die Seite, dass dem fast die schnittige Sportlerbrille von der Nase rutscht, »… jetzt hat der Michi eine Überraschung für dich. Michi, steh ned so damisch rum, gib ihr den Ring und frags! Bleib da, Kati, der Michi macht dir einen Antrag, auf geht's!«

»Mike, du kannst das Kondom wieder wegtun. Ich kann nicht. Aber danke für den Geburtstagskaffee!«

»Wieso willst du immer noch ned mit mir vögeln? Wir sind doch jetzt verlobt!«

Michi-Mike steckt mit knallrotem Kopf ein kleines Päckchen zurück unters Kopfkissen. »Auch ned zum Geburtstag? Nur eine ganz kleine Nummer?«

Er tut mir schon ein bisschen leid, wie er da sehr früh und sehr nervös auf der Bettkante sitzt, aber ich kann mir beim besten Willen gerade nicht vorstellen, mich von ihm missionieren zu lassen. Es ist schließlich mein Geburtstag und nicht seiner.

»Tut mir leid, Mike. Liegt nicht an dir.«

»Woran dann? Hat's dir der Toblerone-Ritter so gut besorgt, dass ich jetzt nimmer gut genug bin?«

»Aber nein, natürlich nicht«, lüge ich, ohne mit der Wimper zu zucken, denn ich finde es selbst nicht besonders optimal, dass ich im Moment so gar keinen Körperkontakt mit dem Michi ertragen kann. Wird schon werden, rede ich mir ein. Genau genommen bin ich ja inzwischen fest davon überzeugt, dass alles gut werden wird. Jetzt, wo ich eingesehen habe, wo ich hingehöre. Heute Nachmittag kommt meine Schwester, heute Abend wird es eine letzte Party geben in unserem Fischereigarten, danach werde ich dem Hias sagen, dass ich sein Angebot annehme, der kümmert sich sofort um die Baugenehmigung, dann kommen die Baumaschinen, mein Vater und ich ziehen in der Zeit zu Michi-Mike, der besorgt mir zur Überbrückung einen Job im Outdoorcenter, und ab nächstem Frühjahr kann ich dann mit der Fischerei weitermachen. Wenn mein Vater bis dahin kein Pflegefall ist.

»Ich brauch einfach noch ein bisschen Zeit!«

Der Michi-Mike gibt sich einen Ruck.

»Mei, wer nicht will, der hat schon. Aber dann stehst jetzt auf, weil ich nämlich eine Geburtstagsüberraschung für dich habe.«

Mit einem breiten Grinsen fischt er das Kondom wieder aus seinem Versteck und schiebt es in die Hosentasche. »Und die ist fast so gut wie Sex. Danach bis du so high, wirst sehen, da geht was!«

»Sicher«, antworte ich nicht besonders überzeugt, gehe ins Bad, um mich anzuziehen, ein Weißwurst-Brezen-Bier-Picknick im Grünen vor Augen. Was sonst könnte mein neuer Verlobter vorhaben? Egal, es gibt schlimmere Arten, seinen Geburtstag zu beginnen.

Zehn Minuten später ziehe ich Michi-Mike am Dampfersteg vorbei, weil ich dort schon von Weitem ein Pärchen mit Hund warten sehe, der Mann in weißem Hemd und Khakishorts hält den Hund an einer kurzen Leine und sieht aus, als wäre er der *GQ* vom Titelblatt gefallen, die schicke Tussi mit hohen Sandälchen, Strohhut und, ja, tatsächlich, einer kleinen Wölbung unter dem weißen Hängekleidchen, sieht so nach zierlicher Upperclass-Mieze aus, dass man sich nur denken kann: so ein schönes Paar. Und mit Hund und Braten in der Röhre das perfekte Familienglück in spe. Um nicht länger hinschauen zu müssen, drücke ich mich eng an Michi-Mike und frage ihn: »Willst du mir nicht wenigstens verraten, wohin wir fahren?«

»Auffi auf'n Berg«, sagt er, »so weit, wie's geht.«

Der Parkplatz an der Talstation der Kampenwandbahn ist noch so leer, dass man sich kaum vorstellen kann, dass auf diesem Berg manchmal so zugeht wie zum Starkbieranstich am Nockherberg, und Michi-Mike parkt seinen Sprinter gleich gegenüber von der Kasse und den Klos. Und das nicht ohne Grund, denn gleich nach dem Aussteigen fasst er sich kurz an die Eingeweide und murmelt: »Ich muss noch kurz was erledigen.« Er reißt die Beifahrertür auf, ignoriert meine erfreut

263

hingestreckte Hand, und schnappt sich eine zusammengerollte *SportBild* aus dem Handschuhfach. Ich schaue ihm nach, wie er mit zusammengekniffenem Hintern Richtung Männlein/ Weiblein verschwindet, trinke große Schlucke aus meiner Wasserflasche und versuche mich zu entspannen. Alles wird gut. Der Katzlberger junior, das ist vielleicht nicht der allerbeste Schuss zwischen Horizont und Chiemsee, aber ich kenne ihn wenigstens. Gut, auch seine Macken. Und seine Zehen. Aber Michi-Mike ist, wie er ist, der verstellt sich nicht, und der wird immer so bleiben. Und er wird auch immer zu mir halten. Ich bin nicht mehr allein, und ich werde in Zukunft die vermögende Familie Katzlberger im Hintergrund haben, und nicht mehr nur einen zunehmend verwirrten Vater ohne Altersvorsorge. Der übrigens beschlossen hat, trotz Todessporen bei uns im Haus wohnen zu bleiben und nicht ans Telefon ging, als ich ihn heute Morgen anrufen wollte, um zu fragen, ob alles in Ordnung ist. Ob er sogar den Geburtstag seiner Zwillingstöchter vergessen hat?

Ich versuche im Radio so was wie ordentliche Musik zu finden, weil im Moment alle Welt auf traurige Songs mit klagenden Frauenstimmen zu stehen scheint, die mir direkt unter die Hornhaut fahren, die ich in den letzten Tagen über meinen Liebeskummer habe wachsen lassen. Während ich überlege, ob die leidende Sängerin vielleicht auch von einem Schweizer betrogen worden ist, öffnet jemand die Autotür, und ich falle fast vom Sitz.

»Mann, hast du mich erschreckt!«

Nicht Michi-Mike ist von seiner Sitzung zurück, sondern Janni steht in Cowboyhut und -stiefeln neben mir, als wäre er mit dem Ponyexpress persönlich hergaloppiert. Er schaut furchtbar gehetzt und legt mir einen braunen Pappumschlag auf den Schoß.

»Gott sei Dank wusste die Emerenz, wo du sein könntest! Das hier, das ist dein Geburtstagsgeschenk von David, er hat es mir heute Morgen in die Hand gedrückt, bevor er mit der Clarissa zum Arzt ist, und ich soll dir sagen, es ist dringend!«

»David? Seit wann verstehst du dich denn mit dem so gut? Ich will mit ihm nichts mehr zu tun haben!«

»Hör zu, Kati«, sagt Janni und fährt zusammen, weil man im Hintergrund eine Tür klappen hört. »Ich weiß, ich bin nicht so wahnsinnig solid, und ich weiß, deine Schwester mag mich deshalb nimmer und sorgt dafür, dass ich das Sorgerecht nicht krieg für den Xaver. Aber du warst immer total korrekt zu mir, und das, was da vor meinen Augen passiert, das ist so eine verreckte Gschicht, da kann ich einfach nicht mehr länger so tun, als würd ich nix mitbekommen. Sei gscheit, Kati, und schau dir das sofort an! Wenn der Schweizer schon tausend Euro für so ein Gutachten zahlt!«

»Gutachten?«

»Griasdi Janni, was machst du denn hier?«, fragt auf einmal Michi-Mike und schaut Janni böse von der Seite an.

»Nix, der Kati zum Geburtstag gratulieren halt!«

Beide Männer taxieren sich kurz, und ich schaue mir den Umschlag an.

»Institut für Umweltanalyse«, steht auf dem Absenderstempel, und der Brief ist tatsächlich an »Hotel zum See, Herrn David Krug« adressiert. Was kann das sein? Der Beweis, dass am Züricher See die Luft besser ist?

»Servus, ich pack's dann besser«, verabschiedet sich Janni und marschiert mit klackernden Boots zurück zu seinem Pickup, und Michi-Mike schaut misstrauisch auf das Kuvert in meiner Hand. »Und was ist das für ein Schrieb?«

»Nix«, sage ich und zerreiße den Umschlag langsam einmal in der Mitte, lege die zwei Hälften aufeinander und zerreiße sie noch einmal.

»Absolut unwichtig. Wo bleibt eigentlich meine Überraschung?«

37

»Renn so schnell du kannst, und wenn ich sage Hopp, dann streckst du die Haxen in die Luft!«

»NEIN!«

»Renn! Hopp!«

Der Motorradhelm, den Michi-Mike mir auf die Birne gedrückt hat, rutscht mir Gott sei Dank ein wenig über die weit aufgerissenen Augen, als ich auf den Abgrund zulaufen muss, der sich vor mir auftut, das Stampfen und Schnaufen von Michi-Mike direkt hinter mir, hinein in den sicheren Tod. Aber dann gibt es einen Ruck, und die Almwiese unter mir ist nicht mehr zu spüren, der Aufwind fährt in den Gleitschirm, der über uns aufblüht wie eine gigantische Orchidee, und Michi-Mike lässt einen Brunftschrei los, der über den ganzen Chiemgau hallt. Irgendwie habe ich mir immer vorgestellt, dass man sich bei einem Tandemflug wie ein Koalababy am Rücken seines Vordermannes festklammert. Dass ich vorne sitzen würde, festgeschnallt auf einer Art Sandsack, mit freiem Blick auf die Felsen und Wiesen, auf denen ich alsbald zerschmettert liegen werde, damit hatte ich nicht gerechnet. Michi-Mike hingegen scheint völlig in seinem Element zu sein und palavert vor sich hin: »Merci hey, des Gliden ist so endsgeil, da schnallst du ab! Eine Spitzenthermik hast du da derwischt, an deim Geburtstag!«

Ich schaffe es, eine Hand zu lösen, und mit einem kurzen Griff in den Schritt zu prüfen, ob mich die Todesangst ein kleines oder großes Geschäft verrichten hat lassen, aber anscheinend haben sich alle meine Körperöffnungen vor Schock hermetisch verschlossen, trotz der Menge Wasser, die ich aus Nervosität in mich hineingeschüttet habe.

Aber als ich das Visier nach oben schiebe und einen Rundumblick habe, stockt mir dann doch der Atem. Das ist leider wirklich geil. Diese blau glitzernde endlose Fläche, auf der wie kleine Wattekügelchen die ersten Segelboote auftauchen, das ist der Chiemsee, und er ist wunderschön. Ich lehne mich vorsichtig zurück, versuche ruhiger zu atmen und mich an die Schwerelosigkeit zu gewöhnen. Der Wind weht mir die Angst aus dem Gesicht, ich würde gerne in Ruhe gucken, aber das Nonstop-Gequatsche von Michi-Mike nervt, und ich hole tief Luft und schreie laut: »Kannst du bitte mal die Klappe halten?«

Oben ist schlagartig Ruhe, aber der letzte Satz »Warte erst mal, bis du das Wakeboarden ausprobiert hast!« hängt noch in meinem Ohr. Ich kann zuerst nicht sagen, was mich an diesem Satz so stört: Paragliding, Wakeboarding, das ist schließlich alles Jacke wie Hose, so ist das nun mal, wenn der Verlobte in einem Outdoorcenter arbeitet. Ist doch auch gut, wenn Michi-Mike seinen Job mag und mir nicht in die Fischerei reinpfuschen will. Ich betrachte den Chiemsee, darauf ein langer grüner Streifen, die Herreninsel, ein kleiner mövenkackegroßer Fleck, die Krautinsel, und dann die Fraueninsel mit dem weißen Kirchturm in den Bäumen. Wie immer, wenn ich die Insel von Weitem sehe, finde ich es gleichzeitig absurd und wunderbar, dass man auf so einem Fleckchen wohnen kann. Mitten im Wasser, und das auf einem See. Und jetzt weiß ich auch, was mich gerade so irritiert hat: »Mike, aber Wakeboarden, das macht man doch auf dem Wasser, oder?«

»Freilich«, schreit Michi-Mike, »oder willst du mit dem Wakeboard zum EDEKA fahren?« Er lacht sich halb tot da über mir, bis der Gleitschirm in beängstigende Vibrationen gerät.

»Aber wo wollt ihr das dann anbieten? Euer Oudoorcenter Schneizlreuth ist ja in den Bergen!«

Ich verstehe ja nicht viel davon, aber während ich so in der Luft kreise, mit Vogelperspektive auf die Insel, wird mir klar, was da vor mir liegt: *Wakeboarder's Paradise*. Könnte es einen besseren Spot geben als die Fraueninsel, wo einen der Wind sofort mitnehmen kann?

»Mei, äh«, schreit jetzt der Mike, »des schauma mal, am

Chiemsee halt irgendwo. Vielleicht in Chieming. Oder Übersee. Ja, genau, in Übersee!«

Ich habe einen fürchterlichen Verdacht, und Michi-Mike lügt so schlecht, dass es noch nicht einmal der Wind, der seine Worte von ihm wegweht, verbergen kann, und er reißt an seinen Lenkgriffen herum, dass mir ganz anders wird.

Aha-Erlebnisse bringen einen ja angeblich immer weiter, aber in fünfhundert Metern Höhe zu merken, dass der Jugendfreund dabei ist, einen so was von übers Ohr zu hauen, das ist pure Folter, vor allem, wenn er derjenige ist, der einen lebend nach unten bringen soll! Aber ich kann nicht stoppen, was mein Kopf sich da gerade zusammenreimt: Wakeboarden in Übersee? Von wegen! In meinen Ohren klingt das eher nach einer lukrativen Nutzungsänderung, vielleicht vom Sonnfischergrund? Meinem Sonnfischergrund? Heiß wird es mir plötzlich, so heiß, und ich starre auf die Insel und habe eine schreckliche Vision: Unser Biergarten ist verschwunden, stattdessen steht da am Ufer ein hochmoderner Ableger des Outdoorcenters, ein Ungetüm aus Stahl und Glas, innen schicker Toskana-Stil, und an der Rezeption sitzt ein zufrieden grinsender Michi-Mike, der gerade meinem Vater erklärt, dass er hier im Wakeboarding-Paradies nichts mehr zu suchen hat, weil er und seine Tochter schließlich so blöd waren, an die Katzlbergers zu verkaufen.

Wakeboarden statt Fischerei? Und ich habe wochenlang nicht mit David geredet, weil ich Angst hatte, der will irgendetwas umkrempeln! Mehr krempeln geht ja gar nicht! Weggekrempelt würde ich da werden, einfach so, und mein Vater mit dazu!

Ich behalte diese neue, schockierende Erkenntnis erst einmal für mich, aus Angst, das Raubvogelkreisen des Gleitschirms könnte sich blitzschnell in einen Sturzflug verwandeln. Und außerdem, habe ich nicht mit meiner Schwester damals besprochen, dass wir immer zu schnell sind mit unseren Urteilen?

Nach ein paar endlosen Minuten halte ich es nicht mehr aus und mache einen Test, obwohl ich bei einem Sturzflug wahrscheinlich direkt ins Schloss Hohenaschau krachen würde.

»Du Mike, können wir den Pachtvertrag für mich vielleicht schon jetzt machen? Ich meine, bevor wir zum Notar gehen? Damit ich auch sicher bin, dass ihr das Haus für mich wieder aufbaut?«

Michi-Mike beugt sich vor, um zum Antworten möglichst nah an mein Gesicht zu kommen, was der Flugbahn des Gleitschirms eindeutig nicht guttut.

»Ach geh, Schatzi, das braucht's doch nicht. Wir vertrauen dir und du vertraust uns!«

Aha! Kein Pachtvertrag im Vorfeld, das bestätigt leider meine Befürchtungen. Gott, auf was habe ich mich da nur eingelassen? Ich hake nicht nach, Hauptsache, der Herr Outdoorcoach lehnt sich wieder ordentlich in seine Seile, und auch er sagt nichts mehr. Ich hoffe, er konzentriert sich voll und ganz auf seine Pilotentätigkeit und merkt nicht, dass ich zwei Viertel des zerrissenen Kuverts aus meiner Jackentasche fummle, denn ich kann mir nicht helfen – ich will, ich muss sofort wissen, was David mir da hat zukommen lassen!

»Achtung, Steilspirale! Vom Feinsten! Das können nur die Profis!«, versucht Michi-Mike mich jetzt anscheinend auf andere Gedanken zu bringen, und während sich der Gleitschirm schlagartig zwanzig Meter nach unten schraubt, halte ich die Fetzen des Dokuments eng an den Körper gedrückt, damit er nicht sieht, was ich mache. Mein Magen rebelliert mit sofortiger Seekrankheit, als ich die ersten Zeilen entziffere, egal, ich muss es schaffen, mir darauf einen Reim zu machen.

»Schadstoffanalyse …«

»Ziegelproben und Putz unbedenklich …«

Ich kann fast nicht mehr, so übel wird mir auf diesem Weg nach unten, jeder Oktoberfestlooping ist ein Spaziergang gegen dieses Absacken und den Versuch, gleichzeitig die Fragmente dieses Gutachtens zu entziffern. Ich lehne den Kopf zurück, der

Wind reißt mir die Blätter aus der Hand, die nach oben sausen, nein, ich sause nach unten, so sieht's aus, aber das letzte, was ich habe lesen können, das muss ich unbedingt noch klären, bevor ich in Ohnmacht falle:

»… Oberhalb der normalen Konzentration wurden gesundheitsschädliche Schimmelsporen nur auf einem Stück Dampfsperrfolie …«

»Mike, was ist denn DAMPF-SPERR-FOLIE?«, schreie ich mit letzter Kraft gegen das Sausen des Windes an.

»Mei, des brauchst halt auf dem Bau, für unters Dach«, schreit Michi-Mike. »Der Bappa nimmt die immer zum Isolieren!«

Ich betrachte mit Sorge die Felder und das rasant größer werdende Schloss Hohenaschau unter uns. Ich habe mir noch keine Gedanken darüber gemacht, wie und wo wir landen werden, und was ich tun werde, wenn Michi-Mike mich jetzt in irgendeine Klamm hineinfliegt und mich dann mit gebrochenen Beinen verhungern lässt. Er scheint nämlich allmählich auch darauf zu kommen, dass seine liebe Kati nicht mehr ganz so ahnungslos ist wie heute Morgen.

«Warum tätst jetzt du das wissen wollen, das mit der Dampfsperrfolie?«

»Weil die bei uns gefunden worden ist. Mit Schimmel drauf! Ich weiß aber ganz genau, dass unser Haus so alt ist, dass da bestimmt nirgendwo eine Dampfsperrfolie verbaut ist. Die muss also jemand mitgebracht haben! Um die Wände mit Schimmel zu präparieren! Und dann ein Stück vergessen haben! Das kann nur passiert sein, während ich in München mit meinem Vater beim Arzt war. Und du, Michi, du hattest den Schlüssel!«

Ich strample mit den Beinen und bekomme einen cholerischen Anfall.

»Michi, das war's!«

Den Teufel werde ich tun und noch einmal Mike zu diesem Hochstapler sagen!

»Lass mich runter! Ich will heim! Und du, du hast ab heute bei mir Hausverbot!«

Meine Wut verfliegt allerdings wie ein Babypups, als unter mir gefährlich nah Baumkronen vorbeiflitzen, und ich ohne Weiteres erkennen kann, dass die weiß-rot gestreiften Fensterläden des Schlossturms dringend gestrichen werden sollten. Ich ziehe die Beine an, weil ich Angst habe, hängenzubleiben, und was Michi-Mike schreit, verstehe ich nicht, will ich nicht weiter verstehen, weil ich zumindest die Ausdrücke »Fischerzuchtl« und »gschlamperts Flitscherl, greisligs!« herausgehört habe. Ich ziehe die Knie an die Brust, schau nach oben in den Himmel, und verwünsche meine Gene, auf denen offensichtlich die Codes für Diplomatie und überlegtes Handeln nicht eingraviert sind. Ich kann nur hoffen, dass mein Pilot daran interessiert ist, zumindest seinen eigenen Hintern heil nach unten zu bringen. Ich kneife die Augen zusammen, sehe nichts mehr, es saust, es raschelt, ein Stoß, Holpern, Rumpeln, Stille. Ein zartes Rauschen, als die Seide des Gleitschirms sich langsam senkt. Und: Applaus. Ich öffne die Augen und sehe mich um. Wo bin ich denn hier?

»Gut gemacht! Du hast genau das Richtige gemacht!«, schreit eine der drei Gestalten, die über das Feld auf uns zulaufen, und der Schweizer Akzent lässt mich völlig vergessen, dass ich noch stärker verstrapst bin als ein Landrat bei der Domina und dass Michi-Mike offensichtlich auch nichts daran ändern will, denn der ist längst frei, lässt mich aber wie einen Käfer auf dem Rücken liegen, und macht einen Abgang vom Allerfeinsten.

»Geht's no?«, schreit ihm die Emerenz hinterher und fuchtelt drohend mit einem Trumm Feldstecher hinter ihm her, aber Michi-Mike dreht sich noch nicht einmal nach ihr um, und mein Empfangskomitee beschäftigt sich netterweise lieber mit mir als mit meinem Exverlobten. Janni ist als Erster bei mir und schafft es, mich mit ein paar Handgriffen aus meinem Gleitschirmgefängnis zu befreien. Trotz schlotternder Knie und rasselnder Karabiner stolpere ich David entgegen und greife nach seinen ausgestreckten Händen.

»Kati, Liebe! Ihr seid ja nach unten wie die Verrückten! Der ganze Flug hat nur siebzehn Minuten und achtundzwanzig Sekunden gedauert. Hattest du keine Angst?«

Nur ein Schweizer kann eine so präzise Zeitangabe machen, und mir wird klar, dass die drei mit ihren Ferngläsern die ganze Zeit auf der Landewiese gewartet haben müssen.

»Angst? Überhaupt nicht!«

David nimmt mich in den Arm, zieht mir den Helm vom Kopf und fährt mir durch die Haare. Und ausgerechnet jetzt, wo eigentlich alles vorbei ist, ausgerechnet jetzt fühle ich mich wieder wie in einer Steilspirale, Kopf, Herz, Bauch, alles dreht sich. Ich berge meinen Kopf an Davids Brust, und dann pinkle ich mir in die Hose.

»Mei, du arm's Kind!«, sagt die Emerenz und streichelt zart mein Bein, das in einer alten Jogginghose von Janni aus dessen Pick-up herausragt, weil mich die Jungs auf die Sitzbank gebettet haben. Der Öhi schnüffelt währenddessen begeistert an meiner Jeans, die als kleines feuchtes Häufchen hinter dem Auto liegt, und fragt sich wahrscheinlich, warum keiner mit mir rechtzeitig Gassi gegangen ist.

»Einen solchenen Schreck hast kriegt! Des nächste Mal, wenn du so einen Schmarrn machst, dann holst dir von mir die Inkontinenzeinlagen, die mir damals der Doktor Schubauer in Prien verschrieben hat, nach meinem Gebärmuttervorfall, da hab ich mir nämlich zwei Wochen lang einibieselt!«

Eigentlich will ich die Emerenz fragen, warum zum Teufel sie überhaupt hier ist, aber David kommt gerade mit Janni zurück, mit einer Flasche in der Hand.

»Schubauer?«, fragt David. »Das ist auch der Arzt, zu dem Clarissa heute Morgen gegangen ist.«

»Ich weiß«, antwortet die Emerenz triumphierend, »hinbringen hast es dürfen, aber dann wollte sie dich bei der Untersuchung ned dabei haben, gell?«

»Woher …« David haut es die Kinnlade herunter, aber ich weiß nicht, wie dieser Kerl das macht, der sieht sogar im Moment größter Dämlichkeit noch besser aus, als irgendein Mister Kampenwand es je tun wird.

»Siegstas!«, triumphiert die Emerenz. »Weil, ich kenn nämlich dem Schubauer seine Sprechstundenhilfe, die Maresi ist nämlich bei mir im König-Ludwig-Freundeskreis, und bei der wollt ich nur ganz unverbindlich nachfragen, ob das Baby von der Clarissa ein Mädel oder ein Junge …«

Sie sieht meinen entsetzten Blick und verteidigt sich: »Ja, man wird ja wohl noch fragen dürfen! Stellt's euch doch vor, des wird am End' ein Inselkind, und wir bekommen quasi einen Jungdarsteller für unseren Freundeskreis! Da müssen wir doch rechtzeitig wissen, ob das Baby dann den König spielen kann oder vielleicht doch lieber die Sissi!«

»Und, was hat sie gesagt?«, fragt jetzt David und nimmt meine Hand, presst sie, denn ich habe mich inzwischen aufgesetzt und höre zu, während der erste Schluck Nopi sich in meiner Blutbahn breitmacht. »Ist es ein Mädel oder ein Junge? Und weißt du auch, ob das Ergebnis vom Gentest schon da ist?«

»Nix is!«

»Noch nicht da?«, fragt David und sieht mich an. »Kati, ich kann einfach nicht glauben, dass dieses Kind von mir ist!«

»Ich weiß nicht, ich …«, stottere ich verwirrt, und die Emerenz tippt wohlwollend auf die Nopi Flasche.

»Geh weiter, einer geht noch! Und deinem Schweizer, dem kannst auch gleich noch einen spendieren, weil es ist nämlich so, dass die Maresi zu mir gesagt hat unter dem Siegel der Verschwiegenheit, dass die Frau Clarissa Oberstaller gar keine Patientin nicht ist vom Herrn Doktor Schubauer!«

Jetzt drücke ich Davids Hand zurück, dass es ihm die Knöchel nur so zusammenschiebt, und er wirft mir einen schnellen Blick zu, aufgewühlt, verwirrt.

»Ja, und jetzt?«, fragt Janni von der Seite. »Bei welchem Arzt ist sie dann?«

»Beim Zoran! Jeden Tag!«

»Wie, beim Zoran? Bei unserem Zoran? Beim Amsler Wirt?«

Bote solch bedeutender Neuigkeiten zu sein, muss für die Emerenz eine wunderbare seelische Brotzeit sein, denn sie spricht sehr langsam und in äußerst gewähltem Hochdeutsch, als sie uns mitteilt:

»Jawohl. Jeden Tag um elf Uhr dreißig ist die betreffende Person beim Zoran gesehen worden, wie sie sich etwas zum Essen bestellt hat! Und zwar Krautsalat, eine doppelte Portion ohne Speck, und ein leichtes Weißbier.«

»Ja und? Schwangere haben doch bekanntlich unberechenbare Fressattacken«, wende ich ein und denke an den Weißwurstsenf, den meine Schwester sich im vierten Monat auf den Bienenstich geschmiert hat.

»Weißbier und Krautsalat!« Die Emerenz wird wieder etwas rustikaler in ihren Formulierungen, jetzt wo sie zur Pointe kommt. »Ja wisst's ihr ned, wie einen des herblaht?«

»Du meinst …?«, fragt David fassungslos.

»Genau! Des dergibt lässig zwölf Wochen Schwangerschaft, so ein Riesenbatzen Krautsalat! Hast du des ned gemerkt, dass das feine Dirndl eine rechte Schoasdromme[38] gwes'n ist die letzte Zeit?«

»Sicher. Aber ich dachte, das kommt von den Hormonen! Und außerdem habe ich sie ja nicht angerührt! Ich will ja überhaupt nichts mehr von ihr!«

»Eine Krautsalatschwangerschaft«, sage ich leise vor mich hin und merke, wie ich ganz langsam wieder zum Leben erwache, »wie krank muss man sein …«

Janni grinst, dass es ihm die Ohren hinterzieht, und David schüttelt langsam den Kopf.

---

38 Schoasdromme: Furztrommel, die ihre Umwelt gern an ihrer Flatulenz teilhaben lässt

»Hab ich's doch gewusst. Nun, eigentlich hat Clarissa ja mich verlassen. Aber als ich sie das letzte Mal besucht habe, da war ich schon hier auf der Insel, und da muss ihr klargeworden sein, dass ich sie nicht zurückhaben wollte. Und weil so etwas in ihrer Welt nicht vorkommt, hat sie uns eine Schwangerschaft vorgespielt.«

»Na ja, aber geschlafen hast du schon mit ihr, oder?«

»Ja, leider, eigentlich nicht so richtig, aber sie hat mich praktisch dazu gedrängt, sie hat gesagt, einmal noch und dann gibt sie mich frei. Und das war wahrscheinlich der große Fehler.«

Ich denke an den Nils von Böckel, und den Hubsi, und den Tättowierer, und an Michi und dass ich so was von im Glashaus sitze, und halte einfach mal die Klappe. Ich nicke nur, damit David sieht, dass ich trotzdem auf seiner Seite bin. Er sieht mich an, seine Augen sind kleiner als sonst, müde Schatten sind darunter, und ein paar von den Linien um seine Augen bleiben in seinem Gesicht, auch wenn er nicht lacht.

»Wenn ich jetzt Clarissas Vater anrufe, kann der in einein-halb Stunden hier sein und selbst entscheiden, ob er sie gleich nach Prien in die Psychosomatische schickt oder sie mit nach Hause nimmt. Und dann kann ich mit dir deinen Geburtstag so feiern, wie du das verdient hast!«

Kurzer Kuss.

»Und vor allem feiern wir, dass es laut dieses Schadstoffgut-achtens keine Woche dauern wird, bis du wieder aufmachen kannst, weil es nämlich gar keinen Schimmel bei dir gibt, und der Katzlberger Hias, der alte Betrüger, dir den kompletten Schaden ersetzen muss, inklusive Verdienstausfall. Und der Öhi ...«, bei der Erwähnung seines Namens hebt der Setter sei-nen Kopf, den er auf mein Knie gelegt hat, und zieht die Lefzen nach oben, als würde er grinsen, »... der bleibt hier.«

»Das glaube ich alles nicht«, murmle ich, leicht Nopi- und Kuss-sediert. Sind wirklich Michi, Clarissa und die Todesspo-ren aus meinem Leben? Aber es muss stimmen, warum fühle ich mich denn sonst so ... So aufgeräumt? So angekommen?

»Gut, ich glaube es. Was ich noch nicht verstehe«, sage ich langsam und schaue Janni an, »warum du dich so ins Zeug gelegt hast.«

»Weißt Kati«, Janni stupst verlegen seinen Cowboyhut nach oben, »der Michi, der ist damals in der Schule von seinem Bappa mit einem Gameboy bestochen worden, damit er für dich eckerlsteht, das weiß ich, weil er nämlich danach bei mir mit dem neuen Spielzeug angegeben hat wie ein Sack Flöh. Das hat der Katzlberger sich damals schon gedacht, dass man zu dir nett sein muss, wegen deinem Grundstück. Langfristige Planung, sozusagen! Seit zwanzig Jahren trag ich diese Geschichte mit mir rum, und hab sie schon fast vergessen, aber dann hat mir die Emerenz erzählt, wie sie den Hias in Marquartstein nennen: den Sporthallenkönig! Und dass er sich da schon nirgends mehr blicken lassen kann, weil er immer alles umbauen will, weil er doch im Aufsichtsrat sitzt von dem blöden Outdoorcenter, warum meinst, hat der Michi da so einen Job gekriegt? Ich hab's mir einfach nicht mehr mit ansehen können, auch wenn der Michi ganz lang mein bester Spezi war.«

»Jaja, Liebe und die Leidenschaft«, mischt sich die Emerenz ein, »gell, so hat er getan, bei mir hat er immer über dich gredt, als wärst du eine verarmte Prinzessin, der wo man unter die Arme greifen muss, der falsche Fuchzger, der falsche!«

Die Vormittagssonne scheint der Emerenz auf die Pudelfrisur und verleiht ihr einen Heiligenschein, der mir durchaus angemessen erscheint, vergleicht man ihr harmloses Getratsche mit dem, was die Katzlbergers unternommen haben, um an den Sonnfischergrund zu kommen.

»Wer meinst denn, hat dich beim Zoran verpfiffen und gemosert, er soll sich das nicht gefallen lassen, dass du an alle Wirte lieferst? Des war der Michi! So ist des nämlich alles losgegangen! So kann man doch mit einer Insulanerin nicht umspringen.«

Ich lege den Kopf in den Nacken, der Himmel ist kornblumenblau, wolkenlos bis auf einen schnurgeraden Kondensstreifen, der langsam in kleine Flöckchen zerfällt. Wohin das Flugzeug wohl geflogen ist? In die Schweiz? Womit mir gleich eine neue Ungereimtheit in den Sinn kommt: »Aber sagt mal, der David ist doch gar nicht von hier. Warum habt ihr den nicht einfach der Clarissa überlassen?«

»Mei, wir Insulaner mögen halt einen jeden, vorausgesetzt, er gefällt uns«, sagen Janni und die Emerenz unisono.

»Ich weiß, was ihr meint«, seufze ich, und hole mir endlich meinen ersten angemessenen Geburtstagskuss.

David bringt mich nach Hause, und jetzt, wo ich weiß, dass Michi und sein Vater die Schimmelsporen nur eingeschleppt haben, um mir die Gewerbeaufsicht auf den Hals zu hetzen, kommen mir die Löcher in Putz und Boden nur mehr vor wie kleine Schönheitsfehler. Alles halb so wild.

»Du musst mich für zwei, drei Stunden entschuldigen, auch wenn du heute Geburtstag hast. Ich muss jemanden verabschieden. Und ich muss eine Menge Leute anrufen.«

Mit diesen Worten lässt David mich alleine, und ich weiß, dass Clarissa jetzt ihr feines Rollköfferchen packen muss. Ich dusche, lege mich auf mein Bett und schlafe sofort ein, so tief, wie ich seit Wochen nicht geschlafen habe, und als ich aufwache, hat David seinen Laptop schon im Biergarten aufgestellt und alle, die er eingeladen hat, sind auch gekommen.

Der erste Teil meiner Geburtstagsparty ist erst einmal fest in Davids Hand: Nach Davids Powerpointpräsentation über die goldene Umsatzprognose und die neu erstarkte Auftragslage der Sonnfischerei prostet Herr Koferl von der Gewerbeaufsicht dem Herrn Wedehopf von der Sparkasse zu. Der neuerdings zaunpfahldünne Hans Leutheuser teilt sich mit meinem Vater und seiner Helga den besten Platz am See und hat bis jetzt noch nichts davon gesagt, dass David sich bald einen neuen Job suchen kann. Aus der Küche kommt Basti, der Insel-Schmied, der gerade in Null Komma nix Spüle und Wandverkleidung in Ordnung gebracht hat, und zieht einen fetten Joint hervor, den er sich in die Dreadlocks geklemmt hat. Es gibt Fisch, gefangen vom Lechner Sepp, und Sepps hübsche Tochter Leonie geht herum und versorgt alle mit Weinschorle und Bier. Ein paar Segelgäste, die die Drechsel Caro mitgebracht hat, machen Fotos von unserem Sonnfischerschild, Kletterrose im Vordergrund, Chiemsee im Hintergrund. Schwester Sebastiana und Gorvinder sind zusammen da und überreichen mir als Geschenk einen Gutschein über zehn Ster Mirabellenholz, die sie auf Davids Bitte hin in einem Südtiroler Klostergarten aufgetan haben und die mir nächste Woche auf die Insel gebracht werden. Der Öhi bekommt von Blasi eins auf die Nase, bis der merkt, dass der Setter sich nichts aus seiner Meerrettichsahne macht, und dann rollen sich die beiden zu einem weißschwarz-weißen Fellknäuel zusammen.

Ich habe Mamas chiemseeblaues Dirndl an und das Gefühl, dass alles richtig gut läuft, sensationell gut sogar. Und so nehme ich Davids Hand und gehe mit ihm barfuß zu unserer Bucht, in der wir uns das erste Mal geliebt haben. Wir stoßen mit unseren Bierflaschen an und schauen aufs Wasser.

»Gleich lernst du meine Schwester kennen«, sage ich dann, und mir ist ganz warm innendrin, »ich glaube, mein Vater ist unterwegs, um sie abzuholen, ich hab ihn heute den ganzen Tag noch nicht gesehen.«

»Hoffentlich mag sie mich«, sagt David und steckt seine Nase in meine Locken.

»Sicherrr«, antworte ich und plantsche mit den Füßen ein bisschen im Wasser. »Ich glaube, da kommt sie schon.«

Fünf Leute kann ich in unserem Boot erkennen, als wir Hand in Hand an den Steg zurückgehen: Meine Schwester mit ihren leuchtenden, glatten Haaren, die schmale Gestalt von Xaver, dann Fränzis Chef, daneben Professor Geiger, und einen Mann mit Cowboyhut.

»Janni, wo ist mein Vater?«, frage ich besorgt, als der mir die Leine zuwirft, und ich sehe am Gesicht meiner Schwester, dass Papa sie auch nicht zum Geburtstag angerufen hat.

»Ich hab leider null Ahnung«, antwortet Janni. »Euer Schiff, das hat mir gerade die Wasserwacht vorbeibracht, weil es auf dem See umeinandergetrieben ist, irgendwo zwischen Prien und der Krautinsel. Ich hab mir denkt, der heutige Tag war für dich schon gesalzen genug und hab dich deshalb ned gleich angerufen. Der taucht schon auf, der Boni!«

»Das tut er sicher, wahrscheinlich hat er vergessen, einen gescheiten Knoten zu machen«, sage ich betont ruhig, »ich rufe mal in Prien an, die sollen ihn nach Hause schicken. Kann ja nicht sein, dass ihm Babyfische wichtiger sind als der Geburtstag seiner Töchter.«

»Ich mach das für dich«, sagt Janni und geht Richtung Haus, »ich hab die Nummer, sag du erst einmal Servus zu deiner Schwester! Xaver, kommst mit?«

»Und«, fragt mich Fränzi, und sieht aus wie eine Außerirdische, so hübsch ist sie, »du bist ja kaum wiederzuerkennen, dir geht's richtig gut, oder?«

»Ja, und dir? Hast du dich vertragen mit dem Janni? Weißt du, dass er sich ziemlich Mühe gegeben hat in der letzten Zeit?«

»Ich glaube auch, dass es an der Zeit ist, dass der Xaver ihn wieder regelmäßig sieht. Mehr natürlich nicht«, sagt sie und lässt ihre Hand in die von ihrem Chef schlüpfen, der in seinem weißen Leinanzug, dem Strohhut und den grauen Schläfen aussieht wie der große Gatsby persönlich, »aber Vater ist Vater.«

»Guck mal, mein Engel, da ist was angeschwemmt worden«, ruft der Chef gerade, und deutet mit der Schuhspitze auf das grünliche Wasser in unserem kleinen Hafenbecken, »ist das nicht ...?«

»Oh ja, das ist aus der Redaktion«, ruft Fränzi, schnappt sich

279

einen Käscher und versucht das kleine weiß-pinke Gerät zu sich heranzuziehen, das in einer zugezippten Plastiktüte an der Oberfläche schwimmt wie in einer Blase.

»Das ist Papas iPod, oder, Kati?«

»Ja, und er hat ihn zum Bootfahren immer in dieser Tüte, damit er nicht nass wird. Das heißt, er muss ihn auf dem Boot dabeigehabt haben!«

Ich bin wild entschlossen, es nicht für ein verdammt schlechtes Omen zu halten, wenn Papas iPod und sein Boot auf dem Chiemsee herumtreiben.

»Na, der wird sich freuen, dass wir den gefunden haben. Wann kommt er denn?«, rufe ich Janni entgegen, der mit wehendem Vokuhila vom Telefonieren zurückkommt.

»Kati, Fränzi«, ruft der schon von Weitem, »wir haben ein Problem. Die haben gesagt, der Boni war seit April nicht mehr am Aufzuchtbecken. Seit einem halben Jahr!«

Die Geburtstagsgesellschaft teilt sich sofort in drei Suchtrupps: Professor Geiger, Fränzi, Xaver und Emerenz bleiben zu Hause, Janni, Caro und die Segler nehmen sich das Gstadter Ufer zu Wasser und zu Land vor, die Wasserwacht sucht in Prien und in Übersee, und David, Öhi und ich übernehmen die Inseln.

»Was, wenn er plötzlich vergessen hat, wie man schwimmt?«, schluchze ich, ich habe es nämlich aufgegeben, die Optimistische zu markieren.

»Schwimmen verlernt man nicht. Es wird ihm gut gehen«, beruhigt mich David, aber ich merke an seinen Augenbrauen, die grimmig aneinanderstoßen wie zusammengewachsen, dass auch er nicht so zuversichtlich ist, wie er tut.

»Oder wenn er versucht hat, sich etwas anzutun, weil ich das Haus verkaufen wollte? Der weiß ja noch gar nicht, dass alles gut ausgegangen ist! Wenn er nur so entspannt getan hat, damit ich mir keine Sorgen mache? Was, wenn er wirklich schwer krank ist, und ich habe nicht rechtzeitig etwas unternommen?«

Keine zwei Minuten später sind wir bei der unbewohnten Krautinsel, der See hat wenig Wasser, sodass wir weit draußen auf Grund laufen und durchs Wasser waten, um auf die Insel zu gelangen. Nichts bewegt sich außer zwei weißen Ziegen, die die kahlgefressenen Enden eines Weidenzweiges herunterziehen, um an ein paar grüne Blätter zu kommen.

»Bleib kurz hier, ich schau schnell auf die andere Seite«, sagt David, nachdem wir in wenigen Schritten die Schafweide auf der Anhöhe der Insel erreicht haben, und ich warte und wische mir das Blut ab, weil ich überhaupt nicht gemerkt habe, dass ich mir die Beine an den Dornen der Brombeerhecken aufgeritzt habe. David kommt schnell zurück, den aufmerksamen Öhi neben sich.

»Nichts. Nur ganz da hinten komme ich nicht hin, da ist zu viel Gestrüpp. Vielleicht sollten wir da noch einmal anlegen und an Land gehen?«

»Ich weiß nicht, wir haben doch vom Wasser aus auch nichts gesehen«, meine ich zögernd, »ich würde gerne gleich zur Herreninsel, die ist so viel größer, dafür werden wir sicher ein paar Stunden brauchen.«

»Überlass die Herreninsel lieber doch der Wasserwacht mit dem Hubschrauber, wir suchen hier und zwar gründlich«, beschließt David und ist schon auf dem Weg zurück ins Boot.

»Versuchst du schon wieder, alles an dich zu reißen? Lass mich ans Steuer! Mein Vater ist verschwunden, nicht deiner!«, explodiere ich, als er das Boot tatsächlich um die Krautinsel herumlenkt, anstatt Richtung Herreninsel zu fahren.

David stoppt sofort den Motor. Und sagt ganz ruhig:

»Sorry, ich hätte wissen müssen, dass du das nicht magst. Und ich wünsche dir zu deinem Geburtstag, dass dein Vater gesund und wohlbehalten wieder auftaucht. Und wenn wir ihn finden, dann verspreche ich dir, dass ich ab morgen ganz offiziell den Winnetou Spritz auf die Karte schreiben werde. Mirabellenholzgeräucherte Renke dazu, und schon ist das Sonnfischerinnen-Spezialmenü fertig, und der Erlös davon geht in die Altervorsorge deines Vaters und ... Was ist das?«

Ich folge seinem ausgestreckten Zeigefinger, und sehe etwas Rotes schimmern, schwer zu erkennen, weil wir wegen einer Sandbank einen großen Bogen um die Südseite der Krautinsel fahren müssen, aber ich weiß trotzdem sofort, was es ist.

»Los, hin, das ist seine Kühltasche!«, rufe ich, und stürze mich ins Wasser, den begeistert bellenden Öhi neben mir.

Mein Vater ist schwer zu erkennen, weil er so nahtlos braun ist, dass man ihn kaum von den Baumstämmen unterscheiden kann, nur sein weißer Haarschopf hebt sich von der Umgebung ab. Er dreht mir den Rücken zu, und bis auf einen Badmintonschläger in der rechten Hand ist er nackt.

»Papa! Alles okay?«, schreie ich, und als er sich mir zuwendet, sehe ich, dass er sich in einem Zustand befindet, den man durchaus als beginnende sexuelle Erregung bezeichnen könnte, zumindest auf Halbmast, ein Zustand jedenfalls, in dem eine Tochter ihren Vater nicht sehen will. Außer sie will sich unbedingt sofort in eine lebenslange Psychoanalyse begeben.

»Ups«, qietsche ich deshalb, schlage die Hand vor die Augen, und verstecke mich unter Davids Achsel, der mit einem leichten Vibrato in der Stimme sagt: »Na, also ich finde, dein Vater sieht ziemlich lebendig aus.«

Und dann fügt er hinzu, und klingt noch amüsierter: »Gestatten, David Krug.«

»Angenehm, Doktor Brüderle, aber nennen Sie mich ruhig Helga«, antwortet ihm eine samtige Frauenstimme, und ich nehme kurz die Hand von den Augen, denn vor David steht eine üppige ältere Dame mit hochgesteckten Haaren und lustigen Augen, die genauso brutzelbraun gebrannt ist wie mein

Vater und unwesentlich mehr trägt, sie hat nämlich außer einem Badmintonschläger noch einen Federball in der Hand.

»Und die Kleine ist …?«, fragt sie, und beugt sich zu Öhi hinunter, dass ihre Brüste nur so baumeln.

»Helga, des ist mei Kati«, sagt mein Vater stolz und hat immerhin schon ein Handtuch um die Hüften geschwungen, das er sich von einer Isomatte gefischt hat. Ich lasse meine Blicke wandern. Schlafsäcke liegen da, daneben eine Schüssel mit Erdbeeren, eingeklemmt zwischen ein paar großen Steinen steht eine offene Flasche Prosecco im See. Das ist ein Liebeslager! Mein Papa hat eine Affäre mit der Ärztin, die seinen Zehnagel behandelt hat! Das nenne ich mal einen ganzheitlichen Ansatz!

»Aber, aber, ich dachte, die Frau Doktor, also, die Helga, die ist frisch von der Uni? Du hast doch gesagt, sie wär dir zu jung?«

»Zu jung? Ach, Bonifaz, du alter Charmeur!«, zirpt die nackte Rubens-Ärztin und ich muss mir schon wieder sehr angelegentlich die Rinde einer Birke aus der Nähe betrachten, weil das Handtuch um die Hüfte meines Vaters nicht aussieht, als würde es den diversen Wallungen noch lange standhalten können.

»Aber Kati, die Helga ist erst sechzig! Freili ist die jung! Jetzt sei halt ned so. Ich werd ja wohl in meinem Alter noch in aller Ruhe mit der Helga FKK machen dürfen!«

Ich gebe meine botanischen Betrachtungen auf und schaue meinem Vater direkt ins Gesicht, wie er strahlt, und ein bisschen verlegen aussieht wie ein Schulbub. Und auf einmal geht mir das Herz auf, weil es einfach nicht so aussieht, als würde er auch nur irgendwie an etwas zugrunde gehen. Im Gegenteil.

»Ihr zwei Hübschen dürft noch ganz andere Sachen!« Ich umarme die beiden nackten Leutchen und muss kurz warten, weil das Geräusch eines dicht über uns hinwegfliegenden Hubschraubers alles andere übertönt. »Ich bin ja so froh, dass dir nix passiert ist! Und ich bin mir sicher, die Mama würde das ganz genauso sehen.«

»Tja«, sagt eine Stunde später Professor Geiger fachmännisch, als die Wasserwichtel allesamt ein Bier vor sich stehen haben und die Emerenz stumm den Schock verarbeitet, dass noch nicht einmal sie von der Liebschaft des alten Sonnfischers wusste, »Alzheimer und Verliebtheit haben im Anfangsstadium nun mal die gleichen Symptome. Da kann einem schon mal der Alltag entgleiten, aber eines kann ich Ihnen sagen: Das, worunter der Herr Lochbichler ›leidet‹, das muss ziemlich ausgeprägt sein. Wenn er noch nicht einmal den Verlust seines Bootes und seines Lieblingsspielzeugs bemerkt hat!«

»Ach du Scheiße, Verliebtheit und Alzheimer sind so ähnlich?«, antworte ich und schau mir David von der Seite an. »Brauchst nicht meinen, dass ich vergessen habe, was du mir vorhin auf der Krautinsel versprochen hast!«

»Verzeihung«, unterbricht uns Helga Brüderle, die sich inzwischen in eine Art Sarong geschmissen hat und bis gerade eben mit dem Gorvinder angeregt über die medizinischen Vorteile der Nacktheit unter besonderer Berücksichtigung des Barfußlaufens diskutiert hat, »ich hätte wirklich sehr gerne noch so einen Veneto Sprizz!«

»Verzeihen Sie, Frau Doktor«, verbessert David die neue Flamme meines Vaters, winkt der Tochter vom Sepp zwecks Nachschub und bedenkt alle umstehenden Damen mit seinem Hollywoodlächeln. »Winnetou, nicht Veneto. Bei uns heißt das Winnetou Spritz. Ich hoffe, der neue Name wird sich durchsetzen.«

»Selbstverständlich«, ruft die Drechsel Caro begeistert mit schon ziemlich viel Aperol im Blick und in der Stimme, »wir Insulaner mögen schließlich alles, vorausgesetzt, es gefällt uns.«

»Ich tät dann der Helga gern mal mein Zimmer zeigen«, verabschiedet sich mein Vater leise von mir und verschwindet mit Frau Doktor tatsächlich klammheimlich im Haus. David sieht ihnen nach und fährt mit einer Hand in die Locken an meinem Hinterkopf.

»Ich denke, wir sollten uns jetzt auch hinlegen. Ich würde

nämlich gerne morgen früh mit dir auf den See fahren. Fischen lernen. Ich glaube nämlich, ich hätte gern ein zweites Standbein.«

»Hier? Hinlegen?«, flüstere ich entsetzt. »Ich weiß doch, wohin das führt: zu schwyzerdütschen Schweinereien nämlich! Und das während mein Vater ein paar Zimmer weiter garantiert nicht die Hände über der Bettdecke hat?«

»Nicht hier. Ich verstehe, was du meinst. Ich hab uns das Zimmer Nummer fünfzehn reserviert!«

»Ja, und unsere Gäste?«

»Geht's nur«, ruft die Emerenz, wieder obenauf, weil sie es geschafft hat, unser Gspräch mit anzuhören, »ihr könnt's euch ja den Janni als Feuerwache vor die Tür stellen, wenn's wieder brennt, in der Zirbel-Suite!«

»Wie«, frage ich die Emerenz verblüfft, »davon weißt du, ich meine, das mit dem Zimmerbrand?«

»Ja mei«, protzt die Emerenz, »und ich weiß noch ganz andere Sachen, weil ich kann nämlich auch in die Zukunft schauen. Der Wiggerl, der hat das auch gehabt, gell, so einen sechsten Sinn, darum war er ja auch so auseinander in seiner letzten Zeit. Und ich, ich spür ganz genau, wenn's bei zweien so geschnaggelt hat, dass die für immer zusammenbleiben. Weil's mich dann nämlich in meinem Kropf so druckt. Aber ich wollt's euch nicht von Anfang an sagen, dem Schweizer und dir, weil Diskretion ist halt mein zweiter Vorname, gell.«

Na, dann kann uns ja gar nichts mehr passieren. Ich finde durchaus, eine kleine Pause könnte mir guttun, folge David hoch ins Hotel und drehe mich noch einmal zu unserem Haus um. Der Garten ist voller Freunde und bald wird er wieder mit Gästen gefüllt sein. Ein kleines, altes Haus, einladend und würdevoll.

»Vielleicht braucht mein Vater den Winnetou-Spritz-Fond gar nicht, wenn er jetzt die Ärztin hat?«, überlege ich.

»Kann natürlich sein. Dann nehmen eben wir das Geld und sanieren dir die komplette Sonnfischerei damit.«

»Genau«, nicke ich und grinse wie ein Honigkuchenpferd, weil ich es mir endlich leisten kann, mich über die letzten Tage lustig zu machen. »Inklusive Nutzungsänderung. Wakeboarden soll jetzt ganz groß im Kommen sein.«

»Niemals. Wir Schweizer boarden nicht wake«, schüttelt David entrüstet den Kopf, »das ist uns zu langweilig. Wir verlieben uns lieber in Insulanerinnen, das ist sportlicher. Und eine Nutzungsänderung der Sonnfischerin kommt nicht infrage. Du hast mir doch noch gar nicht genau gezeigt, wie man bei dir alles nutzt!«

»Das ist ganz einfach. Ich mag alles, außer es gefällt mir nicht.«

»Na dann.« David lacht und fasst mich so fest um die Hüfte, dass ich mit dem rechten Bein fast die Bodenhaftung verliere. »Also sollten wir die bisherige Nutzung eher vertiefen, oderrrr?«

»Überredet«, antworte ich, mache einen Ausfallschritt über die knarzende Stufe und habe das Gefühl, als würde ich mit David das Zimmer Nummer fünfzehn gerade zum ersten Mal betreten.

Dieses Buch wäre nicht entstanden ohne seine heimliche Hauptperson: Die Fraueninsel. Also, liebe Insel: Du bist anders als alle anderen und das ist gut so. Und obwohl dich die Festländer so despektierlich Affenfelsen nennen, werde ich mich auch bei deinen Bewohnern bedanken, insbesondere bei allen Ferbers (beim Pollfischer Schorsch, bei dem ich »Praktikum« machen durfte, und bei Gitti, Julia & Co), bei allen Obermaiers von der »Linde« (Jackie O., Basti, Jojo, Börnie, Ellie und Wascht) für ihre sagenhafte Hilfsbereitschaft, bei den klugen Klampfleuthners und meiner Nachbarin Annemarie, und bei allen, die in Tagen der Not mit Industriestaubsaugern, Putzhilfen, Benzinkanistern und viel Nachsicht bereitgestanden sind, um einem Mädel von der Stadt aus der Patsche, und manchmal aus dem Wasser zu helfen.

Außerdem hätte ich meinen Alltag nicht stemmen können ohne Baumeister Sigi, lustige Oma, rote Nonna, Paps & Babs. Yogaby, Bonnie, Lindsey: Thank you! Nicht ohne meinen »Großen« und die Zwillinge: Euer genervtes »Mama?!!!« kam meistens zur richtigen Zeit. Und nicht ohne den Mann, der in Zeiten größter Hysterie zu mir gesagt hat: »Immer wenn Du dich so aufregst, wird was draus.«

Danke an alle, die mir ansonsten geholfen haben, dass tatsächlich »was draus wird«: meine Agentur Copywrite, der Piper Verlag mit Katrin, Julia und Herrn Then-»von Böckel«.